Richard Schwartz
Die Festung der Titanen
Die Götterkriege 4

PIPER

Zu diesem Buch

Der Nekromantenkaiser hat einen raffinierten Plan entworfen, um den vernichtenden Angriff Thalaks auf die sieben Reiche vorzubereiten. Er zwingt Havald, an dem Wettkampf um die Barbaren teilzunehmen, während seine dunklen Priester unbemerkt in der mystischen Festung der Titanen nach einem Artefakt suchen. Die Gefährten dürfen keine Zeit vergeuden: Sie müssen unbemerkt in das unterirdische Labyrinth eindringen und Kolaron zuvorkommen. Doch in der Festung beginnen die Freunde an Havald zu zweifeln. Wird er als Sieger aus der Konfrontation mit dem Verschlinger hervorgehen? Kann er dem Nekromantenkaiser tatsächlich Einhalt gebieten? Und wird der Engel des Todes der unheimlichen Macht, die in ihm selbst schlummert, am Ende standhalten? Der Moment, in dem jenes tiefe Dunkel in Havalds Seele ausbricht, ist gekommen.

Richard Schwartz, geboren 1958 in Frankfurt, hat eine Ausbildung als Flugzeugmechaniker und ein Studium der Elektrotechnik und Informatik absolviert. Er arbeitete als Tankwart, Postfahrer und Systemprogrammierer und restauriert Autos und Motorräder. Am liebsten widmet er sich jedoch phantastischen Welten, die er in der Nacht zu Papier bringt – mit großem Erfolg: Seine Reihe um »Das Geheimnis von Askir« wurde mehrfach für den Deutschen Phantastik Preis nominiert. Zuletzt erschien seine neue Saga »Die Götterkriege« sowie der Einzelroman »Der Falke von Aryn«.

Richard Schwartz

Die Festung der Titanen

Die Götterkriege 4

Piper München Zürich

Entdecke die Welt der Piper Fantasy:

Piper-Fantasy.de

Von Richard Schwartz liegen bei Piper vor:
Das Erste Horn. Das Geheimnis von Askir 1
Die Zweite Legion. Das Geheimnis von Askir 2
Das Auge der Wüste. Das Geheimnis von Askir 3
Der Herr der Puppen. Das Geheimnis von Askir 4
Die Feuerinseln. Das Geheimnis von Askir 5
Der Kronrat. Das Geheimnis von Askir 6
Die Eule von Askir
Die Rose von Illian. Die Götterkriege 1
Die Weiße Flamme. Die Götterkriege 2
Das blutige Land. Die Götterkriege 3
Die Festung der Titanen. Die Götterkriege 4
Der Falke von Aryn

FSC
www.fsc.org
MIX
Papier aus verantwortungsvollen Quellen
FSC® C083411

Originalausgabe
1. Auflage September 2013
3. Auflage September 2013

Umschlaggestaltung: Guter Punkt, München/www.guter-punkt.de
Umschlagabbildung: Uwe Jarling/www.jarling-arts.com
Satz: Fotosatz Amann, Aichstetten
Papier: Pamo Super von Arctic Paper Mochenwangen GmbH, Deutschland
Druck und Bindung: CPI – Clausen & Bosse, Leck
Printed in Germany ISBN 978-3-492-26884-4

Für Silvia,
die am meisten unter meinen Büchern leidet und
mich dennoch zum Lachen bringt.

Was bisher geschah

Seit Jahrhunderten herrscht an den Grenzen der Ostmark ein unerklärter Krieg zwischen den Streitern des Kaiserreichs und den Barbaren der Kor, die sich aus ihrem Land vertrieben fühlen. Doch jetzt bedrängen auch Kolarons schwarze Legionen die Ostgrenzen des Kaiserreichs. Nach den Legenden des Barbarenvolkes besitzt ein mystisches Artefakt aus der Zeit der Elfen, der Tarn, die Macht, die zersplitterten Stämme der Kor zu einen. Kriegsfürst Arkin, ein loyaler Diener des Nekromantenkaisers, will sich dies zu Nutze machen: Nachdem er den Verschlinger, ein von ihm kontrolliertes Ungeheuer aus grauer Vorzeit mit der Fähigkeit, jede Form anzunehmen, damit beauftragt, die fünf Bruchstücke des Tarn zu finden, hält Arkin zu Füßen der Festung der Titanen einen Wettkampf ab. Der Sieger soll als Preis die Stücke des Tarns und damit auch die Herrschaft über die Kor erhalten.

Tatsächlich aber verfolgt der Kriegsfürst einen anderen Plan. Der Verschlinger soll den Sieger des Wettkampfs töten und seine Form annehmen, um so die neu geeinten Stämme der Barbaren gegen die Ostgrenzen des Kaiserreichs zu führen. Vereinen sich die Barbaren unter der Flagge des Nekromantenkaisers, ist die Ostmark und vielleicht auch Askir verloren. Um dies zu verhindern, macht sich Havald, im Kaiserreich als Lanzengeneral von Thurgau bekannt und selbst erst kürzlich von den Toten auferstanden, auf den Weg, den Plan des Kriegsfürsten zu durchkreuzen, indem er sich selbst dem Wettkampf um den Tarn stellt.

Gelingt es Havald, den Wettkampf für sich zu entscheiden, so hofft er, den Tarn der jungen Schamanin Delgere überreichen zu können, die unter dem Schutz und der Führung von Kaiserin Elsine, dem letzten der großen Drachen, und der Hüterin Aleahaenne, der letzten Überlebenden der Elfen, die vor langer Zeit das blutige Land bewohnten, dann die Stämme der Kor leiten soll.

Zugleich hat Havald die legendäre zweite Legion unter Führung von Lanzenobristin Miran beauftragt, den Nachschub der schwarzen Legionen zu unterbrechen und sie so zu schwächen.

Doch noch bevor der Wettstreit um den Tarn beginnt, erfahren Havald und sein Freund Ragnar schmerzhaft, dass es um mehr geht als nur um das Schicksal der Barbaren und des Kaiserreichs. Denn noch während Havald um den Tarn ringt, versuchen die Priester des toten Gottes der Festung der Titanen ein Geheimnis zu entreißen, das die Welt verändern wird …

Eine Pfeife Apfeltabak

1 »Weißt du, wo mein Tabak ist?«, fragte ich Serafine und hob meinen leeren Beutel hoch.

Sie sah kurz auf und schüttelte den Kopf, bevor sie sich wieder ihrer Rüstung zuwandte, an der sich ein Riemen gelöst hatte. »Ich denke, er ist noch in der Satteltasche.«

»Und die ist wo?«, fragte ich nach und sah mich suchend in unserem Zelt um. Was Zelte anging, war dieses ein Palast, hoch genug, dass sogar ich aufrecht darin stehen konnte, mit vier Räumen, die mit Zeltplanen voneinander getrennt waren. Was es nicht übersichtlicher machte.

»Schau im Vorraum nach«, riet sie mir, ohne von ihrer Arbeit aufzusehen. Sie war einst Zeugwart der zweiten Legion gewesen und verstand sich darauf, Rüstungen zu flicken. Nur neigte sie dazu, darüber alles andere um sie herum kaum mehr zu beachten.

Ich hatte schon in Häusern gelebt, die kleiner waren als dieses Zelt und schlechter eingerichtet. In dem Raum vor unserem Schlafgemach stand ein großer Tisch mit acht Stühlen daran, daneben ein kleines Kabinett, mit einer Karaffe Wein und mehreren schweren Kristallgläsern darauf. Laternen verbreiteten ein behagliches Licht und Teppiche, so dick, dass ich darin zu versinken drohte, bedeckten den Boden.

Ich wäre mit weniger zufrieden gewesen, aber Serafine

bestand darauf, sie war der Ansicht, dass es die Barbaren beeindrucken würde.

Ich hatte meine Zweifel daran, ein Kreis von Totems markierte die Grenze des uns zugewiesenen Lagerplatzes und jeder der Tierschädel war nach innen gerichtet, als ob es nötig wäre, dass die Schutzgeister der Totems die Armee der Barbaren vor unserem kleinen Haufen beschützen mussten. Was auch immer die Kor von uns zu wissen glaubten, vorteilhaft war es ganz sicher nicht. Auch ein prunkvolles Zelt würde da wohl kaum noch etwas ändern.

Abgesehen davon, gab es einfach zu viel von allem. Früher war ich es gewohnt, mit nicht mehr zu reisen als dem, was in einer Satteltasche Platz fand, jetzt brauchte ich fast zwei Packpferde, um all das zu transportieren, was man als richtig und wichtig für einen Lanzengeneral des legendären Kaiserreichs Askir erachtete.

Demzufolge waren Unmengen von Satteltaschen, Kisten und Beutel in dem kleinen Vorraum zu finden, nur nicht die Tasche, die ich suchte.

»Sie ist nicht da.«

»Siehst du deine neuen Stiefel?«

Ich sah mich um. Dort, neben einer Kiste, standen sie. Ich hatte sie noch nie getragen und so ganz neu waren sie auch nicht mehr. Ich verstand nicht, warum Serafine darauf bestanden hatte, sie einzupacken. Sie wusste doch, dass ich meine alten Stiefel bevorzugte. Zwar ließen sie sich nicht mehr auf Glanz polieren und obwohl Armin in Gasalabad neue Absätze hatte anbringen lassen, waren diese schon etwas schief getreten. Dafür drückten sie nicht, und wir hatten zusammen schon eine Menge überstanden. Ein Mann hängt an einem guten Paar Stiefel.

»Ja.«

»Dahinter.«

Tatsächlich.

Ich musste allerdings feststellen, dass von dem Packen Apfeltabak, den mir Serafine geschenkt hatte, nicht mehr allzu viel übrig war, gerade genug, dass es für drei Beutel reichen würde. Noch ein Grund, darauf zu hoffen, dass Elsines Plan bald aufgehen würde. Ich füllte meinen Beutel, wickelte den Rest des Tabaks sorgfältig ein und verstaute die Satteltasche wieder hinter den Stiefeln. Jetzt wusste ich ja, wo ich sie finden konnte.

Jemand kratzte an dem Zeltleinen, das uns als Eingang diente. Ich schob das Leinen zurück und trat nach draußen, um dort Ragnar vorzufinden, der sich auf seine Axt Ragnarskrag stützte und nicht sehr glücklich wirkte.

»Hast du etwas Zeit?«, fragte er mich.

Ich nickte und hielt Pfeife und Beutel hoch. »Ich wollte gerade einen ruhigen Ort aufsuchen, um zu rauchen.«

»Dann solltest du im Zelt bleiben«, meinte er und wies auf die emsige Betriebsamkeit, die uns umgab. Wir waren erst vor nicht ganz einer Glocke hier angekommen, und das Lager war noch immer im Aufbau begriffen. Ma'tars Krieger benutzten keine Zelte, vielmehr waren sie geschickt darin, aus mit gegerbtem Leder bespannten Holzlatten niedrige Hütten zu errichten, die dem stetigen Wind der Steppe besser standhielten als unsere kaiserlichen Zelte. Allerdings brauchten sie auch länger dazu, sie aufzubauen.

Der Lagerplatz, den man uns inmitten der anderen Lager der Kor zugewiesen hatte, war größer, als wir ihn benötigt hätten, so hatten die Krieger des Stammes genügend Raum, ihre niedrigen Hütten in einem losen

Kreis um die beiden kaiserlichen Generalszelte zu errichten und vor unseren Zelten genügend Platz für drei Feuerstellen zu lassen. Obwohl es bis zur Abenddämmerung noch gut zwei Kerzenlängen dauern würde, bereiteten dort einige Krieger bereits unter Maheas gestrenger Aufsicht das Abendessen vor, indem sie getrocknetes Gemüse, Gewürze und das zähe Fleisch einiger Steppenhasen in einen Topf warfen und über einem Dungfeuer köcheln ließen.

Ein Windstoß ließ den beißenden Qualm in unsere Richtung wehen und unsere Augen tränen. Hastig brachten Ragnar und ich uns in Sicherheit.

»Ich verstehe nicht, wieso es ihnen nichts ausmacht«, beschwerte sich Ragnar, als wir dann eine Stelle in der Nähe unserer Pferde gefunden hatten, die abseits von dem Trubel lag. »Sie müssen sich doch selbst fast schon wie Räucherfleisch fühlen!«

»Ich nehme an, sie sind es gewöhnt«, meinte ich schulterzuckend und stopfte meine Pfeife.

»Götter«, seufzte Ragnar, als er es sich am Fuß eines der verkrüppelten Bäume, die es hier gab, gemütlich machte. Er legte seine Axt zur Seite, und ich lehnte Seelenreißer an den Baum, um mich dann neben Ragnar zu setzen. »Ich wusste nicht, dass Pferdedung so stinken kann.«

»Was vielleicht daran liegt, dass es nicht nur Pferdedung ist«, meinte ich und wies mit meinem Pfeifenstiel auf einen Stammeskrieger, der ein paar Schritte weiter gerade eine Ziege molk.

»Was dann auch erklären würde, warum das Essen in den letzten Tagen mehr und mehr nach Ziegenscheiße schmeckt!« Er riss einen Halm des dürren Steppengrases aus und spielte damit herum, während er zu einem der anderen Barbarenlager hinübersah, die uns von allen Seiten umgaben.

Dort stand eine junge Sera, die gerade einem Steppenhasen die Haut abzog, während sie mit einem der Stammeskrieger schäkerte und lachte. Als dieser unsere Blicke wahrnahm, tat er eine Geste in unsere Richtung, die man nicht kennen musste, um zu verstehen, dass sie wenig freundlich gemeint war, und stampfte davon. Die Sera sah zu uns herüber, und da Ragnar nun einmal Ragnar war, schenkte er ihr ein Lächeln. Was die Sera nur dazu veranlasste, ihr Messer in den Hasen zu rammen und mit erhobenem Haupt und voller Verachtung davonzugehen, um den halb gehäuteten Hasen an dem Ast baumeln zu lassen.

»Autsch«, meinte Ragnar und verzog das Gesicht, als er sah, an welcher Stelle die Sera ihr Messer in den armen Hasen getrieben hatte. »Das sieht nicht so aus, als ob sie uns mögen!«

»Bedanke dich bei Hergrimms Blutreitern dafür«, meinte ich und rief die Glut mit meinem Daumen herbei, um dann zu paffen, bis die Pfeife zog. »Was erwartest du, wenn sie seit Jahrhunderten jeden Vorwand nutzen, um ihre Lager zu überfallen, ihre Frauen zu schänden und ihre Männer zu erschlagen? Es ist ein Wunder, dass sie sich nicht auf uns stürzen.«

»Das wäre mir lieber als diese Verachtung«, knurrte Ragnar verbittert. »Kann man ihnen nicht einfach sagen, dass wir nichts damit zu tun haben? Langsam schlägt es mir auf das Gemüt, wenn jeder mich so ansieht, als wäre ich nicht einmal den Dreck unter den Fingernägeln wert.«

»Die Blutreiter ritten unter der Flagge Askirs und die Kor können sich noch gut daran erinnern, wie die dritte Legion hier gewütet hat.« Ich seufzte und wies auf das gegenüberliegende Lager. »Was willst du tun, Ragnar? Willst du dort hingehen und sagen, dass wir die Wahrheit nicht wussten? Sie wissen, dass unsere Legionen die Mauern der Grenzfesten besetzt hielten, sie wissen, dass wir Soldaten ausgeschickt haben, um ihre Lager zu zerstören. Meinst du, es reicht, wenn wir ihnen sagen, dass es uns leidtut, dass die Ostmark sie mit Absicht so herausgefordert hat? Dass man wollte, dass sie immer wieder gegen das Unrecht aufbegehrten, das man ihnen antat? Dass man sie dazu gebracht hat, gegen die Grenzfesten anzurennen, damit Hergrimm mehr Gold für die Ostmark fordern konnte?«

»Ja«, nickte Ragnar grimmig. »Ich kann mir vorstellen, wie sie das aufnehmen würden!« Er sah hinüber zu Ma'tar, der sich am Lagerfeuer mit Mahea unterhielt. »Selbst unsere Barbaren halten Abstand zu uns. Versucht man mit einem freundlich ins Gespräch zu kommen oder ihnen sogar ein Bier aus dem eigenen kostbaren Vorrat anzubieten, schauen sie einen an, als ob man ihnen die Schwester gestohlen hätte, und drehen sich auf dem Absatz um und gehen weg.«

»Es sind nicht *unsere* Barbaren, Ragnar. Der alte La'mir hat ihm geraten, mich offiziell als Führer des Stammes anzuerkennen. Damit sein Stamm freies Geleit in die Ostmark bekommt.« Ich tat eine hilflose Geste. »Tatsächlich sind wir hier gelandet, weil ich als ›Stammesführer‹ das Recht habe, hier am Wettkampf um den Tarn teilzunehmen.«

»Guter Plan«, knurrte er. »Erst Leib und Leben riskieren, um ein paar Stücke Jade zu bekommen, und dann willst du den Tarn auch noch an Delgere abgeben? Was hast du davon?«

»Elsine versprach, Delgere zur Königin der Kor zu machen und sie zu beraten. Was ich davon habe?« Ich zuckte mit den Schultern. »Delgere hat sich verpflichtet, dass die Kor unter ihrer Führung weder die Ostmark noch das Kaiserreich angreifen. Das reicht mir.«

Ragnar ließ den Grashalm fallen. »Glaubst du tatsächlich, dass es Maestra Elsine gelingen wird, die Kor zu überzeugen, ihr zu folgen?«

»Hhm«, meinte ich. »Sie scheint jedenfalls davon überzeugt. Delgere sagt, dass die Geister den Schamanen der Stämme schon seit Jahren raten, sich unter den Schutz des Drachen zu begeben. Sie haben sich dagegen gestemmt, weil sie stets davon ausgegangen sind, dass der Drache für Askir steht. Jetzt, da La'mir eine andere Deutung gefunden hat, hofft sie, dass er auch die anderen Schamanen der Kor überzeugen kann. Wenn wir dann auch noch den Tarn für Delgere gewinnen, haben wir die Prophezeiung der Geister, die Traditionen der Kor und die Legende auf unserer Seite.«

»Was zur Folge hätte, dass sich die Kor nicht mit Kriegsfürst Arkin verbünden werden.«

»Das ist der Plan«, nickte ich.

Ragnar wies mit seinem Blick zu dem anderen Lager hin. »Deswegen werden sie uns nicht weniger hassen.«

»Ja«, seufzte ich. »Doch wenn die Kor sich aus dem Krieg heraushalten, haben wir Zeit gewonnen, den Konflikt hier friedlich zu lösen.«

»Wenn du Marschall Hergrimm an Delgere auslieferst.«

»Ich liefere ihn nicht aus«, sagte ich ruhig. »Elsine sagt, sie will ihn sich selbst holen. Hergrimm ist ein Verräter, er hat es nicht anders verdient.«

Ragnar schaute mich skeptisch an. »Wenn du es sagst. Was ist mit Maestra Elsine? Vertraust du ihr?«

Ich nickte.

»Wieso?«, fragte Ragnar. »Sie hat mehr als deutlich gemacht, dass sie sich dem Kaiserreich nicht mehr verbunden fühlt.«

Damit hatte er wohl recht, doch er wusste auch nicht, was sie für mich getan hatte …

Es gab einen Karpfen in dem kleinen Teich im Tempelgarten, eine Weide, die ihre traurigen Äste in das Wasser hielt, und eine kleine Bank. Die hohen Mauern des Tempelgartens hielten den Lärm der großen Stadt zurück, die sich außerhalb der Mauern befand, und Teich, Weide, Bank und Karpfen befanden sich in der hintersten Ecke des Tempelgartens, sodass ich dort nur selten gestört wurde. Ich wollte keine Störungen. Ich wollte nicht beständig daran erinnert werden, dass es ein Wunder war, dass ich lebte, dass ich auf dieser kalten Bahre wieder erwacht war, wenn ich auch kaum mehr wusste, wer ich war.

Fremde Gesichter, die mich anlächelten, ehrfürchtige Blicke von Novizen und Priestern, das Raunen hinter meinem Rücken, die verstohlenen Blicke, wenn man glaubte, ich würde sie nicht wahrnehmen, all das war zu viel für mich. Kaum hatte ich die Augen aufgetan, hörte ich, dass ich der Engel Soltars wäre, von dem Gott gesandt, um den Menschen im Krieg der Götter Hoffnung zu geben, um dann doch auf seinem eigenen Schwert zu sterben.

Dem Schwert, das ich in meinen Händen hielt. Es war ein ganz besonderes Schwert, das Schwert, mit dem der Gott Soltar im letzten Krieg der Götter den dunklen Gott Omagor erschlagen hatte. Von diesem Schwertleutnant Stofisk, einem hageren Mann mit einem Pferdegesicht und einem unvorteilhaften Hang dazu, über seine eigenen Füße und Worte zu stolpern, hatte ich erfahren, dass es in Form und Ausführung einem kaiserlichen Schwert entsprach, mit einer beidseitig geschliffenen fast vier Fuß langen Klinge, einem stabilen Querstück, einem flachen Knauf, auf dem ich ein Wappen vermisste, einem mit feinem Draht und darüber mit Leder umwickelten Heft, gerade lang genug, dass ich es mit meinen breiten Pranken sowohl ein- als auch zweihändig führen konnte.

Die Klinge selbst war aus einem hellgrauen Stahl gefertigt und so scharf, dass man sich damit hätte rasieren können. Auf einer Seite zogen sich Runen die Klinge entlang, die, je länger ich sie mir besah, immer schwerer zu sehen waren, sie schienen sich zu bewegen, fast schon selbst zu leuchten, im Takt meines Pulses auf- und abzuschwellen.

An das, was war, bevor ich in diesem Tempel eines Gottes auf einer Bahre erwachte, konnte ich mich kaum mehr erinnern, nur Bruchstücke und nebelverhangene Fetzen von Geschehnissen, die mir einst wohl wichtig genug gewesen waren, sodass ich sie sogar jetzt noch nicht verloren hatte.

Gesichter, viele davon, meist lachend, mir zugewandt, mit einem Funkeln in den Augen, als teilten sie einen köstlichen Witz mit mir, Erinnerungen an Reisen, an dichte Wälder, schneebedeckte Täler, gestohlene Küsse, an leidenschaftliche Nächte. Ich schien einen Hang dazu zu besitzen, die Menschen lachend in Erinnerung zu behalten. Und dennoch gab es andere Erinnerungen, düstere, darunter eine, die mich schauern ließ, wenn ich sie betrachtete und versuchte, ihren Sinn zu verstehen. Ein schneebedeckter Pass und Blut, das mir ins Gesicht tropfte, als ich unter einem Berg von Leichen erwachte und fürchtete, unter ihnen erdrückt zu werden, bevor ich mich befreien konnte. Die Erinnerung daran, wie ich den letzten meiner Kameraden von mir stemmte und sich der Pass vor mir erstreckte, ein Pass gefüllt von Toten, die, bereits von einer glitzernden Eisschicht überzogen, seltsam friedlich wirkten, als ob sie nach ihrem gewaltsamen Ende doch den Frieden gefunden hätten, der mir verwahrt geblieben war. So viele waren es, dass man sie nicht zählen konnte, sie türmten sich zu Hügeln und Bergen auf, das Eis unter der dünnen Schneeschicht rot gefroren. Ich erinnerte mich, dass ich weinte, dass ich schwor, so etwas nie wieder sehen zu wollen, dass ich mir den Frieden des Todes wünschte und schließlich dieses Schwert aus einem der Erschlagenen zog … und dann an nichts weiter.

Kein Wunder, dass ich es vorzog, mir auch andere Erinnerungen zu bewahren wie die an dem kleinen Mühlbach, unweit des plätschernden Mühlrads, wo ich unter einer anderen Weide mit einer flachsblonden Sera lag und ihr lächelndes Gesicht mit leichten Küssen überzog, die sie lachen ließ, bevor sie mich erst protestierend wegschob, um mich dann in sie hineinzuziehen.

Eine schöne Erinnerung, dachte ich an diesem Tag im Tempelgarten, eine, die mich lächeln ließ, obwohl ich nicht verstand, warum sie mich auch weinen machte.

Eine andere an ein Mädchen in den Kleidern einer Schweinemagd, vielleicht zehn oder zwölf Jahre alt, die mit ungläubigen Augen auf ein trockenes Stück Brot und ein Stück hartem Käse starrte, das ich ihr hinhielt, bevor sie mich umarmte und mit leuchtenden Augen etwas sagte. Das gleiche Mädchen, das mir weinend in den Arm fiel, als ich ein Schwein schlachten wollte. Eine alte Frau, mit den Augen dieses Mädchens, die ich in den Mauern einer wehrhaften Burg unter einem Apfelbaum sitzen sah. An ein anderes Kind, mit den gleichen wachen Augen, das lachend in einem Garten herumlief und in ihrer Hand einen hölzernen Sperling durch diesen Garten fliegen ließ.

Doch nicht bei einer dieser vielen Fetzen meines Lebens wusste ich noch, um wen es sich bei diesen Menschen handelte, die mir so wichtig gewesen waren, dass ich mir die Erinnerung an sie über meinen Tod hinweg bewahrt hatte.

In fast allen dieser Erinnerungen, bis auf diese ersten mit der Schweinemagd und deren leuchtenden Augen, hatte ich dieses Schwert getragen, es lag neben dieser Weide im Gras, als die flachsblonde Sera sich mir schenkte, ich hielt es in meiner Hand, als ich an diesem Pass weinte, und es lag zwischen mir und der weißblonden Sera mit den violetten Augen, als ich mir das Lager mit ihr teilte.

Normalerweise waren Schwerter nicht so scharf wie diese, und sie sprachen auch nicht zu einem, wenn man sie berührte, ein fernes Flüstern, von dem ich fühlte, dass ich es verstehen sollte, aber nicht verstand. Allerdings barg auch dieses Flüstern Erinnerungen an einen Palast mit Rosenbeeten, einen gleißenden blauen Himmel, einen Brunnen und an ein anderes Kind, dieses mit dunklen Augen und Haar so schwarz wie Ebenholz, das mit hochgerecktem Kinn vor mir stand und von mir zu wissen begehrte, wer ich war, dass ich es wagte, mich unerlaubt in ihrem Garten aufzuhalten. Eine andere Erinnerung kam auf, das Mädchen, nun zu Frau gereift, in schwerer Rüstung, die mir lachend eine silberne Flasche reichte, dieselbe Sera, die in einer anderen nebelhaften Erinnerung in meinen Armen starb, während die letzte Glut in einem mageren Feuer sich in dem Eis widerspiegelte, das ihre Rüstung und die geliebten Augen mit Raureif überzog.

Und von allem war es dieses Schwert, das mir am vertrautesten erschien, ein Teil von mir war, mich bestimmte. Was oder wer auch immer ich gewesen war, dieses Schwert hatte mich dazu gemacht, ein Gedanke, der mich wahlweise dazu verleitete, es in diesen Teich zu werfen oder mich fest an es zu klammern, als wäre es der einzige Halt, der mir geblieben wäre.

Ein Pfad von glatten Steinen führte um diesen kleinen Teich herum, und einer von ihnen war locker und verräterisch, und vorhin, als dieser hagere Leutnant zu mir gekommen war, um mir einen Stapel von eng und säuberlich beschriebenen Berichten in den Schoß zu legen, war es dieser Stein gewesen, der ihn fast zu Fall gebracht hatte. Selbst Bruder Jon, ein alter dürrer Mann, der mich an einen verdorrten Adler erinnerte und der Hohepriester dieses Tempels war, war an diesem Stein schon einmal fast gestrauchelt.

Doch jetzt, als ein schlanker Fuß in einem Seidenschuh darauf Halt suchte und dieser Stein seinen Verrat beging, brachte er die schlanke Sera nicht zum Straucheln, vielmehr setzte sie den Fuß fest auf das Wasser auf und ging zwei Schritte darauf weiter, während unter diesem seidenen Schuhwerk der Karpfen unverständig glotzte.

»Serafine?«, fragte ich zögernd, doch während ich noch sprach, wusste ich bereits, dass es nicht die Sera war, die mich vorhin hier am Teich besucht hatte. Auch wenn die Ähnlichkeit verblüffend war, waren diese Augen um Jahrhunderte älter, und wo Serafine die Uniform eines kaiserlichen Soldaten trug, war diese Sera in den seidenen Gewändern von Bessarein gewandet, die ihrer schlanken Form schmeichelten. Jetzt, als sie ihren Schleier löste und mich mit diesen dunklen Augen musterte und ich ihr Gesicht nun besser sah, waren sowohl die Ähnlichkeiten als auch die Unterschiede leicht erkennbar, die gleiche Nase, das gleiche sture Kinn, die gleichen weiten Lippen … doch obwohl die Falten in ihrem Gesicht seltsam glatt erschienen, hatten sie Spuren eines langen Lebens und schmerzlicher Entbehrungen in ihrem Antlitz hinterlassen.

»Nein«, sagte sie, während sich ihre dunklen Augenbrauen etwas zusammenzogen und sie mich mit einem zugleich prüfenden und auch neugierigen Blick bedachte. »Mein Name ist Elsine.« Das Lächeln, das jetzt um ihre Lippen spielte, erschien mir vertraut, aber auch seltsam zögerlich und ungeübt, als hätte sie vergessen, wie ein Lächeln ging, und müsste sich nun mühsam dessen erinnern. »Wer ist diese Sera, von der Ihr sprecht? Es ist lange her, dass ich unter Menschen war, aber es kam nicht oft vor, dass man mich verwechseln konnte.«

»Eine Freundin, die Euch ähnlich sieht«, gab ich zur Antwort, während ich diese Sera musterte, die mich an meinem Rückzugsort aufgesucht hatte. »Kennen wir uns? Wenn, dann verzeiht mir …« Ich tat eine hilflose Geste. »Ich habe meine Erinnerung verloren.«

»Aber Ihr erinnert Euch an diese Freundin, mit der man mich verwechseln kann?«, fragte sie lächelnd, während sie ihre Robe glättete und ihren Blick erst über mich schweifen ließ, um dann mit einem leichten Stirnrunzeln auf meinem Schwert zu verharren.

»Sie hat mich eben erst besucht. Aber auch bei ihr wusste ich zuerst nicht, wer sie ist, nur dass ich sie liebe.«

Sie lachte. »Tragt Ihr Euer Herz immer so offen vor Euch her, Ser Roderik?«

Ich zuckte mit den Schultern. »Das weiß ich nicht. Ich

habe es vergessen.« Jetzt war ich es, der sie musterte, und sie ließ mich gewähren. »Auch wenn Ihr nicht Serafine seid«, sagte ich dann langsam, »habe ich das Gefühl, dass ich Euch kennen müsste, nur nicht so, wie Ihr nun seid; wenn ich Euch sehe, erinnere ich mich an den betörenden Geruch von Blumen und an einen alten Tempel ...« Ich sah sie fragend an. »Ergibt dies einen Sinn für Euch?«

Sie musterte mich einen Moment länger. »Durchaus. Ihr habt recht, wir sind uns bereits einmal begegnet«, entgegnete sie und seufzte, um auf die Bank neben mir zu deuten. »Ihr erlaubt?«

Ich nickte, sie setzte sich neben mich, schob die Mappe mit Stofisks Berichten zur Seite und schaute auf eine flache Kiste aus Ebenholz herab, die sie bei sich trug, um diese mit einem leisen Seufzer auf Stofisks Berichte zu legen. »Wisst Ihr, was mit Euch geschehen ist?«

Ich hob hilflos die Schultern und ließ sie wieder fallen. »Nur das, was man mir sagte. Ich wurde Opfer eines Attentats, starb und wurde durch ein Wunder Soltars wieder in die Welt der Lebenden zurückgerufen. Nur meine Erinnerungen kamen nicht mit mir zurück. Einer der Priester hier meinte, dass es vielleicht damit zu tun haben könnte, dass Soltar, wenn er die Seelen der Verstorbenen in ein neues Leben führt, die Erinnerungen nimmt, um das neue Leben nicht mit dem alten zu belasten.«

Sie nickte. »Das würde Sinn ergeben, wenn Ihr gestorben wäret. Nur seid Ihr nicht gestorben.«

»Bin ich nicht?«, fragte ich überrascht. Schließlich war dies das eine, in dem sich jeder einig schien, dass ich tot gewesen war und es ein Wunder Soltars wäre, dass ich wieder lebte. Unwillkürlich griff ich an meine Brust, wo ich unter der dünnen Robe ohne Schwierigkeiten die Narbe über meinem Herzen fühlen konnte. Eine Klinge war dort eingedrungen, es schien mir schwer vorstellbar, dass man einen Stich ins Herz überleben konnte.

Ein flüchtiges Lächeln huschte über ihre Lippen. »Ihr wurdet vergiftet. Dieses Gift lähmte Euch und verlangsamte Euren Herzschlag so sehr, dass es kaum noch schlug. Danach hat man Euch die Kehle durchgeschnitten und erstochen und in den Hafen geworfen, dort wo der Ask in den Hafen einfließt.« Sie seufzte und sah nach oben, wo sich ein strahlendblauer Himmel über uns spannte. »Der Sommer mag sich so langsam auch hier in Askir blicken lassen, aber in den Bergen liegt noch Schnee, und das Wasser des Ask ist noch kalt und ließ Euch fast erfrieren, was Euren Herzschlag noch mehr verlangsamt hätte, hätte es denn noch geschlagen. Doch das tat es nicht, was auch der Grund war, weshalb Ihr nicht verblutet seid.« Sie musterte mich durchdringend. »Mama Maerbellinae fand Euch kaum einen Docht, nachdem Ihr ins Wasser geworfen wurdet. Ihre Talente auf dem Gebiet der Heilung sind … außergewöhnlich. Es ist ein Wunder, dass Ihr noch lebt, doch es war nicht Soltar, der dieses Wunder wirkte, sie war es, die Euch in eine Starre versetzte, die es Eurem Körper erlaubte, auch diese tödlichen Wunden zu heilen. Dort liegt das Wunder für Euch, dass Maerbellinae Euch zeitig genug fand und Ihr selbst so schnell heilt. Letzteres mag ein Geschenk Eures Gottes sein, doch dass Ihr noch lebt, verdankt Ihr dem Gift, das Euch lähmte, und der Heilkunst meiner Schwester.« Ihr Lächeln kehrte kurz zurück. »Es bleibt ein Wunder, Ser Roderik. Nach allem Dafürhalten müsstet Ihr in Soltars Reich wandeln, aber dieses Wunder gestaltet sich nicht ganz so, wie man es Euch glauben machen wollte.«

Ich wusste nicht, wieso, aber ich glaubte ihr. Dennoch ließ es mich seltsam unberührt, dies zu erfahren. Seitdem ich erwacht war, gab es wenig genug, das mich noch berührte, die Welt jenseits der Mauern dieses Gartens war mir nicht mehr wichtig. Ich mochte diesen Garten, den Teich und den Karpfen darin … und mehr wollte ich nicht von dieser Welt. Dieser Leutnant Stofisk hatte mir einen Stapel von Berichten gebracht, er hatte gesagt, sie wären wichtig, doch bislang hatte ich mich noch nicht aufraffen können, auch nur das Deckblatt anzuheben.

Ich wusste nicht mehr viel von meinem Leben vor dem Attentat, bis darauf, dass die Ruhe, die ich jetzt fühlte, zuvor etwas Unbekanntes für mich gewesen war. Draußen, vor diesen Tempelmauern, bewegte sich die Welt, aber mir war es mehr als recht, daran nicht mehr teilzunehmen.

»Warum erzählt Ihr mir das alles?«, fragte ich sie. »Wer seid Ihr?«

»Mein Name ist Elsine«, teilte sie mir mit, während ihre Augen mein Gesicht absuchten. »Sagt er Euch etwas?«

Ich lauschte in mich hinein und schüttelte den Kopf. »Sollte er?«

»Ihr habt mich aus der Gefangenschaft des Nekromantenkaisers gerettet. Ihr und Euer überraschend großer Freund.«

Ich sah sie fragend an.

»Er heißt Ragnar«, teilte sie mir mit einem Lächeln mit. »Er ist ein Prinz der Varlande.«

Etwas regte sich in mir, eine ferne Erinnerung an eine sternenklare Nacht, ein Gasthaus, eine Menge Bier und ein Heimweg durch einen dunklen Wald, dessen Bewohner wir durch lauten und falschen Gesang verschreckten, obwohl es wohl so gewesen war, dass wir zum Teil auch auf allen vieren gingen.

»Mag er Bier?«

Sie lachte. »Nach allem, was ich von ihm hörte, kann man das behaupten.« Sie musterte mich eindringlich. »Also habt Ihr Euch nicht vollständig verloren.«

Ich zuckte mit den Schultern. »Ich weiß nicht, was ich verloren habe. Manchmal fühlt es sich an, als wäre noch alles da, nur weit entfernt und durch einen Nebel verborgen. Mir ist es recht so, denn ich glaube, dass ich vieles gar nicht wieder wissen will.«

»Doch Ihr wisst, wer Kolaron Malorbian ist?«

»Ja. Ein Seelenreiter, der nach dem Mantel eines toten Gottes trachtet.« Ich wies mit einer Geste zum Tempel hin. »Man hat mir erzählt, dass es der Wille der Götter ist, dass ich mit ihm kämpfen soll, um auf meinem eigenen Schwert zu enden und den Menschen Hoffnung zu bringen.«

Sie lachte leise. »Ihr hört Euch begeistert an.«

»Ich glaube nicht daran«, teilte ich ihr mit. »Aber es war auch nicht das, was ich hatte hören wollen, nachdem ich eben gerade von den Toten auferstanden war.«

»Könnt Ihr Euch daran erinnern, was geschah, nachdem man Euch betäubte?«

Ich schüttelte den Kopf. »Ich glaube, ich will es gar nicht wissen.«

»Ja«, sagte sie so leise, dass ich sie fast nicht verstand. »Das kann ich verstehen. Ich würde es auch vorziehen, manches nicht zu erinnern. Aber Ihr müsst.« Sie ließ ihre Fingerspitzen über das polierte Ebenholzkästchen gleiten. »Der Mann, der Euch das antat, hielt sich für einen Priester Omagors. Er erstach Euch mit einem Dolch, der dem toten Gott geweiht war, und er wollte Euch damit mehr als nur das Leben nehmen. Er wollte Euch auch Eure Seele stehlen.«

»Dann bin ich dankbar, dass es ihm nicht gelungen ist.«

Sie sah mich traurig an. »Wie kommt Ihr darauf, dass es ihm nicht gelang?«

»Havald?« Ragnars fragende Stimme riss mich aus meinen Erinnerungen.

»Ja«, sagte ich. »Ich vertraue Elsine. Sie gab mir meine Seele wieder.«

Ragnar musterte mich nachdenklich. »Will ich wissen, wie du das meinst?«

Unwillkürlich griff ich an meine Brust, wo noch immer die Narbe schmerzte, die bis zum heutigen Tag nicht gänzlich heilen wollte.

»Nein«, antwortete ich mit belegter Stimme, während ich versuchte die Erinnerung daran zu verdrängen, wie Elsine mir diesen schwarzen Dolch ins Herz gestoßen hatte, um das Ritual umzukehren. »Das willst du nicht wissen.«

Ragnar nickte und stand auf. »Wir sollten zu den anderen zurückkehren«, meinte er und griff nach seiner Axt. »Vielleicht haben Zokora und Varosch ja schon etwas zu berichten. Ich ... Havald!«

Zugleich mit seiner Warnung hörte ich die Pferde wiehern.

Sie waren zu fünft, dunkle Elfen, vier Krieger, die mit Schwertern und kurzen Bögen bewaffnet waren, und eine Frau in einem langen Ledergewand, die einen Stab aus dunklem Ebenholz in der Hand hielt. Eben noch waren dort nur die Pferde gewesen, jetzt sah ich einen Lidschlag lang den schimmernden Rand eines magischen Tors. Doch schon im nächsten Moment flogen vier Pfeile auf uns zu, und noch bevor die erste Salve bei uns einschlug, waren die nächsten Pfeile bereits in der Luft.

Seelenreißer sprang in meine Hand und fuhr zur Seite weg und hoch, um einen Pfeil zur Seite zu schlagen, der Ragnar in den Hals getroffen hätte, ein anderer traf mich in die linke Schulter, der dritte Pfeil traf Ragnar in seinen linken Oberschenkel, der vierte traf mich am Bein.

Zeitgleich hob die dunkle Maestra ihre Hand, und ein eisiger Windstoß warf Ragnar und mich so hart zurück, dass mir Seelenreißer aus der Hand flog, und ließ uns wie Puppen über den kargen Steppenboden rollen, vielleicht zu unserem Glück, denn dort, wo wir eben noch gesessen hatten, schlugen schon die nächsten Pfeile ein.

Wieder wirbelte uns dieser eisige Windstoß davon, ließ Himmel und Erde die Plätze tauschen, hob mich mit kalten Fingern in die Luft, um mich hart niederzuwerfen.

Ich hörte Zeus wiehern und sah, wie er sich von dem Seil losriss, das zwischen die beiden Bäume gespannt war, wie er stieg und seine metallbeschlagenen Hufe wirbeln ließ. Das Geräusch von dumpfen Aufschlägen und berstenden Knochen folgte. Ein Pfeil schoss knapp an mir vorbei, der zweite traf Ragnar unter der linken Schulter, der dritte verfehlte mich so knapp, dass er eine feurige Spur an meinem Hals entlangzog.

Ein dunkler Schatten huschte dorthin, wo Ragnar und ich gesessen hatten, und verschwand. Mein Hengst schnaubte empört und kam zu mir getrabt, während aus dem Lager hinter uns Rufe ertönten.

Mühsam richtete ich mich auf und suchte Ragnar, er lag wie eine zerschmetterte Puppe drei Schritt weit entfernt, die längsten drei Schritt meines Lebens. Ich kroch zu ihm hin, und als er mich sah, hielt er mir seine blutige

Hand entgegen. Er versuchte zu lächeln und etwas zu sagen, doch ein Schwall schaumigen Blutes nahm ihm seine Worte, dafür griff er meine Hand so fest, dass er mir die Hälfte meiner Finger brach, bevor er sich röchelnd aufbäumte und still lag, mit der anderen Hand hielt er noch immer den Griff seiner göttergeschmiedeten Axt festumschlungen.

»Havald!«, hörte ich wie aus weiter Ferne Serafines Stimme, gefolgt von einem gutturalen Knurren, das sich in das Heulen eines Wolfs verwandelte, als Sivret, der Anführer von Ragnars Wolfskriegern, sich über den Körper ihres Prinzen warf. Als Letztes sah ich Serafines Gesicht, wie sie sich mit tränenüberfluteten Augen über mich beugte und meinen Kopf in ihren Schoß bettete, dann fühlte ich nur noch ihre Tränen, bevor mich die Dunkelheit umschlang.

Zu viel an Ehrlichkeit

2 Als ich wieder zu mir kam, sah ich als Erstes Serafine, die sich besorgt über mich beugte und mir ein bitter schmeckendes Getränk einflößte, bitter genug, um mich aus meiner Ohnmacht herauszuholen. Offenbar hatte man mich ins Zelt zurückgebracht, und es musste einiges an Zeit vergangen sein, Oberschenkel, Brust und Seite waren straff mit Streifen aus gekochtem Leinen verbunden, und die Kerze in der Laterne über mir war fast vollständig herabgebrannt.

Das Gebräu, das Serafine mir einflößen wollte,

schmeckte so bitter, dass ich ihre Hand unwillkürlich zur Seite schieben wollte, eine Bewegung, die ich noch im gleichen Moment bereute.

»Den Göttern sei Dank«, sagte Serafine mit feuchten Augen und schenkte mir ein mühsames Lächeln, was sie jedoch nicht daran hinderte, mir den Becher wieder an die Lippen zu halten. »Trink!«, befahl sie mir. »Zokora sagt, es wäre gut für dich und würde die Schmerzen lindern.«

Ich trank zwei Schluck, mehr bekam ich beim besten Willen nicht herunter, bevor es mich zu würgen drohte, und wollte sie schon fragen, was denn geschehen war, als es mir wieder einfiel.

»Ragnar!« Ich versuchte mich aufzusetzen, doch Serafine drückte mich mit der flachen Hand wieder in mein Lager zurück. »Was ist mit Ragnar?«

»Er lebt«, sagte Serafine hastig. »Zokora kümmert sich um ihn, er wurde schwer verwundet und für gut eine Kerzenlänge wusste selbst Zokora nicht, ob er es überstehen würde, doch jetzt ist sie zuversichtlich. Wie du auch braucht er Ruhe und muss sich erst noch erholen. Sivret ist bei ihm und wird sich um ihn kümmern, so gut er es zu tun vermag.«

»Ragnar wird es überstehen?«, vergewisserte ich mich noch einmal.

Serafine nickte beruhigend. »Zokora denkt, dass er sich erholen wird. Es wird dauern, Havald«, fügte sie ernst hinzu. »Aber er wird es überleben.«

»Gut.« Ich sah mich suchend um, während ich versuchte, den Schmerz zu ignorieren, der sich wie glühende Eisen in meine Schulter und meine Seite bohrte. »Wo ist mein Schwert?«

Serafine zog einen Schemel heran und setzte sich

neben mein Bett, um sich dann zu räuspern. »Das ist das Problem. Seelenreißer wurde dir gestohlen.«

»Es waren dunkle Elfen«, erklärte Zokora etwas später, während sie sich an meinem Waschstand Ragnars Blut abwusch, vielleicht auch das meine. Ihre ganze Rüstung war über und über damit befleckt. »Doch ich glaube nicht, dass sie zu Arkin gehören.«

»Dein Pferd ist großartig«, meinte Varosch begeistert, während er ihr aus der blutigen Rüstung half. »Zeus hat sich deutlich besser geschlagen als ihr beide, er hat einen der Attentäter und die Maestra erwischt. Viel hat er allerdings nicht von ihnen übrig gelassen.«

»Es waren keine Priester des dunklen Gottes?«, fragte Serafine, als sie mir half, mich aufrecht hinzusetzen. Dank Zokoras bitterem Gebräu war der Schmerz nur noch ein dumpfes Pochen, allerdings fiel es mir schwer, meine Gedanken zusammenzuhalten.

»Nein«, antwortete Zokora, die nun nur noch mit Hemd und Stiefeln bekleidet war. Wieder einmal stellte ich fest, dass sie eine schöne Frau war. Wenn man ignorieren konnte, dass sie sechs Messerscheiden an Stellen platziert hatte, an die ich nicht gedacht hätte. Serafine bemerkte meinen Blick und sah mich strafend an, hastig wandte ich die Augen ab. Zokora fuhr sich noch einmal mit einem Tuch über Gesicht und Arme und nickte dankend, als Varosch ihr frische Kleider reichte. »Das ist das Seltsame daran.«

»Ich denke doch, dass Arkin dahintersteckt«, sagte die alte Enke, als sie die Zeltbahn zurückschob, die unsere Schlafkammer von dem Hauptraum trennte. »Es ist zu blauäugig von uns, darauf zu hoffen, dass Arkin nichts unternehmen wird.« Wie gewohnt, saß der Rabe Konrad auf ihrer Schulter und breitete kurz die Flügel aus, um sich im Gleichgewicht zu halten, als sie sich unter der Zeltbahn hindurchduckte. Er musterte mich mit schwarzen Augen, wippte einmal auf und ab und sagte: »Raarha«, fast als wäre er auch froh, dass ich noch lebte.

Den Legenden nach war die alte Enke eine schrecklich hässliche Hexe, in Wahrheit ähnelte sie mehr einer etwas molligen Bürgersfrau aus Lassahndaar als dieser grässlichen Gestalt, mit deren Schilderung man in meiner Heimat kleine Kinder erschreckte. Selbst ich hatte als kleines Kind mehr als einmal unter meiner Bettstatt nachgesehen, ob sie sich dort auch nicht verborgen hielt, um mich in der Nacht zu holen. Konrad hingegen entsprach ganz und gar der Legende, ein Furcht einflößender, riesiger, schwarzer Rabe mit zerrupftem Gefieder, dessen Blick bösartiger nicht sein konnte. Nur dass er jetzt nicht halb so bösartig dreinschaute wie sonst.

»Es wäre ein kluger Schachzug von ihm«, fuhr Enke fort, als sie sich auf einen Stuhl setzte, den Varosch eben erst für Zokora hereingetragen hatte. Was Varosch dazu veranlasste, sogleich den nächsten Stuhl zu holen. »Mit einem Streich hätte er unsere ganzen Pläne zunichtegemacht.«

»Ich glaube dennoch nicht, dass Arkin es war«, wiederholte Zokora und knöpfte ihr schwarzes Lederhemd zu, um sich dann ihre Messerscheiden an die Unterarme zu schnallen.

»Ich bin mit Zokora einer Meinung«, meinte Serafine. »Wir wissen, dass Arkin vorhatte, Havald beim letzten Kampf gegen den Verschlinger antreten zu lassen. Es wäre die elegantere Lösung für ihn gewesen.«

»Es sei denn, er befürchtet, Havald könnte gegen den Verschlinger bestehen«, erwog Varosch, doch Zokora schüttelte den Kopf. Sie setzte sich auf den Stuhl, den Varosch ihr gebracht hatte, und schnallte sich ihre Beinscheiden um. Somit zählte ich jetzt vierzehn Dolche, und das waren nur die, die ich sehen konnte. Es war ungewohnt, Zokora ohne ihre Rüstung zu sehen; nur in einem Lederhemd, Hose und Stiefel gekleidet kam sie mir umgänglicher vor.

»Wir haben Arkin belauscht, als er die Nachricht von dem Angriff hier erhielt«, erklärte sie. »Er schien überrascht und reagierte verärgert, als er erfuhr, dass Havalds Schwert gestohlen wurde. Mir schien …«

Ich lächelte Zokora an. »Du bist niedlich.«

Stille. Varosch und Serafine sahen mich ungläubig an, während Zokora in ihrer Bewegung erstarrte und sich dann ganz langsam mir zuwandte.

»Ach ja?«, fragte sie, während Serafine den Atem anhielt. »Wie kommst du darauf?«

»Weil du es bist.«

»Das ist eine beeindruckende Logik«, stellte Zokora lächelnd fest.

Serafine atmete langsam aus. »Du nimmst es ihm nicht übel?«, fragte sie vorsichtig.

Zokora zuckte mit den Schultern. »Der Trank nimmt ihm die Schmerzen, doch eine Nebenwirkung ist es, dass er die Dinge so sagt, wie er sie sieht. *Dass* er es so sieht, ist wahrscheinlich auch dem Trank geschuldet.«

Serafine schüttelte immer noch voller Unglauben den Kopf. »Es stört dich nicht? Ich dachte immer, dass du Wert darauf legst, Furcht einflößend zu sein!«

Es hieß immer, dass man Elfen nicht überraschen könnte, doch jetzt kam es mir vor, als wäre Zokora genau das: überrascht. »Warum sollte ich?«, fragte sie ernsthaft.

»Kürzlich erst hast du einem von Ragnars Wolfskriegern die Hand gebrochen, weil er dir zu nahe kam!«, erklärte Serafine noch immer voller Unglauben, während es sich die alte Enke in ihrem Stuhl gemütlich machte und mit einem Lächeln ihr Strickzeug aus ihrer Tasche holte.

»Ich musste Grenzen wahren«, ließ Zokora sie wissen. »In einer Sprache, die er verstand. Ich würde nicht wollen, dass du mich fürchtest, Helis.«

»Ich fürchte dich nicht«, sagte Serafine verlegen. »Ich meinte nur ...«

»Wir sind Freunde«, sagte Zokora, lächelte und zeigte Zähne. »Freunde sollten voreinander keine Furcht verspüren. Oder täusche ich mich darin? Freundschaften sind neu für mich, sag mir, wenn ich mich irre.«

Serafine musterte sie misstrauisch. »Foppst du mich gerade?«

»Du weißt doch, ich verstehe keinen Spaß«, sagte Zokora ungerührt. »Wie soll ich dich da foppen können?«

Serafine blinzelte, und Varosch lachte laut.

»Ahem«, räusperte sich die alte Enke. »Wir sprachen eben von dem Angriff.«

»Richtig«, nickte Zokora und griff nach ihrer blutigen Rüstung, um etwas aus einer Tasche herauszuziehen, das sie dann hochhob, damit wir es besser sehen konnten. Es waren zwei längliche Anhänger aus Obsidian, die eine elfische Rune trugen. »Wir haben dieses Hauszeichen schon einmal gesehen. Weißt du noch, wo?«

Ich brauchte einen Moment, um mich daran zu erinnern. »Die Elfe, die wir in den Eishöhlen unterhalb der Donnerberge gefunden haben?«

Zokora nickte.

»Jarana okt Talisan. Sie gehörte dem gleichen Haus an.«

Serafine sah fragend auf. »Ich erinnere mich nur nebelhaft daran.«

»Was kein Wunder ist, du warst damals noch in Eiswehr gefangen und hast nur durch Sieglindes Augen sehen können«, erklärte Zokora. Sie wog nachdenklich die Anhänger in ihrer Hand, bevor sie sie wieder sorgsam in einem Beutel verstaute. »Das Haus ist mir unbekannt.«

»Jaranas Vater Talisan führte die Nachtfalken an«, sagte Serafine grübelnd. »Doch einige von ihnen haben Askir verraten, weshalb die Nachtfalken auch unter Interdikt gestellt wurden und ihr Clan aus dem Buch der kaiserlichen Streitkräfte gestrichen wurde.«

»Ja«, nickte Zokora. »Doch Jarana starb Jahre später im Kampf gegen die Barbaren in den Südlanden. Sie diente Askir. Es mag sein, dass ihr Haus nicht zu denen gehört, die den toten Gott verehren.«

Varosch hielt eine lederne Augenbinde hoch, in die feine Löcher eingestochen waren. »Das fand ich bei den beiden Toten. Bevor sich Zokoras Augen an das Licht der Oberwelt gewöhnt hatten, trug sie auch ein solches Band.«

»Was bedeutet, dass deine Angreifer entweder noch in ihren Höhlen leben oder erst vor Kurzem an die Oberfläche gekommen sind«, nickte die alte Enke. »Es erklärt auch, warum Zeus sie so überraschen konnte. Sie kannten keine Kriegspferde.«

»Was nicht daran liegt, dass sie in Höhlen leben«, widersprach Zokora. »Ich wusste von den Kriegspferden der Ritter von Illian, meine Schwestern warnten mich vor ihnen, bevor ich das erste Mal an der Oberfläche auf Sklavenjagd ging. Es sagt also nur aus, dass sie weder Illian noch Aldane kennen.«

»Aldane?«, fragte die alte Enke.

Ich nickte. »Auch dort werden Kriegspferde noch auf

diese Art ausgebildet. Für die königliche Garde. In Aldane lieben sie die schwere Reiterei. Zokora hat recht, bislang sah ich nur in Illian und Aldane solche Pferde. Selbst die Kor wissen nicht, was Zeus zu tun vermag.«

»Nun, Hergrimms Blutreiter sind nichts als eine Meute blutrünstiger Hunde«, meinte Serafine voller Abscheu. »Ihnen fehlt es an Geduld, ihre Pferde so auszubilden.«

»Es fehlt ihnen auch das Gold dazu«, meinte ich, während ich meine Schulter vorsichtig bewegte. »Ein Pferd wie Zeus ist nicht billig, für die gleiche Summe Goldes kann man zehn andere Pferde bekommen.«

So weit war alles zu ertragen. Bis auf meine linke Hand. Ich hob sie an, um sie zu begutachten, und fand sie dick bandagiert vor.

»Was auch immer du für ihn bezahlt hast«, sagte Serafine inbrünstig. »Er war jedes Kupferstück wert.«

»Zeus stammt aus eigener Zucht«, erklärte ich voller Stolz, während ich vorsichtig meine Schulter bewegte. Das Pochen schien mir nicht mehr so schlimm wie zuvor. »Ich habe ihn selbst ausgebildet.«

Varosch pfiff leise durch die Zähne. »Du überraschst mich immer wieder, Havald.«

»Zurück zu diesen dunklen Elfen«, sagte Enke. »Zokora, du glaubst, dass sie weder in Arkins Diensten stehen noch den Gott der Dunkelheit anbeten?«

Zokora schüttelte den Kopf. »Ich vermute es. Aber es mag sein, dass ich mich täusche. Sie haben Ragnar und Havald angegriffen und Seelenreißer gestohlen, wir müssen also davon ausgehen, dass sie uns feindlich gesinnt sind.« Sie schaute zu mir herüber. »Erzähle mir genau, was geschehen ist, Havald.«

Folgsam berichtete ich ihr von dem Angriff, auch wenn es mir schwerfiel, meine Gedanken zusammenzuhalten.

»Also hat die Maestra ihnen ein Tor hierher geöffnet«, fasste Serafine zusammen. »Aber dank Zeus kam sie nicht mehr dazu, ihnen den Weg zurück zu öffnen. Die drei, die überlebt haben, müssen zu Fuß dorthin zurück, woher sie auch immer gekommen sind.«

Enke nickte und griff hoch zu ihrem Raben, um ihm sanft über das Gefieder zu streichen. »Geh sie suchen, Konrad.«

»Kraha«, rief Konrad und hüpfte von ihrer Schulter, um zum Zelteingang zu flattern, wo er landete, mit dem Schnabel das Leinen zur Seite schob und sich durch den Spalt zwängte.

»Sie werden sich verbergen«, mahnte Zokora. »Wir lernen die Kunst der Schatten schon sehr früh.«

»Ich weiß, Kind«, meinte die alte Enke gelassen und klapperte mit ihren Stricknadeln, während sich Zokoras Augen zusammenzogen. »Doch es ist bald Tag, und es wäre nicht das erste Mal, dass Konrad dunkle Elfen zur Strecke bringt.« Der Blick, den sie Zokora zuwarf, machte deutlich, dass sie Zokoras Stamm meinte. »Manchmal waren sie vorwitzig genug, um mich zu verärgern.«

»Das ist vorbei«, erinnerte Zokora sie. »Wir haben Frieden geschlossen.«

»Wenn du es sagst, Kindchen«, nickte die alte Enke. »Dann wird es wohl so sein.«

»So ist es«, sagte Zokora kühl. »Es sei denn, du nennst mich wieder Kind.«

Ihr Blick war alles andere als freundlich, dennoch musste ich kichern.

»Havald?«, fragte Serafine.

»Nichts«, grinste ich, während ich gegen einen Lachreiz kämpfte. »Sie hat Zokora eben Kindchen genannt.«

»Ja.« Zokora wandte den Blick nicht von der alten

Enke ab. »Wir haben es alle gehört, du brauchst es nicht zu wiederholen. Ich mag es nicht.«

»Dann sollte ich es wohl sein lassen«, meinte Enke ungerührt und sah Zokora direkt in die Augen. »Ich weiß, dass du deinen Stamm an die Oberfläche führen willst. Doch obwohl Menschen sterblich sind, leben ihre Erinnerungen weiter. In den Südlanden gibt es keine Heimat für deine Schwestern, Zokora, es klebt zu viel Blut an euren Händen.«

Zokora nickte langsam. »Das ist mir bekannt. Wenn wir Frieden wollen, müssen wir unsere Heimat verlassen. Obwohl das Land, das ihr beansprucht, einst das unsere war.«

»Nun«, sagte die alte Enke gelassen. »Es gehörte einst euch, dann uns und jetzt ...« Sie zuckte mit den Schultern, als sie zu mir hinübersah. »... beansprucht es Illian Letasan für sich, und Thalak will es erobern. Es scheint der Lauf der Welt zu sein, dass nichts von Bestand ist.« Sie richtete sich etwas gerade auf und sah zum Eingang hin. »Mutter und Elsine sind zurückgekehrt. Sie scheinen mir nicht sonderlich erfreut.«

Aus irgendwelchen Gründen reizten ihre letzten Worte mich zum Lachen.

»So erheiternd ist das nicht«, meinte Serafine. Sie musterte mich besorgt und legte ihre Hand auf meine Stirn. »Geht es dir gut?«

Ich versuchte den Lachreiz zu unterdrücken, doch es gelang mir nicht. »Ich weiß«, lachte ich. »Ich weiß, dass es nicht lustig ist, aber ...« Zu mehr kam ich nicht, das Lachen barst aus mir heraus, als ob ein Damm gebrochen wäre.

»Sorge dich nicht, Helis«, sagte Zokora ruhig. »Es ist gleich vorbei.«

»Wie … wie meinst du das?«, fragte ich sie lachend.

»Es ist der Trank. Erst nimmt er dir den Schmerz, dann reizt er dich zum Lachen. Kurz danach …«

Was sie noch sagte, hörte ich nicht mehr, ich hörte nur noch mein Gelächter, bevor mich die Dunkelheit umfing.

»Es ist eine Katastrophe«, riss mich Elsines Stimme aus meinem Schlaf. Es dauerte eine Weile, bis ich wusste, wer sie war und wo ich mich befand, und es fiel mir schwer, meine Augen zu öffnen oder auch nur einen Finger zu bewegen. Ich spürte eine kühle Hand auf meiner Stirn. »Zokora hat eben nach seinen Wunden gesehen, doch obwohl sie überraschend schnell zu heilen scheinen, hat er hohes Fieber.«

»Was kein Wunder ist«, hörte ich Aleahaennes Stimme. »Es waren dunkle Elfen, sie bestreichen ihre Pfeile immer mit Gift.«

»Dann wollen wir hoffen, dass das Gegengift, das sie Ragnar und ihm gegeben hat, bald seine Wirkung zeigt«, meinte Elsine und nahm ihre Hand von meiner Stirn.

»In solchen Dingen bin ich geneigt, Zokora zu vertrauen«, hörte ich die Hüterin sagen. »So oder so bleibt uns keine Wahl. Er wird heute nicht kämpfen können. Es ist vielleicht besser so. Wie ich von La'mir hörte, gibt es zwei Schamanen unter den Kämpfern. Ihre Zauber ähneln den Beschwörungen, die ich gelernt habe, ich weiß, wie ich mich ihrer erwehren kann. Havald ist kein Maestro, er hätte es schwer gehabt.«

Ich versuchte, irgendetwas zu sagen, die Augen zu öffnen oder auch nur laut zu röcheln, aber es geschah nichts, ich blieb in mir gefangen.

»Vielleicht sollte ich selbst den Wettkampf bestreiten«, überlegte Elsine. »Wenn ich den Drachen rufe, kann keiner dieser Kämpfer gegen mich bestehen, und ich bin weitestgehend unempfindlich gegen jede Art von Zauber. Wenn wir recht behalten, wird der Sieger zum Schluss dem Verschlinger gegenüberstehen. Bislang war nur ich imstande, ihm zu schaden.«

»Das mag sein«, sagte Aleahaenne. »Doch Arkin teilte uns mit, dass Kolaron während des letzten Kampfes anwesend sein wird.«

»Er wird nicht selbst erscheinen, es ist wahrscheinlicher, dass er einen seiner Priester als Puppe führen wird«, warf Elsine ein.

»Es ändert nichts daran, es ist zu gefährlich für Euch. Der Verschlinger wird kein leichter Gegner sein, und wenn Kolaron die Möglichkeit sieht, Euch wieder in seine Hände zu bringen, was wollt Ihr dann tun? Ihr könnt nicht gegen beide zugleich bestehen.«

»Er wird es nicht wagen. Nicht vor aller Augen.«

»Was wohl darauf ankommt, wie wichtig Ihr ihm seid, Elsine. Also, sagt mir, wie wichtig seid Ihr ihm?«

»Er ist besessen von mir. Es gibt nur eine, die er noch mehr hasst als mich.«

»Asela. Ich weiß. Deshalb solltet ihr beide euch von ihm fernhalten.«

»Zusammen sind Asela und ich stark genug, um ihm zu trotzen.«

»Ja«, sagte Aleahaenne kühl. »Ich erinnere mich noch gut daran, wie Balthasar die Erde aufbrach, um eine halbe Armee zu vernichten, und Kolaron wird wohl noch weniger Rücksicht auf andere nehmen. Ich hörte auch, dass Askannon einst einen Stern vom Himmel holte und auf eine Armee fallen ließ, wenn Kolaron es ihm nachtut ...«

»Ich bezweifle, dass er dazu fähig ist«, unterbrach Elsine.

»Vielleicht ist er es. Vielleicht auch nicht. Wenn er dies oder etwas Ähnliches tut, was meint Ihr, wie viele von denen, die hier lagern, würden dies überleben?«

»Ich gebe es nur ungern zu«, seufzte Elsine. »Doch ich muss Euch recht geben.« Ich hörte einen Stuhl knarren. »Wir sollten ihn schlafen lassen. Auch wenn er heute nicht kämpfen wird, muss er sich gleichwohl erholen.« Irgendwie spürte ich ihren Blick auf mir. »Wir brauchen ihn noch. Ihn und sein Schwert.«

Ich hätte sie gerne noch gefragt, wie sie das meinte, doch dann entfernten sich ihre Schritte von mir. Entfernt hörte ich Geräusche und Stimmen, das Lager wachte auf, es war wohl schon Morgen ... und noch während ich dies dachte, schlief ich wieder ein.

Der Stab der Maestra

3 Diesmal hatte ich keine Probleme damit aufzuwachen, was auch daran liegen konnte, dass Zokora gerade den Verband an meinem Bein mit einem Ruck abgezogen hatte.

»Götter!«, beschwerte ich mich, während ich mich halb aufrichtete und mühsam nach Luft rang. Schulter und Seite machten mich darauf aufmerksam, dass die Wirkung von Zokoras Trank deutlich nachgelassen hatte. »Du hättest mich warnen können!« Da sie meine Decke zur Seite geschoben hatte und ich reichlich blank dalag, wollte ich die Decke wieder über mich ziehen und fluchte erneut, als gleich drei Dutzend Feuer in meiner linken Hand loderten.

»Ich habe dir gesagt, dass ich deine Wunde säubern will«, teilte mir Zokora unbeeindruckt mit und ließ mich umgehend noch einmal beinahe von meiner Bettstatt springen, als sie die Wunde zusammenpresste. »Und dass du deine linke Hand nicht benutzen sollst, Ragnar hat dir die Knochen dreier Finger zertrümmert.«

»Daran …«, presste ich heraus, »kann ich mich nicht erinnern!« Jetzt wusste ich wenigstens, warum sich meine Hand so schrecklich anfühlte.

»Du hast geschlafen«, teilte mir Zokora mit. »Das mag es erklären.«

Irgendwie hatte ich das Gefühl, diese Schlacht zu verlieren, abgesehen davon, dass der Schmerz mir gerade den Atem nahm. Schwer atmend sah ich zu, wie sie fester drückte und zuerst wässriges, dann dunkleres Blut aus der Wunde quoll. Zokora nickte zufrieden und hörte auf zu drücken, während ich erleichtert und schwer atmend in mich zusammensackte.

»Wie …«, keuchte ich. »Wie sieht es aus?«

Zokora beugte sich über die Wunde und roch daran, um dann zufrieden zu nicken. »Gut«, stellte sie fest. »Das Gift hat seine Wirkung verloren, und du heilst schneller, als ich es erwartet hätte.«

»Schnell genug, um heute noch zu kämpfen?«

»Hhm«, meinte sie und schaute mich nachdenklich an. »Der erste Wettstreit findet in zwei Kerzenlängen statt. Die Hüterin hat sich bereit erklärt, in den Ring zu treten, und sie zeigt sich zuversichtlich. Warum willst du es nicht ihr überlassen?«

»Weil Elsine mich darum bat.«

»Nun, wenn das so ist …« Sie stand auf, um von meinem Bett zurückzutreten. »… dann stehe auf.«

Ich musterte sie misstrauisch und setzte mich aufrecht hin, um meine Beine über die Bettkante zu schwingen.

»Komm«, sagte sie. »Steh auf. Es ist kein Schwertstreich, nur ein kleines Loch, und der Muskel ist kaum beschädigt.«

Ich versuchte es, mein Bein weigerte sich jedoch, das Gewicht zu halten, jemand stieß mir ein rotglühendes Eisen in die Wunde, aus der nun frisches Blut herausschoss, und ich fiel hilflos auf mein Bett zurück.

»Damit hast du deine Antwort«, sagte sie nüchtern und griff nach einem Verband. »Es ist, wie ich vermutet habe, der Pfeil hat die Schlagader gestreift, belastest du dein Bein zu sehr, kann sie reißen und du würdest verbluten. Die gute Nachricht ist, dass die Naht gehalten hat.« Sie schmierte einen ekelhaft riechenden Brei auf die Wunde und wickelte den Verband fest um die Wunde.

»Während wir warten, ob die Wunde durch den Verband blutet, kannst du mir erklären, warum du überhaupt kämpfen willst. Es ist Elsines Kampf, und was hier geschieht, hat wenig Nutzen für Askir.«

Der Verband hielt, doch der Schmerz ließ nur langsam nach und trieb mir den Schweiß auf die Stirn. »Der Wettkampf war ein Vorwand, um Arkins Lager nahe zu kommen«, teilte ich ihr keuchend mit.

»Richtig«, nickte sie. »Wir wollten versuchen, Arkins Lager auszuspähen und den steinernen Schädel zu finden, der den Fluch enthält, mit dem der Verschlinger gebunden ist. Dann galt es noch herauszufinden, wonach Arkin in der Festung der Titanen graben lässt. Erkläre mir jetzt noch, wie du das tun willst, wenn du vor aller Augen mit irgendwelchen Barbaren kämpfst.« Sie bedachte mich mit einem harten Blick. »Ohne Seelenreißer bist du kein besonders guter Kämpfer.«

»Ich bin seit unserem letzten Kräftemessen besser geworden«, teilte ich ihr erhaben mit.

»Das mag sein«, nickte sie und tippte mir so hart auf mein Brustbein, dass ich das Gefühl hatte, sie hätte mir damit sämtliche Luft zum Atmen genommen. »Nur bist du zurzeit so schwach, dass es nicht mehr als einen Finger braucht, um dich zu besiegen.« Sie erbrachte den Beweis und drückte fester gegen meine Brust, sodass ich hilflos rücklings in mein Bett fiel. »Selbst mit deinem Schwert erginge es dir nicht anders«, fügte sie ernsthaft hinzu. »Wir wissen aus Erfahrung, dass es unwillig ist, wehrlose Opfertiere anzunehmen, die keine echten Gegner sind. Und wen von uns würdest du opfern wollen, um wieder zu genesen?«

Mein Blick teilte ihr mit, dass sie die Antwort wissen müsste.

»Eben«, sagte sie gelassen. »Ich habe nicht die Absicht, meine Kunst an dir zu üben, damit du dich von Barbaren abschlachten lassen kannst.« Sie setzte sich wieder und legte ihre Hände in den Schoß, um mich sorgsam zu mustern. »Konrad hat die Spur der dunklen Elfen aufnehmen können. Sie führt zur Festung der Titanen und endet dort in einer Art Tunnel im Fels.«

»Warum sind sie dorthin geflohen?«, überlegte ich laut.

»Es wird einen Grund geben«, meinte sie nachlässig. »Außerdem, wer sagt, dass sie dorthin geflohen sind?«

»Ich dachte, Konrad ...«

Sie schüttelte den Kopf. »Sie sind zur Festung der Titanen gegangen. Hätten sie nur fliehen wollen, hätten sie einen anderen Weg genommen. Etwas zieht sie dort hin.«

»Nur was?«

»Irgendetwas wird es dort geben«, sagte sie nachdenklich. »Wir wissen, dass sie dein Schwert in ihrem Besitz haben, das ist für uns Grund genug, ihnen dorthin zu folgen. Das erscheint mir wichtiger, als dass du dich von Barbaren in kleine Stücke hauen lässt. Was Elsine angeht, sie, Delgere und die Hüterin haben es sich in den Kopf gesetzt, den Tarn für sich zu erringen. Wenn ihnen das so viel bedeutet, sollen sie auch selbst dafür kämpfen.«

Sie wies zu dem Rüstungsständer in der Ecke hin, auf der meine kaiserliche Rüstung hing. »Die Wettkämpfe fangen bald an. Es wäre gut, wenn man dich dort sieht. Oder zumindest deine Rüstung. Sivret ist groß genug, um sie zu tragen, wenn man ihn an den richtigen Stellen auspolstert. Das gibt uns die Gelegenheit, zur Festung der Titanen zu reiten und nach deinem Schwert zu suchen.«

»Ich kann kaum stehen«, protestierte ich. »Wie soll ich da reiten können?«

»Mach dir darüber keine Sorgen«, sagte sie freundlich. »Zur Not können wir dich am Sattel festbinden.« Sie stand auf und nickte mir zum Abschied zu. »Ich komme wieder, nachdem ich nach Ragnar gesehen habe.«

»Hilf mir auf«, bat ich sie. »Ich will meinen Freund sehen.«

»Warte«, bat sie mich und ging zum Vorraum, um gleich darauf zurückzukommen und mir einen überraschend schweren, schwarzen Stab zuzuwerfen. Er war aus Eisenholz gefertigt, in der Form von drei Ranken geschnitzt, die sich umeinander wanden, um an der Spitze, von den Enden dieser drei Stränge eingefasst, in einer polierten Kugel aus schwarzem Obsidian zu enden. Ich fing ihn mit der Rechten auf und sah ihn verwundert an.

»Es ist der Stab der Maestra«, erklärte Zokora.

»Er fühlt sich warm an. Als ob er lebendig wäre«, sagte ich verwundert, während ich meine Finger über das kunstvolle Schnitzwerk gleiten ließ.

»Diese Stäbe dienen einem Maestro als ein Fokus, um ihre Magien zu bündeln oder den Weltenstrom zu ihrem Nutzen anzuzapfen. Sie werden über die Generationen von Mutter zu Tochter und von Vater zu Sohn vererbt und jede Generation fügt dem Stab etwas hinzu. Oftmals verwenden Maestros ihre eigene Lebenskraft, um Magie zu wirken, kein Wunder also, dass er sich lebendig anfühlt.«

Ich setzte den Stab auf dem Boden auf und zog mich daran hoch. Stützte ich mich auf ihn, war der Schmerz in meinem Bein gerade so zu ertragen. »Hättest du den Stab dann nicht besser Elsine oder der alten Enke geben sollen?«

Sie sah mich verwundert an.

»Warum? Er ist deine Kriegsbeute, Havald, er gehört dir. Abgesehen davon ist es jetzt zu spät dazu.«

»Wie das?«, fragte ich überrascht.

»Schau auf den Stein.«

Die Kugel aus schwarzem Obsidian war noch immer schwarz wie die Nacht, doch jetzt schienen sich dort fahle Schlieren über der Oberfläche zu winden, um dann schimmernd langsam über die ineinander geschlungenen geschnitzten Ranken zu gleiten. Und dort, wo ich ihn hielt, auch über meine rechte Hand.

»Ich bin eine Priesterin.« Zokora nickte, als ob sie etwas bestätigt sehen würde, das sie schon lange vermutet hatte. »Solche Stäbe sind nichts für mich. Er hat darauf gewartet, dass ein Maestro ihn berührt, und mir scheint es, als hätte er ihn in dir gefunden. Somit ist er für jeden anderen Maestro wertlos.« Ein leichtes Lächeln spielte über ihre Lippen. »Ich glaube nicht, dass du sterben willst, nur um Elsine oder Aleahaenne ein Geschenk zu machen.«

»Es gibt nur einen Fehler in deiner Überlegung«, teilte ich ihr mit, während ich einen vorsichtigen Schritt versuchte. Ein Wettrennen würde ich wohl kaum gewinnen, doch solange ich die Zähne zusammenbiss, um nicht zu laut zu stöhnen, mochte es gehen. »Ich bin kein Maestro.«

»Ein Maestro ist jemand, der das Talent zur Magie besitzt.« Ihr Lächeln wurde breiter. »Ich habe noch nie gesehen, dass du einen Span verwendet hast, um deine Pfeife anzuzünden.«

»Ein Talent, wie andere es auch besitzen«, versuchte ich zu widersprechen, doch sie schüttelte den Kopf.

»Könntest du über Wasser gehen oder wie Nataliya durch Stein oder das Holz nach deinem Willen formen, würde ich dir zustimmen, Havald. Du aber beherrschst Feuer und Eis. Die Elemente fügen sich nur dem Willen von Maestros.« Sie blickte zu dem Stab. »Es ist müßig. Der Stab hat dich als seinen neuen Besitzer erkannt.« Sie grinste schelmisch. »Bilde dir nichts darauf ein, was auch immer du als Talent besitzt, solange du nicht weißt, wie es zu nutzen ist, bringt es dir nichts.« Sie hob fragend eine Augenbraue an. »Willst du jetzt hier nur herumstehen oder deinen Freund Ragnar auf dem Krankenbett besuchen?«

»Ich sehe… du bist … unter die Maestros … gegangen«, sagte Ragnar mühsam mit Blick auf meinen Stab, während er sich ein schmerzhaftes Lächeln abrang. »Ich … würde gerne … aufstehen, doch wie du siehst … hat sie mich wie ein Paket … verschnürt.«

Tatsächlich war dies nicht weit von der Wahrheit entfernt, Zokora hatte an ihm deutlich mehr Verbände verbraucht als an mir.

»Diese dunklen Elfen … sind … schlechte Schützen«, fügte Ragnar schwer atmend hinzu, während ich seine Hand griff und hielt. »Sie haben mich … mit gleich … fünf Pfeilen gespickt und … keiner davon hat … richtig getroffen.«

»Dafür hat dich das Gift fast umgebracht«, sagte Zokora ungerührt und beugte sich über ihn, um in seine Augen zu sehen. »Gut«, nickte sie befriedigt. »Das Fieber lässt bereits nach.«

Für mich stellte es sich anders dar, Ragnar war bleich wie gekochtes Leinen, und wo die Verbände seine Haut nicht bedeckten, war er von einer Schweißschicht bedeckt. Und der Geruch, der von ihm ausging, ließ mich beinahe vor meinem alten Freund zurückschrecken. Ich kannte diesen Geruch, der Geruch von Fieber, Krankheit und Tod.

Erschrocken sah ich zu Zokora hin, die wohl wieder meine Gedanken las.

»Es ist das Gift«, sagte sie leise. »Du riechst es in seinem Schweiß. Aber ich verspreche dir, Ragnar wird leben.«

»Das … ist gut zu wissen«, keuchte Ragnar. »Mein Weib … würde es mir nie verzeihen, käme ich … nicht zu ihr zurück.« Er presste meine Hand und zog mich zu sich herab. »Havald«, flüsterte er schwer atmend. »Ich habe … sie im Streit verlassen. Wenn … wenn Zokora… sich täuscht, sag Esire, dass … ich sie liebe.«

»Sag es ihr selbst«, meinte ich und versuchte, aufmunternd dabei zu klingen. »Warum hast du mit ihr gestritten?«

»Ich habe … sieben Töchter, Havald«, brachte er hervor. »Sieben gesunde Kinder, doch … das Letzte brachte sie bei der Geburt beinahe um. Und jetzt … jetzt … will sie mir einen Sohn geben, aber ich will sie … nicht verlieren. Ich sagte ihr, dass ich glücklich bin, aber sie nahm die Kräuter nicht … sie belog mich, um … mir einen Sohn zu schenken …« Sein Griff brach mir fast die Knochen meiner anderen Hand. Ich verstand Esire, ich konnte mich noch gut daran erinnern, wie sehr es sie beide getroffen hatte, dass ihr erstgeborener Sohn noch im ersten Lebensjahr zu den Göttern gegangen war. Ich hatte geholfen, ihn in die Welt zu holen, und ich war es gewesen, der ihn begraben hatte.

Sie hatten ihn nach mir benannt.

»Ragnar«, bat ich ihn leise. »Nicht so fest, du hast mir bereits drei Finger gebrochen, diese hier brauche ich noch.«

»Entschuldige«, keuchte er und ließ etwas lockerer. »Aber versprichst du mir, dass du dich um Esire kümmern wirst?«

»Du wirst zu ihr zurückkehren und ihr verzeihen, hörst du mich?«

»Ich ihr?« Er lachte gequält, um anschließend das Gesicht schmerzhaft zu verziehen. »Ich hoffe … nur, dass … sie mir vergibt.«

»Ich verstehe das«, mischte sich mit kühler Stimme Zokora ein. »Ihr seid Freunde und all das. Doch Ragnar wird nicht sterben. Also braucht es das ganze Gerede nicht. Was dein Weib angeht, Ragnar, wende dich an die alte Enke. Sie weiß, wie man verhindert, dass dein Weib im Kindbett stirbt. Ruh dich aus, Ragnar, Havald muss sich um den Wettkampf kümmern.«

»Ich hörte, man hätte … dir dein Schwert gestohlen«,

nickte Ragnar mühsam. »Dieser Stab ist ein kümmerlicher Ersatz. Nimm meine Axt, dann … wirst du siegen.«

»Er wird nicht kämpfen«, sagte Zokora unwirsch. »Die Hüterin wird die Herausforderung annehmen. Es ist nicht Havalds Kampf. Er hat Besseres zu tun.«

Ragnar schüttelte stur den Kopf. »Er muss kämpfen«, presste er hervor.

Zokora zog auf ihre unnachahmliche Art eine Augenbraue hoch. »Ach ja? Warum muss er das? Warum soll er für Elsine bluten?«

»Es geht … um seine Legende«, brachte Ragnar mühsam hervor. »Die Kor … müssen verstehen, dass er der Wanderer ist. Er braucht diesen Kampf, damit … sie an ihn glauben!«

»Das ist Unsinn, Ragnar«, widersprach ich. »Du weißt, dass es mir nicht um die Legenden geht. Sollen sie doch über dich singen, alter Freund, du hast es ebenso verdient! Zokora hat recht, die Hüterin ist besser dazu geeignet, diesen Kampf zu bestreiten.«

»Zokora«, sagte Ragnar rau. »Ich dachte … du verstehst es!«

»Hhm«, begann sie und legte ihren Kopf schräg, als sie mich eindringlich musterte. »Ich gebe zu, diesen Aspekt habe ich nicht bedacht.« Sie sah zu Ragnar hin und nickte kaum merklich. »Du bist nicht so dumm, wie du tust.«

»Es ist ein Geheimnis«, grinste Ragnar, auch wenn ihm anzusehen war, dass ihm jedes Wort Schmerzen bereitete. »Behalte es für dich.«

Ich sah von ihm zu ihr. »Um was geht es hier?«, fragte ich die beiden misstrauisch.

»Wenn es jeder weiß, ist es kein Geheimnis«, stellte Zokora kühl fest und stand auf, um mich mit ihren dunklen Augen zu durchbohren. »Dein Freund Ragnar hat recht, die Kor müssen an dich glauben. Also nehme Ragnars Axt und lasse diesen lächerlichen Stab hier liegen, du wirst schwerlich die Barbaren damit besiegen können.«

»Was ist hier los?«, hörte ich Serafines Stimme und drehte mich um, gerade rechtzeitig, um zu sehen, wie sie sich durch den Eingang duckte. Sie hatte wohl Zokoras letzte Worte gehört und schien nicht mit ihr übereinzustimmen. »Ich dachte, wir hätten uns darauf geeinigt, dass Havald nicht kämpfen wird? Er ist zu schwer verletzt!«

»Tatsächlich sind die Wunden selbst nicht das Problem«, äußerte Zokora gelassen. »Das Gift und der Blutverlust allerdings haben ihn zu sehr geschwächt.« Sie musterte Ragnars Axt, die neben ihm an seiner Bettstatt lehnte. »Ragnarskrag wird ihm die Kraft geben, die er braucht.«

Ich schüttelte unverständig den Kopf. »Erkläre mir, weshalb du deine Meinung geändert hast.«

»Es ist einfach«, sagte Zokora mehr zu Serafine als zu mir. »Betrachtet man es nüchtern, ist Havald kein guter Kämpfer. Doch es ist weder sein eher mangelndes Kampfgeschick noch Seelenreißer, der ihn zu dem macht, der er ist. Es ist vielmehr der Respekt, den man ihm entgegenbringt. Deshalb hören andere auf ihn.« Sie sah Serafine und mich eindringlich an. »Er will diesem Land den Frieden bringen … dazu muss er sich den Respekt der Kor verdienen. Nur so hat sein Wort auch bei ihnen Gewicht.«

Serafine schüttelte stur den Kopf. »Ich will ihn dort nicht kämpfen sehen.«

»Wir haben das Lager der schwarzen Legionen erkundet«, sagte Zokora bedächtig. »Und die Soldaten dort belauscht. Sie wissen, wer Havald ist, und sie halten ihn für unbesiegbar und vermengen bereits seine Legende mit der der zweiten Legion. Sie wissen, dass er der Engel des Todes ist und dass der Nekromantenkaiser ihn fürchtet. Legenden und Aberglaube können uns nützen. Wenn er also hier kämpft und den Tarn für Delgere und Elsine erringt, werden sie umso unwilliger sein, gegen ihn und seine Legion in die Schlacht zu ziehen. Manchmal werden Schlachten nur dadurch gewonnen, dass der Gegner einen überschätzt.«

»Was ist, wenn Havald nicht gewinnt?«, fragte Serafine besorgt. »Schau ihn dir doch an, er ist bleich wie ein Leichentuch und kann kaum gerade stehen!«

»Seras«, erinnerte ich die beiden. »Ich stehe hier und kann euch hören. Solltet ihr nicht mich dazu befragen?«

»Nein«, sagte Zokora ungerührt. »Wir wissen bereits, wie du entscheiden wirst.« Ihr Lächeln wurde geradezu bösartig. »Zudem haben wir übersehen, dass Havald nicht alleine kämpfen wird.«

»Nicht?«, fragte Serafine erstaunt. »Ich dachte, die Kämpfer treten einzeln gegeneinander an?«

»Ja«, nickte Zokora und lächelte schmal. »Wie du weißt, hat es bereits Kämpfe gegeben, einer der Gewinner kämpfte zusammen mit einem gezähmten Löwen, und zwei der anderen haben ihren Kampf auf dem Rücken ihrer Pferde bestritten. Es spricht also nichts dagegen, dass Havald auf Zeus reitet.«

Ragnar fing an zu lachen.

Ich sah besorgt zu ihm hin, vielleicht litt auch er unter den Nachwirkungen von Zokoras Trank.

»Irgendwie glaube ich nicht«, keuchte er und verzog schmerzhaft das Gesicht, als er wieder lachen musste, »dass die Kor auf Zeus vorbereitet sind!«

Ragnarskrag

4 Es war Schwertmajor Usmar, der uns kurz vor der bestellten Zeit abholte. Er zügelte sein Pferd vor uns, sah uns nacheinander lange an, um mir dann einen scharfen Blick zu widmen.

»Ihr wollt also doch kämpfen«, begrüßte er mich.

»Ja.«

»Ich bin erstaunt, Euch aufrecht zu sehen«, meinte er mit einem falschen Lächeln. »Ich hörte, Ihr wäret verletzt worden?«

»Man darf nicht alles glauben, was man hört«, antwortete ich ihm mit einem leichten Schulterzucken, mehr wäre zu schmerzhaft gewesen. Mein Lächeln war mindestens so falsch wie das seine.

»Gut«, sagte er und beruhigte sein Pferd, das unruhig geworden war, als Sivret, der Anführer von Ragnars Wolfskriegen, ihm zu nahe kam. »Hat man Euch über die Regeln aufgeklärt?«

»Erklärt sie mir erneut«, bat ich ihn.

»Ihr dürft drei Eurer Gefolgsleute mit auf den Kampfplatz nehmen. Nach jedem Kampf ist es Euch erlaubt, Euch drei Dochte lang auszuruhen, Eure Wunden versorgen zu lassen, Rüstung oder Waffen zu wechseln. Dafür wird Euch ein Zelt zur Verfügung gestellt. Euren Gefolgsleuten ist es verboten, den Ring zu betreten, den Kampf zu beeinflussen oder den Euch zugewiesenen Bereich zu verlassen. Wird dem zuwidergehandelt, bedeutet dies, dass Euer Streiter verloren hat und seinen Kopf verlieren wird. Habt Ihr Eure Gefährten ausgesucht?«

Ich nickte und wies auf Serafine, die alte Enke und Sivret. »Sie werden mich begleiten.«

Er nickte und musterte das schwerbeladene Packpferd, dessen Zügel von Serafine gehalten wurde. »Was hat es geladen?«

»Rüstungen und Waffen«, antwortete Serafine mit einem kalten Blick. »Havald wird mehr als einmal kämpfen müssen.«

»Ihr werdet es brauchen«, nickte der Schwertmajor und zog sein Pferd herum. »Aufsitzen und folgen!«

Wieder ging es durch ein Spalier der Barbaren, doch diesmal war etwas anders als gestern, als man uns mit schweigenden und feindseligen Blicken begrüßt hatte, heute erschienen mir die Blicke der Barbaren nachdenklicher und nicht mehr so sehr von Hass erfüllt. Dennoch war es ein ungemütlicher Ritt, zumal es der Schwertmajor nicht eilig zu haben schien.

Er zügelte sein Pferd und wartete, bis ich zu ihm aufgeschlossen hatte, um mich misstrauisch zu mustern.

»Gestern noch hatte ich den Eindruck, als ob sich diese Barbaren am liebsten auf Euch stürzen wollten«, ließ Usmar mich dann wissen. »Heute scheinen sie Euch fast schon wohlwollend zu mustern. Wie habt Ihr das erreicht?«

Serafine wandte sich im Sattel zu ihm hin und bedachte ihn mit einem kalten Blick. »Ihr erwartet doch nicht wirklich, dass wir Euch darauf eine Antwort geben?«

Er deutete im Sattel eine leichte Verbeugung an.

»Wohl nicht.« Er sah von uns zu den schweigenden Barbaren hin, die unseren Weg zum Kampfplatz säumten. »Wahrscheinlich erweisen sie dem Lanzengeneral einfach nur den letzten Respekt. Wir wissen alle, dass er den heutigen Tag nicht überleben wird.« Er tat eine Geste hin zu meinem Schwert, das an meiner Seite hing, und dann zu Ragnars Axt, die hinter meinem Sattel verzurrt war. »Ohne Euer Schwert seid auch Ihr nur sterblich. Da wird Euch diese Axt nichts nützen.«

Ich erinnerte mich an Zokoras Worte, dass Legenden und Aberglauben von Nutzen sein konnten. »Ich bin der Engel des Todes«, erinnerte ich den Schwertmajor freundlich. »Ich brauche keine Waffen, um Soltars Wille auf der Weltenscheibe durchzusetzen.«

»Ihr dient einem schwachen Gott«, sagte Usmar und lachte. »Wir werden noch heute sehen können, wie schwach er ist.«

Ohne ein weiteres Wort trieb er sein Pferd an und ritt wieder vor.

»Hhm«, meinte Sivret mit einem breiten Grinsen. »Mir kam es vor, als wäre er ein wenig weiß um die Nase geworden.«

»Sein Lachen klang auch etwas gekünstelt«, fügte Serafine mit leicht erkennbarer Genugtuung hinzu, um dann leise zu fluchen, als das Packpferd unruhig wurde. »Sivret!«, herrschte sie den blonden Hünen an. »Halte Abstand von dem götterverfluchten Packpferd, bevor es mir noch durchgeht!«

»Entschuldigt«, meinte Sivret verlegen. »Doch es liegt nicht an mir, ich kann gar nicht so sehr nach Wolf riechen. Ich habe mich diese Woche schon gewaschen.«

»Erkläre das dem Pferd!«, knurrte Serafine, und Sivret, mit einem Blick zu dem Tier hin, nickte und ließ sein eigenes Pferd zurückfallen, während er etwas in seinen geflochtenen Bart grummelte.

»Was hat er gesagt?«, fragte ich Serafine leise.

»Etwas davon, dass er sich frisch den Bart gefettet hat und gut riechen würde.« Sie sah zu ihm zurück und seufzte. »Vielleicht hat er recht, und das Pferd riecht nicht den Wolf, sondern das Fett in seinem Bart!«

Der Kampfplatz war ein weites Feld, das von niedrigen Hügeln gesäumt war, einst hatten hier vielleicht Gebäude gestanden, doch ihre Geheimnisse lagen Mannslängen tief unter der Erde begraben, nur hier und da ragten mächtige behauene Steine aus dem Boden heraus. So groß das Feld auch war, es bot nicht Platz für alle, die die Kämpfe sehen wollten. Jeder Hügel, jeder verkrüppelte Baum, jeder freie Fußbreit war mit Trauben von Neugierigen gefüllt. Auf der linken Seite waren es die mit schwarzen Lederrüstungen gewappneten Soldaten der schwarzen Legionen, rechts der wilde Haufen der Kor, die ihre Kämpfer anfeuerten oder mit lautem Gegröle begrüßten. Die Tribüne selbst bestand aus einem mächtigen Steinblock, den man zum Teil aus einem Hügel ausgegraben hatte, um Platz für Kriegsfürst Arkin und sein Gefolge zu schaffen, auf dem Hügel selbst bewegten sich träge die beiden Flaggen der Legionen im leichten Wind.

Links und rechts des mit Steinen markierten Rings standen Zelte, elf auf unserer linken Seite, eines auf der rechten. Dorthin führte uns der Schwertmajor, um dann sein Pferd zu zügeln.

»Ihr werdet Hornsignale hören«, teilte er uns mit. »Das ist das Signal für die Kämpfer, gemeinsam zu der Tribüne dort vorne zu reiten und dem Kriegsfürst die Ehre zu erweisen. Die Kämpfe werden ausgelost, doch dies gilt nur für die Kor, die bereits ihre Tapferkeit in den vorangegangenen Kämpfen unter Beweis gestellt haben. Ich fürchte, Ihr werdet gegen jeden von ihnen antreten müssen. Erst wenn Ihr fallt, entscheidet das Los über den weiteren Verlauf des Wettstreits, aber das dürfte Euch dann nicht mehr berühren.« Mit diesen Worten zog er sein Pferd herum und ritt davon.

Wir sahen ihm nach.

»Was für ein freundlicher Zeitgenosse«, stellte Serafine fest und machte sich zusammen mit Enke daran, das Packpferd abzuladen. »Sehen wir zu, dass wir hier fertig werden, viel Zeit bleibt uns dafür nicht.«

»Beim Wolf, es ist lange her, dass ich einen solchen Anblick sah«, sagte die alte Enke fast ehrfürchtig, als sie und Konrad mich musterten. »Als wir das erste Mal kaiserliche Kavallerie gesehen haben, dachten wir zuerst, es wären mythische Wesen aus Fleisch und Stahl mit vier Beinen und zwei Köpfen. Die Erde bebte unter dem Ansturm ihrer Hufe, und nicht nur ich wähnte uns verloren.«

»Das kann ich mir gut vorstellen«, sagte Serafine. »Es ist ein erhabener Anblick, die schwere Reiterei in die Schlacht reiten zu sehen.«

»Zumindest, bis sie aus dem Sattel fallen«, nickte die alte Enke grimmig. »Oder man sie in einen Wald lockt, Baumstämme eignen sich gut dafür, vorwitzige Reiter aus dem Sattel zu fegen.«

»Ihr sprecht hier über einen Krieg, der seit Jahrhunderten vorbei ist«, erinnerte ich die beiden Seras, während ich mich nach vorne beugte, um Zeus am Hals zu tätscheln oder besser die schwere Pferderüstung, die er trug. Er verstand mich trotzdem und schwenkte seinen Kopf herum, um mich durch die Schlitze seiner Rossstirn anzusehen. Ein gut einen Fuß langes metallenes Horn glänzte bedrohlich auf seiner Stirn. Ich wusste, dass wir eine Pferderüstung mit uns führten, doch auch ich hatte sie zum ersten Mal gesehen, als Serafine mir Zeus eben zuführte. Wie meine eigene Rüstung auch, war seine Pferderüstung ein Meisterwerk kaiserlicher Schmiedekunst. Als ich Zeus derart gerüstet sah, hatte ich Serafine gefragt, wie sie es vollbracht hatte, eine Rüstung für ihn zu finden, die ihm so gut angepasst war.

»Stofisk«, hatte sie geseufzt. »Der Mann kann Wunder vollbringen.«

In der Tat.

Auch wenn es lange her war, dass Zeus einen solchen Rossharnisch getragen hatte, war dies nicht ungewohnt für ihn, überhaupt schien er gelassen und geduldig, was ihn allerdings nicht daran hinderte, mit seinen Zähnen zweimal die Satteldecke wegzuziehen, als Serafine ihn sattelte, oder für den Sattelgurt die Luft anzuhalten, um sich aufzublähen. Er hatte wissen müssen, dass er damit nicht durchkam, doch es lag in seiner Natur, es zu versuchen.

»Das mag sein«, nickte jetzt die alte Enke. »Vergessen ist der Krieg allerdings nicht, zumindest wir erinnern uns daran.« Sie schüttelte grimmig den Kopf. »Aber du hast recht, Havald, das war damals und heute ist heute.« Sie lächelte etwas angestrengt. »Auch wenn ich es kaum fassen kann, dass ich heute einem Bullen der zweiten Legion den Sieg wünsche.«

»Bist du sicher, dass du das wahrhaftig tun willst?«, fragte Serafine mich besorgt. »Noch ist es nicht zu spät.«

»Du hast doch Ragnar gehört, ich muss meine Legende aufpolieren«, lachte ich und versuchte, überzeugend zu klingen. Es gelang mir wohl nicht ganz, denn die Besorgnis wollte nicht aus ihrem Gesicht weichen.

»Wie geht es deinen Wunden?«

»Zusammen mit der straff angezogenen Rüstung und den Verbänden behindern sie mich kaum.« Ich klopfte auf meinen Beinpanzer. »Zokora sagt, ich muss vor allem auf mein Bein achten, damit die Ader mir nicht reißt. Auf der anderen Seite ist mir von den halben Dutzend Tränken, die sie mir eingeflößt hat, jetzt so schlecht, dass ich kaum noch Schmerzen spüre.« Ich sah dankend zur alten Enke hin. »Sie hat zudem noch den Winterwolf angerufen, um ihn um Heilung für mich zu bitten.«

Enke nickte. »Ich habe auch das Gefühl, er hätte mich erhört«, sagte sie. »Wie ist es, spürst du denn Linderung?«

Als ich diesmal lachte, war es nicht gespielt. »Wie soll ich das bei den ganzen Tränken sagen können? Aber ja, mir geht es besser.« Als hätte er es zum Anlass genommen, zog sich mein Magen so heftig zusammen, dass ich beinahe laut aufgestöhnt hätte. »Glaube ich«, fügte ich gepresst hinzu. Was nicht dazu beitrug, die beiden zu beruhigen.

Ein Hornsignal ertönte, und Serafine schluckte. »Es ist Zeit«, meinte sie leise.

Ich nickte und griff nach der Gesichtsmaske, die sie mir reichte. Sie war so sorgfältig gefertigt, dass sie anlag wie eine zweite Haut und dennoch Platz zum Atmen und zum Sprechen ließ, die Augenöffnungen lagen so dicht an, dass sie mich kaum behinderten, nur pfiff es leise, wenn ich durch die Nase atmete, und klang dumpf, wenn ich etwas sagte.

»Achte auf dich«, bat Serafine mich.

»Immer«, gab ich ihr Antwort und griff nach Ragnars Axt. Kaum hielt ich den stählernen Schaft in meiner Hand, spürte ich schon, wie ihre Magie mich durchströmte, die schwere Axt erschien mir auf einmal leicht wie eine Feder. Ich sah noch einmal zu Serafine zurück und wollte ihr beruhigend zulächeln, doch dann spürte ich das kalte Metall der Kriegsmaske an meinen Wangen. Also nickte ich ihr nur zu und ritt an.

Auch Zokora hatte sich darin versucht, mir mit heilender Magie zur Seite zu stehen, aber hier, in der Steppe, war sie von ihrem Glauben so weit entfernt, dass sie keine großen Wunder wirken konnte. Es war die alte Enke gewesen, die dann den Winterwolf angerufen hatte, ein alter Gott, dessen Glauben im Kaiserreich fast vergessen war, doch die Kor verehrten ihn noch immer, vielleicht auch deshalb besaßen ihre Gebete hier mehr Macht.

Hauptsächlich aber schrieb ich es Zokoras Tränken zu, dass ich hier im Sattel saß. Sie hatte mich davor gewarnt, mich nicht von ihrer Wirkung täuschen zu lassen.

»Du wirst dich fühlen, als ob dich nichts berühren kann«, hatte sie mir ernsthaft mitgeteilt. »Doch es ist eine Täuschung, du bist noch immer verletzt. Drei Finger deiner linken Hand sind gebrochen, Havald, auch wenn du den Schmerz nicht fühlst, du wirst mit ihr nicht fest zugreifen können, also habe acht davor, dass du dich für unbesiegbar hältst, du bist es nicht.«

Ihre Warnung klang mir in den Ohren, als ich auf Zeus zu der Tribüne ritt, wo Kriegsfürst Arkin Hof hielt. Er hatte sich einen bequemen Stuhl hinstellen lassen und war von einem Hofstaat von Offizieren umgeben, eine Rekrutin stand bereit, ihm von einem niedrigen Tisch hinter ihm Wein zu kredenzen oder Köstlichkeiten anzureichen. Arkin war ein eher drahtiger Mann von durchschnittlicher Größe und mit einem feuerroten Haar verflucht, das ihn auf hundert Schritt erkennbar machte. Er trug den Beinamen »der Fuchs«, und ich war mir sicher, dass er ihn sich auch verdient hatte.

Bis jetzt waren die meisten Kriegsfürsten, von denen wir Kenntnis erhalten hatten, sowohl Nekromanten gewesen als auch in irgendeiner Form mit Kolaron Malorbian verwandt. Nach dem zu schließen, was Varosch und Zokora in seinem Lager erfahren hatten, war Arkin beides nicht. Und das bedeutete, dass er außergewöhnlich fähig sein musste.

»Die vierzehnte Legion ist seine eigene Legion«, hatte Varosch erklärt, als ich mir hastig den Magen vollschlug, während er und Serafine mir geholfen hatten, meine Rüstung anzulegen. »Ihr kennt den Brauch, die Wappen der besiegten Feinde an die Legionsfahne anzunähen? So wie es aussieht, braucht er bald eine größere Flagge. Kolaron Malorbian hat ihm das Kommando über den Feldzug gegeben, er befehligt fünf Legionen und zwei andere Kriegsfürsten, alleine das sollte uns schon eine Warnung sein.«

»Was sagen seine Männer über ihn?«, hatte ich trotz des vollen Munds gefragt und hastig mit einem Schluck Dünnbier nachgespült. Nicht zu viel davon, es wäre ein dummer Fehler gewesen, mit einer vollen Blase in den Kampf zu ziehen, ein Fehler, der schon so manchem Kämpfer einen elenden Tod beschert hatte.

»Er gilt als hart, diszipliniert, aber gerecht. Er verzichtet auf Privilegien und isst mit seinen Männern zusammen, im Kampf ist er in der vordersten Reihe zu finden.« Varosch hatte bedauernd den Kopf geschüttelt. »Es ist zu schade, dass er nicht auf unserer Seite ist, jemanden wie ihn könnten wir gebrauchen.«

Ja, dachte ich, als ich nun langsam zu den anderen Kämpfern aufschloss, eine dünne Reihe, die sich nun auf breiter Front zu der Tribüne hinbewegte. Vor allem aber könnten wir mehr Legionen gebrauchen. Es war für mich noch immer schwer verständlich, wie es sein konnte, dass ein so mächtiges Reich wie das legendäre Askir solche Schwierigkeiten hatte, Armeen aufzustellen. Auf der anderen Seite hatte der Nekromantenkaiser Jahrhunderte Zeit gehabt, sich auf diesen Krieg vorzubereiten. Zwar war es uns gelungen, immer wieder einen Achtungserfolg zu erringen, doch auch ich hatte meine Zweifel, ob das Kaiserreich auf lange Sicht dieser Übermacht standhalten konnte. Für jede Feindlegion, die unterging, standen bald zwei neue auf dem Feld.

Ich sah zur linken Seite hin, zu dem endlos erscheinenden Meer von schwarz gerüsteten Soldaten, scheinbar hatte Arkin heute den meisten seiner Legionäre frei gegeben, um dem Wettstreit beizuwohnen. Ich fragte mich, was sie von dem Ganzen halten mochten.

Arkin hatte sie über Tausende von Meilen marschieren lassen, eine unvorstellbare Distanz, alleine dies schon ein Meisterwerk der Strategie, aber es hatte ihnen auch einen hohen Blutzoll abverlangt. Wüste, schneebedeckte Gebirge, Hungersnöte, Seuchen, all dem hatten sie getrotzt, doch Zokora und Varosch hatten mir berichtet, dass viele dieser tapferen Soldaten bis auf die Knochen abgemagert waren und die Nachschublager bereits jetzt so gut wie leer waren.

Wenn Kriegsfürst Arkin so gerissen war, wie man es ihm nachsagte, warum, bei allen Göttern, ließ er seine Soldaten in dieser unwirtlichen Gegend so lange lagern? Gut, es gab in der Nähe einen Fluss mit frischem Wasser und auch Gras für die Pferde, vielleicht am Anfang auch noch Wild und Fische; ich bezweifelte allerdings, dass es im Moment noch einen einzigen Fisch im Fluss oder einen Hasen in der Ebene zu finden gab. Eine Armee von zwanzigtausend Mann brauchte unvorstellbare Mengen an Nahrung.

Spätestens morgen oder übermorgen würde Arkin erfahren, dass der Nachschub, den er so dringend benötigte, ausbleiben würde. Von der Festung der Titanen bis zur Feste Braunfels war es für eine Legion eine Strecke von sechs bis acht Tagesmärschen, acht Tage ohne Nachschub musste auch diese zähen Soldaten zermürben. Sie lagerten seit fast zehn Wochen hier, hätte er damals seine Legionen direkt gegen Braunfels geführt, hätten sie die Feste wahrscheinlich auch genommen. Zu dem Zeitpunkt hatten wir ja nicht einmal gewusst, dass es dem Nekromantenkaiser gelungen war, so weit im Osten zwei Legionen aufmarschieren zu lassen.

Warum also ließ Arkin seine Legionen hier verhungern?

Laute Rufe der anderen Streiter in der Reihe ließen mich aus meinen Gedanken aufschrecken, offenbar hatte Arkin etwas gesagt. Zokora hatte mich davor gewarnt, dass die Wirkung der Tränke es mir schwerer machen würde, meine Gedanken zu sammeln, offenbar war auch diese Warnung ernst zu nehmen.

Ich sah hoch zu Arkin und stellte fest, dass sein Blick auf mir ruhte. Ich wusste, was er sah, und fragte mich, was er wohl dachte. Alles an mir, von der Rüstung bis zu meinem Umhang und der Kriegsmaske mit dem ausdruckslosen Gesicht, war schwarz, so schwarz, als ob ich das Licht verschlucken würde, Sivret hatte sich vorhin entsprechend dazu geäußert. Gleiches galt auch für Zeus und seine Rüstung, selbst die Blässe auf seiner Stirn war durch die Rossstirn verdeckt. War Arkin auch abergläubisch? Oder war sein nüchterner Blick unbeeinflusst von solchen Gedanken?

Dafür trug er die geprägte weiße Lederrüstung eines Kriegsfürsten des Nekromantenkaisers. Dass ich so ganz in Schwarz und er in Weiß angetan waren, erschien mir falsch. Kaum jemand hatte je mehr Unheil über die Weltenscheibe gebracht als der Nekromantenkaiser. Arkin so zu sehen, in Weiß, in der Farbe der Reinheit, kam mir vor wie ein Hohn. Auf der anderen Seite hätte mir die Farbe der Unschuld auch wenig gestanden.

»Im Namen Kolaron Malorbians, Gottkaiser von Thalak, heiße ich euch willkommen«, rief er nun in einer tragenden Stimme, die dennoch kaum jeden hier auf dem weiten Feld erreichen würde. »Die letzten zwei, die heute Abend hier noch stehen, werden morgen vor den Augen des Kaisers um den Tarn streiten, der Gewinner dieses letzten Kampfs wird dann euer Volk unter seiner weisen Herrschaft einen.« Er holte tief Luft. »Selten bot sich für einen tapferen Mann eine solche Gelegenheit ...«

Er sagte noch mehr, doch ich hörte ihm kaum zu, vielmehr musterte ich die anderen Kämpfer, die alles aufs Spiel setzten, um den Tarn für sich zu gewinnen. Fünf Bruchstücke aus Jade, die zusammen einen Stirnreif bildeten, der vor Jahrtausenden zerbrochen worden war. Weder Asela noch Elsine oder die Hüterin hatten herausfinden können, was der Tarn zu tun vermochte, setzte man ihn wieder zusammen.

Fünf Bruchstücke aus Jade, von einer seltsamen Magie erfüllt, und eine Legende, mehr brauchte es nicht, um tapfere Männer dafür kämpfen und sterben zu lassen.

Ein lautes Rufen, ein Brausen von Stimmen, ertönte von Tausenden von Kehlen, als Arkin etwas rief und seine Hand hochhob und dann auf einen seiner Offiziere zeigte, der in eine hölzerne Kiste griff und einen Zettel hochhielt.

»Als Erstes kämpft Jorgal, ein Krieger vom Stamm der Wasserfinder, gegen den legendären Lanzengeneral des Kaiserreichs Askir, das seit Jahrhunderten unter seinem blutroten Banner dieses Land für sich beansprucht und den Kor entreißen will!«, rief Arkin und deutete theatralisch auf mich und einen der zwei anderen Reiter, einen stämmigen Krieger der Kor, der, halb nackt und nur mit einem Kurzbogen bewaffnet, ein Pferd ritt, das im Vergleich zu Zeus kaum größer als ein Pony erschien.

Derart ermuntert brauste die Menge wieder auf, diesmal war deutlich zu erkennen, dass sie mich nicht mochten, ihre Buhrufe klangen fast schon wie ein fernes Nebelhorn.

»Nehmt Eure Plätze ein«, rief Arkin und deutete auf den Ring, der von Steinen eingefasst hinter uns lag. Er war groß genug, um auch dem wildesten Kampf Raum zu geben, und mochte fast achtzig Schritt im Durchmesser sein. Zwei gegenüberliegende Tore aus aneinandergebundenen Lanzen markierten den Punkt, an dem die Kämpfer den Ring betreten sollten. Wir nickten und ritten langsam zu den Toren hin, die gerade hoch genug waren, dass ich mich auf Zeus' Rücken unter dem meinen hindurchdrücken konnte.

Ich fragte mich, was dieser Jorgal denken mochte, als er sein Pferd zügelte und seinen Bogen fester griff. Vielleicht hoffte er, dass ihm seine Beweglichkeit zum Vorteil gereichen würde, dass er mich mit seinen Pfeilen auf Abstand halten konnte … was immer es war, er war zu weit entfernt, als dass ich sein Gesicht lesen konnte.

Ich hatte die Regeln nicht festgelegt, doch einer von

uns beiden war jetzt schon ein toter Mann, nur der Sieger würde diesen Ring lebend verlassen.

Ich spürte den dumpfen Schmerz in meiner linken Hand, als ich Zeus' Zügel fester griff, die Wärme der Sonne, die auf meine schwarzen Panzerplatten fiel und mich jetzt schon schwitzen ließ, den Geschmack der Luft, den trockenen Wind und den Geruch des dürren Steppengrases unter Zeus' Hufen. Unter Helm und Maske hörte ich meinen eigenen Puls hämmern und das Pfeifen meines Atems, als ich Ragnars Axt fester bei ihrem stählernen Schaft griff.

Die Menge schrie auf, mein Gegner bewegte sich, Arkin musste das Zeichen gegeben haben, und etwas schlug gegen meinen Brustpanzer. Auf diese Distanz und von einem Pferderücken aus war es ein überragender Schuss, der sogar Varosch Respekt abgenötigt hätte, fast bedauerte ich es, dass mein Gegner dieses Können kaum Nutzen bringen würde, ein Pfeil von einem kurzen Bogen hatte noch nie kaiserlichen Stahl durchschlagen können.

Ich brauchte Zeus nicht die Sporen zu geben, er wusste, was zu tun war, ich spürte nur, wie er sich unter mir spannte und dann in einem mächtigen Sprung direkt in Galopp verfiel. Seine Größe gab ihm einen langen Schritt, und diesmal war ich nahe genug, um zu sehen, wie die Augen meines Gegners sich weiteten. Ich hatte recht behalten, er hoffte auf Beweglichkeit, er riss sein Pferd fast in vollem Sprint herum und versuchte, auf meine linke Seite zu gelangen, dorthin, wo keine Axt ihm drohte. Er spannte seinen Bogen und ließ einen seiner Pfeile fliegen, etwas schlug auf meiner Kampfmaske auf, doch dann war es zu spät für ihn.

Selbst ich war überrascht davon, wie schnell sich Zeus bewegte, schon waren wir heran, und ich gab ihm mit meinen Schenkeln das Signal ... diesmal war es Zeus, der sich auf einem Kupferstück drehte und nach hinten auskeilte.

Trotz meines Helms hörte ich den dumpfen Aufschlag und das Bersten von Knochen, als seine hinteren Hufe Pferd und Reiter trafen und sie gut und gerne eine Mannslänge in die Höhe katapultierten, bevor Ross und Reiter mit einem gequälten Aufschrei aus beiden Kehlen hart zu Boden fielen.

Zeus zögerte keinen Lidschlag, wieder sprang er vor und zur Seite, stieg ... und begrub meinen Gegner und sein Pferd unter einem Wirbel von stahlbewehrten Hufschlägen.

Erst als ich ihm das Signal gab und er, ganz in der hohen Kunst, langsam rückwärts schritt und ich sah, was seine Hufe angerichtet hatten, verstand ich, was hier geschehen war. Ragnars Axt verzehnfachte die Kraft desjenigen, der sie hielt. Varländer kämpften nur selten zu Pferde, vielleicht hatte Ragnar es nicht gewusst oder einfach nur vergessen, es zur Sprache zu bringen, doch offenbar galt das, was für den Reiter galt, auch für das Ross.

Ich kannte Zeus, hatte ihm selbst alle Tricks beigebracht, und alleine der Gedanke daran, was er mit solcher Kraft anrichten konnte, war erschreckend. Jetzt allerdings war ich dankbar dafür. Ich lenkte Zeus leicht zur Seite hin und schaute zu der Tribüne zurück, dann ließ ich meine Blicke über die Massen der Zuschauer schweifen.

Arkin tat eine Geste, ich nahm sie als mein Zeichen, den Ring zu verlassen, und ritt in Richtung meines Zelts, und dann erst fiel mir auf, dass eine bleierne Stille herrschte.

Ehrerbietung

5 »Wenn es wahr ist, dass ich nach Wolf rieche«, fragte Sivret, als er mir aus dem Sattel half. »Wieso scheut dein Pferd nicht vor mir?«

Ich lehnte mich gegen Zeus' Flanke und fuhr ihm sanft über die Unterseite seines Kiefers, so ziemlich die einzige Stelle, an der er nicht gepanzert war. »Sag mir, Sivret«, fragte ich den blonden Hünen. »Warum sollte Zeus vor Wölfen Angst haben?«

»Ja«, räumte Sivret mit belegter Stimme ein. Er beschattete die Augen, um zuzusehen, wie ein Wagen in den Ring einfuhr und den toten Barbarenkämpfer auflud und sein Pferd mit Seilen festzurrte, um dann Ross und Reiter aus dem Ring zu ziehen. »Warum sollte er.«

»Es war abzusehen, wie es ausgehen würde«, stellte Serafine ruhig fest und wartete, bis ich die Kriegsmaske gelöst hatte, um mir dann einen Becher mit kühlem, klarem Wasser zu reichen. Ich sah zweifelnd auf das kühle Nass.

»Ich habe es gereinigt«, teilte mir die alte Enke mit und zog ihren Umhang enger um sich zusammen, als ob ihr kalt wäre. »Du kannst es ohne Sorge trinken, du wirst weder Sumpffieber noch des Kaisers Rache davon bekommen.«

»Bier ist dennoch besser«, meinte Sivret überzeugt und beugte sich herab, um Zeus' Beine zu mustern. »Nicht einen Kratzer«, sagte er. »Es ist fürchterlich, was du da eben angerichtet hast.« Er musterte Zeus mit neuem Respekt. »Ich hätte nie geglaubt, dass ein so großes Pferd sich derart behände bewegen kann.«

Ich auch nicht. Zeus war schnell und gut ausgebildet, doch was er eben vollbracht hatte, verdankte er zum größten Teil Ragnars Axt.

»Havald?«, fragte Serafine leise und musterte mich besorgt. »Was ist? Du hast nicht ein Wort gesagt.«

»Es gibt nichts zu sagen«, meinte ich und sah dorthin, wo man das tote Pferd von dem Wagen losschnitt und vier Krieger der Kor bereits darauf warteten, ihren Stammesbruder in Empfang zu nehmen.

Meine Rüstung war deutlich leichter als die Plattenpanzer, die ich aus meiner Heimat kannte, dennoch wog sie schwer genug. Vor allem, da ich für den Moment Ragnars Axt nicht halten wollte. Ich setzte mich schwerfällig auf einen Stuhl, den jemand vor unser Zelt gestellt hatte, und trank noch einen Schluck.

»Selbst ohne Ragnars Axt«, sagte ich zu niemandem Besonderen, »wäre dieser Kampf nur ein sinnloses Schlachten gewesen. Er hatte nicht die Möglichkeit, mir zu schaden.«

»So sicher bin ich mir da nicht«, meinte Serafine leise und hielt mir die Kampfmaske entgegen. Knapp neben der linken Augenhöhle gab es darauf einen Kratzer. »Er hätte dich beinahe im Auge getroffen.«

Sivret pfiff leise durch die Zähne. »Aus dem Ritt heraus? Das war ein Meisterschuss!«

Ich nickte langsam und hob meinen Becher in einem wortlosen Gruß zu Jorgal hin.

Ich wartete, mit Serafine an meiner Seite, während Enke und Sivret sich leise unterhielten und sich meine Gedanken irgendwo verloren.

Ein Hornsignal ertönte, und ich zog mich in Zeus' Sattel hoch, dank Ragnars Axt etwas, das mir jetzt mit Leichtigkeit gelang. Ich hängte die Kriegsmaske ein, griff

Ragnarskrag fester, nickte Serafine zu und ritt in den Ring.

Mein nächster Gegner war mit zwei längeren und drei kurzen Speeren bewaffnet, viel mehr nahm ich von ihm nicht wahr. Lange Spieße waren schon seit jeher die Waffe gegen die Reiterei, doch diese waren nicht lang genug. Er versuchte sein Bestes und kam dazu, zwei der kurzen Speere nach mir zu werfen, einer verfehlte mich, den anderen schlug ich zur Seite, schließlich rammte er einen seiner langen Speere in den Boden vor sich und verkeilte ihn mit seinem Fuß, da war Zeus auch schon heran, zog zur linken Seite weg, ohne dass ihm die Speerspitze auch nur zu nahe kam, ich beugte mich nach rechts nieder und schlug einmal zu, spürte den Aufprall in dem Schaft, dann war ich vorbei. Hinter mir fielen Kopf, Schulter und ein Arm meines Gegners auf das Steppengras, während ich Zeus herumzog und auf Arkins Zeichen wartete, dann trottete ich langsam zu meinem Zelt zurück, während ein Raunen durch die Menge ging.

Dieses Mal hatte ich es vermeiden können, das Gesicht meines Gegners anzusehen, so war es mir auch lieber.

Das Raunen der Menge dauerte noch an, als ich das Zelt erreichte und die Maske abnahm.

»Sie wissen, dass du siegen wirst.« Serafine warf einen besorgten Blick zu der Masse der Barbaren hin. »Es erzürnt sie, zu sehen, wie leicht es dir fällt.«

»Es sind Hinrichtungen«, stellte ich müde fest.

»Ja«, nickte sie schwer. »Sie beginnen, das zu verstehen. Du machst dir keine Freunde hier, und ich glaube langsam, dass sich Ragnar und Zokora irren. Wenn du sie weiter so abschlachtest, bringt es dir keinen Respekt.«

»Sag mir, was ich tun soll«, sagte ich unwirsch. »Ich habe die Regeln nicht gemacht. Sie wussten vorher schon, dass heute Abend nur zwei von uns noch leben werden, und niemand kann von diesem Kampf zurücktreten. Selbst wenn ich mich erschlagen lasse, werden sieben von ihnen noch heute sterben.«

»Wir hätten doch Aleahaenne kämpfen lassen sollen«, sagte Serafine leise, aber Enke schüttelte den Kopf.

»Ich bin froh, dass du es übernimmst, Havald«, meinte sie mit belegter Stimme. »Mutter hat schon genug an Last zu tragen.«

Wieder wartete ich, wieder ertönte das Hornsignal, wieder ritt ich in den Ring. Wieder und wieder ritt ich sie nieder.

Nur der Krieger mit seinem Löwen sorgte für eine Überraschung, als es dem Biest gelang, mich beinahe aus dem Sattel zu werfen, es war schnell genug, um sich unter Ragnars Axt hindurchzuducken, doch nicht schnell genug für Zeus' Horn, er durchbohrte das Tier und schleuderte ihn fast sieben Schritt weit durch die Luft. Der Barbar schrie gequält auf und stürmte mit erhobener Axt auf uns zu, nur um unter Zeus' wirbelnden Hufen zu fallen.

Vielleicht wäre es auch ohne Ragnars Axt nicht anders gewesen, immer wieder prallten Klingen, Speere, Pfeile und in einem Fall auch Schleudersteine von unseren Rüstungen ab, aber Ragnars Axt, im Besonderen die Stärke, die er Zeus verlieh, gaben uns den Vorteil, gegen den meine Gegner nicht bestehen konnten.

Eingedenk Serafines Warnung ritt ich nun nicht mehr einfach nur davon, sondern verharrte einen Moment lang mit gesenktem Kopf vor meinen toten Gegnern, legte Ragnars Axt vor mir über den Sattel und grüßte die Gefallenen nach kaiserlicher Art mit der Faust über meinem Herzen. Vielleicht machte es einen Unterschied, vielleicht verstanden unsere Zuschauer auch, dass keiner von uns, die wir hier in den Ring ritten, noch eine Wahl besaß, jedenfalls kam es mir so vor, als wurde das Raunen leiser.

Mein letzter Gegner an diesem Tag war der Schamane Faraguar, der Lehrmeister von Delgere, der sie aus seinem Stamm vertrieben hatte.

Er stand nur da, selbst auf die Entfernung sah ich sein gehässiges und zuversichtliches Grinsen. Worauf wartete er, fragte ich mich, als ich langsam auf ihn zuritt.

»Ein großer kaiserlicher Krieger bist du«, rief er mir höhnisch zu, als ich nahe genug herangekommen war, um ihn zu verstehen. »Glaubst dich sicher hinter Stahl und Magie!«

Misstrauisch zügelte ich Zeus, Aselas Warnungen, die Magie der Schamanen nicht zu unterschätzen, klangen mir in den Ohren.

Faraguar war, wie viele der Kor, eher klein und sehnig. Außer dem Stab in seiner Hand, der in einem Bärenschädel endete, sah ich keine Waffen an ihm, und sein Lendenschurz mochte ihm wohl kaum als Rüstung dienen. Dafür gab es kaum eine Stelle seiner Haut, die nicht mit Tätowierungen versehen war. Seltsam, dachte ich, sie schienen sich unter seiner Haut zu bewegen, als ob sie von ihm unabhängig wären.

»Bist du immer siegreich gewesen?«, fragte er mit dem gleichen höhnischen Spott wie zuvor. »Hast du großer Krieger denn noch nie einen Kampf verloren?«

Doch, dachte ich träge, während die Muster seiner Tätowierungen sich auf seiner Haut wie Schlangen wanden, sich wieder und wieder zu neuen Formen zusammensetzten. Niemand, auch ich nicht, kann jeden Kampf gewinnen. Ich blinzelte, für einen Moment hatte ich in diesen pulsierenden Mustern ein anderes Bild gesehen, was war es, ein Wappen? Ein Helm mit einem Federbusch. Einem roten Federbusch. Das Wappen … ich kannte es. Das Dröhnen der Menschenmenge um mich herum veränderte sich, fast verstand ich, was sie riefen … ein Name, sie riefen ihn immer wieder, Fenton, Fenton, Fenton …

Posaunen ertönten, und auf den Rängen der Tribüne sprangen die Zuschauer auf und hielten rot-weiß gestreifte Tücher hoch, verwirrt blinzelte ich gegen die tiefstehende Sonne, sah hinter den hölzernen Tribünen die mächtigen Mauern Illians.

»Er ist auch nur ein Mensch«, sagte eine junge Stimme, und ich sah hinunter in das gezwungen zuversichtliche Gesicht Hamlins, meines Knappen. Kaum zwölf Jahre alt war er und stolz darauf, mir zur Seite stehen zu können. Fünfzehn Jahre später würde er an meiner Seite fallen, begraben unter einer Woge von Barbaren, und doch stand er hier und versuchte mich aufzumuntern, mir Zuversicht zu geben. »Ihr werdet ihn besiegen!«

Wen, wollte ich noch fragen, da ertönte ein Trommelwirbel, und ich sah ihn in die Schranken reiten, Baron Fenton, in fünf Kronturnieren ungeschlagen.

Die Sonne stand in seinem Rücken, ich konnte kaum mehr von ihm erkennen als den Federbusch, das Schild mit dem rot-weißen Balken und die Lanze, die er zum brausenden Beifall der Menge in die Höhe reckte.

»Der Götter Segen mit Euch«, rief mir Hamlin noch hastig zu und ließ Zeus, nein, Thors Zügel los, um sich hinter die Absperrung zu ducken.

All das war falsch, dachte ich, all das hatte ich schon einmal erlebt, irgendetwas …

Wieder ertönte ein Posaunenstoß, dann sah ich, wie Fentons Schlachtross Erdklumpen hinter sich aufwarf, als es aus dem Stand in vollen Galopp verfiel und sich die Lanze senkte. Unter mir spürte ich, wie sich Thors mächtige Muskeln spannten, als auch er in Galopp verfiel, das Gewicht meiner eigenen Lanze in meiner Hand, als ich sie senkte … dann verengte sich mein Blickfeld, bis ich nicht mehr sah als den Schild des Mannes, den ich hatte brechen wollen, der dann mich gebrochen hatte.

Ich wusste, wie es ausging, meine Lanze würde ihn verfehlen, seine Lanze würde auf meinem Schild zersplittern, davon abrutschen und mich mit dem gebrochenen Ende durchbohren …

Ich versuchte, etwas zu tun, etwas zu ändern, all das war falsch, nicht richtig, doch nicht einen Muskel konnte ich beherrschen, weiter ritten wir in mein Verderben, nur einen Lidschlag hatte es damals gedauert, jetzt war es wie eine Ewigkeit. Er war heran, so nah, dass ich seine Augen hinter den Schlitzen seines Visiers erkennen konnte, sah, wie er sich im Sattel versteifte, als seine Lanze mein Schild traf, sah, wie die Wucht des Aufpralls ihn fast selbst noch aus dem Sattel warf, er nur mit Mühe die Lanze gerade hielt … und dann das gesplitterte Ende ebendieser Lanze mich durchbohrte, aus dem Sattel hob und blutend und gebrochen auf die aufgewühlte Erde prallen ließ.

Wie schon einmal zuvor hielt er die Lanze fest und zog sie im Vorüberreiten aus mir heraus, während ich spürte, wie meine Kräfte mich verließen. Mühsam richtete ich mich auf einem Arm auf, der rechte wollte mir nicht gehorchen, dafür fühlte ich die warme Feuchtigkeit bereits, wie sie meinen Wams tränkte. Schwerfällig saß Fenton ab, diese Rüstungen waren nicht dafür gemacht, zu Fuß zu gehen, und griff nach seinem Morgenstern, der an seinem Sattel hing.

Wie schon einmal zuvor lag ich nur hilflos da, als er langsam näher kam, den Morgenstern zum Schlag erhoben. Beim letzten Mal war Eleonora aufgesprungen und hatte mit der Stimme eines Kindes »Genug!« gerufen.

Fenton, so wenig wie ich ihn leiden konnte, war ein Ehrenmann, der Befehl seiner zukünftigen Königin reichte aus, sein Schlag war nie erfolgt, vielmehr hatte er, mit einer knappen Verbeugung zu den Rängen hin, seinen Morgenstern fallen lassen und mir, zum Jubel der Massen, die Hand hingestreckt, um mir aufzuhelfen.

Diesmal erfolgte kein solcher Ruf, selbst Fenton zögerte und sah wie ich zur Tribüne hin, dort stand sie, meine Königin, noch ein Kind und ungebrochen von dem, was kommen würde, und sah mich nur verächtlich an.

Etwas brach in mir, als Fenton seinen Morgenstern erneut anhob, nicht einmal der Gedanke an Gegenwehr kam auf, ich hatte versagt, hatte sie enttäuscht, hatte …

Nein!

So war es nicht gewesen, all das war falsch! Ich hätte feuchte dunkle Erde riechen sollen, nicht trockenes Gras. Und dieses gackernde Lachen passte nicht zu dem Baron, Fenton war grimmig gewesen, nicht erheitert, und der Wind, der die prächtigen Banner wehen ließ, hatte den Geruch von Wald in sich getragen, nicht von sonnenverdorrter Erde.

»Du bist nicht echt«, teilte ich Baron Fenton mit und rollte mich zur Seite weg, was nicht nötig gewesen wäre, da er bereits verschwand wie das Trugbild, das er in Wahrheit gewesen war.

Ich lag auf dem Boden, ein paar Schritt zu meiner Seite sah ich Zeus wieder und wieder steigen bei dem Versuch, unter seinen Hufen etwas zu begraben, das nur er erkennen konnte.

Was ich noch sah, war der Schamane Faraguar, der nun mit einem siegessicheren Grinsen vor mir stand und mir eine Hand entgegenstreckte, nicht etwa, um mir damit aufzuhelfen, sondern um die Schlange, die sich aus seiner Tätowierung wand, real wurde und fauchend spie, in mein Gesicht zu werfen.

Mein linkes Bein pochte, als ich mich auf ein Knie rollte, die Hand ausstreckte und nach der Schlange griff, auch Faraguar wusste, dass man eine Illusion nicht greifen konnte, es sei denn, man griff mit mehr nach ihr als nur mit bloßen Händen.

»Nein!«, rief er, während sich seine Augen entsetzt weiteten und ich das Gespinst seiner Magie in meiner Hand zerrieb. »Das ist nicht möglich!«

»Es ist vieles möglich«, keuchte ich schwer atmend, froh darum, dass es nur mein Bein war, das pochte, und meine linke Hand, all das war bei Weitem dem faustgroßen Loch vorzuziehen, das Fentons Lanze damals in mir hinterlassen hatte.

Ragnarskrag lag dort, wo Zeus noch mit seinem unsichtbaren Gegner kämpfte, aber für den Schamanen brauchte es nicht Ragnars Axt, mein Zorn auf ihn, der Delgere aus Eigennutz aus seinem Stamm und fast dem Verschlinger in die Arme getrieben hätte, war mehr als genug.

Er war zurückgewichen, ich wusste selbst nicht, wie ich an ihn herangekommen war, doch jetzt hielt ich seinen dürren Hals in meiner rechten Hand und hob ihn hoch. Seinen Stab hatte er schon fallen lassen, jetzt zerrte er mit beiden Händen an mir, während ein Zorn in mir wogte, der nicht von mir alleine kam.

»*Du wagst es?*«, presste ich erzürnt hervor. »*Weißt du denn nicht, wem du dich entgegenstellst?*«

Etwas knirschte unter meiner Hand. Ich verstand kaum, wie es kam, dass ich hier stand, selbst der Zorn, der mich eben noch beherrschte, nicht mehr als eine nebelhafte Erinnerung. Ich blinzelte und ließ den Schamanen los, wie eine Puppe, der man die Fäden durchgeschnitten hatte, brach er vor mir zusammen.

Ein ferner Gedanke kam auf, dass ich mich bei Asela bedanken sollte. Sie war es, die mir erklärt hatte, wie man Illusionen durchschauen konnte.

Faraguar lag auf dem Rücken, noch lebte er und sah mich aus hasserfüllten Augen an. Blut quoll ihm aus dem Mund, er wollte etwas sagen, dann lag er still.

Eine Zeit lang sah ich auf ihn herab, ohne ihn zu sehen, versuchte, irgendetwas zu fühlen. Selbst der Zorn von eben wäre mir jetzt recht gewesen, doch ich fühlte nichts. All das hier kam mir unwirklich vor, als wäre es nur ein schlechter Traum gewesen.

Ein leises Schnauben war neben mir zu hören, dort stand Zeus und stieß mich mit seiner Nase an. Ich sah auf, musterte die schweigende Masse der Zuschauer und verstand erst jetzt, dass der Kampf zu Ende war. Träge kam der Gedanke auf, dass es jetzt wohl besser wäre, zum Zelt zurückzureiten...

Dort wartete Schwertmajor Usmar bereits auf mich. »Ich soll Euch von Kriegsfürst Arkin seine Glückwünsche ausrichten«, teilte er mir mit unbewegtem Gesicht mit. »Er lädt Euch zu einem Mahl Euch zu Ehren ein.«

»Mir ist nicht nach einem Festschmaus«, teilte ich dem Major müde mit.

»In diesem Fall soll ich Euch ausrichten, dass er darauf besteht.«

»Wir werden kommen«, entgegnete Serafine rasch, bevor ich etwas Falsches sagen konnte.

Usmar nickte knapp. »Der Kriegsfürst lässt Euch etwas Zeit, um Euch zu erholen, er erwartet Euch zur siebten Glocke.«

Ich sah ihm nach, als er davonritt, und setzte mich wieder, um auf das nächste Hornsignal zu warten.

Serafine trat an mich heran und legte eine Hand auf meinen blutverschmierten Schulterpanzer. »Havald«, sagte sie leise. »Es ist vorbei.«

Der Engel des Todes

6 »Ob es nun Zeus war, deine Rüstung oder Ragnars Axt«, sagte Varosch etwas später, als er mir half, mich meiner Rüstung zu entledigen. Wir befanden uns wieder im Lager, das einem Ameisenhaufen glich, ein jeder schien erregt die Kämpfe des heutigen Tags zu diskutieren. Ein Grund mehr für mich, hastig in unser Zelt zu fliehen, um den Blicken und den gemurmelten Worten zu entgehen. Ich wusste nicht, ob sie mich nun voller Respekt oder voller Angst musterten, doch das Letzte schien mir wahrscheinlicher.

»Alles hätte dir auch einzeln einen Vorteil gegeben, alles zusammen war unüberwindbar.« Varosch sah mich prüfend an. »Nur erkläre mir, was bei diesem letzten Kampf geschah.«

»Wonach sah es denn aus?«, fragte ich erschöpft.

»Der Schamane tat eine Geste, und du wurdest von Zeus' Rücken gefegt, als hätte ein Hammer dich getroffen. Zeus stieg und versuchte, etwas in den Boden zu trampeln, das ich nicht erkennen konnte, dann bist du aufgestanden und hast den Schamanen erwürgt.«

»So in etwa war es auch«, sagte ich müde. »Er ließ mich mit einem Trugbild kämpfen. Als ich es durchschaute, war der Kampf schnell vorbei. Ich wollte nur, er wäre mein einziger Gegner gewesen, der Mann kannte keine Ehre. Die anderen ...« Ich schluckte.

»Du weißt, dass es vonnöten war?«

Ich nickte. »Dennoch war es nicht mehr als ein Schlachten.«

»Wir wussten vorher schon, dass sie dir unterlegen sein würden«, meinte Serafine. »Gekochtes Leder, Bögen aus Hirschhorn, Beuteschwerter, mühsam angepasste Rüstungsteile und Illusionsmagie ... Blix oder Grenski, ebenfalls gut ausgestattet, hätten diese Kämpfe wahrscheinlich auch gewonnen. Es sind barbarische Nomaden, bis auf Faraguar und seine Magie hatten sie dir nichts entgegenzusetzen.«

»Bis auf ihn sind es tapfere und ehrenhafte Krieger gewesen«, widersprach ich müde, doch sie schüttelte den Kopf.

»So meinte ich das nicht«, sagte sie leise. »Ja, sie waren tapfer. Keiner von ihnen zögerte, gegen dich in den Ring zu treten. Alleine für ihren Mut verdienen sie unseren Respekt. Aber es fehlt ihnen an Ausrüstung und an der Übung im Kampf gegen gepanzerte schwere Reiterei.« Sie seufzte und griff nach meiner Hand, um mir direkt in die Augen zu sehen.

»Ich war dabei, als die zweite Legion in die Südlande

einmarschiert ist. Ich sah solches wie heute fast jeden Tag ein Dutzend Mal. Kaiserlicher Stahl erlaubt es uns, unsere Schwerter scharf zu halten, und unsere Rüstungen sind so gut wie undurchdringlich.« Sie sah zu Enke hin. »Sie sagte es heute selbst. Das ist es, was sie meinte, als sie von der schweren Reiterei sprach. Wir ritten deine Vorfahren nieder und erschlugen sie zu Dutzenden. Wir haben mit Hundertschaften ganze Armeen besiegt, manchmal ohne einen einzigen eigenen Verlust.«

»Sie hat recht«, sagte Varosch. »Die Macht des Kaiserreichs ruht nicht auf der Magie der Eulen, sondern auf diesem kaiserlichen Stahl.«

»Oder göttergeschmiedetem«, sagte Ragnar von seiner Bettstatt aus. Zumindest er sah besser aus, der fiebrige Glanz war aus seinen Augen gewichen. Dennoch schien mir der Geruch, der mich so an ihm gestört hatte, noch nicht ganz gewichen. »Ich wollte, ich hätte dich kämpfen sehen können.«

»Nein, Ragnar«, entgegnete Sivret rau. »Das hättest du nicht gewollt. Es ist schwer, in dem, was heute dort geschah, Ehre zu finden.« Er sah zu mir hin. »Vielleicht hättest du dir eine Hand auf den Rücken binden lassen sollen.«

»Ich brach ihm gestern aus Versehen die linke Hand«, sagte Ragnar rau.

»Wie ist das geschehen?«, fragte Sivret überrascht.

»Ich lag blutend auf dem Boden, und Havald kroch zu mir, um mir beizustehen«, erklärte Ragnar. »Ich griff seine Hand und vergaß, dass ich in meiner anderen Hand noch Ragnarskrag gehalten habe.«

»Also kämpfte er doch mit einer Hand«, stellte Sivret fest und musterte mich mit neuem Respekt.

»Ja.« Ragnar war stolz, als wäre alles sein Verdienst

gewesen. »Sogar mit der falschen, er führt seine Waffe meistens links.«

»Die Handverletzung habe ich ganz vergessen«, sagte Varosch stirnrunzelnd und sah auf meine linke Hand herab, die noch immer in meinem Plattenhandschuh steckte. »Ich fürchte, das wird jetzt schmerzhaft werden.«

Damit behielt er dann auch recht.

»Wo ist Zokora?«, fragte ich Varosch, als er mir vorsichtig die Finger schiente, sie waren blau angelaufen und angeschwollen wie schlecht gewordene Würste. Allein der Anblick tat schon weh. Dann tastete Varosch vorsichtig meine Finger ab, und ich lernte, dass es schlimmer ging.

»Sie verfolgt die drei Dunkelelfen, sie sagt, wir können ihnen Seelenreißer nicht so einfach überlassen.« Er sah von seinem Werk auf. »Wenn es dir um die Tränke geht, Zokora hat mir für dich und Ragnar welche dagelassen.«

Ich zog scharf die Luft ein, als Varosch etwas an meinem Zeigefinger ertasten wollte, für einen Moment hatte ich das Gefühl, die Welt bestände nur noch aus Dunkelheit und Schmerz. Mühsam riss ich mich zusammen. »Es wird auch so gehen«, versuchte ich, schwer atmend abzuwiegeln, was Serafine dazu veranlasste, sich vor mich zu beugen und mit ihrer Hand mein Gesicht zu ihr zu drehen.

»Ja«, sagte sie. »Ich weiß. Du bist ein Held. Deshalb steht dir auch der Schweiß auf der Stirn, nicht wahr? Du wirst diese Tränke trinken, hörst du?« Sie ließ mich los und wirbelte zu Ragnar herum, der den Fehler begangen hatte zu lachen. »Gleiches gilt auch für dich, Ragnar«, teilte sie ihm erhaben mit. »Wir brauchen keine Helden hier!« Sie funkelte uns beide an. »Habt ihr das verstanden?«

Wir nickten folgsam, schließlich kannten wir uns lange genug, dass ein Blick reichte, um uns zu verstehen. Heldenhaft oder nicht, keiner von uns hätte freiwillig auf Zokoras Trank verzichtet.

Ein wenig später saß ich auf einer kleinen Bank vor unserem Zelt und rauchte meine Pfeife und versuchte, mich zu sammeln. Mir war, als hätte ich den ganzen Tag wie in einem schlechten Traum verbracht. Nur dass ich meistens meine Träume nach der Nacht vergaß. Jetzt schloss ich meine Augen und sah noch immer den entsetzten Gesichtsausdruck meines ersten Gegners oder den hasserfüllten Blick Faraguars.

»Wie geht es dir?«, fragte eine leise Stimme.

Es war Ma'tar, in Wahrheit der Anführer des Stammes, für den ich heute in den Kampf gezogen war. Zehn Gegner hatte ich besiegt, nach den Ehrenregeln der Kor mussten sich die Stämme der Verlierer dem des siegreichen Kämpfers anschließen. Wenn sich die Kor daran hielten, dann führte Ma'tar jetzt den größten Stamm der Kor, den es jemals gegeben hatte. Ein Grund für ihn, zufrieden zu sein, doch danach sah er mir nicht aus.

»Es geht.« Ich hob meine verbundene Hand hoch. In Wahrheit waren die gebrochenen Finger mit am schmerzhaftesten. Während die anderen Wunden nur noch dumpf pochten, war ich scheinbar nicht imstande, mir zu merken, dass meine linke Hand empfindlich war. Ständig versuchte ich, damit nach etwas zu greifen, oder stieß sie mir an.

»Gut, dich auf den Beinen zu sehen«, sagte er zur Begrüßung und musterte den Stab, der neben mir an dem Stuhl lehnte. »Bist du unter die Maestros gegangen?«

Ich seufzte. »Nein. Warum fragt ein jeder danach?«

Er lachte leise. »Vielleicht, weil solche Stäbe nur von Magiekundigen verwendet werden.«

»Die Eulen Askirs verwenden keine Stäbe.«

»Tun sie nicht?«, fragte er überrascht. »Ich dachte, es wäre üblich. Wenn du kein Maestro bist, warum dann der Stab?«

Ich winkte ab. »Ich benutze ihn als Krücke, weiter nichts.«

Tatsächlich war ich neugierig gewesen, ob Zokora recht behielt und es mir nun leichter fiel, meine Pfeife anzuzünden. Doch wenn es einen Unterschied gab, fiel er mir nicht auf.

»Ich habe dich kämpfen sehen«, sagte er und musterte mich prüfend. »Man hat dir kaum angesehen, dass du verletzt warst.« Er tat eine Geste hin zum benachbarten Lager. »Überall redet man über den Kampf. Du bist wahrhaftig der Engel des Todes.«

»Es tut mir leid«, entgegnete ich einfach. »Diese Männer hätten einen besseren Tod verdient. Selbst Faraguar.«

»Er war ein Mann, der wahrlich hassen konnte«, meinte Ma'tar und seufzte leise. »Wollen wir hoffen, dass wenigstens seine Seele Frieden finden wird.«

»Ja«, sagte ich und versuchte, Faraguars hasserfüllten letzten Blick zu vergessen. »Wie haben es die anderen Stämme aufgenommen?«

»So, wie es aussieht, geht der Plan von Maestra Elsine auf. Auch La'mirs Worte haben sich bestätigt, er sagte schon gestern Nacht, dass du deinen Gegnern einen ehrenhaften und schnellen Tod gewähren würdest. Im Moment sprechen die Maestra, Delgere und La'mir mit Ortag. Er wäre morgen dein letzter Gegner gewesen, aber so, wie es aussieht, wird er sich Delgere beugen. Du bist ein mächtiger Krieger, Havald, und Ortag ist zu vernünftig, um aus Stolz sein Leben wegzuwerfen.« Er lachte verhalten. »Sag, wie fühlt es sich an, eine Nation vereint zu haben?«

»Ich denke nicht darüber nach«, gestand ich. »Wir wissen ja beide, dass es nur diesem einen Zweck diente. Sag, Ma'tar, wie sehr hassen sie mich?«

Er schaute mich erstaunt an.

»Warum sollten sie dich hassen? La'mir hat jeden deiner Gegner davor gewarnt, gegen dich anzutreten. Die vier, die auf unseren Schamanen gehört haben, sind froh darüber, die anderen haben für ihren Stolz mit ihrem Leben bezahlt.« Er schüttelte leicht den Kopf. »Wenn wir von etwas zu viel besitzen, dann ist es Stolz. Es war gut, dass du den Gefallenen Ehre erwiesen hast, es hat viele von uns mit dir versöhnt.«

Dafür war ich dankbar.

»Wie geht es jetzt weiter, Ma'tar?«, fragte ich ihn. »Trete ich zurück, und du übernimmst wieder die Führung des Stammes?«

»Nein. La'mir hat Delgere zu seiner Nachfolgerin gemacht, und wir beide haben ihre Führung ja bereits anerkannt. Dein Part hier ist getan, Havald. Da Ortag morgen nicht gegen dich antreten wird, kann Delgere schon jetzt den Tarn aus den Händen des Kriegsfürsten entgegennehmen.«

»Gut«, sagte ich bitter. »Dadurch, dass ihr nicht mehr gegen Askir ziehen werdet, war das Schlachten heute wenigstens für etwas gut. Ich habe vom Kampf im Moment genug.«

Er sah mich etwas überrascht an. »Du hörst dich an, als ob du deinen Sieg bereust.«

»Für deine Stammesbrüder war es ein aussichtsloser Kampf«, antwortete ich müde. »Es lag keine Ehre in dem

Schlachten. Ich nehme es Arkin übel, dass niemand von dem Wettstreit zurücktreten konnte, nachdem er begonnen hat.«

»Damit tust du Arkin unrecht«, sagte Ma'tar überraschend. »Es war so von uns gewünscht. Bevor du in den Ring getreten bist, war der Wettstreit ausgeglichener. Ohne diese Regelung, dass nur einer der Kämpfer überleben dürfte, hätten sich Hunderte zu dem Wettstreit gemeldet, um ihr Glück zu versuchen. Es hätte Wochen gedauert und wahrscheinlich mehr Leben gefordert. So aber traten nur die in den Ring, die bereit waren, für ihre Überzeugung auch zu sterben.« Er schüttelte ungläubig den Kopf. »Weißt du nicht, wie lange wir versucht haben, die Kor zu einen? Jeder Stammesführer weiß, dass wir schwach sind, solange wir nicht unter einer Führung stehen. Jetzt, da wir geeint sind, kann Delgere für uns verhandeln, und ihr Wort ist bindend für uns alle. Die Gefallenen heute waren ein kleiner Preis dafür, Havald, und wenn sie reden könnten, würden sie es dir selbst sagen. Jeder heute ist für etwas Großes gestorben, etwas, das für uns über Jahrhunderte nicht erreichbar war. Heute ist ein großer Tag, Havald. Ein Tag zu feiern, und das solltest auch du tun.«

Ich seufzte. »Es ist nur, dass ich des Tötens so unendlich müde bin.«

Er sah mich lange prüfend an, um dann langsam zu nicken. »Vielleicht«, meinte er nachdenklich. »Ist dies der Grund, warum du so gut darin bist.«

Ragnar

7 »Was wollte er?«, fragte Serafine, als sie aus dem Zelt trat. Sie hielt mit spitzen Fingern blutige Verbände in der Hand und war wohl auf dem Weg zum nächsten Lagerfeuer, um sie dort zu verbrennen, doch jetzt sah sie mich besorgt an.

»Mich aufmuntern«, sagte ich unwillig.

Ein leichtes Lächeln huschte über ihr Gesicht. »Ich sehe, es ist ihm gut gelungen.« Sie hob die Verbände an. »Ich bin gleich wieder zurück.«

Ich sah ihr nach, wie sie zum Feuer ging.

»Ma'tar hat recht«, meinte Varosch. Er und Enke kamen nun auch aus dem Zelt, aus dem Ragnars Stimme zu hören war, als er sich über irgendetwas mit Sivret stritt.

Ich unterdrückte einen Seufzer. »Mag sein«, gestand ich ihm zu. »Muss ich nun damit rechnen, dass nicht nur Zokora mich belauscht?«

Die alte Enke lachte. »Zeltwände sind dafür bekannt, sehr dünn zu sein. Man kann es nicht ›belauschen‹ nennen, wenn ihr so laut sprecht, dass man euch im ganzen Lager hören könnte.«

Sie wurde ernster. »Wir müssen über Ragnar reden, Havald.«

Ich sah zum Zelt zurück, so laut wie Ragnar schimpfte, ging es ihm wohl besser. »Was ist mit ihm?«

»Wir befürchten, dass ein Splitter einer Pfeilspitze oder eines Schafts noch tief in seinen Wunden steckt«, sagte Varosch besorgt und trat an das Wasserfass vor dem Zelt heran, um mit einer Kelle etwas zu trinken. »Es vergiftet ihn. Vielleicht wortwörtlich, du weißt, dass die Pfeilspitzen mit Gift bestrichen waren?«

Ich nickte nur.

Er wischte sich den Mund ab und sah zu Enke hin. »Wir sind uns einig, dass er nicht überleben wird, wenn wir keinen Chirurgen finden, der sich um ihn kümmert.«

»Was ist mit Zokora?«, fragte ich. »Sie hat bei dir eine ähnliche Operation ausgeführt. Auf dem Schiff, erinnerst du dich?«

»So schnell werde ich das nicht vergessen«, meinte er grimmig. »Aber selbst sie brauchte dafür einen Zirkel. Havald, wenn Ragnar leben soll, braucht er die Hilfe eines fähigen Chirurgen und eine Tempelheilung. Er braucht Orikes.«

Ich sah auf meine geschwollene Hand herab, an der sich noch immer der Generalsring befand. Zokora hatte zwar versucht, ihn abzunehmen, doch es war ihr nicht gelungen. Tatsächlich schnürte er den geschwollenen Finger nicht so ein, wie man hätte erwarten können, vielmehr schien er sich ihm angepasst zu haben.

»Ich kann über meinen Ring versuchen, Asela zu erreichen«, schlug ich vor. »Vielleicht kann sie Orikés hierherbringen?«

»Vielleicht«, sagte Varosch zweifelnd. »Aber wäre es klug? Es gab einen Grund, weshalb Asela im Lager der Legion zurückblieb. Auch Stabsobrist Orikes kennt alle Geheimnisse des Kaiserreichs, nicht auszudenken, was geschehen würde, fielen er oder sie in die Hände Arkins. Doch selbst wenn sie ihn herbringen könnte, würde es nichts daran ändern, dass Ragnar zu einem Tempel muss.«

»In Ordnung«, seufzte ich. »Was habt ihr euch überlegt?«

»In seinem Zustand kann Ragnar nicht reiten«, erklärte die alte Enke. »Aber er kann vorsichtig getragen werden. Seine Wolfskrieger sind stark und ausdauernd, und ich hörte sie damit prahlen, dass sie an einem Tag weiter laufen könnten als ein Pferd. Das wäre die beste Lösung, wir binden ihn an seiner Trage fest, und seine Wolfskrieger bringen ihn zur Felsenfeste.«

»Zur Felsenfeste?«, fragte ich nach.

Varosch nickte. »So nennen die Männer das Plateau, auf dem die zweite Legion ihr Lager aufgeschlagen hat. Wenn sie Tag und Nacht durchlaufen, können sie in zwei Tagen dort sein, dann ist es nur noch ein Schritt durch das Tor, und er ist in Askir.«

»Das hört sich nach einem vernünftigen Plan an.«

»Ja«, sagte die alte Enke. »So ist es. Doch dein Freund will nicht hören, er sagt, er lässt dich nicht im Stich.« Sie wies mit ihrem Daumen über ihre Schulter zu unserem Zelt. »Gehe zu ihm, und bringe ihm Verstand bei. Zur Not prügele ihn ihm ein, das scheint die einzige Sprache zu sein, die die Varländer verstehen, nur sei vorsichtig, wo du ihn triffst.«

»Sein Kopf ist unverletzt«, grinste Varosch. »Und dort liegt das Problem.«

»Ich sagte, es sind nur Kratzer«, begehrte Ragnar auf und bedachte mich mit einem funkelnden Blick. »Ich will nicht, dass man von mir sagt, ich hätte dich im Stich gelassen!«

Ich musterte ihn prüfend. Er erschien mir besser als am Tag zuvor, dennoch roch ich unter seinen frischen Verbänden diesen unerträglichen Geruch.

»Du weißt, was ein Splitter anrichten kann«, sagte ich vernünftig. »Wenn die Wunde schwärt, bläht sich dein

Körper auf wie ein Kadaver, und dann dauert es nicht lange, bis du einer bist. Ein anständiger Krieger der Varlande wie du fällt in der Schlacht und stirbt nicht an Dummheit auf seinem Lager.«

»Dann führe mich zur Schlacht«, blieb Ragnar stur.

»Tut mir leid«, heuchelte ich Bedauern. »Zurzeit gibt es keine Schlacht für dich. Abgesehen davon, kannst du mir das nicht antun.«

»Was?«, fragte er misstrauisch.

»Esire. Du weißt, was sie mit mir tun würde, müsste ich ihr die Nachricht deines Todes überbringen.«

»Wahr«, meinte er rau und ließ seinen Kopf schwer auf sein Kissen fallen. »Es ist nicht so, dass ich hier sterben will, Havald.« Er sah auch zu Sivret hin, der schweigend neben seinem Lager stand. »Aber es sind nur fünf kleine Löcher!«

»Die jeden anderen umgebracht hätten. Ragnar«, drang ich in ihn, »du weißt, dass es vernünftig ist. Deine Wolfskrieger sind bereit, dich zum Tor in der Felsenfeste zu bringen, wenn sie nicht sogar froh sind, endlich etwas für dich tun zu können! Es bringt ihnen Ehre … und dafür hast du sie doch zu dir gerufen?«

Sivret nickte, Ragnar aber schüttelte stur den Kopf. »Für einen glorreichen Kampf!«, sagte er schwer atmend. »Du weißt, dass es einen geben wird, nicht wahr, Havald? Jetzt, da der Wettkampf vorbei ist, gibt es bald keinen Grund für Arkin mehr, auf die Kor Rücksicht zu nehmen. Sie werden kommen und versuchen, uns zu holen.«

»Ein Grund mehr, warum du dann nicht mehr da sein solltest. Was den Kampf angeht …« Ich zwang mich zu einem Lächeln. »Was ist ehrenhafter, als den Tod selbst zu besiegen? Soltar kann noch auf dich warten!«

Sivret nickte heftig. »Wir werden damit angeben, dass

wir Tag und Nacht gelaufen sind, damit du lebst, um in einem anderen Kampf zu siegen!«

Ich sah meinen alten Freund fragend an. »Ragnar?«

»Götter, ja«, seufzte er. »Doch du schuldest mir etwas dafür.«

»Dafür, dass ich dir deinen Arsch rette?«, fragte ich und zog eine Augenbraue hoch; er hingegen sah nur stur drein.

»Genau dafür«, sagte er schwer atmend. »Ich warne dich, mit Bier ist es nicht getan, du musst mir bei meinem Weib helfen. Wehe, du stirbst vorher!«

Beinahe hätte ich laut aufgelacht. Ragnar kannte keine Angst, er hätte sich auch gegen den Namenlosen selbst gestellt, aber vor seinem zierlichen Eheweib zitterte er in seinen Stiefeln. Hätte er denn welche angehabt.

Es ging schneller, als ich erwartet hätte, es dauerte keine halbe Kerzenlänge, bis vier seiner Wolfskrieger Ragnar und seine Bahre auf ihre Schultern hoben und in der Meute der anderen Krieger im Laufschritt davonrannten, Ragnar kam kaum mehr dazu, sich noch von Serafine zu verabschieden.

Wir sahen ihm und seinen Kriegern nach, die rannten, als wollten sie sich noch nicht einmal von den Göttern aufhalten lassen, offenbar verstanden dies auch die Kor, denn sie öffneten eilig eine Schneise für Ragnar und seine Krieger. Ich sah ihn noch einmal mit Ragnarskrag winken, dann verschwanden sie im Staub, den seine Krieger hinter sich aufwirbelten.

Wir sahen ihnen nach, bis Serafine leise seufzte. »Das wäre das«, meinte sie und lächelte etwas schief. »Ich hätte nicht gedacht, dass ich das einmal sagen werde, aber ich vermisse sie irgendwie schon jetzt.«

Nur ein Festmahl

8 Serafine sah sich in der Runde um. »Ragnar hat in einem recht, der Waffenfriede wird nicht mehr von langer Dauer sein. Die Frage ist nur, was ist mit dieser Einladung zum Festmahl? Ist es eine Falle?«

»Als die Kaiserlichen damals in unsere Heimat eingefallen sind, gaben die Stammesältesten für die Eule Balthasar ein Festmahl.« Enke schaute grimmig zu Serafine hin. »Angeblich wart ihr ja in friedlicher Absicht gekommen. Balthasar erschlug in dieser Nacht alle vierzehn Stammesführer, es wäre also nicht das erste Mal, dass ein Festmahl blutig endet.«

»Das wusste ich nicht«, sagte Serafine betroffen. »Ich dachte immer, dein Volk hätte sich ohne Grund gegen uns gestellt … ihr habt noch in der ersten Nacht unser Lager angegriffen.«

Die alte Enke musterte sie prüfend und nickte. »Mittlerweile wissen wir ja, dass Balthasar ein Verräter war«, seufzte die Hexe dann. »Doch damals dachten wir, es wäre so von euch geplant gewesen. Es ist seltsam«, fuhr sie leise fort. »Manchmal möchte man wissen, was geschehen wäre, hätten sich die Dinge anders gefügt.«

»Ja«, sagte Serafine nachdenklich. »Ob dann wohl alles besser gekommen wäre?«

»Wohl kaum«, meinte die alte Enke etwas barsch. »Wir hätten nur andere Fehler begangen.«

Varosch räusperte sich. »Zokora sagt, ein Festmahl ist eine gute Gelegenheit für Gift und schmale Klingen. Sie nennt es das Todesspiel, jeder weiß, dass jemand sterben wird, es kommt nur darauf an, wer schneller und geschickter ist.« Er schüttelte den Kopf. »Ich glaube, sie ist immer noch davon überrascht, wenn wir ein Festmahl geben und niemand dabei stirbt.«

Ich warf die Hände in die Höhe, um es sofort zu bereuen, als meine linke Hand zu pochen anfing. »Ich habe es verstanden. Wir gehen von einer Falle aus.« Sie nickten alle.

»Es bleibt dennoch die Frage, ob wir hingehen werden.«

»Wir müssen«, sagte Serafine.

Varosch nickte. »Das ist das Schöne daran, Ehre und Höflichkeit zwingen einen geradewegs dazu. Noch hat Arkin den Tarn nicht übergeben, noch ist es sein Spiel. Wenn wir jetzt einfach von hier abreisen, ist nichts gewonnen.« Er sah zu mir hin. »Zokora hat mir einige Tricks beigebracht, ich werde nie so gut wie Zokora darin sein, aber ich bin zuversichtlich, dass ich euch begleiten kann, ohne dass man mich wahrnimmt.« Er hielt seine Armbrust hoch und fuhr zärtlich über ihren Schaft. »Manchmal hat schon ein einziger Schuss eine ganze Schlacht entschieden.«

»Ich werde mit euch gehen«, meinte jetzt auch Enke. »Mutter, Delgere und Elsine sind ebenfalls zu dem Festmahl geladen und werden unabhängig von uns dort eintreffen.« Sie erlaubte sich ein hinterhältiges Lächeln. »Es kann nützlich sein, wenn die Dinge anders erscheinen, als sie sind.«

Die alte Enke war eine Meisterin der Illusionen, und Faraguar hatte mir ja erst kürzlich bewiesen, wie mächtig diese sein konnten.

»Außerdem kann ich dafür sorgen, dass wir dem Wein zusprechen können, ohne Angst vor Gift zu haben«, fügte sie hinzu.

Ich sah zu Serafine hin, die ihre Fäuste in die Seite stemmte und mich mit einem funkelnden Blick bedachte. »Du brauchst nicht zu denken, dass ich dich dort alleine hingehen lasse«, sagte sie drohend.

Tatsächlich hätte ich sie nicht alleine hier zurückgelassen. »Wenn du darauf bestehst«, antwortete ich mit einem Lächeln, was mir nur einen misstrauischen Blick einbrachte.

»Auf der anderen Seite«, warf Varosch ein. »Es ist nur ein Festmahl, was soll da schon geschehen. Es ist nur schade, dass Zokora nicht da sein wird«, fügte er mit einem harten Lächeln hinzu. »Sie hätte es genossen.«

Als Schwertmajor Usmar fast zwei Kerzenlängen später mit einer Su'Tenet-Kavallerie auf unser Lager zugeritten kam, fand er mich auf dieser Bank sitzend vor, wo ich in Ruhe meine Pfeife rauchte, während Serafine und Enke zusammen Würfel spielten. Wir hatten uns allesamt herausgeputzt, Serafine und ich trugen unsere Uniformen und die Alte ihr, wie sie sagte, bestes Kleid. Von ihrem Raben Konrad war weit und breit nichts zu sehen, doch ich nahm an, dass er sich in der Nähe befand.

Der Schwertmajor betrachtete den idyllischen Anblick voller Misstrauen und nickte knapp.

»Ich sehe, ihr seid bereit?«

Ich nickte.

»Na denn«, meinte Usmar grimmig und wies mit seinem Kopf auf Zeus, der mit den anderen Pferden gesattelt neben unserem Zelt stand. »Dann solltet ihr wohl aufsitzen, der Kriegsfürst wartet nicht gerne.«

»Dann hättet Ihr pünktlicher sein sollen«, meinte die alte Enke ungerührt und sah zur Sonne hoch. »Es ist schon deutlich nach der vereinbarten Zeit.«

»Es gab noch etwas zu erledigen«, ließ Usmar sie steif wissen.

»Ja«, nickte die alte Enke großmütig und packte den Würfelbecher ein. »Das höre ich in solchen Fällen oft.«

Für einen Moment schien der Schwertmajor nicht zu wissen, was er darauf sagen sollte, doch dann riss er sich zusammen. »Umso mehr ein Grund, dass wir nicht trödeln sollten.«

»Wir haben nur auf euch gewartet«, sagte Serafine mit einem falschen Lächeln. »Wir konnten ja schlecht ohne eure Ehrengarde in euer Lager reiten.«

Was immer Usmar darauf sagen wollte, er sparte es sich und zog nur sein Pferd herum.

»Übertreibe es nicht«, mahnte ich Serafine leise an.

»Er sagt, er will eine Seele von uns haben, wenn all dies hier vorbei ist«, antwortete Serafine grimmig. »Ich glaube, wir haben wenig Grund, auf sein Gemüt Rücksicht zu nehmen.«

Damit hatte sie wohl recht.

Während wir quer durch die Lager der Barbaren ritten, sah ich etliche von ihnen aufstehen und mir zunicken, einige verbeugten sich sogar ansatzweise. Ein großer Unterschied zu unserer ersten Begegnung mit den Kor hier, nur eines hatte sich nicht geändert, keiner derjenigen, die mich so ernsthaft grüßten, hatte ein Lächeln für mich übrig. Tatsächlich aber war ich sehr mit meinen eigenen Gedanken beschäftigt und grübelte darüber nach, dass Usmar keine Anstalten gemacht hatte, uns entwaffnen zu lassen, und die Art, wie seine zehn Soldaten in zwei Fünferreihen neben uns herritten, entsprach tatsächlich mehr einer Ehrengarde als einer Gefangeneneskorte.

»Sagt«, fragte ich Usmar leise. »Was würdet Ihr tun, wenn ich jetzt einfach davonritte?«

»Nichts«, sagte der Schwertmajor gelassen. Er tat eine großzügige Geste. »Reitet nur davon und überlasst uns das Feld, niemand wird Euch hindern.«

»Ihr versteht, dass wir misstrauisch sind?«, fragte Serafine mit falscher Freundlichkeit.

Usmar schnaubte verärgert. »Kriegsfürst Arkin ist dafür bekannt, dass er sein Wort hält. Hätten wir euch haben wollen, hätten wir euch schon längst geholt.«

»Würdet Ihr etwas anderes sagen, wäre es eine Falle?«, fragte sie, und er seufzte.

»Ich habe keine Lust, mit Euch die Klingen zu kreuzen, Schwertobristin«, sagte er kurz. »Wenn Ihr Fragen oder Beschwerden habt, wendet Euch an den Kriegsfürsten, Ihr werdet bald die Gelegenheit dazu erhalten. Dort«, meinte Usmar und wies nach vorne. »Unser Lager. Jetzt dauert es nicht mehr lange.«

Während wir weiterritten, sah ich mich neugierig um. Es war seltsam für mich, in das Lager der vierzehnten Legion einzureiten. Es war aufgebaut wie das Lager einer kaiserlichen Legion, ein Rechteck, dessen äußere Seiten von den Zelten der Infanterie gesäumt waren, immer wieder unterbrochen von Gräben und Spießen, die einen Kavallerieangriff erschweren sollten. Weiter innen fanden sich die Lagerplätze der Kavallerie, entlang der vier Ausfallwege verteilt, es folgten die Zelte der Unteroffiziere und Offiziere, bis dann, im Zentrum, die Zelte des Generalsstabs und provisorische Gebäude der Logistik zu finden waren.

Wenn eine Armee zu lange an einem Ort lagerte, war es schwierig, die Mannschaften beschäftigt zu halten.

Irgendwann war jede Rüstung geflickt, jeder Riss genäht, und endloses Exerzieren verlor selbst für diejenigen seinen Reiz, die nicht selbst exerzieren mussten, sondern nur die Kommandos gaben. Demzufolge gab es einige Soldaten, die, erlaubt oder nicht, die Muße fanden, unseren Weg zu säumen und mich genauso neugierig zu mustern.

Als ein dunkler Spiegel hatte Zokora einmal das Kaiserreich Thalak im Verhältnis zu Askir beschrieben, Worte, die ich wieder einmal bestätigt fand, als ich durch das Lager ritt. Womit ich nicht gerechnet hatte, waren die furchtsamen Blicke, die auf mir ruhten. Zwar nickte mir der eine oder andere respektvoll zu, es gab sogar einige, die salutierten, aber im Großen und Ganzen hatte ich das Gefühl, nur laut buh rufen zu müssen, um die halbe Legion in Furcht und Schrecken zu versetzen.

Auf der anderen Seite wäre wohl die Reaktion meiner Legionäre auch nicht viel anders ausgefallen, wäre Kolaron Malorbian in das Lager der zweiten Legion eingeritten. Das Problem mit Kriegen, dachte ich bitter, ist, dass oftmals beide Seiten ernsthaft glauben, für die richtige Sache einzustehen.

Was mir zuallererst auffiel, war der Zustand der Soldaten. Zokora und Varosch hatten dieses Lager bereits ausgespäht und mir berichtet, dass es eine Versorgungsknappheit gab und die Soldaten ihnen erschöpft erschienen wären. Doch es war etwas anderes, es mit eigenen Augen zu sehen. Die Götter alleine wussten, was diese Männer und Frauen auf dem Tausende Meilen langen Marsch hierher alles gesehen, erduldet und erlitten hatten. Nicht einer der Männer und Frauen, die den Weg säumten, sah wohlgenährt aus, viele erschienen mir abgemagert, einige kamen mir regelrecht vor wie Haut und

Knochen, ein Wunder, dass sie noch gerade stehen konnten. Tief eingefallene Wangen und Augen, die in ihren Höhlen fiebrig glänzten, dies war der Eindruck, den ich von der vierzehnten Legion gewann. Ich warf einen Blick zu Usmar hin, auch er war kaum gut genährt zu nennen, wenn es den Offizieren doch offensichtlich ein wenig besser ging.

Vor allem aber lastete die Stille auf mir. In einem kaiserlichen Lager war es immer laut, Leute riefen, Pferde wieherten, andere fluchten und schimpften, und wenn das nicht reichte, dröhnten die Stimmen der Sergeanten über das Lager, die wieder einen Grund gefunden hatten, einem Untergebenen das Leben schwer zu machen.

Nichts davon hier, Arkins Soldaten standen am Weg oder sahen in ihren Tätigkeiten auf, als wir vorüberritten, aber alles war still, nur das leise Klopfen der Hufe oder das Schnauben der Pferde war zu hören.

Serafine und ich tauschten einen besorgten Blick, offenbar wusste auch sie nicht, was sie davon halten sollte.

Usmar hatte mich wohl beobachtet, denn jetzt nickte er grimmig. »Ich sehe, Ihr habt Augen im Kopf, Lanzengeneral.« Er sah sich rasch um, um dann leiser weiterzusprechen. »Ihr werdet bald verstehen, warum es dem Kriegsfürsten so wichtig war, Euch zu Ehren dieses Festmahl abzuhalten.«

Sand und Steine

9 Wie es aussah, hatte Arkin eigens für das Festmahl ein Zelt herrichten lassen, und er hatte sich sichtlich Mühe gegeben. Links vor dem Zelt bewegten sich träge die Legionsflaggen der vierzehnten und fünfzehnten Feindlegion im schwachen Wind, darüber hing das Banner von Thalak. Auf der rechten Seite hingegen hingen Banner, die ich nicht erwartet hatte, hier zu sehen: eine Kopie des Banners der zweiten Legion, die Flagge Askirs, mit dem goldenen Drachen auf blutrotem Grund, daneben, weiß auf grün, ein Banner mit einem Blumenmotiv, das mir nicht geläufig war, dann noch ein Banner mit einem weißen Ring auf dunkelblauem Grund.

Usmar erlaubte sich ein knappes Lächeln, als er meinen Blick verfolgte. »Arkin legt Wert auf das Protokoll. Die Blume der Wahrheit steht für Kaiserin Elsine und der weiße Ring für die Kor. Tatsächlich aber ist es das Banner der Elfen, die hier einst lebten, wir fanden Hinweise darauf bei unseren Ausgrabungen in der Festung der Titanen.«

Ich musterte ihn misstrauisch. Bislang war Usmar mir weder als zuvorkommend noch als höflich erschienen, wenn ich mich recht erinnere, trachtete er kürzlich noch danach, einem von uns die Seele zu rauben.

Ein leises Schnauben ertönte, als eines der Pferde vor dem Zelt Zeus begrüßte, es war das von Elsine, ich erkannte es nur, weil es schwer gewesen war, ein Pferd zu finden, das bereit war, die Kaiserin auf seinem Rücken zu tragen. Pferde besaßen einen untrüglichen Instinkt und waren nicht geneigt, Raubtiere auf ihrem Rücken zu dulden, wenn sie schon Sivrets Wolfskrieger mieden, wie sah es da bei einem Drachen aus?

»Hüterin Aleahaenne, Hüterin Delgere …« Unwillkürlich zog ich eine Augenbraue hoch, als Usmar die Schamanin so nannte. »… und die Drachengeborene sind bereits eingetroffen und erwarten euch«, teilte uns Usmar mit einem knappen Lächeln mit, als er absaß und einem der Wachen vor dem Zelt das Zeichen gab, Zeus' Zügel entgegenzunehmen. »Bitte folgt mir«, sagte er dann mit einer leichten Verbeugung und betrat vor mir das Zelt.

Das Zelt war wohl eher dafür gedacht, Nachschub vor der Unbill des Wetters zu schützen, viermal länger als breit, war es fast dreimal so groß wie ein kaiserliches Generalszelt und nicht in einzelne Räume unterteilt. Hier und da war es bereits verblichen, aber man hatte das Zeltleinen offenbar schwarz eingefärbt, und ohne die vielen Kerzenständer wäre es wohl stockdunkel gewesen.

In der Mitte des Zeltes stand eine langgezogene Tafel mit etwa zwei Dutzend Stühlen daran, kostbar gedeckt mit silbernen Tellern, Bechern und Besteck und prachtvoll von drei vielarmigen Leuchtern erhellt. Zwei Schritt hinter den Stühlen stand jeweils ein Rekrut in Ausgehuniform, mit blütenweißen Handschuhen und einem Blick, der stur geradeaus ging, als wollten sie durch ihre Haltung alleine schon ausdrücken, dass sie gar nicht anwesend waren. An der Stirnseite des Tischs stand Arkin, scheinbar freundlich ins Gespräch mit Delgere, der Hüterin, und Elsine vertieft, zwei Schritt weiter rechts von dieser kleinen Gruppe stand ein kleiner Tisch, darauf eine offene Schachtel aus poliertem Rosenholz, schon vom Eingang her sah ich darin die Stücke des Tarn liegen.

Alle Stücke, auch jenes, das Elsine und Delgere als Letztes noch gefunden hatten.

Elsine zog scharf die Luft ein. Ich folgte ihrem Blick und fand dort, in der Uniform eines Rekruten, Aleyte stehen, dessen schiefes Lächeln fast entschuldigend wirkte.

Ich sah zu Delgere hin, ich wusste von ihr, dass alleine der Gedanke, dass der Verschlinger in ihrer Nähe sein könnte, sie in Angst und Schrecken versetzen würde, doch sie schien ihn nicht erkannt zu haben. Was kein Wunder war, denn mir fiel ein, dass nur Zokora und ich ihn so kennengelernt hatten. Was mich daran erinnerte, dass Varosch hier sein sollte. Ich sah mich verstohlen um, konnte ihn aber nicht entdecken. Es gab Dinge, für die Seelenreißer doch gut gewesen war.

»Lanzengeneral von Thurgau, der Engel des Todes, auch genannt Havald, der Wanderer!«, kündigte mich Schwertmajor Usmar mit fester Stimme an, während zwei Soldaten hinter mir den Eingang des Zelts zuzogen und dort Position bezogen.

»Der Ehrengast«, begrüßte mich Arkin scheinbar erfreut, als er sich mit einer entschuldigenden Geste von den drei Seras abwandte. »Dann werden wir wohl bald beginnen können!« Er sah sich in der Runde um. »Ich nehme an, man ist sich gegenseitig schon bekannt?«

»So ist es«, sagte Elsine.

»Also gut«, strahlte Arkin und rieb sich die Hände. »Dann wollen wir uns jetzt dem Festmahl widmen.«

Wir sahen einander gegenseitig fragend an, Elsine zuckte mit den Schultern, ich tat es ihr nach, also setzten wir uns an die reich gedeckte Tafel, der Kriegsfürst an das Kopfende, die alte Enke, Elsine und die Hüterin Serafine, mir und Delgere gegenüber.

Die Rekruten traten von hinten an uns heran und schenkten uns aus den Flaschen ein, doch es war kein Wein, der in unsere Kelche floss, sondern feiner Sand, und als sie die silbernen Glocken von unseren Tellern hoben, lagen dort nur Steine.

Einen Moment starrten wir nur stumm auf das »Festmahl«.

Die alte Enke fasste sich als Erste.

»Ha«, meinte sie. »Ein guter Streich! Wollt Ihr uns nicht einen guten Appetit wünschen?«

»Wohl kaum.« Arkin hob ernst seinen Kelch an, damit wir den Sand in dem Kristall auch gut sehen konnten. Sein Blick schwenkte zu mir herüber.

»Ich darf Euch beglückwünschen, Lanzengeneral«, sagte er bitter. »Vorhin, noch während des Wettkampfs, kehrte mein Späher zurück und berichtete mir, was mit meinem Nachschub geschehen ist. Stellt Euch meine Verwunderung vor, als ich erfuhr, dass Ihr auch mitten im unwirtlichsten Gebiet der Steppe ein Lager eingerichtet habt, von dem aus Ihr jeden Nachschub abfangen könnt, der von Rangor aus seinen Weg hierher sucht.« Er stellte seinen Kelch hart ab. »Es sind nur drei Tagesmärsche bis zu Eurer Felsenfeste, doch nach dem Bericht meines Spähers kann ich es mir sparen, gegen Eure Stellung anzurennen, wir können also auch hierbleiben, verrecken werden wir so oder so. Sagt, wie fühlt es sich an, zwanzigtausend Mann zum Hungertod verurteilt zu haben?«

Ich schaute zu Aleyte hin, dem Verschlinger, der in seiner Rekrutenuniform hinter Arkin stand. Er schaute nur höflich geradeaus, offenbar hatte er nicht vor, sich auf uns zu stürzen. Jedenfalls im Moment noch nicht.

Ich schaute in Arkins brennende Augen. »Wir liegen

miteinander im Krieg. Ihr hättet nicht anders gehandelt, hättet Ihr eine so offensichtliche Schwäche bei uns festgestellt. Also solltet Ihr Euch die Frage selbst stellen, es war Eure Entscheidung, hier so lange zu lagern.«

»Mitnichten«, sagte Arkin grimmig. »Ich hatte nicht die Wahl.«

»Warum nicht?«, fragte Kaiserin Elsine interessiert. Sie hob ihren Kelch an und schüttete ihn langsam neben sich aus, sah zu, wie der Sand aus dem kostbaren Kristall rann. »Ihr lagert seit fast zehn Wochen hier. Am Anfang müsst Ihr noch über Vorräte verfügt haben, warum seid Ihr nicht direkt zur Feste Braunfels durchgestoßen?«

»Der Kaiser gab mir den Auftrag, mit meinen Legionen hier zu lagern, bis die Ausgrabungen abgeschlossen sind«, entgegnete Arkin. »Als es länger dauerte, als die Priester ursprünglich gedacht haben, und ich ihm die Nachricht zukommen ließ, dass wir hier verhungern, während seine Priester in alten Trümmern graben, ließ er mir mitteilen, dass es seine Legionen wären und es eine Ehre ist, für ihn zu sterben.« Er hob seinen Kelch an und leerte ihn langsam aus, sah zu, wie der Sand auf seinen Teller rieselte. »Nachdem Ihr mir den Nachschub abgeschnitten habt, so kärglich er auch war, ist dies alles, was wir noch besitzen.« Er fixierte mich mit seinem Blick. »Ich hoffe, Ihr genießt Euren Sieg, Lanzengeneral, aber wir wollen ja weder kleinlich noch unfreundlich sein …«

Er gab ein Zeichen, und die Rekruten traten vor und nahmen uns Kelche und Gedeck vom Tisch, um sie gegen andere auszutauschen. Diesmal war es Wein, der in die Kelche floss, und unter den Schalen offenbarte sich Hasenbraten. Dürrer zwar, aber fetter waren auch die Hasen nicht, die wir bei uns in den Eintopf warfen.

»Es war schwer genug, dieses Mahl aufzutreiben«, sagte Arkin und tat eine einladende Handbewegung. »Greift ruhig zu, es gibt kein Gift, wenn Ihr es wünscht, koste ich gerne vor.«

»Wozu dann dieses Schauspiel eben?«, fragte Serafine, während sie sich einen Bissen abschnitt und nach kurzem Zögern zum Mund führte.

Arkin kaute fertig, er schien Mühe zu haben, nicht allzu schnell zu schlingen, vielleicht stimmte das Gerücht, dass er sonst auch nur das aß, was die Mannschaften erhielten. Dürr genug war er dafür.

»Wir stehen mit dem Rücken zur Wand.« Er wischte sich den Mund ab und trank einen tiefen Schluck, um sich sogleich nachschenken zu lassen. »Diesen Umstand sollte es verdeutlichen, damit ihr versteht, warum ich das tun muss, weshalb ich euch hergebeten habe. Wenn ihr es wünscht, erlaube ich euch, das Lager zu inspizieren, ihr werdet die Vorratszelte genau so leer vorfinden wie meinen Magen.« Er spießte einen neuen Bissen auf und hielt ihn auf der Messerspitze in meine Richtung. »Ich lud Euch ein, Lanzengeneral, um Euch zu Eurem Sieg zu gratulieren und Euch einen ungewöhnlichen Vorschlag zu unterbreiten.« Er schaute kurz zu Delgere hinüber. »Und, natürlich, um Euch wie versprochen den Tarn zu überreichen, da der letzte Kontrahent sich zurückgezogen hat, hat der Lanzengeneral den Wettkampf ja für Euch gewonnen.«

»Dann lasst Euren Vorschlag hören«, sagte Elsine, die sich wenig Sorgen darüber zu machen schien, ob der Braten vergiftet war, und herzhaft dem Mahl zusprach. Währenddessen hatte ich Gelegenheit, den Rekruten hinter ihr zu beobachten, der mit glänzenden Augen zusah, wie sie über den armen Hasen herfiel. Als sie kaute, schluckte er, um verlegen wegzusehen, als er feststellte, dass mein Blick auf ihm ruhte.

Ich kannte Hunger, zumindest dieser Rekrut spielte ihn nicht.

»Mein ursprünglicher Auftrag lautete, wie ihr euch vielleicht denken könnt, die Ostlande zu nehmen und die Kor dazu zu bewegen, in die Ostmark einzufallen. Es scheint eine gewisse Tradition bei ihnen zu bestehen, gegen eure Mauern anzurennen, bis sie mit blutigen Köpfen umfallen, nun, es hätte mir meine Soldaten geschont, wäre es nach Plan gegangen«, sagte Arkin unverblümt.

»Die Kor werden nicht für Euch kämpfen«, ließ Delgere ihn überraschend bestimmt wissen.

Arkin nickte mit einem höflichen Lächeln. »Das habe ich mittlerweile auch verstanden. Ich sagte ja, dies war der ursprüngliche Plan. Doch dann stießen die Priester des Gottkaisers auf eine halb vergrabene Stele in einer Höhle, als sie nach einem Ort suchten, an dem sie ihre blutigen Rituale durchführen konnten, ohne meine Soldaten mit den Schreien allzu sehr zu belästigen.« Er tupfte sich vornehm den Mund ab. »Da sie ihre Opfer aus den Reihen meiner Soldaten beziehen, die sie wahllos oder nach dem geringsten Vorwand dafür mitten in der Nacht aus ihren Betten holen, ist es schlecht für die Moral, wenn man seine Kameraden schreien hört. Ich bat die Priester deshalb, die Angelegenheit etwas diskreter zu gestalten.«

»Wie freundlich von Euch«, sagte Serafine schneidend höflich.

»Ja, nicht wahr?«, sagte Arkin ungerührt und legte das Tuch zur Seite. Er hatte seinen Teller bereits leer gegessen. »Die Priester sorgen dafür, dass die Streitkräfte loyal zu ihrem Gott und Kaiser bleiben. Man hat uns ganz besonders ausgezeichnet, indem man der vierzehnten und fünfzehnten Legion den Hohepriester Kortanus mitgegeben hat, einen Priester des vierten Rangs, der seinen eigenen Hofstaat mitführt. Dieser besteht aus sieben weiteren Priestern, und keiner von ihnen würde es auch nur wagen, seinen Gott und Kaiser damit zu verärgern, dass er ihm nicht jede Nacht opfert.« Er ließ seinen brennenden Blick über uns streifen. »Ich habe fast mehr gute Männer und Frauen an die Schwarzröcke verloren als an Seuchen, Naturgewalten und aufmüpfige Ureinwohner. Als ich den Hohepriester Kortanus darauf ansprach, teilte er mir mit, dass es eine Ehre wäre, für den Kaiser zu sterben und mir, wenn ich es so wünsche, gerne diese Ehre zuteilwerden könnte. Danach bat ich ihn, den Kaiser dort zu ehren, wo wir die Schreie nicht hören können.« Sein Blick bohrte sich in Serafine. »Hättet Ihr anders entschieden?«, fragte er dann kalt.

»Ich würde ihm nicht dienen«, sagte Serafine.

»Ja. Mag sein«, knurrte er. »Ich hörte, man meldet sich in Askir freiwillig zu den Legionen.« Ich sah, wie seine Wangenmuskeln mahlten, als er versuchte, ruhig zu bleiben. »Meine Eltern hatten die Wahl, mich freiwillig der Legion zu übergeben oder zuzusehen, wie ich und meine Geschwister auf der Stelle erschlagen worden wären. Ich bin seit meinem vierten Lebensjahr bei den Legionen, ich kenne es nicht anders.«

Serafine wich seinem Blick nicht aus.

»Ich bleibe dabei«, gab sie zurück. »Ihr dient dem falschen Herrn.«

»Ihr wolltet mir einen Vorschlag unterbreiten«, erinnerte ich ihn.

Ich sah wenig Grund dafür, Mitleid mit den schwarzen Legionären zu haben, solange sie bereit waren, gegen uns in den Krieg zu ziehen. Auch in den Südreichen geschah es oft genug, dass man in den Kriegsdienst gepresst wurde, so ungewöhnlich war seine Geschichte nicht. Abgesehen davon waren oft diejenigen, die man in den Kriegsdienst presste, die brutalsten Kämpfer, als ob sie ihr Unglück an anderen auslassen müssten.

»Gemach«, sagte Arkin, der sich wieder so weit im Griff hatte, dass man ihm seinen Zorn kaum mehr ansah. Ein Zorn, der, wie es mir schien, nicht gegen uns gerichtet war.

»Die Priester erkannten eine Rune auf der Stele, das Zeichen des dunklen Gottes, und bestanden darauf, hier zu lagern, bis sie die Stele entschlüsselt hatten. Es dauerte eine Weile, da die Priester zwar allesamt dem Volk der dunklen Elfen angehören, aber sie diese Sprache nicht kannten. Letztlich fand sich in Thalak ein Sklave, der ebenfalls dem dunklen Elfenvolk angehört, der uns die Stele übersetzen konnte. Sie enthielt eine Warnung: Dass, wenn das Grab des dunklen Gottes geöffnet wird, sein Fluch das Leben aller im weiten Umkreis nehmen würde, um die Wunden, die sein unsterblicher Körper im letzten Krieg der Götter davongetragen hatte, zu heilen.« Arkin trank einen tiefen Schluck und hielt sein Glas hoch, damit der Verschlinger es ihm füllen konnte, um dann einmal tief durchzuatmen. »In dem Moment, in dem der Gottkaiser davon erfuhr, entschied er in seiner göttlichen Weisheit, dass meine Legionen nicht von hier weichen sollten, bis das Grab geöffnet wurde und er den unsterblichen Körper des Gottes für sich in Besitz genommen hat.« Er lächelte schmal. »Falls es Euch nicht bekannt ist, unser göttlicher Kaiser ist imstande, seinen Körper zu wechseln wie andere die Hemden.«

Als wir ihn ungläubig anstarrten, lachte er bitter.

»Ja«, nickte er grimmig. »So habe ich auch dreingeschaut. Es ist wahr, nach dem letzten Krieg der Götter haben die Götter Omagor irgendwo in den Trümmern der Festung der Titanen zur letzten Ruhe gebettet. Mit allen seinen Besitztümern, nur sein Schwert und seine Seele haben sie ihm nicht gelassen. Unser göttlicher Kaiser ist der Ansicht, dass er die Wiedergeburt des toten Gottes ist, und jetzt will er sich das holen, was ihm nach seiner Meinung gehört, den Körper eines Gottes.«

»Ich wusste nicht einmal, dass die Götter echte Körper haben«, sagte ich, bevor ich mir auf die Zunge hätte beißen können. »Ich dachte, sie manifestieren sich nur, wenn sie es so wollen.« Meine Gedanken sprangen hin und her wie Flöhe, als ich versuchte, die Tragweite dessen zu verstehen, was uns der Kriegsfürst eben eröffnet hatte. Es konnte alles verändern. Gelang es Kolaron Malorbian tatsächlich, sich diesen Körper anzueignen, war er seinem Ziel der Gottwerdung deutlich näher gekommen. Abgesehen davon, was sich sonst noch in dem Grab finden lassen mochte.

»Doch«, sagte Hüterin Aleahaenne grimmig. »Die Götter besitzen Körper. Sie sind wandelbar in Form und Art, aber sie brauchen sie, um direkt in dieser Welt einzugreifen. Es heißt sogar, dass sie im Zeitalter der Menschen unerkannt unter ihnen wandeln.«

Etwas, worüber man seit Anbeginn der Zeiten in jeder Tempelschule unablässig stritt. Ich selbst hielt es für möglich, manchmal hatte ich selbst schon das Gefühl gehabt, zumindest Soltar begegnet zu sein.

»Also ist es möglich?«, fragte Delgere.

»Ja«, nickte Elsine. »Nur warum sie ihn hier begraben haben sollten, entzieht sich meinem Verständnis, der Ort dieser letzten Schlacht lag angeblich irgendwo in den Südlanden.«

»Vielleicht deswegen, weil diese Gegend um die Festung der Titanen schon seit jeher gemieden wird«, sagte die junge Schamanin nachdenklich. »Es ergibt Sinn, ihn dort zu begraben, wo niemand nach ihm suchen wird.«

»Doch es ergibt erst recht keinen Sinn, wenn die Götter sein Grab verstecken und dann eine Stele davor aufstellen, mit der sie davor warnen, das Grab zu öffnen!«, meinte Serafine irritiert. »Warum nicht gleich das Grab mit Hinweisschildern versehen?«

»Das ist die Schuld der Elfen, die hier einst lebten«, erklärte Arkin gelassen. »Sie müssen das Grab gefunden haben, als sie etwas anderes versteckten … und es kam sie teuer zu stehen. Die Stele mit der Warnung stammt von ihnen.«

Ich spürte Aleytes Blick auf mir und schaute zu ihm hin, er stand genauso unbeweglich da wie zuvor, doch jetzt wusste ich, wie der Kriegsfürst den Verschlinger gefunden hatte.

Der Kriegsfürst musste einen Grund haben, uns das alles zu offenbaren. Ich wusste jetzt schon, dass es unsere Pläne verändern würde. Der Wettstreit war gewonnen, Arkin hatte bereits versprochen, Delgere den Tarn zu übergeben, und wenn es nach mir gegangen wäre, wäre ich noch heute abgereist. Nur glaubte ich nicht mehr daran. Abgesehen davon galt es, auch noch mein Schwert zurückzubekommen.

»Was ist jetzt Euer Vorschlag?«, fragte ich ungehalten.

»Ich brauche den Nachschub«, sagte Arkin ernst. »Ich habe meine Soldaten hierhergeführt, gut ein Drittel von ihnen auf der Strecke gegen Seuchen, Ungeheuer und anderes verloren, ich sehe nicht ein, dass sie hier verrecken sollen wie Hunde. Sie vertrauen mir, und ich werde sie nicht im Stich lassen.«

»Das ist großmütig von Euch«, gab ich kühl zurück. »Kommt zum Punkt.«

Er holte tief Luft. »Wir legen unsere Waffen nieder und ziehen nach Rangor ab. Im Austausch für den Nachschub leiste ich Euch den Schwur, dass weder die vierzehnte noch die fünfzehnte Legion innerhalb der nächsten drei Monde an irgendeinem Kampfgeschehen teilnehmen wird.«

Ich musterte ihn prüfend. »Vielleicht solltet Ihr Euch uns ergeben.«

Er neigte grimmig lächelnd den Kopf. »Ich fürchte, das wird nicht möglich sein. Es würde den Kaiser erzürnen, und das endet für gewöhnlich tödlich. Oder schlimmer.«

»Wir könnten Euch auch hier verhungern lassen.«

Er nickte langsam. »Oder das. Oder aber ich führe meine Legionen gegen die Feste Braunfels. Die Hälfte meiner Leute wird die Strecke nicht überleben, aber ich schwöre Euch, so oder so werde ich die Feste Braunfels entweder nehmen oder dem Erdboden gleichmachen. Dies ist keine leere Drohung, Lanzengeneral«, fügte er grimmig hinzu. »Ihr wisst, was mit den anderen beiden Grenzfesten geschehen ist.«

Er gab Aleyte ein Zeichen, und dieser trat vor, sodass er nun links von Arkin stand, rechts von dem Kriegsfürsten stand noch immer Schwertmajor Usmar, der sich die ganze Zeit über nicht ein einziges Mal bewegt hatte. »Ich denke, Ihr seid mit meinem Leibwächter vertraut.«

Aleyte nickte mit einem schmalen Lächeln. »Ja«, sagte er. »Wir sind uns das eine oder andere Mal bereits begegnet.«

Offensichtlich wollte Arkin nicht direkt offenbaren, dass Aleyte der Verschlinger war, aber Delgere verstand es auch so, sie wurde kreidebleich, und für einen Lidschlag lang dachte ich, sie würde fliehen wollen. Ich wusste, wie schwer es für sie war, aber es gelang ihr, ihre Fassung zu bewahren, auch wenn sie ihn nun mit weiten ängstlichen Augen anstarrte wie ein Kaninchen eine Wüstenkatze.

»Euer Leibwächter ist nicht unbesiegbar«, meinte Elsine ungerührt und bedachte den Verschlinger mit einem harten Blick.

»Doch, ist er«, sagte Arkin ruhig. Er sah hoch und gab den Rekruten ein Zeichen. »Danke. Ihr dürft wegtreten.«

Wortlos salutierten die Rekruten und verließen geordnet das Zelt, auf eine Geste Arkins hin räumten sogar die beiden Wachen ihren Platz am Eingang. Wir warteten, bis wir alleine waren, dann nickte Arkin Aleyte zu. »Erklärt es ihnen.«

»Es ist einfach«, sagte der Elf ruhig. »Was ihr hier seht, ist nur ein Trugbild. Die eigentliche Bestie ist ein Ungeheuer aus reiner Magie, die sich von verschiedenen Formen der Magie ernährt. Kurzum, greift ihr sie mit Magie an, wird es sie nur stärken.«

»Ich konnte Euch schaden«, gab Elsine ungerührt zu bedenken.

»Ja«, entgegnete Aleyte ruhig. »Doch nur, weil ich die Bestie in eine Form zwang, die verletzlich war. Sie selbst hat die Form von Gier und Hunger, Ihr werdet sie nicht wahrnehmen können, bis sie nach Euch greift, und dann ist es zu spät.«

Delgere gab einen leisen Stöhnlaut von sich, und die alte Enke griff nach ihrer Hand, um sie zu tätscheln.

»Er gibt an«, sagte sie mit einem grimmigen Lächeln. »Nichts ist unbesiegbar.«

»Ihr habt recht, Hexe«, räumte Aleyte höflich ein. »Es ist nur so, dass der Bestie noch nichts begegnet ist, das sie hätte besiegen können. Sie macht sich die Stärken, das Wissen und die Talente derjenigen, die es versuchten, zu eigen. Selbst die Götter konnten sie nur binden.«

Elsine schien zu zögern, für einen Moment befürchtete ich wahrhaftig, sie würde Aleyte attackieren, doch dann schweifte ihr Blick über Delgere, Aleahaenne, die sich von allen bisher am wenigsten beeindruckt gezeigt hatte, und schließlich über Serafine hin zu mir. Ich wusste, was sie überlegte, und schüttelte den Kopf. Kam es hier zu einem Kampf, wusste niemand, ob es nicht doch Verluste unter uns geben würde.

Auch der Kriegsfürst sah nun zu Elsine hin und schien zu ahnen, was sie dachte. »Wenn Ihr wünscht, könnt Ihr es gerne versuchen«, meinte er mit einem grimmigen Lächeln. »Oder aber, Ihr geht auf den Handel ein, und erhaltet mein Wort, dass meine Legionen und mein Leibwächter in den nächsten drei Monaten den Waffenstillstand wahren werden.«

»Das ist kein Handel«, beschwerte sich Elsine. »Das ist Erpressung.«

»Ja«, lächelte Arkin zufrieden und lehnte sich in seinem Stuhl zurück. »Eines noch: Der Handel gilt nicht für die Priesterschaft des dunklen Gottes. Sie stehen nicht unter meiner Befehlsgewalt und werden ihr Möglichstes tun, um das Grab zu öffnen.«

»Warum entsendet Ihr nicht Euren Leibwächter gegen diese Priester«, sagte die alte Enke. »Ihr sagt, sie bedrohen Euch, und doch habt Ihr mit dem Verschlinger eine Waffe, gegen die sie nicht bestehen können.«

»Eine schöne Idee.« Arkin lächelte grimmig. »Das Problem dabei ist der Kaiser. Dass ich versuche, seine zwei besten Legionen zu retten, ist etwas, das er mir vielleicht vergibt. Ginge ich gegen die Priester vor, würde ich mich direkt gegen ihn stellen, und das würde er mir nicht vergeben.« Er zuckte mit den Schultern. »Das ist mein Angebot: Drei Monde Waffenstillstand gegen den Nachschub. Was die Priester angeht, seid ihr auf euch allein gestellt.« Sein Lächeln wurde breiter. »Eine gute Erpressung zeichnet sich dadurch aus, dass man dem anderen etwas gibt, das er will. In diesem Fall: Drei Monde Zeit. Und vielleicht die Ostlande und die Ostmark.« Sein Lächeln wurde eisig. »Die ich mir dann eben später holen werde. Ich erwarte Eure Antwort bis morgen spätestens um Mitternacht.« Er stand auf, gab Aleyte ein Zeichen, und dieser brachte die offene Schachtel mit den Stücken des Tarn zu Delgere. »Hier«, sagte Arkin mit einem schmalen Lächeln. »Der Tarn. Nehmt ihn, wir wollen ja nicht, dass all eure Mühe ganz und gar umsonst gewesen ist. Geht hin und eint die Kor damit. Vorausgesetzt, natürlich, es gelingt euch, die Stücke zusammenzusetzen.« Er tat eine ironische Verbeugung. »Ich denke, dieses Festmahl ist beendet, Schwertmajor Usmar wird euch hinaus und wieder zurück zu eurem Lager geleiten.«

»Erlaubt mir eine Frage«, bat Serafine noch, während sie den Kriegsfürsten mit ihren dunklen Augen durchbohrte.

»Gerne«, sagte Arkin höflich und deutete eine leichte Verbeugung an. »So fragt.«

»Bislang war jeder Kriegsfürst, dem wir begegnet sind, zugleich auch ein Seelenreiter«, sagte Serafine kühl, während Delgere hastig schluckte. »Warum hört man von Euch dergleichen nicht?«

Die Lippen des Kriegsfürsten verzogen sich zu einem schmalen, eisigen Lächeln.

»Es ist etwas, mit dem der Kaiser seine Fürsten zugleich zu belohnen als auch zu beherrschen sucht. Ich bin sicher, er bedauert es mehr als ich, dass dieses Ritual, mit dem er einem die Seelen anderer aufzwingen will, bei mir seine Wirkung verfehlte.«

»Wenn Ihr kein Seelenreiter seid«, brach es überraschend aus Delgere heraus, »warum dient Ihr diesem Ungeheuer dann?«

Arkin sah zu der jungen Schamanin hin, und einen Lidschlag lang sah man mehr von ihm als nur die Maske, die er uns sonst so sorgsam vorhielt.

»Weil ich es muss«, sagte er leise. »Weil ich es muss.« Er zog hart den Atem ein und richtete sich auf. »Geht«, forderte er hart. »Das Festmahl und die Zeit für Höflichkeiten sind vorbei.«

Katz und Maus

10 »Ich denke«, sagte ich nachdenklich, als wir Schwertmajor Usmar und seiner Ehrengarde nachsahen, wie sie zu ihrem Lager zurückritten, »dass an Arkin mehr dran ist, als wir denken.«

»Vielleicht«, gestand Serafine. »Doch vergesse nicht, Asela sagt, er ist gerissen. Das hat sich auch gezeigt. Für seinen ›Vorschlag‹ mit dem Nachschub wäre es nicht nötig gewesen, uns von dem Grab des toten Gottes zu berichten.«

Die alte Enke, die gerade das Zeltleinen im Eingang unseres Zeltes zurückgeschoben hatte, hielt in der Bewegung inne und sah zu uns zurück. »Er hätte auch auf den Waffenstillstand verzichten und uns gleich mit dem Verschlinger drohen können.«

»Ja«, sagte Serafine verärgert. »Er spielt mit uns wie die Katze mit der Maus. Ich frage mich, was er in Wahrheit mit diesem sogenannten Festmahl bezwecken wollte.«

»Ihr könnt da draußen stehen und grübeln«, sagte die alte Enke. »Ich denke, ich grübele besser im Zelt, auf meinem Stuhl und mit einem heißen Kafje in der Hand.« Sie ging ins Zelt hinein, nur um gleich wieder den Kopf herauszustrecken. »Oh, ich hoffe, Ihr habt noch Bohnen, uns ist der Kafje ausgegangen.«

Serafine seufzte und tat eine zustimmende Geste.

»Delgere kann etwas Ruhe gebrauchen«, meinte Elsine mit Blick auf ihren Schützling, die junge Schamanin hatte sich offensichtlich von ihrem Schreck, dem Verschlinger gegenüberzustehen, noch nicht ganz erholt. »Außerdem bin ich begierig darauf, den Tarn zusammenzusetzen.« Sie tat einen Schritt in Richtung ihres Zeltes, um dann stehen zu bleiben und zu mir zu schauen. »Seid Ihr sicher, dass ich den Verschlinger nicht besiegen kann?«

Ich tastete meine Taschen ab, um meine Pfeife zu suchen, und verzog schmerzlich das Gesicht, als ich daran erinnert wurde, dass meine linke Hand selbst solche leichten Berührungen noch nicht wieder vertrug. »Aleyte, der ursprüngliche Elf, der damals hingerichtet werden sollte, war ein Angehöriger der regierenden Kaste und ein Maestro. Ich maße mir nicht an, zu urteilen, wie machtvoll er gewesen ist, doch wir wissen, dass er dem

Ungeheuer unterlag. Ich glaube ihm, wenn er sagt, dass es mit Magie alleine nicht zu bezwingen ist.«

»Ser Havald hat recht«, meldete sich überraschend Aleahaenne zu Wort. »Meine Erinnerungen sind nebelhaft, zu viel Zeit ist vergangen, aber ich meine, mich daran zu erinnern, dass die Verschlinger keine körperliche Form gehabt hätten, sie sind Wesen aus reiner Magie. Ihn mit Magie anzugehen, ist wahrscheinlich, als ob man einen Fisch im Wasser ertränken wollte.« Offenbar fand sie, dass damit genug gesagt worden wäre, und wandte sich an Serafine. »Bringt mir einen Kafje in mein Zelt, wenn Ihr ihn aufgebrüht habt.« Sie lächelte schwach. »Es ist so ziemlich das Einzige, was das Kaiserreich in die Südlande brachte, das einen gewissen Nutzen besitzt.«

Serafine sah ihr sprachlos hinterher, um mich dann anzufunkeln, als hätte ich etwas verbrochen.

»Wenn du auch einen Kafje willst, kannst du ihn dir selbst aufbrühen!«, knurrte sie und stampfte davon, bevor ich auf meine dick verbundene Hand hinweisen konnte.

»Ich sehe, dieses Festmahl hat allgemein die Laune gehoben«, stellte Varosch hinter mir fest.

»Und du hast offenbar einige schlechten Angewohnheiten von Zokora übernommen«, knurrte ich und versuchte, mit einer Hand meine Pfeife zu stopfen. Er lachte, lehnte seine Armbrust gegen die Bank und griff nach Pfeife und Beutel.

»Lass mich das für dich tun«, bat er und stopfte sie mit geschickten Fingern. »Hier«, sagte er und reichte mir meine Pfeife zurück, während er mir zu der Bank folgte, die vor dem Zelt stand. »Serafine mag es noch immer nicht, wenn du im Zelt rauchst?«

»Nein«, antwortete ich. »Das ist es nicht. Ich will nur in Ruhe grübeln.« Ich sah zu Varosch hin. »Hast du das Treffen verfolgt?«, fragte ich ihn.

Er nickte. »Alles. Nachdem mir Zokora gezeigt hat, wie man sich in die Schatten hüllt, fällt es mir von Mal zu Mal einfacher. Ich kam ungesehen hinein und wieder hinaus. Im Übrigen stimme ich Serafine zu. Arkin verfolgte ein anderes Ziel mit seinem Schauspiel, als er uns nannte. Sag, bin ich der Einzige, der davon träumte, ihn zu schlagen?«

»Nein«, gestand ich. »Es wäre mir ein wahres Vergnügen gewesen. Ich mag es nicht, vorgeführt oder erpresst zu werden.« Ich sah Varosch fragend an. »Zokora und du habt ja das Lager nach dem Schädelstein durchsucht. Hast du eine Vermutung, wo er sein könnte?«

Er schüttelte den Kopf. »Nein. Wir dachten, er hielte ihn nahe bei sich, und wir haben sein Zelt gründlich durchsucht, doch dort haben wir nichts gefunden. Ich denke mittlerweile, dass die Antworten in der Festung der Titanen liegen.«

»Ich frage mich, was mit dem Verschlinger geschehen würde, wenn wir Arkin erschlagen«, sagte ich nachdenklich. »Wäre Aleyte dann frei?«

»Ich dachte über das Gleiche nach und fragte mich schon, ob der Verschlinger schnell genug ist, um zu verhindern, dass mein Bolzen Arkin trifft«, meinte Varosch. »Auf jeden Fall ist es eine Möglichkeit, die wir im Hinterkopf behalten sollten, wenn wir keine andere Lösung für den Verschlinger finden.« Er sah fragend zu mir. »Was wirst du tun?«

Ich zuckte mit den Schultern. »Ich lasse mich auf den Waffenstillstand ein. Wie Arkin selbst sagte, wir können seine Legionen auch später noch vernichten. Es kauft uns etwas Zeit. Nur dass ich glaube, dass Arkin auch auf Zeit spielt. Was hältst du von der Sache mit dem Grab? Sprach er in dem Punkt die Wahrheit?«

»Ich habe nie davon gehört, dass irgendwo ein Gott begraben liegen würde«, sagte Varosch nachdenklich. »Auf der anderen Seite hatte ich nicht das Gefühl, dass Arkin uns angelogen hätte. Ganz im Gegenteil, die Sache mit dem Grab ist ihm wichtig, und die Angst, die er bei dem Gedanken fühlte, dass die Priester imstande wären, das Grab zu öffnen, war nicht gespielt.«

»Hhm«, meinte ich und zog an meiner Pfeife. »Wenn er Angst hatte, hat er es gut überspielt.«

Varosch grinste. »Dieser Körper hat seine Vorteile. Die Sinne eines Elfen sind deutlich schärfer als die eines Menschen. Ich konnte seinen Puls hören. Glaube mir, der Mann vergeht vor Angst. Was auch immer er sonst mit diesem Festmahl bezweckte, eines scheint mir sicher: Er will, dass wir uns um das Grab kümmern.«

»Wenn es denn tatsächlich existiert«, gab ich zu bedenken, doch Varosch schüttelte den Kopf.

»Er sagte die Wahrheit, wie er sie kennt, auch als er sagte, dass die Priester alle bei der Ausgrabung zu finden sind. Arkin hasst diese Priester mit einer überraschenden Leidenschaft. Wahrscheinlich ist es das, was er sich erhofft, dass wir die Öffnung des Grabs verhindern und die Priester für ihn erschlagen. Ist dir aufgefallen, dass er den Verschlinger nicht direkt erwähnte?«

Ich nickte.

»Ich frage mich, ob der Nekromantenkaiser von dem Verschlinger weiß«, meinte Varosch grübelnd.

»Weißt du was? Das ist eine gute Frage.« Ich klopfte meine Pfeife aus und stand auf.

»Was hast du vor?«, fragte er.

Ich sah zum Himmel hoch, es würde nicht mehr lange dauern, bis die Nacht hereinbrach. So zerschlagen und müde, wie ich mich fühlte, konnte ich wahrscheinlich trotz der Schmerzen in meiner Hand gleich eine ganze Woche schlafen. »Wir reiten zur Festung der Titanen«, sagte ich und versuchte erfolglos, ein Gähnen zu unterdrücken. »Es wird Zeit, dass wir herausfinden, was hier gespielt wird.«

»Heute noch?«, fragte er überrascht.

Ich nickte.

»Ich glaube nicht«, grinste er. »Sie wird etwas dagegen haben.«

»Varosch«, teilte ich ihm hoheitsvoll mit. »Ich treffe meine eigenen Entscheidungen.«

Kiesel im Kreis

11 »Kommt nicht infrage«, widersprach Serafine energisch. »Schau dich an! Du schwankst doch jetzt schon auf deinen Beinen!«

Varosch lachte, wofür ich ihn mit einem scharfen Blick bedachte. »Mir geht es gut«, log ich. »Ich bin nur etwas müde.«

»Genau«, nickte sie grimmig. »Ohne Ragnars Axt kannst du dich kaum auf den Beinen halten! Setz dich«, wies sie mich an. »Übe dich etwas in Geduld. Zokora ist dabei, die Festung für uns zu erforschen, sie wird sich melden, wenn sie etwas herausgefunden hat.«

»Hier«, sagte die Hexe Enke und reichte mir einen

dampfenden Becher Kafje. »Vielleicht macht dich das etwas munterer. Du hast recht, wir müssen uns um die Festung der Titanen kümmern, aber das hat auch bis morgen früh noch Zeit.«

»Was, wenn die Priester das Grab heute Nacht finden und öffnen?«

Sie schüttelte den Kopf. »Arkin hat das Grab nicht ohne Grund erwähnt. Wenn es so eilig wäre, hätte er mit Sicherheit dazu etwas bemerkt. Wie geht es deiner Hand?«

Ich verzog das Gesicht. »Nicht gut.«

»Lass mich sehen«, meinte Varosch, und widerwillig hielt ich ihm meine Hand hin. Er löste die Verbände.

»Es ist besser geworden«, meinte Serafine eher zweifelnd.

»Ja. Etwas ...«, sagte Varosch. »Lass mich mal schauen ...«

Ich zog zischend die Luft ein, als er die Finger abtastete, und atmete erleichtert wieder aus, als er zufrieden nickte. »Du heilst sehr schnell«, stellte er fest. »Genau das kann zum Problem werden, wenn die Bruchstellen nicht genau aufeinander passen.«

»Aber es wird besser?«, fragte ich hoffnungsvoll.

»Ja. Aber du musst aufpassen, dass du dich nicht stößt.«

Diesmal verband er mir die Hand so dick, dass es kaum mehr möglich war. »Wie war es, wenn dein Schwert dich heilte?«, fragte er, als er den Verband verknotete. »Musstest du auch darauf achten, wie die Knochen sitzen?«

»Manchmal ja«, antwortete ich und besah mir die dick verbundene Hand. Entweder musste ich in meiner Uniformjacke schlafen oder mir den Ärmel aufschneiden. »Meistens fügten sie sich von alleine zusammen.«

»Praktisch«, stellte die alte beißende Enke fest. »Jetzt müssen wir nur noch dein Schwert zurückbekommen, damit du jemanden damit erschlagen kannst, und alles ist wieder gut.«

»Es ist nicht Havalds Schuld, dass er Seelenreißer trägt«, verteidigte mich Serafine, als sie den Tonfall der Hexe wahrnahm.

»Das mag sein«, meinte diese ungerührt und klapperte mit ihren Stricknadeln. Wobei ich noch immer nicht erahnen konnte, was das für ein Strickwerk werden sollte. »Doch diese Bannschwerter machen es einem zu einfach, zu vergessen, dass man selbst auch nur sterblich ist.«

»Ihr seid älter als ich«, gab ich leicht verärgert zurück. »Was ist mit Euch, Ihr seid Jahrhunderte alt und man sieht es Euch nicht an.«

»Es war hart erkauft.«

»So ist es auch bei mir.«

Sie hörte auf, mit ihren Nadeln zu klappern, und schaute auf, um mich zu mustern und schließlich zu seufzen. »Ich weiß«, sagte sie dann. »Es ist etwas an diesem Ort, das mich unwirsch macht. Nicht nur mich, mir scheint, ein jeder ist gereizt und unzufrieden.«

Serafine nickte langsam.

»Also bin nicht nur ich es, die so denkt. Seitdem wir hier angekommen sind, scheint alles zäh von der Hand zu gehen, jede Kleinigkeit ist schwerer als gedacht, ob es nun darum geht, einfach eine Schnalle zuzuziehen oder Kafje aufzubrühen, wenn man nicht genau darauf achtet, was man tut, tut man es falsch.«

Die alte Enke nickte und legte ihr Strickwerk zur Seite. »Wir haben heute einen großen Sieg errungen. Die Kor können nun darauf hoffen, endlich unter einer Führung vereint zu sein. Delgere ist ernstlich bemüht, ihrem Volk zu helfen, und mit Elsine hat sie eine Ratgeberin an ihrer Seite, die die nötige Weisheit für ein solches großes Unterfangen mit sich bringt. Wir sollten feiern, doch es ist mir irgendwie nicht danach zumute.«

»Die Kor feiern den Tag«, erinnerte ich sie.

»Ja«, nickte sie. »Ich weiß nicht, wie sonst ihre Feste sind, aber gehe hinaus und schaue es dir an. Sie sitzen um das Feuer herum, trinken ihren Met, rechte Freude will allerdings nicht aufkommen. Es ist, als ob einem hier die Freude, Zuversicht und Begeisterung genommen wird.« Ihre Augen weiteten sich. »Ich bin dumm«, stellte sie fest und sprang so behände wie ein junges Mädchen auf. »Das ist es«, rief sie. »Ich bin gleich wieder zurück!« Und damit eilte sie aus dem Zelt, während wir ihr sprachlos hinterher sahen.

»Eure Hexe hat recht«, sagte La'mir etwas später, während er sich mit blicklosen Augen in unserem Zelt umsah, nur sah er die Welt wohl nicht so wie wir. »Sie hat auch recht damit, zu mir zu kommen«, fuhr er leiser fort, während er die Stirn runzelte. »Es ist keine Magie, wie ihr sie kennt, es ist ein übler Geist, der uns hier mitspielt, allerdings verbarg er sich vor mir.«

»Wie das?«, fragte ich und gähnte.

»Die meisten Geister befinden sich an einem Ort, er nicht, er verbirgt sich an einem anderen. An einem, an dem ich nicht nach Geistern Ausschau halte.«

Damit war ich so schlau wie zuvor.

»Ich kann ihn immer noch nicht sehen«, sprach La'mir bereits weiter. »Aber ich spüre ihn und kann etwas tun, um euch zu helfen.« Er sah sich suchend um. »Ich brauche einen Ort hier im Zelt, der nicht gestört wird.«

»In der Kammer hier«, meinte Serafine und stand auf,

um das Zeltleinen für den blinden Schamanen zur Seite zu schieben. »Das meiste von dem, was wir hier lagern, brauchen wir nicht.«

Damit waren wir einer Meinung, was gut zu wissen war, vielleicht ließ sie sich beim nächsten Mal doch darauf ein, nicht alles mitzunehmen.

Der Schamane nickte, duckte sich unter der Plane hindurch und griff zu den Beuteln, die er an seinem Gürtel hängen hatte. »Dies«, sagte er und hob einen weißen Kiesel hoch, »ist euer Zelt.« Er legte den Kiesel auf den Boden und zog seinen Dolch, um mit der Spitze einen Kreis um den Stein herum in den Boden zu ritzen. »Und dies ist der Kreis.« Er deutete darauf.

Der Kreis war der Kreis. Richtig. Soweit hatte ich das sogar verstanden.

»Der Kreis steht für Unendlichkeit«, erklärte er. »In diesem Fall aber führt er das, was von außen zu euch kommt, um sich herum. Deshalb findet es den Weg nicht mehr hinein. Das sollte helfen«, nickte er zufrieden.

»Das war es?«, fragte ich ungläubig. »Das ist der ganze Zauber?«

»Stimmt«, nickte La'mir und griff wieder an seinen Beutel, um zwischen seinen Fingerspitzen eine Prise eines gräulichen Pulvers in die Luft über den Kiesel und dem Kreis zu verteilen. Es leuchtete auf und verpuffte dann in einem kleinen Funkenregen. »Ich hätte das beinahe noch vergessen«, er sah mit blinden Augen zu mir hin und schien erheitert. »Es ist nötig, damit die Blinden sehen können, dass man eben große Zauber gewirkt hat. Ich hoffe, ihr könnt jetzt besser schlafen«, fügte er hinzu. »Ich begebe mich nun zu unserer Feier zurück, wo mein Met auf mich wartet«, teilte er uns erhaben mit und duckte sich aus dem Zelt heraus.

Während wir uns noch gegenseitig unsicher ansahen, kam Enke wieder. »Gut.« Sie rieb sich zufrieden die Hände. »Ich sehe, La'mir war schon hier.«

»Ihr könnt seinen Zauber sehen?«, fragte ich überrascht.

»Nein«, sagte die alte Enke und lachte. »Aber ihn, als er mir eben entgegenkam. Wieso?«

Ich wies wortlos auf den Kiesel und den Kreis. Sie beugte sich in den Nebenraum, warf einen Blick auf La'mirs Zauber und nickte. »Einfach und direkt«, meinte sie zustimmend. »Diese Nacht sollten wir gut schlafen können.«

»Das ist es?«, fragte ich ungläubig. »Ein Kiesel und ein Kreis, und wir sind sicher vor einem Geist?«

»Sag mir morgen, wie du geschlafen hast«, lachte sie. »Dann wissen wir die Antwort.«

Elsine und der Tarn

12 »Wach auf«, sagte Serafine leise und schüttelte mich an der Schulter. »Zokora ist zurück!«

Ich öffnete ein Auge, sah, dass es noch dunkel war, und wollte mich auf die andere Seite drehen, nur dass ich mich dazu mit der linken Hand abstützte.

Damit war ich dann hellwach.

»Diesen Fluch habe ich schon lange nicht mehr gehört«, hörte ich die alte Enke fast bewundernd sagen. »Offenbar ist er jetzt wach.«

Als ich aus unserer Kammer kam, sah ich mich Zokora gegenüber, die sich mit einem feuchten Lappen Blut von ihrer Rüstung wischte.

»Du bist wach«, stellte sie als Begrüßung fest.

Ich nickte. »Das scheint hier jeder festzustellen.« Ich musterte das Blut auf ihrer Rüstung, es schien nicht von ihr zu stammen. »Was ist geschehen?«

»Kriegsfürst Arkin hat den Priestern gegenüber vergessen zu erwähnen, dass wir hier sind und du am Wettkampf teilgenommen hast. Der Hohepriester des toten Gottes bekam einen Wutanfall, als er davon erfuhr, und schickte zwei Priester los, um uns zu holen und unserer gerechten Bestimmung zuzuführen.«

»Ich frage mich, welche das wohl ist«, meinte die alte Enke von ihrem Stuhl aus, wo sie wie üblich saß und strickte … und unseren Tee oder Kafje trank. Ich sah stirnrunzelnd zu ihr hinüber, teilte sie sich nicht das Zelt mit Elsine, Delgere und der Hüterin? Warum war sie dann beständig bei uns zu finden? »Ich wette, es hat etwas mit einem Altar und scharfen Messern zu tun.«

»Diese beiden werden niemanden mehr opfern«, sagte Zokora ungerührt. »Dafür dürfen sie sich vor Solante erklären. Ich bezweifle, dass es ihnen gelingt.« Sie ließ den Lappen fallen und musterte mich. »Ich sehe, du bist nicht nur wach, sondern auf den Beinen. Wie geht es dir?«

»Besser«, teilte ich ihr mit, während ich dankend nach dem Kafje griff, den Serafine mir reichte. »Die Hand bereitet mir noch Sorgen, die anderen Wunden scheinen besser zu verheilen. Du bist den Priestern begegnet?«

Sie nickte. »Ja. Varosch hat mir von dem Festmahl und dem Grab des toten Gottes berichtet. Allerdings habe ich es bereits selbst herausgefunden.«

»Es ist also wahr?«, fragte ich sie.

»Das weiß ich nicht«, gab sie Antwort. »Ich weiß nur, dass die Priester danach suchen und die drei Dunkelelfen, die Ragnar und dich überfallen haben, dein Schwert stahlen, weil es angeblich eine Art Schlüssel ist, den es braucht, um in das Grab des toten Gottes zu gelangen. Diese Elfen halten sich für die Hüter des Grabes und sind wild entschlossen, jeden zu töten, der ihm auch nur nahe kommt.«

»Hast du mit ihnen sprechen können?«, fragte Serafine, die wacher klang, als ich mich fühlte.

»Nein«, sagte Zokora und schüttelte den Kopf. »Es sind zwar nur Männer, aber sie sind gut, es fiel mir schwer, ihre Spuren zu verfolgen. Sie ließen allerdings eine Nachricht in Form einer Stele mit dem Körper eines toten Priesters zurück.«

»Was stand drauf?«, fragte ich.

Sie zuckte mit den Schultern. »Das Übliche für solche Gelegenheiten. Drohungen und ein Schwur, Rache zu nehmen. Dass wir verflucht wären, weil wir die Ruhe des toten Gottes stören wollen, und noch mehr Warnungen von einem drohenden Unheil. Ich bin enttäuscht von ihnen«, fügte sie verärgert hinzu. »So etwas hatte ich von Menschen erwartet, aber nicht von Angehörigen meines Volkes!«

»Wenn ich mich recht erinnere, hat dein Volk auch solche Stelen aufgestellt«, meinte die alte Enke etwas spitz. »Ich erinnere mich da an eine gewisse Bergbausiedlung.«

Zokora nickte grimmig. »Nur waren sie auch dumm genug, zu erwähnen, dass sie Havalds Schwert gestohlen haben und es ohne den Hüter der Schatten nicht möglich wäre, das Grab zu öffnen. Der Hohepriester dort wusste, wessen Schwert das ist, und fand sogleich zwei Dinge heraus, die er zuvor nicht wusste: Zum einen, dass sich

Havald hier befindet, zum anderen, dass sein Schwert der Schlüssel ist, um das Grab zu öffnen.«

»Du hast recht«, sagte die alte Enke. »Das war dumm.« Sie legte ihr Strickzeug zur Seite, stand auf und streckte sich. Es knackte vernehmlich. »Wann brechen wir auf?«

»Sobald es geht«, entschied ich. »Ihr wollt uns begleiten?«

»Ja«, nickte sie grimmig. »Es ist mir allemal lieber, als auch nur einen Lidschlag bei den anderen zu verbringen.«

»Wieso das?«, fragte Serafine überrascht.

»Mutter kam mit hierher, weil etwas sie dazu trieb, sie glaubt, dass sie von hier kommt und sie hier eine Aufgabe hätte, nur erinnert sie sich nicht, was es ist, das sie hier tun soll. Es treibt sie in den Wahn, sie sitzt nur da, murmelt vor sich hin und versucht, ihr Gedächtnis zu zwingen, das preiszugeben, was sie vergessen hat. Abgesehen davon, dass mich ihr Gemurmel verrückt macht, ist es nicht gerade so, als hätte ich die letzten siebenhundert Jahre an ihren Rockzipfeln gehangen, ich bin mein eigener Mensch.« Sie sah uns fast trotzig an. »Die Betonung liegt hier auf Mensch, ich fühle mich dort fast schon fehl am Platz. Dann ist da Maestra Elsine, die allmächtige Drachengeborene, die daran verzweifelt, dass der Tarn sich nicht zusammensetzen lässt.«

»Ich dachte, die Stücke würden sich alleine zusammenfügen?«, tat ich überrascht.

»Ja«, nickte sie. »Das tun sie auch. Nehme vier beliebige Stücke und sie setzen sich zusammen, nur das fünfte weigert sich, den Platz einzunehmen. Elsine ist wie besessen von dem Tarn, es stört sie in ihrer Allmacht, dass sie nicht versteht, wie die Magie funktioniert und was es ist, was es braucht, damit der Tarn sich wieder zusammensetzt. Sie vergisst alles andere darüber, man könnte meinen, sie hat sich in eine eigene Welt zurückgezogen, die nur noch aus dem Tarn besteht. Dann ist da noch Delgere.« Die alte Enke seufzte herzergreifend. »Das arme Kind hat die ganze Nacht Albträume von dem Verschlinger gehabt und hätte sich gewünscht, dass sich Elsine etwas Zeit für sie nimmt, doch da sie mit dem Tarn beschäftigt war, musste ich mich um das Kind kümmern. Nur bin ich nicht Elsine, Delgere ist auf die Maestra fixiert wie ein Küken auf die Henne.« Sie schüttelte verärgert den Kopf. »Als ich Wasser für den Tee heiß machen wollte, traf ich dann noch Ma'tar und La'mir. Sie sind ebenfalls unzufrieden und sagten mir, dass es jetzt bald an der Zeit für Delgere ist, sich an den Rat der Stammesführer zu wenden und, wenn dies nicht bald geschieht, wir Gefahr laufen, all das zu verlieren, was wir hier erreichen konnten, schon jetzt gäbe es Streit und Ärger innerhalb der Stämme. Sie baten mich darum, es Elsine und Delgere auszurichten. Ich habe es versucht. Nur dass Delgere sich nicht traut, etwas ohne den Rat von Elsine zu unternehmen, und Elsine ...«

»Ist mit dem Tarn beschäftigt«, sagte Serafine grimmig.

»Ja«, seufzte die alte Enke. »Ihr versteht, warum es mir lieber ist, mich mit dunklen Priestern und toten Göttern herumzuschlagen, als noch einen Lidschlag lang das alles zu ertragen?«

Das war für Enke eine lange Rede gewesen, und es war deutlich, wie sehr sie verärgert war. Ich tauschte mit den anderen einen Blick.

»Ich kann nur sagen, dass Ihr willkommen seid«, sagte ich höflich. »Soll ich versuchen, mit Maestra Elsine zu reden?«

Die alte Enke nickte missmutig. »Nur, wenn dir daran

gelegen ist, dass diese schwer gefundene Einheit der Kor länger dauern soll als einen Tag!«

Dass die Hexe nicht untertrieben hatte, zeigte sich, als mich Ma'tar und Mahea auf dem Weg zum Zelt der Kaiserin abpassten. Damit ich ihnen auf der kurzen Strecke nur ja nicht entwischte, rannten sie fast.

»Wir müssen mit Euch reden, Lanzengeneral«, sagte Mahea atemlos. »Habt Ihr einen Moment Zeit für uns?«

Ihr Bruder nickte grimmig. »Es ist wichtig.«

»Wollt ihr mir dasselbe sagen wie der alten Enke?«, fragte ich sie.

»Wenn Enke Euch bat, zu versuchen, Elsine zur Vernunft zu bringen, dann ja«, nickte Mahea. »Ich weiß, dass sie den Tarn zusammensetzen will, damit er Delgere legitimiert, wenn sie den Stämmen als neue Königin vorgestellt wird, aber Ihr müsst ihr sagen, dass das nicht notwendig ist, Ihr selbst habt gestern dafür gekämpft, Eurer Sieg reicht dafür.«

»Wollt Ihr sagen, dass der Tarn auf einmal unwichtig geworden ist?«, fragte ich ungläubig, doch Ma'tar schüttelte entschieden seinen Kopf.

»Du hast ihn für sie errungen, das reicht. Wichtiger als der Tarn war der Kampf darum. Havald«, sagte er eindringlich, »ich verrate dir etwas: Wir wollen ein Volk sein, jeder von uns weiß, dass es uns zum Nachteil gereicht, solange wir zersplittert sind, es fand sich nur bislang noch niemand, den wir auch akzeptiert hätten! Delgere ist jung, aber niemand zweifelt daran, dass sie das Beste für uns will, und Elsine besitzt die Weisheit, die es braucht …« Er tat eine hilflose Geste zu Elsines Zelt hin. »Nur nützt dies niemandem, solange sich diese Weisheit uns nicht zeigt. Schon sprechen einige Stämme davon, wieder abzureisen, sie sagen zwar, dass dies die Vereinbarung nicht nichtig macht, aber du weißt selbst, wie es ist, Havald, sind die Stämme erst wieder über die Ostlande zerstreut, wird es nicht mehr möglich sein, sie erneut zusammenzurufen!« Er griff nach meinem Arm. »Wenn Delgere oder Elsine nicht bald etwas unternehmen, Havald«, bat er mich eindringlich, »dann musst du mit den Stammesführern sprechen, du bist schließlich der, der den Wettkampf gewonnen hat!«

Ich hob abwehrend die Hände. »Götter, nein, Ma'tar! Ich habe anderes zu tun, so war es auch nicht ausgemacht.«

Er schaute mich fragend an. »Es macht ein Gerücht die Runde, dass der tote Gott in der Festung der Titanen begraben liegen soll. Hat es damit etwas zu tun?«

Ich zögerte wohl einen Moment zu lange, denn er nickte grimmig. »Wenn sich das herumspricht, wird es anderen Stämmen nur mehr Grund geben, bald abzureisen. Es ist, wie deine Hexe sagt: Irgendetwas an diesem Ort zermürbt einem das Gemüt.« Er sah zu der Festung der Titanen hin, die in der Entfernung vom Licht der morgendlichen Sonne angestrahlt wurde. »Ich verstehe, dass du dich um das Grab kümmern musst«, sagte er dann rau. »Das ist ohne Zweifel auch wichtig, aber wir können doch diese Gelegenheit, unser Volk endlich zu einen, nicht ungenutzt verstreichen lassen!«

»Der Wettstreit war erst gestern, Ma'tar«, versuchte ich ihn zu beruhigen. »In der Nacht wurde gefeiert, jetzt ist es der frühe Morgen des nächsten Tages, so eilig kann es nicht sein!«

»Doch«, widersprach Mahea. »Genauso eilig ist es. Vorher war sich ein jeder einig, dass dies der Weg wäre, einen Anführer für die Kor zu finden. Jetzt hingegen, wo es in Wahrheit so weit ist, gibt es genügend unter uns, die nun darüber nachdenken, wie es denn tatsächlich ist, sich einem anderen zu beugen, oder welche Vorteile sie verlieren könnten! Diese Gedanken sind wie ein Geschwür, und je länger wir zögern, die Führung zu ergreifen, umso mehr wird es sich ausweiten! Lanzengeneral, Ihr müsst Elsine oder Delgere zur Einsicht bewegen, es steht alles auf dem Spiel.«

Ich seufzte.

»Ich werde sehen, was ich tun kann«, versprach ich den beiden und wies auf Elsines Zelt. »Nur müsst ihr mir die Gelegenheit auch geben.«

Sie nickten beide betreten und traten einen Schritt zurück.

»Es ist wichtig, Lanzengeneral«, drang Mahea noch einmal in mich.

Als ob ich das nicht wüsste.

Als ich mich durch den Eingang duckte, saß Elsine am Tisch und stützte ihren Kopf mit beiden Händen auf, während sie trübselig auf den Tarn starrte, der in Teilen vor ihr lag. Anstelle der Hüterin sah ich eine weiße Wölfin, die sich in einer Ecke zusammengerollt hatte und missmutig ein Auge öffnete, um zu schauen, wer da kam, und es dann wieder schloss. Von Delgere war keine Spur zu finden. Die Kerzen auf dem Tisch waren fast zur Gänze abgebrannt, und Elsine trug noch immer das Kleid, das sie auf Arkins »Festmahl« getragen hatte, offenbar war sie noch nicht zu Bett gewesen.

»Spart es Euch, Ser Roderik«, begrüßte sie mich müde, bevor ich noch einen Ton sagen konnte. »Die Zeltwände sind dünn genug, ich habe jedes Wort gehört, und ich gebe den beiden recht.« Sie tat eine Geste zu der hinteren Kammer. »Delgere schläft jetzt endlich, doch Ihr könnt Ma'tar ausrichten, dass wir am Mittag vor die Stammesführer treten werden.« Sie schob mit einer entnervten Geste die Stücke des Tarn zur Seite und sah auf. »Ich bin nur verärgert darüber, dass es mir nicht gelang, den Tarn zusammenzusetzen, und es fällt mir schwer einzugestehen, dass ich am Ende meiner Weisheit bin.« Sie wies auf einen Stuhl »Setzt Euch«, bat sie mich. »Bevor ich noch einen Krampf im Nacken kriege, Ihr seid einfach zu groß.«

Gehorsam setzte ich mich.

Sie schaute auf die Stücke des Tarn herab und schob sie dann zu mir hinüber. »Habt Ihr schon versucht, ihn zusammenzusetzen?«

Ich schüttelte den Kopf.

»Nur zu«, forderte sie mich auf. »Versucht Euer Glück.«

Ich musterte die Stücke aus Jade. Es war unschwer zu erkennen, dass sie einen dünnen Reif ergaben. So dünn, dass ich mich fragte, wie es sein konnte, dass er nicht schon längst zerbrochen war. Ich sagte etwas dergleichen, und Elsine zuckte mit den Schultern. »Es wird die Magie in ihnen sein, jemand hat sich mit dem Tarn sehr viel Mühe gegeben, wahrscheinlich zu viel, als dass er Gefahr laufen wollte, dass der Reif leicht bricht.« Sie schob eines der Stücke vor sich hin und her. »Wahrscheinlich könntet Ihr mit einem Hammer auf sie schlagen, ohne dass etwas geschehen würde. Kommt, Ser Roderik, versucht es. Der Tarn wird Euch nicht beißen.«

Es war, wie die alte Enke sagte, die ersten vier Stücke setzten sich fast von alleine zusammen, nur das fünfte Stück wollte nicht halten, es sprang immer wieder aus dem Kreis heraus.

Ich versuchte es zweimal, dann ließ ich es sein. Schließlich wusste ich, warum es so nicht gelingen konnte.

»Die Magie muss noch vorhanden sein«, sagte ich nachdenklich. »Jedes Stück setzt sich an jedes andere an, vielleicht liegt es nicht an Euch oder dem Tarn, und er tut, was er tun soll. Vielleicht sind die Umstände nicht die richtigen. Zokora ist der Meinung, die Stücke ließen sich nur in der Stadt der Seher zusammensetzen.«

Es mochte auch daran liegen, dass Asela zwei der Stücke gegen Fälschungen ausgetauscht hatte, die es ihr erlaubten, auf magischem Wege jeden zu beobachten, der diese Stücke berührte. Das war auch der Grund, weshalb sie im Lager der Legion zurückgeblieben war, von dort aus konnte sie alles besser unter Beobachtung halten, ohne zu befürchten, selbst dabei ertappt zu werden. Ich hätte es Elsine gerne erklärt, doch hier im Lager konnten wir nicht sicher sein, ob wir nicht auf magischem Wege beobachtet oder belauscht wurden. Dass Asela jede Bewegung Arkins oder des Verschlingers beobachten konnte, war ein Vorteil, den ich nicht leichtfertig aufgeben wollte. Bis wir die Elfenstadt fanden, dachte ich, war sicher noch Zeit genug, Elsine die beiden letzten Stücke des Tarn zukommen zu lassen.

Elsine sah auf den Tarn herab und nickte nachdenklich. »Das ergibt Sinn. Es sollte möglich sein, herauszufinden, wo die Ruinen von Tir'na'coer zu finden sind.« Sie sah hoch zu mir. »Ihr habt mir Hoffnung gegeben.« Sie lächelte. »Jetzt geht und sagt Ma'tar und Mahea, die draußen schon ungeduldig auf Euch lauern, dass Delgere und ich zu dem Treffen der Stammesführer kommen werden und das Volk der Kor noch heute geeint sein wird.«

»Hast du sie überzeugen können?«, fragte Serafine, kaum dass ich unser Zelt betrat.

»Es war nicht notwendig«, antwortete ich ihr. »Sie hat es schon selbst eingesehen. Ich habe es schon Ma'tar und Mahea erklärt, Delgere und Elsine werden noch heute vor den Stammesführern sprechen.« Ich sah zur alten Enke hin. »Ihr habt recht behalten, sie hat die ganze Nacht an den Tarn verschwendet.«

»Dann sollten zumindest wir jetzt nicht noch mehr Zeit verschwenden«, meinte Zokora entschlossen. »Wie geht es dem Bein?«

»Als wäre die Wunde schon eine Woche alt. Ich spüre sie noch, aber wenn ich sie nicht zu sehr belaste, kann ich sie ignorieren. Nur meine Hand ...«

»Ragnar hat dir deine Finger nicht einfach nur gebrochen, sondern geradezu zertrümmert«, meinte sie ungerührt. »Es braucht dich nicht zu wundern, wenn es länger dauert, bis diese Verletzung heilt. Das Wichtigste ist, dass du imstande bist, zu reiten.«

»Das konnte ich schon gestern«, teilte ich ihr erhaben mit.

»Ja«, nickte sie. »Nur hast du Ragnars Axt nicht mehr. Sorge du nur dafür, dass du nicht aus dem Sattel fällst, und überlasse das Kämpfen mir, dann kommen wir alle bestens zurecht.«

Ich überlegte mir kurz, ob ich mich durch ihre knappen Worte in der Ehre gekränkt fühlen sollte, und entschied, es nicht zu sein. Ohne Seelenreißer war Zokora unter uns der beste Kämpfer, und ich hatte im Moment ohnedies genug von Blut und Tod.

Vorstoß in die Festung

13 »Es sieht fremdartig aus«, meinte Serafine etwas später mit Blick auf die Festung der Titanen. Wir hatten schon gut eine Kerzenlänge gebraucht, um das Lager der Kor hinter uns zu lassen, aber noch war es früh, und wir hofften das Plateau noch vor Mittag zu erreichen. Sie ließ mein Sehrohr sinken und reichte es mir zurück. »Es sind Ruinen von Gebäuden«, teilte sie mir mit. »Nur vermag ich kaum zu erkennen, welchem Zweck sie einst gedient haben. Eines jedoch scheint mir sicher, eine Festung war das nicht. Es gibt keine Mauer und keine Türme, und wo von den Ruinen noch die Wände stehen, besitzen sie zu viele Fenster. Es scheint mir eher eine Stadt zu sein.«

»Ich frage mich, ob sie so viel anders waren als wir«, dachte ich laut, während ich das Sehrohr wieder verstaute.

»Sie waren größer und ungeschlacht«, sagte Zokora. »Sonst unterschieden sie sich nicht sehr von euch.«

»Woher willst du das wissen?«, fragte Serafine neugierig.

»Ich fand eine zerbrochene Statue. Sie ähnelten in der Form mehr euch Menschen als uns Elfen, nicht schlank, sondern eher kräftig, doch vom Gesicht her erinnern sie mich an Zwerge. Wie mit einem Hammer grob aus dem Stein geschlagen.«

Was mich daran erinnerte, dass sie keine Zwerge mochte. »Wie groß war die Statue?«

»Die Größe einer Statue hat nichts zu sagen«, stellte sie fest. »Doch sie hinterließen Tunnel und Gänge, und hier und da kann man noch Türöffnungen finden. Ich denke, sie waren um die Hälfte größer, als du es bist, Havald.«

»Ich dachte, sie wären größer gewesen«, meinte die alte Enke überrascht.

»Du meinst die Riesen«, belehrte Zokora sie nachlässig. »Die kamen später. Das hier sind die Reste einer Stadt der Titanen.« Sie sah mit zusammengekniffenen Augen zu dem fernen Hochplateau. »Von hier aus sieht man es nicht, aber auch dort oben liegt alles unter gut zwei Mannshöhen Erde und Sand begraben. Aber es gibt Wunder dort und seltsame Dinge, und ich wünschte mir, ich könnte sie unter besseren Umständen erforschen.«

»Was für Wunder?«, fragte ich.

Zokora schnaubte. »Seltsame und unerklärliche. Du wirst sie früh genug noch sehen.«

Je näher wir dem Plateau kamen, umso mehr ragten die steilen Felswände empor, bis man den Kopf in den Nacken legen musste, um den oberen Rand zu sehen.

»Seltsam«, meinte Serafine. »Seht ihr, dort?« Sie deutete hinauf zu der Kante. »Es sieht aus, als wäre das Gestein geschmolzen und die Felswand heruntergelaufen, bis es erstarrte.«

Zokora nickte. »Es ist nicht die einzige Stelle, die so geschmolzen ist. Hier waren mächtige Magien am Werk.«

»Wie kommen wir dort hinauf?«, fragte ich und dachte an meine Hand, damit konnte ich wohl kaum klettern, zum anderen mochte ich Höhen ohnehin nicht sehr.

»Es gibt einen Zugang hier unten«, sagte Zokora und führte uns um das Trümmerfeld herum, das am Fuß der Steilwand zu sehen war. Neben Brocken von Gestein, das im Lauf der Jahrtausende von der Steilwand gefallen war, fanden sich hier noch rostige Brocken aus verformtem Metall, deren ursprüngliche Form und Aufgabe sich mir nicht erschloss. Ich sah ein Rad, gut drei Mannslängen im Durchmesser und zwei Schritt breit, das zum größten Teil im Boden begraben war, es schien völlig unberührt von der Zeit und trug nicht einen Hauch von Rost. Seltsame rechteckige Gravuren waren darauf zu sehen, und es glänzte, als wäre es frisch poliert. Ich versuchte, mir den Wagen vorzustellen, zu dem es wohl gehört hatte, oder wie groß die Pferde hätten sein müssen, und scheiterte alleine bei dem Gedanken schon.

»Hier«, meinte Zokora und wies auf eine dunkle Tunnelöffnung, die von bröckelndem Graustein eingefasst war. »Dieser Tunnel führt in ein Netz von anderen Tunneln und Röhren, das letztlich zur Oberfläche führt.«

»Vielleicht waren sie doch größer«, murmelte Varosch und kratzte sich gedankenverloren am Hinterkopf. »Dieser Tunnel ist groß genug, dass man zehn Reiter aufeinander stellen könnte. Waren das mal Tore?«, fragte er und wies auf zwei verbogene Stücke aus Metall und Rost links und rechts des Tunnels, die so massiv waren, dass selbst die Zeit ihnen nicht viel hatte anhaben können. Mit etwas Phantasie konnte man sich vorstellen, dass diese massiven Blöcke aus Graustein einst den Angeln Halt geboten hatten und es tatsächlich Tore waren, nur welche Mächte nötig waren, um sie dann so zu verformen, sprengte meine Vorstellungskraft.

Zokora zuckte mit den Schultern.

»Es ist der Weg hinein.« Sie sah zu uns zurück und lachte. »Ihr seht aus, als wollte ich Euch in die Höllen des Namenlosen führen!«

»Es ist dunkel in dem Tunnel«, stellte ich das Offensichtliche fest.

»Ja«, sagte sie. »Für Euch. Seht es als einen Vorteil an, die Tunnel sind hoch genug, dass wir unsere Pferde reiten können. Ihr werdet dankbar dafür sein, es ist ein langer Weg hinauf.«

»Ich kann mit dem Licht aushelfen«, sagte die alte Enke und musterte dann mich und den Stab, den ich an meinem Sattel festgebunden hatte. »Und du vielleicht auch.« Sie ritt an mich heran und streckte die Hand nach dem Stab aus. »Darf ich?«, fragte sie höflich, und ich nickte.

Sie tippte einmal mit dem Finger gegen die schwarze Kugel am Ende des Stabes, was die Kugel fahl schimmern ließ. Besonders hell war das Licht, das die Kugel nun spendete, nicht, doch ich nickte dankend, ein wenig Licht war besser als gar keines.

»Es gibt Momente«, stellte Varosch fest, »in denen ich dankbar für meinen neuen Körper bin. Ich habe es früher gehasst, in der Dunkelheit nichts sehen zu können.« Er griff seine geliebte Armbrust fester.

Langsam ritten wir in die Tunnelöffnung hinein. Der Tunnel war kreisrund gestaltet, lediglich am Boden etwas aufgefüllt, sodass wir auf einer ebenen Fläche ritten, die gut sechs Schritt in der Breite maß. Rost hatte den Graustein in vier Linien verfärbt, die, als wir das Licht hinter uns ließen und weiter in die Tiefen der Festung der Titanen vorstießen, erst hier und da zu ein paar Klumpen Rost wurden, bevor sie schließlich als Schienen erkennbar wurden, die hier einst gelegen hatten.

»Schienen wie für Loren? Ein Bergwerk?«, fragte Serafine ungläubig. Ich hatte mich in dem Licht meines Stabs getäuscht, jetzt, wo es so dunkel war, reichte es, um zumindest zu sehen, wohin unsere Pferde ihre Hufe setzten.

Die alte Enke formte ein magisches Licht in ihrer Hand und ließ es aufsteigen, sodass wir die Tunnelwände über uns sehen konnten. Seltsame Markierungen, Spuren von Rost und, an manchen Stellen, Stalaktiten aus weißem funkelndem Kalk, die sich hier und da in Rissen in diesem seltsamen Gewölbe gebildet hatten …

Die alte Enke schüttelte den Kopf. »Wenn dies ein Bergwerk ist, dann entspricht es keinem, das ich jemals sah.«

»Es fuhren Wagen auf diesen Schienen«, teilte uns Zokora mit.

»Woher weißt du das?«, fragte Serafine, und Zokora wies nach vorne, in die Dunkelheit. Die alte Enke ließ ihr Licht nach vorne schweben, und dort fand sich in der Tat ein riesiger Wagen, der in sich zusammengesunken auf den Schienen stand. Die Wände dieses Wagens bestanden aus einem grauen Material, das von der Zeit verschont geblieben war, doch alles andere war verrottet oder verwittert und verfault. Ungläubig stellte ich fest, dass einige der Wagenfenster sogar noch Glas enthielten, auch wenn es stumpf geworden war.

»Er ist groß genug, um einer halben Lanze Platz zu geben«, stellte Serafine beeindruckt fest und beugte sich in ihrem Sattel zur Seite, um mit den Fingerspitzen über die Wagenwand zu streichen.

»Glatt und warm«, stellte sie fest und wischte sich den Dreck an ihrer Hose ab. »Aber es ist kein Holz?«

»Ich habe mich schon gefragt, was sie für Zugpferde gehabt haben müssen«, meinte ich zu ihr, während wir links an diesem Wagen vorbeiritten, dann stellte ich fest, dass ein anderer Wagen an dem ersten hing und an diesem noch ein dritter.

Ich schüttelte ungläubig den Kopf. Selbst wenn sie auf

Schienen liefen, gab es auf der ganzen Weltenscheibe kein Gespann, das kräftig genug wäre, um diese Wagen zu ziehen.

Wir ritten weiter in die Dunkelheit, bis Zokora ihr Pferd zügelte und in einen anderen Tunnel wies, der in einem sanften Bogen links abging und sanft in die Höhe anstieg. »Hier entlang«, sagte sie. »Erschreckt euch nicht.«

Bevor ich fragen konnte, was sie meinte, sahen wir im Schein von Enkes magischem Licht den Grund für ihre Warnung, direkt vor uns auf den Schienen stand ein riesiger Krieger, in einen Panzer gerüstet, mit dunklem Glas, dort wo der Helm die Augen verbarg. In seinen Händen hielt er etwas, das bedrohlich wirkte, ohne dass ich wusste, warum, eine Art Kasten, aus dem zwei schwarze Rohre ragten, die in unsere Richtung zeigten.

Serafine lachte erleichtert auf. »Es ist nur eine Statue!«

Doch als wir näher kamen, konnten wir die Gelenke in dem dunklen Stahl erkennen und das kopfgroße Loch, das etwas in seinen Brustpanzer geschmolzen hatte, dahinter, zu einem Klumpen zusammengeschmolzen, Strukturen aus Glas, Stahl und anderen Dingen.

»Oder vielleicht auch nicht«, fügte Serafine leiser hinzu und musterte den Boden, auf dem die Statue stand, selbst im harten Graustein hatte dieses Ungeheuer Fußabdrücke hinterlassen, die sogar unter dem Staub der Jahrtausende noch zu erkennen waren.

Ich sah hinauf in diese Augen aus dunklem Glas und schluckte. »Wer auch immer er war«, sagte ich rau. »Er ist schon so lange tot, dass sich die Weltenscheibe seitdem ein halbes Dutzend Mal erneuert hat.«

»Ich möchte nicht dem begegnen, der diesen Krieger besiegte«, meinte Varosch fast schon flüsternd und wies auf die Wand des Tunnels, die in langen Streifen zu Glas geschmolzen war.

»Den Legenden nach haben die Titanen nach der Macht der Götter gegriffen, bis diese sie dafür bestraften«, ließ Zokora uns wissen und musterte den stillen Krieger. »Ich denke, an manchen Legenden ist mehr daran, als wir glauben wollen.«

Ihre Stimme klang belegt, vielleicht ließ der Anblick auch sie nicht unberührt.

Zokora führte uns weiter in die Tunnel hinein, und schon bald fühlte sich dieser unheimliche Ritt endlos an. Alleine dadurch, dass die Tunnel stets den gleichen Anblick boten, verlor ich bald jedes Gefühl für Zeit. Die Luft wurde immer schlechter, und als Zeus einmal träge schnaubte, wusste ich, dass wir bald Rast machen sollten.

»Wie weit ist es noch?«, fragte ich Zokora und nieste von dem Staub, den die Hufe ihres Pferdes aufgewirbelt hatten.

»Eine Glocke, vielleicht etwas mehr«, teilte sie uns mit. »Aber weiter vorne befindet sich ein Ort, an dem wir rasten können.«

Wiederholt waren wir an diesen Wagen vorbeigekommen, meistens standen sie auf ihren Schienen, doch einmal sahen wir die Spuren eines Unglücks, das sich vor so langer Zeit ereignet hatte, dass selbst die Götter sich nicht mehr daran erinnern würden.

Wie Kienspane ineinander geschoben waren die riesigen Wagen ineinander verkeilt, verbogen und gesplittert, die Wände aus diesem seltsamen Material wie Wachs geschmolzen, und noch immer trugen die Wände des Tunnels die Spuren, tiefe Kratzer, wo die Wagen in der Kurve die Gleise verlassen hatten und an den Wänden entlanggeschrammt waren, und der allgegenwärtige Ruß, der alles im weiten Umfeld bedeckte.

Es gab Spuren auf dem Boden, aus Ruß und anderem, mit menschlichen Umrissen und Formen, an manchen Stellen war das Feuer so heiß gewesen, dass auch hier die Wände geschmolzen waren.

Zokora führte uns schweigend durch das Trümmerfeld hindurch, an einer Stelle mussten wir über die Reste eines dieser Wagen reiten, selbst Zeus scheute davor, und es dauerte eine Weile, bis wir den Ort hinter uns ließen … nur dass uns der Geruch von altem Feuer noch lange verfolgte, solange die Asche an unseren Kleidern und auf dem Fell der Pferde haftete.

»Die Strecke ist leicht abschüssig«, meinte Varosch, als er zu den verbrannten Wagen zurücksah. »Sie müssen gerollt sein, bis sie zu schnell für diese Kurve waren …«

Niemand von uns kommentierte seine Vermutung, dieses Unglück war so lange her, dass einem die Worte und die Vorstellung fehlten, um die Zeitspanne zu erahnen oder gar zu beschreiben, und doch ließ es uns nicht unberührt.

Ein andermal öffnete sich der Tunnel vor uns in eine gigantische Halle, von der andere Tunnel ausgingen, Wasser tropfte von der Decke und den Wänden und hatte über die Jahrtausende alles gut einen Schritt dick mit einer Glasur aus Kalk überzogen, ein seltsamer, fremder und stiller Ort, der zu groß und hoch war, als dass Enke ihn mit ihrem Licht hätte beleuchten können.

An einer anderen Stelle fanden wir die Überreste einer Gruppe von Kriegern, nichts war von ihnen geblieben bis auf die Platten ihrer Rüstungen.

Ich war sogar abgesessen, um mir eine Brustplatte

anzusehen, sie war leichter als erwartet und schien aus dünnem Glas zu bestehen, selbst mit meinem Dolch gelang es mir nur schwer, einen Kratzer darin zu hinterlassen. Nur dass Glas hätte brechen müssen, als ich mich mit einem Fuß auf die Brustplatte stellte, sie tat es nicht, federte nur wie bester Stahl. Von denen, die einst so gewappnet hier gefallen waren, war nicht einmal mehr Staub verblieben.

»Mit solchen Rüstungen wäre man wahrhaft unbesiegbar«, stellte ich beeindruckt fest.

Zokora schnaubte unwirsch. »Wenn sie unbesiegbar waren, warum liegen sie jetzt noch immer dort, wo sie gefallen sind? Hier«, sagte sie und wies auf ein anderes Rüstungsteil, »schau dir das dort an.«

Ich hob es an und sah, was sie meinte, etwas hatte ein fingerdickes Loch in die Panzerplatte geschlagen … und wahrscheinlich auch in denjenigen, der die Rüstung getragen hatte.

»Es bedingt sich gegenseitig«, sagte sie, als wir weiterritten. »Es gibt Rüstungen, an denen Pfeile abprallen, aber eine Armbrust wie die von Varosch vermag sie zu durchschlagen. Rüstungen führen dazu, dass irgendjemandem etwas einfällt, wie man sie durchschlagen kann.« Sie musterte mich und meine Rüstung. »Eine Lektion, die du dir merken solltest.«

Schließlich kamen wir nach einem schier endlos langen Ritt in eine andere große Halle, doch diese war weder dunkel noch still, und wir sahen das Licht schon von Weitem. Es kam von langen Streifen an der Decke, und von irgendwoher kam der Klang von fremdartiger Musik. Hier hatten Pflanzen einen Halt gefunden und unter diesem magischen Licht einen wilden Garten erschaffen, der alles überwuchert hatte, das sich einst hier befand.

»Sonnenblumen?«, fragte Varosch staunend und sah zu den Pflanzen hinauf, die unsere Köpfe weit überragten.

»Es sieht ganz so aus«, meinte ich ungläubig, während ich Zokora weiter hinein in diesen grünen Garten folgte, auf einem Pfad, den andere für uns geschlagen hatten. Sie führte uns zu einer Art Lichtung in der Halle, wo sich Wasser zu einem kleinen Teich angesammelt hatte und Gras wuchs, das so hoch war, dass wir uns darin hätten verbergen können.

»Es sind alles Pflanzen, die wir kennen«, stellte Serafine fest, während sie sich mit großen Augen umsah. »Nur sind sie um so vieles größer.« Sie atmete tief ein und schüttelte ungläubig den Kopf. »Dies ist ein magischer Ort, den du für uns gefunden hast.«

»Ich verstehe nur nicht, wo die Musik herkommt«, sagte Varosch und sah sich aufmerksam um.

»Eine Laune der Natur, ein magisches Relikt?« Die alte Enke zuckte mit den Schultern. »Mir wäre lieber, man würde uns nicht aufspielen, diese Musik zerrt an meinen Nerven.«

Hier, an dem kleinen See, war das Gras bereits plattgewalzt, offenbar waren wir nicht die Ersten, die hier lagerten.

»Es ist kein Paradies«, ermahnte uns Zokora und wies auf etwas, das gut fünfzig Schritt entfernt links von uns im Gras verborgen lag. Ich ritt mit Zeus hinüber, und er schnaubte verärgert, was ich verstand, als ich den Grund dafür erkennen konnte. Es war eine Ratte, doch so groß, dass man fast auf ihr hätte reiten können. Sie war vielleicht zwei oder drei Tage tot und hatte keinen leichten Tod gehabt, sie zeigte Wunden von Schwertern und darunter auch von einer besonders scharfen Klinge. Das Gras um sie herum war dunkel von altem Blut.

»Eine Ratte«, teilte ich den anderen mit, als ich zu dem kleinen See zurückritt. »Eine so groß, dass man sich fürchten kann. Es müssen die dunklen Elfen gewesen sein, ich erkenne das Werk von Seelenreißer.«

»Wir lagern dennoch hier«, meinte Zokora und saß ab, um sich die Hände mit dem kristallklaren Wasser zu füllen und durstig zu trinken. »Wir dürfen uns nur nicht von dem Zauber dieses Ortes blenden lassen.«

»Ich kann dafür sorgen, dass wir von Ratten nicht überrascht werden«, meinte die alte Enke. »Sie werden diesen Ort meiden.«

»Das ist gut zu wissen«, sagte Varosch. »Doch ich glaube nicht, dass Zokora nur von Ratten sprach.«

»Ich sprach auch nicht nur von Ratten«, lächelte die alte Enke.

Wir rasteten eine Weile dort, auch wenn ich die Ratte nicht vergessen konnte, war es doch friedlich. Die Musik war leise genug, um sie zu überhören, vor allem, da sie sich bald wiederholte. Für einen Moment wünschte ich mir fast, man müsse diesen Ort nicht verlassen. Vielleicht hatte die alte Enke recht, und ein Fluch lastete auf dem Gebiet um die Festung der Titanen herum, nur war hier davon nichts zu bemerken.

Serafine hatte es sich neben mir im weichen Gras bequem gemacht und sah nachdenklich zu den magischen Lichtern hoch.

»Schau«, sagte sie leise. »Es gab einst mehr von diesen Lichtern, doch hier und da sind schon einige ausgegangen ... irgendwann wird das letzte dieser magischen Lichter verlöschen, und dann ist dieser Ort vergangen.« Sie drehte sich zu mir um. »Kannst du dir vorstellen, wie lange sie schon brennen?«, flüsterte sie. »Dieser Garten muss ganze Zeitalter überdauert haben!«

Etwas surrte brummend an uns vorbei, und wir sahen staunend zu, wie eine Biene, groß wie ein Vogel, sich auf eine dieser Blumen setzte.

»Das«, meinte Varosch mit Inbrunst, »muss ein Bienenstock sein, den ich nicht stören will!«

»Ja«, sagte Serafine andächtig. »Dieser Ort *ist* magisch, mir kommt es vor, als ob ich hier mit jedem Atemzug neue Kraft gewinnen würde, es ist fast so, als ob dieser Garten einen glücklich machen wollte! Die Luft schmeckt anders, süßer, frischer, Götter, ich wünschte mir, man könne sie in Flaschen abfüllen.«

»Du hast recht, es ist die Luft«, nickte Zokora. »Sie enthält mehr von dem, was wir zum Atmen brauchen. So viel, dass dir schwindlig werden wird, atmest du zu schnell. Selbst ein Feuer brennt hier heißer.«

»Schade, dass wir nicht länger verweilen können«, stellte Varosch fest, doch es klang mehr wie eine Frage.

»Die dunklen Elfen wissen von diesem Ort«, sagte Serafine. »Was ist mit den Priestern?«

Zokora schüttelte den Kopf. »Wahrscheinlich kennen sie ihn nicht, sie müssen einen anderen Weg an die Oberfläche gefunden haben, ich konnte hier keine Spuren von ihnen entdecken.«

»Ich kann mir vorstellen, dass diese Pflanzen auch schnell wachsen«, meinte ich. »Vielleicht haben sie die Spuren ...«

»Nein, Havald«, entgegnete sie. »Dazu sind es zu viele.«

Ich sah sie überrascht an. »Kriegsfürst Arkin sprach von Kortanus und sieben weiteren Priestern?«

Zokora nickte. »Die der Nekromantenkaiser seinen Legionen zusätzlich mitgegeben hätte. Tatsächlich sind es knapp zwei Dutzend. Und ... Havald?«

Ich sah sie an.

Sie zog eine Augenbraue hoch. »Du glaubst doch nicht wahrhaftig, dass die Priester selbst Hacke und Schaufel in die Hand nehmen? Sie haben Sklaven mitgebracht und dazu noch Soldaten, die diese bewachen.«

»Zokora«, sagte die alte Enke langsam. »Wie viele sind es?«

»Zusammen? Mehrere Hundert«, gab Zokora ungerührt zurück, während sie aus ihrer Satteltasche einen in Blätter eingewickelten dürren Steppenhasen zog und ihn hochhielt. »Mahea hat uns diesen Hasen mitgegeben«, teilte sie uns dann mit. »Wer will sich um das Feuer kümmern?«

»Das mache ich«, meldete ich mich und sah mich um, dort hinten stand ein Busch, dessen Äste besser brennen würden als das Gras. »Warum hast du uns nicht gesagt, wie viele es sind?«

»Weil es keinen Unterschied für uns macht.« Sie reichte mir den Hasen und kramte weiter in ihren Satteltaschen. »Ob es nun zehn, hundert oder tausend sind, die uns im Weg stehen, es muss verhindert werden, dass das Grab geöffnet wird. Mehr Gegner bedeutet nur, dass wir uns geschickter anstellen müssen. Hier!«, sie hielt triumphierend einen Beutel hoch. »Kafje!«

»Gut«, nickte die Hexe. »Ich kümmere mich um das heiße Wasser.«

»Irgendwie«, beschwerte ich mich, »hatte ich den Eindruck, dass wir nicht viel mehr tun müssen, als ein paar Priester zu erschlagen und mein Schwert zu finden, bevor wir diesen unsäglichen Ort wieder verlassen könnten!«

Zokora sah mich fragend an. »Ja? Was hat sich geändert?«

Ich seufzte und sah zu Varosch hin, der das Ganze still lächelnd verfolgt hatte.

»Wusstest du davon?«

Er schüttelte den Kopf. »Sie vergaß, es zu erwähnen.« Er lächelte noch immer. »Havald«, sagte er. »Du kennst sie doch. Du weißt, wie sie denkt, für sie macht es wahrlich keinen Unterschied.« Er sah uns der Reihe nach an. »Für keinen von uns«, fuhr er ernster fort. »Wir haben alle schon immer getan, was wir tun mussten. Ob es nun zehn, hundert oder tausend sind, es ist, wie sie sagt: Das Grab darf nicht geöffnet werden.«

»Es hat auch einen gewissen Vorteil«, meinte die alte Enke gelassen, als sie eine Handvoll Bohnen in einen kleinen Mörser warf, den sie zusammen mit einer verbeulten Blechkanne aus ihrer Satteltasche gezogen hatte. »Wenn es so viele sind, werden wir sie leicht finden.« Sie sah auf und grinste. »Ich glaube, dieses Abenteuerleben fängt an, mir zu gefallen.« Sie füllte die Kanne mit Wasser, warf die zermahlenen Bohnen hinein und hielt ihre Hände über die Kanne, die binnen weniger Lidschläge zu dampfen anfing, und sah mich dann strafend an. »Der Kafje ist fertig, Havald. Was ist mit dem Feuer?«

»Ich helfe dir«, sagte Varosch lächelnd und stand auf. »Lass uns nach Feuerholz suchen.«

»Was ist dein wahres Problem?«, fragte er mich leise, als er mit seinem Schwert ein paar weitere Äste abschlug und sie mir in die Armbeugen legte, mit der linken Hand konnte ich ja noch immer nicht greifen.

»Zeit«, gab ich ihm Antwort. »Auch wenn sie recht hat und es keinen Unterschied macht, wäre mir lieber gewesen, wir hätten gewusst, auf was wir uns einlassen, ich hätte anders planen können. Du weißt, dass sie uns im Lager in den nächsten Tagen zurückerwarten?«

Er nickte. »Frage doch die alte Enke«, meinte er dann. »Sie hat Konrad nicht dabei, aber ich weiß, dass sie ihn rufen kann und er imstande ist, Nachrichten zu überbringen.«

»Er wird zu uns kommen, wenn wir die Oberfläche erreichen«, nickte die alte Enke, während Serafine mir meinen Teil des Bratens auf dem Teller schnitt, sodass ich ihn mit einer Hand essen konnte. »Er hatte keine Lust, mit uns durch die dunklen Tunnel zu reiten. So, wie er es ausdrückte, hätte ihm der Allvater dann Hufe gegeben und keine Flügel.«

»Eine vernünftige Ansicht«, stellte Varosch leise lächelnd fest.

»Ja«, grinste die alte Enke. »Er ist ein kluger Vogel.«

Es kostete einige Überwindung, die Pferde aufzusatteln und diesen magischen Ort zu verlassen und in den dunklen Tunnel zu reiten. Serafine sah sich immer wieder um und blickte zu dem schwächer werdenden Licht zurück, bis es schließlich nicht mehr zu sehen war. Sie seufzte.

»Es ist selten«, sagte sie leise, »etwas wahrhaftig Schönes zu entdecken. Meist ist es doch so, dass man sich an den Überraschungen des Lebens nicht erfreuen kann.«

Der Weg zur Oberfläche führte durch eine dieser riesigen Hallen, von der weitere Tunnel abgingen, nur führte uns Zokora diesmal von den verrotteten Gleisen weg hin zu einem schmaleren Gang, kaum breit genug, dass drei von uns nebeneinander reiten konnten, der dann zu einer

Treppe führte, deren Stufen nicht nur für uns, sondern auch für unsere Pferde zu hoch waren. Große Brocken aus Graustein waren von der Decke gefallen, blockierten sie zum Teil, doch auf einer Seite gab es eine schmale Rampe, gerade breit genug, dass man ein Pferd darauf hochführen konnte. Auch dort lagen Steine im Weg, aber zum Teil waren sie die Rampe heruntergerollt und hatten sich am unteren Ende gesammelt, oder sie waren klein genug, dass wir die Pferde vorbeiführen konnten.

»Ich gehe vor und schaue, ob es sicher ist.« Serafine drückte Varosch die Zügel ihres Pferdes in die Hand, bevor sie wie ein Schatten die Rampe hinaufeilte, im nächsten Moment schon war sie nicht mehr zu sehen.

Sie wartete oben auf uns und schüttelte den Kopf. »Es ist alles ruhig«, sagte sie, während ihre Augen wachsam die Umgebung absuchten. »Im Moment zumindest droht uns keine Gefahr.«

Das vielleicht nicht, doch diese letzte Strecke war vielleicht die anstrengendste. Die Treppe hatte uns in eine niedrige Halle geführt, die zum größten Teil eingestürzt war, von den sechs Gängen, die von hier abgingen, war nur einer noch zu passieren, auch hier war es eine weite Treppe, die einst überdacht auf einen großen Platz geführt hatte, nur versperrten uns die Trümmer dieser Überdachung zum größten Teil den Weg. Es war schwierig und zeitraubend, die Pferde dort hindurchzuführen, sie dazu zu bringen, diese riesigen Stufen eine nach der anderen zu nehmen. Die letzten Schritte waren nur deshalb einfacher, weil über die Zeit Erde, Sand und Dreck den Weg in den Aufgang gefunden hatten und er mit zähen Büschen zugewachsen war, die zwar lange scharfe Dornen besaßen, uns aber auch Halt boten.

Als wir schließlich an die Oberfläche kamen, verschlug mir der Anblick den Atem.

Es war nun bereits Nachmittag, vielleicht hatten wir doch zu lange in diesem magischen Garten gelagert, und die Sonne stand schon tiefer und warf lange scharfe Schatten. Der Aufgang hatte einst zu einem Platz geführt, der nun unter dem Staub der Jahrtausende begraben war. Er war gewiss zweihundert Schritt im Durchmesser. Die Ruinen der Gebäude reihten sich um ihn, jedes einzelne von ihnen von einem Trümmerfeld umgeben, und zwischen ihnen gingen breite Straßen ab, einst musste es ein majestätischer Anblick gewesen sein, jetzt allerdings war der Platz von Pflanzen überwuchert, die ich nie zuvor in meinem Leben gesehen hatte, von denen zudem viel zu viele Dornen trugen.

Doch es waren die Ruinen selbst, die mir den Atem verschlugen. Es war deutlich zu erkennen, dass die meisten schon vor langer Zeit eingestürzt waren, und dennoch ragten sie wie skelettierte Finger so hoch in den Himmel, dass man meinen könnte, sie würden nach den Wolken greifen. Die meisten Fensterhöhlen waren leer, nur hier und da hielt sich noch stumpfes Glas, doch bei der größten dieser Ruinen zählte ich dreißig Reihen dieser Fenster, und eine Ecke des Gebäudes, kaum mehr als geborstener Stein und verbogenes Metall, ragte dennoch weitere vierzig Stockwerke in die Höhe, bis sie sich zur Seite bog wie Schilf im Wind, um sich an eine andere Ruine anzulehnen.

Ein anderes Gebäude, nicht ganz so hoch, war auf einer Seite zu Glas geschmolzen, und was von diesem schwarzen Glas gehalten wurde, stand noch, krumm und schief. Der Rest des Gebäudes war schon vor so langer Zeit eingestürzt, dass die Erde dort einen Hügel bildete, aus dem dieser glasige Rest wie ein mahnender Finger in den Himmel ragte.

»Jedes Zeitalter findet ein Ende«, flüsterte Serafine ergriffen, während sie ihr Pferd beruhigte, dem die neue Umgebung noch weniger gefiel als die Tunnel zuvor. »Aber Götter, was haben sie erreicht, bevor ihre Zeit gekommen ist! Selbst der Kaiser hätte niemals so kühn träumen können, ich verstehe nicht, wie sie so hoch haben bauen können.«

»Vielleicht gaben sie dem Stein mit Stahl den Halt«, vermutete Varosch und wies auf eine andere Ruine. »Schau, dort ist die Wand noch nicht so lange abgefallen, man kann den Stahl erkennen, obwohl er fast schon weggerostet ist.«

»Ich stelle mir die Frage, woher sie den Stahl haben«, grübelte Serafine. »Wir haben Mühe, genügend Eisen für unsere Legionen zu finden, und alleine das, was hier noch liegt und nicht verrostet ist, würde für hundert Legionen reichen!«

»Komme nicht auf Ideen, Kind«, sagte die alte Enke mahnend. »Dieser Ort ist eindeutig verflucht, du würdest den Fluch nicht nach Askir tragen wollen.«

Varosch nickte nachdenklich. »Serafine hat in einem recht«, sagte er dann. »Es muss mehr Städte gegeben haben als nur diese eine hier, und sie werden überall Stahl verbaut haben, kein Wunder, dass es so schwer ist, ergiebige Eisenminen zu finden, sie haben das meiste schon verbraucht.«

»Wollen wir hier stehen und über Eisen reden, oder soll ich euch zu einem Ort führen, an dem wir die Pferde sicher unterbringen?«, fragte Zokora ungehalten. »Das Lager der Priester ist nicht weit von hier, und auch wenn ich nicht glaube, dass sie diesen Abgang kennen, wären sie dumm, hätten sie keine Wachen aufgestellt oder Streifen ausgesendet.« Sie saß auf, ohne auf unsere Antwort zu warten. »Seid achtsam«, fügte sie grimmig hinzu. »Es gibt hier mehr Gefahren als nur die wahnsinnige Priesterschaft eines toten Gottes.«

Zokora führte uns nach Westen, eine dieser breiten Straßen entlang. Breit mochte sie sein, aber sie war auch mit Trümmern übersät. Im Laufe einer endlos langen Zeit hatte sich Erde abgelagert und alles mehrere Mannslängen tief begraben. Doch viele dieser Trümmer lagen noch nicht lange hier, und es war mühsam für die Pferde, einen Weg zwischen ihnen hindurch zu finden, zumal auch der Boden trügerisch war. Serafine entging nur knapp einem mörderischen Schicksal, als der Boden unter den Hufen ihres Pferdes nachgab, das sich nur mit einem erschreckten Sprung in Sicherheit brachte. In sicherem Abstand sahen wir zu, wie sich das Loch weitete, mehr und mehr Erde und Gestein in eine schier endlose Tiefe fielen, bis wir in ein kreisrundes Loch sahen, das bestimmt fünfzehn Schritt im Durchmesser war. Vorsichtig, die mahnenden Rufe Serafines ignorierend, ritt ich an den Rand des Einsturzes und versuchte, in der Tiefe etwas zu erkennen, vergebens, wahrscheinlich reichte es bis zu den Höllen des Namenlosen herab. Es war, als ob die Erde selbst durch dieses Loch atmen würde, der Sog, den es entwickelte, ließ meinen Umhang flattern, und Zeus wich langsam von dem Rand zurück. Manchmal, dachte ich, sollte man auf sein Pferd hören.

Während ich noch zurück zu den anderen ritt, grollte und bebte die Erde hinter uns, und ungläubig sahen wir zu, wie sich von einer der Ruinen eine turmhohe Wand löste und mit lautem Getöse in die Tiefe stürzte, um dort aufzukommen, wo wir vor nicht mehr als zwei Dochten entlanggeritten waren. Eine Wolke aus Staub und Dreck türmte sich auf und raste mit der Geschwindigkeit eines galoppierenden Pferdes auf uns zu, zugleich hörte ich über mir das Kreischen gequälten Metalls und sah nach oben, dort hing, an einem stählernen Träger, der mir dennoch nur wie ein dünner Faden erschien, ein Brocken Graustein, groß genug, um uns alle unter sich zu begraben.

»Weg hier!«, rief Varosch und gab seinem Pferd die Sporen, nicht, dass dies notwendig gewesen wäre, unsere Pferde waren der gleichen Ansicht und hätten sich nicht aufhalten lassen, auch nicht, wären wir so dumm gewesen, es zu versuchen. Ob wir dabei im Sattel blieben oder nicht, war dabei für sie kaum von Belang.

So schnell die Pferde auch rannten, die Wolke holte uns ein und hüllte uns in feinen grauen Staub, der bitter schmeckte und uns den Atem nahm, dann, so plötzlich wie es geschehen war, war es vorbei.

»Schaut!«, rief Varosch, hustete und wies nach hinten. Selbst mein treuer Zeus ließ sich nur schwer zügeln, doch schließlich standen wir, beruhigten unsere zitternden Pferde und schauten einem unwirklichen Schauspiel zu. Die Wolke, die uns eben noch mit gierigen Fingern hatte greifen wollen, wogte zurück und wurde weggezogen … in das Loch hinein, das eben beinahe Serafines Ende bedeutet hätte.

»Ich kann nicht sagen«, keuchte die alte Enke und versuchte, sich den feinen grauen Staub aus den Augen zu wischen, »dass ich diesen Ort besonders schätzen würde!«

Ich konnte dazu nur schweigend nicken.

»Wenn ich es nicht besser wüsste«, grollte Varosch und klopfte sich den Staub von seiner Rüstung, »käme es mir so vor, als hätte die Stadt nur auf uns gewartet, um uns dann unter ihren Trümmern zu begraben!«

Zokora schaute zurück, die Straße entlang und schüttelte den Kopf. »Nicht alles hat mit uns zu tun«, meinte sie dann. »Die Stadt fällt schon seit Jahrtausenden in sich zusammen.« Wie um ihre Worte zu bestätigen, löste sich in der Ferne ein weiterer Brocken von einer der hohen Ruinen und fiel mit Getöse herab, um erneut eine dieser Staubwolken aufzuwirbeln. »Es beweist nur«, fuhr sie grimmig fort, »dass alles vergänglich ist.« Sie hob die Schultern und ließ sie wieder fallen. »Es ist der Lauf der Dinge. Ich schlage vor, wir reiten weiter, bevor uns noch ein Brocken auf die Köpfe fällt, ich jedenfalls habe von diesem Staub genug.«

Das erging nicht nur ihr so. Jeder von uns war mit diesem feinen Staub überzogen, der in den Augen brannte und uns husten ließ, doch als ich nach meiner Wasserflasche griff, schüttelte Zokora den Kopf. So grau eingepudert, sah sie aus wie ein lebender Geist.

»Lass uns weiterreiten. Es ist nicht mehr weit. Es gibt dort Wasser, dort können wir uns waschen und den Pferden die Nüstern säubern.«

Hund und Katz

14 »Hier entlang«, sagte Zokora etwas später und wies auf die wuchernden Pflanzen am Fuße einer zum größten Teil in sich zusammengefallenen Ruine. Riesige Brocken aus Graustein versperrten uns den Weg, und wo sich eine Lücke fand, rankte sich dieses wuchernde Dornengestrüpp, das hier überall zu finden war.

Wie Zokora den Weg zwischen den Dornen und den Steinen fand, war für mich kaum nachzuvollziehen, fast kam es mir vor, als ob die undurchdringlichen Dornenbüsche vor ihr zurückwichen.

Doch hinter den Steinbrocken und den Dornen offenbarte sich eine breite Rampe aus Graustein, und dahinter wiederum gewahrten wir eine weite, niedrige Halle mit vielen massiven Säulen. Hier gab es kein sanftes Licht oder verzauberte Blumen, doch, wie sie versprochen hatte, Wasser. Es floss aus einem doppelt mannsdicken Rohr heraus, das unter der niedrigen Decke entlanglief, bis dorthin, wo die massive Decke aus Stahl und Graustein eingeknickt und das Rohr geborsten war.

Es war dunkel hier, das wenige Licht, das seinen Weg durch das Gestrüpp gefunden hatte, reichte bei Weitem nicht aus, die große Halle zu erleuchten. Der größte Teil des Bodens war knöcheltief von Wasser bedeckt, doch Zokora führte uns weiter nach hinten, wo eine Art flache Rampe zu einem trockenen Teil dieses dunklen Ortes führte.

»Es gibt nur zwei Eingänge hier«, erklärte sie, als sie von ihrem Pferd absaß, ein Tuch herauszog und in das Wasser am Fuß der Rampe tauchte, um ihrem Pferd sorgsam die Nüstern auszuwaschen und ihm auch Wasser in die Augen tropfen ließ. »Der eine, dort, wo wir hereingekommen sind, der andere ist hier …« Sie wies nach hinten in die Dunkelheit. »Es gibt dort eine Treppe, die nach oben führt, breit genug für unsere Pferde.«

Es roch muffig und war feucht, und obwohl es recht kühl war, ließ die hohe Luftfeuchtigkeit bereits Schweißperlen auf meiner Stirn entstehen. Doch die Dornenbüsche, die ich eben noch so verflucht hatte, machten diesen Ort auch sicher.

»Götter«, sagte Serafine, als sie absaß und sich gegen ihr Pferd lehnte und ihm fast schon hilflos den Staub aus dem Fell klopfte. »Nicht einen Tag hier und ich wäre beinahe zwei Mal schon gestorben ... und wir haben nicht einen Feind gesehen.« Sie sah mit weiten Augen zu Zokora hin. »Geschieht das öfter? Dass die Wände von den Ruinen stürzen?«

»Vermutlich«, antwortete Zokora. »Es liegen ja genügend Trümmer auf den Straßen. Doch du fragst die Falsche, ich weiß nicht viel mehr als du, ich hatte gestern gerade Zeit genug, das Lager der Priester auszuspähen und einen Ort für uns zu finden, an dem wir sicher sind.«

»Sind wir das?«, fragte Serafine zweifelnd und sah hoch zur Decke, um mit ihrem Blick dem Rohr zu folgen, bis dorthin, wo die Decke eingeknickt und das Rohr gebrochen war. »Was, wenn alles über uns einstürzt und wir hier begraben werden?«

»Dann stürzt es ein, und wir sind bei den Göttern«, sagte Zokora schulterzuckend.

»Sehe es anders, Kindchen«, erwiderte die alte Enke gelassen. »Dieser Ort ist älter als alles, was wir Menschen je errichtet haben. Irgendwann wird auch diese Ruine einstürzen, irgendwann wird von all dem hier nichts zu sehen sein, aber bis dahin sind auch die angeblich so mächtigen Mauern Askirs zu Staub zerfallen. Bis es so weit ist, weigere ich mich, mir den Kopf über etwas zu zerbrechen, das ich nicht ändern kann.«

Ein kreischender Schrei aus der Dunkelheit ließ Varosch, Serafine und mich zusammenzucken, doch die alte Enke lachte und hob ihre Hand, als Konrad in den schwachen Schein meines Stabes flog.

»Kraha!«, begrüßte er uns, nachdem er auf ihrer Hand gelandet und dann ihren Arm entlang hin zu ihrer Schulter gelaufen war. Er musterte uns mit dunklen Augen. »Kraha«, fügte er hinzu und nickte heftig.

»Was sagt er?«, fragte Serafine.

»Dass die Hasen hier Klauen und Zähne haben und nicht schmecken«, sagte die alte Enke und lachte. »Er ist tatsächlich froh, uns zu sehen, dieser Ort gefällt ihm nicht.«

»Ich frage mich, warum«, grummelte Serafine und machte sich nun ebenfalls daran, ihr Pferd von diesem grauen Staub zu säubern.

Ich hatte schon befürchtet, dass wir hier unten in der klammen Dunkelheit unser Lager aufschlagen müssten, doch nachdem die Pferde versorgt waren, führte uns Zokora die Treppe hinauf und durch einen Gang zu einer anderen, lichteren Halle, die mich erneut staunen ließ.

Der größte Teil des Gebäudes über uns war bereits eingefallen, Risse zogen sich durch die Wände und die massiven Säulen, aber dieser Ort war hell und trocken und besaß eine erstaunliche Besonderheit: Der östliche Teil der Wand war aus Glas, das zwar Sprünge und Risse hatte, gleichwohl noch immer stand. Überall hatte sich Moos gebildet, und ein großer Teil dieser gläsernen Wände war von außen dicht umwuchert, doch hier und da konnte man das Moos von dem Glas wischen und nach draußen schauen.

»Bei Boron«, stellte Varosch beeindruckt fest. »Dieses Glas ist gut zwei Handbreit dick und klar wie Wasser!«

Das mochte sein, aber mit all den Pflanzen und dem Moos, das das Licht grün färbte, kam es mir vor, als befänden wir uns unter Wasser.

»Das muss einmal die Eingangshalle gewesen sein«, stellte Serafine staunend fest, als sie die riesigen gläsernen Türen betrachtete, die von Schutt, Gesteinsbrocken und Dornenhecken fast bedeckt waren. Von diesen Türen aus führte eine breite Treppe hinauf zu einer leicht erhöhten Ebene. Getragen wurde diese Halle von drei Säulen, zwei von ihnen waren hohl und mit Brocken und Schutt gefüllt, die dritte stand inmitten eines weiten Beckens, das noch immer Wasser hielt und dessen Rand mit Figuren von Tieren verziert war, von denen ich die meisten kaum erkannte.

Das Bezaubernde an diesem Ort waren die hellen Mosaike, die sich in einem verschlungenen Muster über alle Oberflächen zogen, das grüne Licht ließ die Mosaiksteine im Becken und an den Wänden schillern wie die Flügel einer Wyvern, nur am Boden waren sie zumeist durch eine dicke Schicht von Staub und Dreck verborgen.

Überall befanden sich Fundamente von Einbauten oder Gerätschaften, deren Sinn und Zweck sich uns nicht mehr erschloss, aber es gab vier gläserne Räume, von denen sich Zokora einen als unser Ziel auserkoren hatte.

»Wartet«, sagte die alte Enke, als wir uns daranmachten, die Pferde abzusatteln, um danach unser Lager zu errichten. »Hier ist mir zu viel Staub.« Sie bat uns mit einer Geste zurückzutreten und klatschte in die Hände, eine Windhose entstand in dem Raum, den wir uns als Lager ausgedacht hatten, wirbelte herum und sammelte den Staub und Dreck, um dann fügsam durch die breite Tür hinaus in die Halle zu wehen, die Treppe hinunter, bis vor die großen Türen, wo sie in einem Wirbel aus Staub und Dreck in sich zusammenfiel.

»Besser«, nickte die alte Enke zufrieden und klopfte sich die Hände ab.

»Ja«, meinte Serafine und besah sich kopfschüttelnd das Mosaik zu unseren Füßen, das zwei mystische Ungeheuer im Kampf um eine Jungfrau zeigte. »Viel besser.«

Mittlerweile war es Abend geworden, und jetzt offenbarte sich die ganze Magie dieses Ortes, dort, wo kein Staub auf dem Mosaik gelegen hatte, begann es jetzt sanft zu leuchten und zeigte so auch unsere Fußspuren im Staub.

»Es ist fast hell genug, um zu lesen«, stellte Serafine beeindruckt fest. »Ist es Magie?«

Die alte Enke schüttelte den Kopf. »Wenn, dann eine Art, die mir nicht bekannt ist.«

»Es ist zauberhaft«, meinte Serafine entzückt.

»Ich will euch den Zauber nicht verderben«, meldete sich Varosch zu Wort, der zusammen mit Zokora an der Glaswand stand und dort, wo die Dornenranken die Sicht nicht versperrten, Ausschau hielt. »Aber das hier solltet ihr euch anschauen.«

»Deshalb war es mir so wichtig, diesen Ort vor Sonnenuntergang zu erreichen«, teilte uns Zokora mit und wies mit einer nachlässigen Geste auf die Bestie, die geduckt die mit Trümmern übersäte breite Straße heraufkam. »Die meisten dieser Bestien scheinen bei Nacht zu jagen.«

»Götter«, entfuhr es mir. »Was ist das?«

»Es sieht aus wie ein Hund«, stellte Serafine fest. »Nur dass er Panzerplatten trägt, wo ein Fell sein müsste.«

»… und er etwas zu groß geraten ist … das Vieh ist nicht viel kleiner als mein Pferd«, meinte Enke. »Ich …«

Doch bevor sie weitersprechen konnte, hörten wir durch die dicke Glaswand ein Grollen, das eine namenlose Angst auslöste, eine Angst vor etwas, das ich selbst nicht kannte, aber tief in meinen Knochen saß.

Der Riesenhund, oder was auch immer er sein mochte, hatte die Gefahr gerochen, er sprang zur Seite weg und wirbelte herum, um sich seinem Feind zu stellen.

»Sechs Beine und Reißzähne wie eine Sandkatze«, stellte Serafine atemlos fest. »Nur dass auch dieses Ungeheuer Panzer trägt …«

Die Sandkatzen Bessareins galten den Bewohnern des Landes als heilig, man sagte den scheuen Wesen nach, sie wären intelligent und weiser als ein Mensch, es gab Geschichten davon, dass sie Wanderern in Not geholfen hatten, und andere darüber, dass sie gnadenlose Jäger wären, die den bis zu einem Ende jagten, der ihnen Schaden zufügte. Andere sagten, es wären Gestaltenwandler, Sendboten alter, vergessener Götter, die sich in menschlicher Form unter die Sterblichen mischen konnten, wenn es ihnen danach verlangte.

Armin hatte mir damit in den Ohren gelegen, und seine Begeisterung für diese Wesen war mehr als deutlich zu erkennen gewesen.

Doch der Anblick dieses Wesens hätte auch meinen tapferen Freund schreiend davonlaufen lassen, nichts Heiliges, Majestätisches war an diesem Ungeheuer, das noch vier Handbreit höher in den Schultern war als dieser Hund. Die schwarzen Panzerplatten, die messerscharfen, überlangen Reißzähne und die Krallen, die erschreckende Geschwindigkeit, all dies diente nur einem Ziel: im Kampf zu bestehen, zu töten und zu fressen.

Es war ein ungleicher Kampf, von Anfang an war dem Hund nur daran gelegen zu entkommen, nur dass es ihm nicht mehr gelang.

Atemlos verfolgten wir den Kampf dieser erschreckenden Ungeheuer und wussten auch, dass er nur ein Ende finden konnte.

Ein Sprungangriff der Panzerkatze besiegelte das Schicksal des Hundes und warf ihn zur Seite, während scharfe Krallen den weicheren Bauchpanzer aufrissen, schloss sich das mächtige Gebiss der Katze um den Hals des Hundes, das Knurren und verzweifelte Heulen erstarb, dann hörten wir, von einem Lidschlag auf den anderen, nur noch das Reißen und Bersten von Panzern und Knochen, als die Katze dem Hund ein erbarmungsloses Ende bereitete.

Die Katze schlug ihre Fänge in den toten Gegner und zog ihn rückwärts hinter sich her, zu ihrem Bau, in einer der Ruinen uns gegenüber. Sie war schon fast in ihrem Bau verschwunden, ein Loch in diesem allgegenwärtigen Dornengestrüpp, als das Ungeheuer innehielt und zu uns heraufschaute, während wir regungslos erstarrten.

Einen endlos langen Moment stand es da und musterte uns mit einer erschreckenden Intelligenz in seinen gelben Augen, dann schlug es seine Zähne erneut in seine Beute und zerrte sie davon. Und hörte man genau hin, konnte man das ferne Bersten von Knochen noch vernehmen.

»Beim Alten Wolf«, meinte die alte Enke mit rauer Stimme, die sich als Erste wieder fasste, und sah hoch zu mir. »Das war beeindruckend … nun, Havald, denkst du, dass deine Rüstung auch gegen den Angriff solch einer Kreatur besteht?«

Ich konnte nur ungläubig den Kopf schütteln, es war eine Weile her, dass ich mich derart klein gefühlt hatte.

»Dort«, meldete sich Zokora zu Wort und wies auf einen entfernten Lichtschein, der nun, da die Nacht immer näher kam, zu erkennen war. »Dieses Licht kommt vom Grabungsort der Priester. Er liegt keine Meile von hier entfernt, hinter dieser niedrigen, runden Ruine. Wir müssen nur dieser Straße folgen, um ihn zu erreichen.«

Die Straße, in der ein Ungeheuer seinen Bau hatte, das vielleicht selbst den Verschlinger erschreckt hätte.

Sie prüfte den Sitz ihres Schwertes und ihrer Dolche und sah dann hoch zu mir. »Ihr wartet hier, während ich das Lager erkunde.« Sie sah, wie Varosch zu seinem Packen gehen wollte, wo seine Armbrust lag. »Auch du, Varosch«, sagte sie überraschend sanft.

»Ich begleite dich«, widersprach er, doch sie schüttelte den Kopf.

»Nein«, erwiderte sie. »Du bleibst hier. Eine der Gaben meiner Göttin ist der spurenlose Gang, dieses Ungeheuer wird mich nicht wittern können. Auch wenn du besser darin geworden bist, dich zu verbergen, gilt dies nicht für dich.«

»Dafür gab mir Boron eine andere Gabe«, meinte Varosch stur und hielt nun seine Armbrust hoch. »Das Auge dieser Bestie ist nicht gepanzert, ein Bolzen dort wird auch dieses Ungeheuer sicher zur Strecke bringen.«

»Hebe dir diesen Schuss für ein lohnenderes Ziel auf«, sagte Zokora. »Dieses Ungeheuer ist letztlich nur ein Tier, wir haben andere Feinde, die weitaus gefährlicher sind.« Sie musterte uns alle. »Ihr bleibt hier«, bestimmte sie, auch wenn von uns kein Widerspruch gekommen war. »Ich werde bald zurück sein.«

Ohne auf unsere Antwort zu warten, ging sie davon. Varosch schien zu zögern. »Lass es«, bat ich ihn leise. »Du hast es oft genug schon selbst gesagt, Zokora weiß, was sie tut, und wir sollten ihr vertrauen.«

Varosch sah ihr nach und schüttelte den Kopf. »Ich vertraue ihr«, meinte er dann grimmig. »Ich wünschte nur, sie würde auch mir vertrauen.«

»Götter!«, meinte Serafine entnervt. »Hast du dieses

Biest gesehen? Wer weiß, was sonst noch da draußen umherstreift, wir kennen diesen Ort noch nicht, wir müssen ihn erst noch erkunden, um die Gefahren einzuschätzen … und das ist es, was Zokora am besten kann! Mit Vertrauen hat dies nichts zu tun!«

»Kraha!«, gab Konrad krächzend von sich und schmiegte seinen Kopf an Enkes Haar. »Kraha.«

»Er sagt, dass du keine Flügel hast«, erklärte die alte Enke leise. »Und hier die Hasen Menschen fressen.«

»Und damit«, meinte Serafine grimmig, »sollte das entschieden sein!«

»Viele dieser Ungeheuer wird es hier nicht geben«, sagte Serafine nachdenklich. Wir standen zusammen an der Glaswand und sahen in die Dunkelheit hinaus. Nur der kleinere Mond war bereits aufgegangen, und er war nur eine Sichel, mehr als schattenhafte Formen konnte ich dort draußen nicht erkennen. »Es sind Raubtiere«, fuhr sie fort. »Jedes von ihnen wird ein Revier für sich beanspruchen, ob sie nun Panzer tragen oder nicht, das wird sich nicht geändert haben. Es gibt nicht genügend Platz für sie.«

»Eines dieser Viecher reicht mir«, meinte die alte Enke, als sie sich zu uns gesellte und jedem von uns einen Becher mit dampfendem Tee hinhielt. »Ein Kräutertee«, erklärte sie, als ich an dem Becher roch. »Er wird unseren Geruch verändern, ich hoffe, dass wir dann nicht mehr wie Beute riechen.«

Serafine nahm einen Schluck und hustete. »Bitter!«, keuchte sie und wedelte mit der Hand, als hätte sie sich verbrannt.

»Ja«, nickte die Hexe mit einem breiten Grinsen. »Aber es ist besser, als gefressen zu werden. Zudem wird er dich auch gut schlafen lassen. Ich … bei den eisigen Höllen, was ist das?«

Das war eine dunkelrote Lichtsäule, die vor unseren Augen vom Lager der Priester in die Höhe schoss und die ganze Ruinenstadt in ein rötliches Licht tauchte. Für einen Lidschlag lang sah ich die Panzerkatze dort unten sitzen, sie sah zu uns hinauf, als ob sie überlegen würde, wie sie zu uns gelangen konnte, doch dann verschwand der Strahl so plötzlich, wie er gekommen war.

Einen Lidschlag später folgte ein Donnerschlag, der die gläsernen Wände zittern ließ, darauf ein fernes, länger anhaltendes Grollen, das ich durch die Sohlen meiner Stiefel spürte. Überall um uns herum lösten sich Trümmer von den Ruinen, um mit lautem Getöse in die Tiefe zu stürzen und hart aufzuschlagen, es dauerte fast einen Docht lang, bis die Erde nicht mehr bebte und allmählich wieder Ruhe einkehrte. Eines dieser Trümmerteile war nicht weit von uns entfernt zu Boden gestürzt, selbst im schwachen Licht des kleinen Mondes sah ich die Staubwolken durch die Straße fegen, die von diesem Aufschlag stammte. Ich fragte mich, was die Panzerkatze davon hielt, ich mochte wetten, dass auch sie den Staub nicht mochte.

»Ich glaube«, meinte Serafine grimmig, während wir uns gegenseitig mit weiten Augen ansahen, »da haben die Priester etwas angefasst, das sie nicht hätten berühren sollen!«

»Götter«, hauchte Varosch entsetzt. »Ich hoffe, es ist ihr nichts geschehen!«

»Es wird ihr schon nichts geschehen sein«, sagte ich beruhigend, doch es waren leere Worte. Zu sehr war mir unser knappes Entkommen, als sich unter Serafines Pferd das Loch aufgetan hatte, in Erinnerung, und dieses

Beben hatte Stürze in der gesamten Ruinenstadt ausgelöst, keine Magie oder Können konnte unsere Freundin vor so etwas beschützen, wir konnten nur hoffen, dass das Glück der Götter Zokora beigestanden hatte.

»Keine Sorge«, meinte die alte Enke, als sie mein Schreiben entgegennahm. »Konrad wird es sicher zu Elsine bringen. Er ist in solchen Dingen zuverlässig.« Sie musterte das klein gefaltete Papyri. »Darf ich fragen ...«

»Ich schrieb, dass sie nicht auf uns warten und schnellstmöglich zur Feste Braunfels aufbrechen sollen«, erklärte ich ihr, während ich Feder und Tintenfässchen wieder sorgfältig in dem flachen Kästchen verstaute, das mir Orikes mitgegeben hatte, es gehörte zu der Ausrüstung einer Feder, eines Schriftgelehrten des Kaiserreichs, hinzu und ich hatte diese Kästchen oft genug bewundert. »Elsine kann das Geheimnis des Tarn auch an einem anderen Ort lüften, mehr und mehr glaube ich, dass es ein Fehler war, hierherzukommen. Tatsächlich überlege ich mir, ob wir nicht auch abreisen sollten.«

»Was ist mit deinem Schwert?«, fragte Serafine.

Ich zuckte mit den Schultern. »Bisher hat es immer eine Möglichkeit gefunden, zu mir zurückzukommen.«

»Und das Grab des toten Gottes?«, fragte Varosch.

»Ich weiß nicht, ob es wahrhaftig unsere Angelegenheit ist«, sagte ich grimmig. »Ich bin es leid, hinter ihnen aufzuräumen.«

»Was du da sagst, kommt der Blasphemie recht nahe«, mahnte Varosch.

»Mag sein«, gab ich unwirsch Antwort. »Nur kommt es mir zu oft so vor.«

»Was daran liegt, dass sie durch uns handeln«, erklärte

er ruhig. »Dass wir uns hier befinden, *ist* das Werk der Götter. Insofern kümmern sie sich darum.«

»Ja«, knurrte ich. »Das ist es, was ich meinte. Wir räumen auf für sie, und ich bin es leid.«

Unterwegs mit einem … Freund?

15 Auch wenn wir es uns nicht eingestehen wollten, hielt uns die Sorge um Zokora bis weit nach Mitternacht noch wach. Doch irgendwann betteten wir uns zum Schlaf, nur Varosch blieb auf, um ins Feuer zu starren und wortlos für sie zu beten.

Wie so oft in letzter Zeit schlief ich unruhig und wurde in meinen Träumen von dunklen Schatten geplagt. Als eine leise Berührung mich weckte, hoffte ich, Zokoras vertrautes Gesicht über mir zu sehen, aber die schlanke Gestalt, die sich über mich beugte und einen Zeigefinger auf die Lippen legte, war niemand anderes als Aleyte, der Verschlinger.

Mit einer Geste wies er auf Serafine, die schlafend in meinen Armen lag, und bedeutete mir, sie schlafen zu lassen. Vorsichtig befreite ich mich von ihrem Bein, unter dem sie mich halb begraben hatte, und stand auf. Varosch saß noch immer am Feuer, das zu einer Glut geschrumpft war, so wie sein Kopf herabhing, schien er zu schlafen.

Schließlich stand ich, und Aleyte deutete wortlos auf meine Hose und die Stiefel.

Ich zog mich leise an und folgte ihm hinaus in die Halle.

»Ist es so weit?«, fragte ich ihn rau, während ich mir mein Schwert umschnallte, nicht, dass es mir gegen den Verschlinger viel hätte helfen können.

Er schüttelte den Kopf. »Noch nicht«, gab er mir Antwort, was mich erleichtert ausatmen ließ. »Doch wir wissen beide, dass es so weit kommen wird. Tatsächlich überlegt Arkin jetzt schon, ob er die drei Monde warten soll. Es würde ihm die Gunst des Nekromantenkaisers einbringen, das Einzige, was ihn davon abhält, ist, wie er es erklären soll.«

»Also weiß der Nekromantenkaiser nichts von Euch«, stellte ich fest. So etwas hatten wir uns ja schon gedacht.

»Noch nicht«, sagte Aleyte grimmig. »Arkin genießt die Macht über mich dafür zu sehr. Was der Grund ist, weshalb ich Euch aufsuche.«

Ich sah ihn fragend an, während ich ungeschickt mit einer Hand meine Pfeife aus meinem Beutel fischte.

»Nur zu«, lachte er. »Zündet Euch eine Pfeife an.«

»Danke«, sagte ich, und er sah mich seltsam an.

Ich hob fragend eine Augenbraue.

Der Verschlinger schüttelte leicht den Kopf. »Es ist absurd, dass wir uns hier so unterhalten. Fast, als wäret Ihr in Wahrheit ein Freund.«

Vor allem fand ich es bedauerlich, dass dieser *Freund* versuchen würde, mich umzubringen. Man konnte ihm zugutehalten, dass er unter einem Zwang stand, dennoch fiel es mir schwer, diese Kleinigkeit zu übersehen.

Er musterte mich nachdenklich. »Manchmal habe ich das Gefühl, Ihr würdet mich verstehen.«

Ich schüttelte den Kopf. »Ich kann nicht erahnen, wie es ist, unter diesem Fluch zu stehen.«

»Das mag sein«, sagte er leise. »Dennoch denke ich, dass Ihr *mich* versteht.«

Ich entgegnete darauf nichts weiter und zündete meine Pfeife an, auch wenn ich mich dabei ungeschickt anstellte.

»Warum seid Ihr hier?«, fragte ich den Verschlinger, nachdem meine Pfeife brannte.

»Aus Tausenden von Gründen«, sagte Aleyte und lachte kurz und trocken auf. »Der wichtigste ist der, dass Arkin vorhin etwas ungehalten mit mir wurde und mir befahl, zu tun, was immer mir beliebte, solange ich ihn nicht weiter störte.« Er schüttelte grimmig erheitert den Kopf. »Ein Zeichen seiner Arroganz ist, dass er noch immer nicht versteht, dass es auf den Wortlaut ankommt!«

»Könnt Ihr …«, begann ich.

»… ihn nicht einfach erschlagen?«, beendete Aleyte meinen Satz. Eigentlich hatte ich ihn fragen wollen, ob er frei handeln konnte, doch die Antwort auf diese Frage wollte ich auch hören. »Nein. Er ist durch den Fluch geschützt.« Er musterte meine Hand. »Ihr werdet Eure Hand verlieren«, teilte er mir mit. »Sie hat sich entflammt, und es hat der Wundbrand eingesetzt … so zertrümmert, wie die Knochen sind, war es ein Fehler zu versuchen, Euch die Finger zu retten.«

Nur dass ich sehr an meinen Fingern hing.

»Danke«, sagte ich grimmig. »War dies mir mitzuteilen der Grund, weshalb Ihr kamt?«

»Nein«, erwiderte er. »Doch vielleicht kann ich helfen. Ich war einst ein Heiler. Erlaubt Ihr mir, mich an Eurer Hand zu versuchen?«

»Ich dachte, Ihr wäret ein Maestro gewesen?«, fragte ich überrascht.

»Ja«, sagte er lächelnd. »Unter anderem. In meiner Zeit habe ich mich in vielen Dingen versucht. Ihr erlaubt?«

Ich nickte und hielt ihm meine linke Hand hin und sah

fasziniert zu, wie er einen Fingernagel wachsen ließ, der scharf genug war, um durch den Verband zu schneiden. Ein Anblick, der mich hätte erschrecken sollen, der mich aber faszinierte, weil er es derart selbstverständlich tat.

Schließlich lag meine Hand bloß, und selbst im schwachen Licht des Mosaiks war leicht zu erkennen, dass sie weiter angeschwollen war. »Sie ist noch mehr geeitert«, stellte er fest, und bevor ich auch nur ein Wort hätte entgegnen können, schnitt er mir den ersten Finger auf.

Die anderen mussten fest schlafen, sonst hätte sie mein gepresstes Stöhnen sicherlich aus dem Schlaf geschreckt. Bevor ich mich's versah, hatte er auch die beiden anderen Finger aufgeschnitten und presste bereits den Eiter heraus.

»Ich habe Euch betäubt«, erklärte er, »nur ist die Entflammung zu stark, um Euch den Schmerz ganz zu nehmen.

Das hatte ich allerdings bereits bemerkt. Der Schmerz war immer noch heftig genug, um mich gepresst die Luft einziehen und schwitzen zu lassen.

»Setzt Euch«, schlug er vor, eine gute Idee, wie ich befand und fiel gegen eines dieser Fundamente zurück, um keuchend zuzusehen, wie er meine zertrümmerten Knochen offenlegte.

»Es ist, wie ich befürchtet habe«, sagte er und fischte mit spitzen Fingern ein Knochenstück heraus, um es mir zu zeigen. »Ein Chirurg ist hier am Ende seiner Kunst, man müsste die Knochenteile mit Draht verbinden, um Hoffnung auf Heilungserfolg zu haben … Schließt die Augen«, bat er mich. »Bereitet Euch vor, dies könnte etwas schmerzen.«

Wie sich herausstellte, untertrieb er damit ein wenig.

Das Schlimmste war, zu fühlen, wie sich die Knochensplitter ineinanderfügten, es knirschte und knackte und fühlte sich so an, als ob er meine Hand in flüssiges Blei tauchen würde, doch dann, nach einer Ewigkeit, war es vorbei.

»Fertig«, brachte er mit hörbarem Stolz hervor. »Ihr könnt die Augen wieder öffnen, sagt mir, Havald, kennt Ihr einen Priester, der es besser zu tun vermocht hätte?«

»Zokora«, sagte ich, während ich die Augen öffnete und staunend wahrnahm, dass nicht nur der Schmerz vergangen war, sondern meine Hand gänzlich unverletzt erschien. »Nur fehlte ihr eine Traube dazu.«

Er nickte bestätigend. »Symptomatische Transferation. Es ist möglich, nur ist der Aufwand die Wirkung nicht wert.«

»Was auch immer Ihr da sagt«, meinte ich und bewegte vorsichtig meine Finger. »Ich danke Euch.«

»Dankt mir nicht zu früh«, entgegnete er und setzte sich neben mich. »Ich sagte ja, es gibt viele Gründe, weshalb ich Euch aufsuchte.«

Ich betrachtete prüfend meine Hand, bis auf ein paar feine weiße Linien entlang der Finger wies nichts mehr darauf hin, wie nahe ich daran gewesen war, sie zu verlieren.

»Ich schulde Euch etwas«, teilte ich ihm mit.

»Bringt Arkins ins Grab«, sagte er kühl. »Am besten noch bevor er mir den Befehl erteilt, Euch und Eure Freunde zu töten.«

»Ich arbeite daran.«

»Beeilt Euch«, meinte er grimmig. »Habt Ihr den roten Strahl gesehen?«

Ich nickte.

»Die Priester haben sich an einem Artefakt probiert, eine kleine Kugel, nicht größer als meine Faust.« Er hob die seine an, um die Größe anzuzeigen. »Ich habe die Priester belauscht, um herauszufinden, was dort geschehen ist. Einer der Sklaven fand diese Kugel und brachte sie dem nächsten Priester. Der nahm sie in die Hand, dann gab es diesen Lichtstrahl und ließ den Priester und den Sklaven verglühen. Dort, wo sie gestanden haben, glüht jetzt noch der Boden. Havald«, sagte er, »nicht nur das Grab ist eine Gefahr. Auch das, was die Priester an Artefakten finden. Wenn sie lernen, wie sie zu benutzen sind, wird niemand den Nekromantenkaiser aufhalten können.«

»Was können wir dagegen tun?«

Er grinste breit und stand auf. »Ich dachte schon, Ihr würdet niemals fragen. Wenn Ihr mir folgen wollt?«

»Was ist mit den anderen?«, fragte ich ihn, als ich aufstand. »Ich will sie hier so nicht zurücklassen.«

Er seufzte. »Irgendwie habe ich so etwas befürchtet.«

»Du musst vollständig dem Wahn verfallen sein«, schimpfte Serafine, als ich ihre Hand ergriff, um ihr zu helfen, über einen der Trümmerbrocken zu klettern. »Wenn es jemanden gibt, dem wir nicht vertrauen können, dann ist er es!« Sie bedachte Aleyte mit einem Blick, der ihn hätte zu Asche zerfallen lassen sollen. »Auch wenn ich ihm dankbar dafür bin, dass er deine Hand geheilt hat«, fügte sie grollend hinzu.

»Kindchen, wenn er uns etwas hätte antun wollen, hätte er es tun können, während Varosch so fest auf seiner Wache schlief«, sagte die alte Enke mit einem Blick zu Varosch hin und klopfte sich den allgegenwärtigen Staub von ihrem Kleid.

»Ich habe nicht geschlafen«, widersprach Varosch verärgert. »Ich war hellwach, bis …«

»… bis du es nicht mehr warst«, beendete die alte Enke ihren Satz.

Aleyte sah zu uns zurück. »Ich habe ihn in den Schlaf geschickt, um ungestört mit Havald reden zu können«, erklärte er. »Wenn Arkin mich geschickt hätte, um euch zu töten, hätte es keinen Unterschied gemacht, ob jemand schläft oder nicht.« Er schaute zu Varosch, der rein zufällig seine Armbrust in die Richtung des Verschlingers hielt. »Mein Rücken juckt, solange Ihr dieses Ding auf mich gerichtet haltet, könnt Ihr damit woanders hinzielen? Es würde Euch nichts nutzen, aber es macht mich unleidlich.«

»Entschuldigt«, erwiderte Varosch kühl. »Eine alte Angewohnheit.«

»Legt sie ab«, meinte Aleyte frostig und wandte sich an mich. »Ich sagte ja, es wäre besser, Ihr wäret alleine gekommen.«

»Ich sehe es anders«, teilte ich ihm mit. »Ihr müsst uns zugestehen, dass es etwas zu viel verlangt ist, Euch jetzt einfach so zu vertrauen. Wer sagt mir, dass Ihr uns nicht in eine Falle führt?«

Er lachte kurz und grimmig. »Niemand. Doch habt ihr eine andere Wahl?«

»Nein«, gab ich knurrend zu.

»Seht Ihr«, nickte er. »Warum sich dann den Kopf zerbrechen?«

»Es ist noch so eine alte Angewohnheit«, meinte Varosch und sah Aleyte trotzig an. »Eine, die wir selbst für Euch nicht ablegen werden.«

Aleyte neigte leicht den Kopf. »Was durchaus verständlich ist. Nur nicht vonnöten. Wenigstens, soweit es mich betrifft. Ich bin nicht euer Feind.«

Die alte Enke hatte währenddessen ihr magisches Licht

etwas vorgeschickt, damit wir den Weg zwischen den Trümmern besser sehen konnten, jetzt zog sie scharf die Luft ein und erstarrte.

»Beim Alten Wolf«, sagte sie leise und beendete so das Geplänkel zwischen Varosch und dem Verschlinger. »Schaut euch das an …«

Es war die Panzerkatze, die etwas seitlich von uns unter einem der neueren Trümmer begraben lag. Sie lebte noch und hob den Kopf, als sie das Licht sah, dann, als sie uns erkannte, gab sie einen jämmerlichen Laut von sich, der an ein Maunzen erinnerte. Ihre gelben Augen fixierten uns, und sie wiederholte diesen Laut.

»Götter«, hauchte Varosch, als er näher an das Ungeheuer herantrat, um es mit großen Augen zu betrachten. Doch es war Serafine, die uns alle erschreckte, als sie sich an Varosch und Enke vorbeidrängte und zu dem Biest hingehen wollte.

»Finna!«, rief ich und hielt sie am Arm zurück. »Sie ist nicht tot!«

»Genau deshalb braucht sie Hilfe«, sagte Serafine. Sie sah zu mir hoch. »Lass mich zu ihr gehen, Havald«, bat sie mich. »Sie braucht mich.« Ein leichtes Lächeln huschte über ihre Lippen. »Glaube mir, ich weiß, was ich tue.«

Widerstrebend ließ ich sie los.

»Berühmte letzte Worte«, nickte die alte Enke. »Ich habe sie schon oft gehört, ich bin neugierig, ob diesmal Grund zur Zuversicht besteht.« Sie lehnte sich gegen eines der Trümmerteile, um sich das Schauspiel in Ruhe anzusehen.

»Ist für Euch denn alles nur ein Spaß?«, fragte Varosch verärgert, der seine Armbrust bereits in Anschlag gebracht hatte.

»Wenn du erst einmal so alt bist, wie ich es bin, wirst du sehen, dass sich das Leben nur noch durch die Überraschungen lohnt, die es für einen bereithält«, erklärte ihm die alte Enke milde.

»Manchmal mag ich Euch nicht«, gab Varosch verärgert zurück.

»Das, mein Junge, ist nun wahrhaftig keine Überraschung«, sagte die alte Enke und holte einen Apfel unter ihrem Umhang hervor, um herzhaft hineinzubeißen.

Es fiel mir schwer, stehen zu bleiben und Serafine gehen zu lassen. Ich mochte ihr vertrauen, doch das galt nicht für das Ungeheuer. So eingeklemmt, wie es war, besaß es dennoch genügend Bewegungsfreiheit, um Serafine mit seinen mächtigen Kiefern zu zerreißen. Dennoch kam sie ihm immer näher.

»Trete zur Seite!«, rief Varosch und hob seine Armbrust an. »Du stehst mir im Schussfeld!«

»Das ist die Idee«, antwortete Serafine, ohne den Blick von der Katze zu wenden, als sie ihr Schritt für Schritt näher kam. »Ich weiß, was ich tue.«

»Und sie sagt, Ihr wäret vom Wahn besessen«, stellte Aleyte fest, während er das Schauspiel betrachtete. »Die Katze kann mir nicht schaden, aber …« Er zuckte mit den Schultern. »Wenn Ihr es wünscht, kann ich die Katze töten.«

Ich zögerte, doch Serafine hatte Aleyte gehört.

»Nein«, sagte sie in einem scharfen Tonfall. »Das werdet Ihr nicht.«

»Wie Ihr wünscht«, entgegnete Aleyte höflich und wandte sich an die alte Enke. »Habt Ihr noch einen Apfel für mich? Es kommt mir vor, als wären Jahrhunderte vergangen, seitdem ich das letzte Mal einen gegessen habe.«

Wortlos griff die alte Enke unter ihren Umhang und reichte ihm einen ihrer glänzenden Äpfel.

Serafine hatte die Katze nun fast erreicht und stand nahe genug vor dem Ungeheuer, um sie mit der Hand zu berühren.

»Dies ist kein dummes Ungeheuer«, bemerkte Serafine leise, während sie dem Tier unverwandt in die Augen sah. »Sie ist auf ihre Art so intelligent wie Leandras Greif, Steinwolke. Sie kann mich verstehen und … oh«, flüsterte sie ergriffen. »Ihr Name ist Seyla.«

»Beeindruckend«, meinte Aleyte neben mir und biss in den Apfel. »War es jetzt wahrhaftig vonnöten, noch ihren Namen zu erfahren, bevor wir sie töten?«

»Wir werden sie nicht töten«, stellte Serafine fest. »Sie ist nur leicht verletzt, sie ist zwischen diesen beiden Blöcken eingeklemmt …« Sie legte den Kopf zur Seite, um sich die verkeilten Trümmer genauer anzusehen. »Wenn wir diesen Brocken hier zur Seite schieben, können wir sie befreien.«

»Warum sollten wir das tun?«, fragte Varosch ungehalten. »Wir befreien sie, und wenn sie so intelligent ist, wie du sagst, sagt sie brav danke … bevor sie uns dann frisst!«

»Das wird sie nicht tun«, sagte Serafine und trat noch näher an das Biest heran, um ihm die Hand auf die gepanzerte Stirn zu legen. Allein der Kopf der Bestie schien mir so groß wie Serafine, die Katze hätte sie mit einem Bissen verschlingen können. »Erinnert ihr euch an das Talent, das Helis besessen hat?«, fragte sie leise. »Sie trat in Armins Zirkus auf und führte wilde Tiere vor … es ist ihr Talent. Wie es aussieht, besitze ich es noch.« Sie schaute zurück zu mir und bedachte mich mit einem strahlenden Lächeln. »Ich sagte doch, du kannst mir vertrauen.«

»Ich schlage vor, ihr tut, was sie sagt«, hörten wir eine andere Stimme, die nicht nur Varosch ungläubig aufschauen ließ. Gefolgt von einem Niesen.

»Zokora?«, fragte er ungläubig und reckte den Hals. »Bist du da drinnen?«

»Ich bin nicht in der Katze, falls du das meinst«, kam Zokoras erhabene Antwort. »Ich spielte nur die Maus für sie und habe mich in einem Loch versteckt, als die Trümmer fielen und sie vor mir begraben haben.«

»Ich dachte, sie würde dich nicht riechen können?«, fragte ich ungläubig, während ich mir bereits prüfend das Trümmerteil besah, so leicht würde es sich nicht bewegen lassen.

»Ja, Havald«, kam ihre kühle Stimme aus dem Trümmergewirr. »Es soll auch mal geschehen, dass ich mich irre. Wie Helis bereits erwähnte, diese Katze ist mehr als nur ein dummes Tier. Was nichts daran ändert, dass sie mich fressen wollte.«

»Kannst du nicht anders entkommen?«, fragte ich sie.

»Natürlich kann ich das«, kam ihre entrüstete Antwort. »Ich verstecke mich doch nicht in einem Loch, das keinen Ausgang hat. Ich will mein Schwert zurück.« Sie nieste erneut. »Verfluchter Staub!«

»Dein Schwert?«, fragte Varosch verständnislos.

Wir hörten, wie Zokora leise seufzte. »Es liegt unter der Katze«, teilte sie uns dann erhaben mit. »Ich versuche schon die ganze Zeit, daran zu gelangen, doch sie lässt mich nicht.«

Die Katze knurrte, was Staub aufwirbeln und den Boden unter unseren Füßen vibrieren ließ, und Serafine lachte. »Sie sagt, es sticht«, grinste sie. »Sie will es dir nicht wiedergeben.«

»Du wirst auf das Schwert verzichten müssen«, teilte

ich Zokora mit. »Selbst Ragnar hätte Schwierigkeiten, diesen Brocken zu bewegen. Wir bräuchten einen Kran … oder einen langen Hebel.«

Die Katze maunzte.

Serafine strich mit ihrer Hand zärtlich über den gepanzerten Schädel. »Es tut mir leid«, kam es dann leise von ihr. »Aber wir können dir wohl doch nicht helfen.«

Die Katze stemmte sich gegen die Trümmer, Staub und Dreck rieselten herab; sie bewegten sich gleichwohl nicht um Haaresbreite, schließlich maunzte sie erneut.

»Ich will sie nicht so zurücklassen«, sagte Serafine rau. »Wir müssen doch irgendetwas tun können?«

»Wir können sie erlösen«, schlug Varosch vor. »Ein Bolze ins Auge …«

Die Katze fauchte und blies uns damit Staub entgegen, offenbar verstand sie uns tatsächlich. Jetzt war es Serafine, die niesen musste.

Aleyte schüttelte ungläubig den Kopf. »Ihr musstet ja darauf bestehen, Eure Freunde mitzunehmen«, sagte er. »Das haben wir jetzt davon.« Er musterte den schweren Brocken und seufzte, als würde die ganze Last der Weltenscheibe auf seinen Schultern ruhen. »Wisst Ihr, wie lange es her ist, dass ich das letzte Mal eine Katze gerettet habe?«, fragte er dann. »Ich war noch ein kleiner Junge, und sie saß auf einem Baum. Ein undankbares Geschöpf«, fuhr er fort. »Ich brach mir ein Bein, und sie ist davongelaufen … hier wird es wohl kaum anders sein.« Er hielt seine Hand in Richtung des Brockens, der sich vor unseren ungläubigen Augen in die Luft erhob, um unmittelbar darauf zur Seite wegzuschnellen und dort mit lautem Getöse und noch mehr Staub aufzuschlagen. Zugleich spannte die Katze ihre mächtigen Muskeln an, schrie und sprang nach vorne. Trümmerteile flogen zur

Seite weg, Staub stob auf und versperrte uns die Sicht, und wir hörten einen spitzen Schrei von Serafine.

»Serafine!« Ich zog mein Schwert, so wenig es mir auch nutzen würde, und stürmte in die Staubwolke hinein.

»Es ist alles gut!«, hörte ich Serafine husten. »Es ist nur der verfluchte Staub!« Der, als er sich legte, uns ein unvergessliches Bild offenbarte. Die Katze stand geduckt über Serafine, die gerade unter ihren Beinen hervorkrabbelte, und Zokora, die Furchtbann in die Scheide schob, um sich dann missmutig den Staub abzuklopfen.

»Es gibt viele Dinge hier, die ich nicht mag«, teilte sie uns unwirsch mit. »Doch dieser Staub steht dabei an erster Stelle!«

»Ich glaube wahrhaftig, dass sie mit den Sandkatzen von Bessarein verwandt sind«, meinte Serafine später und sah zu Seyla zurück, die zusammen mit Zokora in einigem Abstand hinter uns herging. Ich konnte mich immer noch nicht damit abfinden, wie groß dieses Ungeheuer war. »Helis ist einer dieser Katzen begegnet, und sie fühlte sich für sie genau so an.«

»Ich hätte erwartet, dass sie uns verlässt, jetzt, da sie ihre Freiheit wiederhat«, meinte ich. Tatsächlich hatte ich erwartet, dass sie sich auf uns stürzte, doch bislang war das nicht geschehen. Vielmehr kam es mir vor, als ob sie uns neugierig beobachtete, als ob sie verstehen wollte, wer diese seltsamen kleinen Wesen waren.

Serafine schüttelte den Kopf. »Für den Moment begleitet sie uns, weil sie es will.« Ein Lächeln spielte um ihre Lippen. »Wir können sie ja schlecht davon abhalten, nicht wahr?«

»Spätestens wenn sie hungrig ist, wird sie auf Jagd gehen«, meinte Varosch dazu. »Wollen wir hoffen, dass sie dann nicht uns jagen wird.« Er sah zu der Katze zurück. »Wie ist es überhaupt möglich, dass sie uns versteht?«

»Es ist wie bei den Sandkatzen von Bessarein«, erklärte Serafine. »Sie verstehen die Gedanken hinter den Worten.«

»Sie können Gedanken lesen?«

Sie schüttelte den Kopf. »Nein. So wie ich es verstehe, nur das, was wir auch sagen wollen. Ganz ähnlich dem, wie Zokora auch ihr unbekannte Sprachen versteht.« Sie schaute zu Zokora und der Katze zurück. »Sie scheinen sich gut zu unterhalten.«

»Was mich nicht wundert«, meinte Varosch trocken. »Zokoras Stamm sind Katzen heilig.«

»Wie lange hat Zokora eigentlich in diesem Loch gesteckt?«, fragte ich ihn.

»Fast die ganze Zeit«, sagte er. »Sie wollte ihr Schwert nicht aufgeben.«

»Warum ist sie nicht zu uns zurückgekommen, um uns zu Hilfe zu holen?«, fragte Serafine.

Varosch lächelte verhalten. »Ich glaube, es war ihr peinlich.«

Ja, dachte ich. Das sah Zokora ähnlich. In einem Kampf gegen ein Ungeheuer, das zigmal so groß war wie sie und fast gänzlich unverwundbar schien, ihr Schwert zu verlieren, war in der Tat etwas, das ihr peinlich sein sollte!

Solange ich sie nun schon kannte und schätzte, es gab Dinge an unserer Dunkelelfe, die ich wohl nie verstehen würde.

Wir setzten unseren Weg fort. Zwar hatte ich ab und an das Gefühl, als würde uns aus den Schatten etwas belauern, doch was auch immer uns da gierig beäugte, entschied sich wohl anders, als es die Katze sah. So erreichten wir das Lager der Priester ohne weitere Zwischenfälle. In einer der stabiler wirkenden Ruinen suchten wir uns einen Platz, von dem aus wir das Lager gut einsehen konnten; was wir allerdings vor uns sahen, war nicht geeignet, uns viel Hoffnung zu geben.

Der Fingerknochenzauber

16 »Das ist eine Festung«, stellte Varosch beeindruckt fest. »Die Priester haben sich gut verschanzt.«

»Sie haben sich nur zunutze gemacht, was bereits vorhanden war«, stellte Zokora fest und ließ das Sehrohr wieder sinken. »Diese Mauern sind aus Graustein und massiv genug, um auch den nächsten Krieg der Götter zu überstehen.«

Die Mauern, die sie meinte, schlossen ein Gebiet von fast hundertfünfzig Schritt in Breite und Tiefe ein. Sie waren schräg wie die Basis einer Pyramide und ragten gut fünf Mannslängen in die Höhe. Ein schweres Tor aus diesem grünen Glas, aus dem auch die Rüstungen gefertigt waren, die wir gefunden hatten, bildete den einzigen Zugang zu dem Gebiet. Es gab Risse und Sprünge in den Wällen, hier und da breit genug, dass man eine Faust hätte hineinstecken können, doch Zokora hatte recht: Es würde lange dauern, bis diese Mauern fielen, sehr lange. Oben auf der Mauer konnten wir gegen den Lichtschein der Feuer hinter der Mauer Soldaten erahnen, die dort Wache hielten. »Sie müssen etwas Wichtiges beschützen.«

»Ja«, nickte Aleyte. »Das Grab des dunklen Gottes. Die Götter wussten, was sie taten, als sie ihn hier begraben haben.«

»Wie kommen wir hinein?«, fragte Serafine.

»Ihr gar nicht«, antwortete Aleyte etwas ungehalten. Er sah zu Soltars Tuch hinauf. »Der Morgen ist nun nicht mehr weit, Arkin steht immer kurz vor Sonnenaufgang auf, und das Erste, was ihm dann meistens einfällt, ist, mich herbeizuzitieren, viel Zeit bleibt uns also nicht mehr. Ihr bleibt hier zurück, und ich gehe mit Havald hinein.«

»Ich wusste nicht, dass Ihr jetzt die Befehle gebt«, gab Serafine kühl zurück.

Aleyte schaute zu ihr hin und zuckte mit den Schultern. »Ob Ihr es so wollt oder nicht«, teilte er ihr mit. »Die Dinge sind, wie sie sind. Ich kann nur ihn mit hineinnehmen, ohne dass es auffällt.«

Es wurde wohl Zeit für mich, hier einzuschreiten. »Dann sollten wir die Zeit, die uns noch bleibt, nicht weiter verschwenden.«

»Richtig«, sagte die alte Enke. »Am besten sollten wir es der Katze nachtun«, fügte sie hinzu und wies mit ihrem Daumen auf das Tier, das gerade lautlos davonging. »Sie weiß, was gut ist für sie, und hat wohl entschieden, dass sie weit genug mit uns gegangen ist.«

»Es ist seltsam«, meinte Serafine, als sie der Katze nachsah. »Doch ich glaube, ich werde sie vermissen.«

»Sie hat uns lange genug aufgehalten«, meinte Aleyte ungehalten und wandte sich an mich. »Seid Ihr bereit?«

Ich nickte.

»Was muss ich tun?«, fragte ich ihn.

»Folgt mir einfach.« Er griff in eine seiner Taschen, um mir etwas zu reichen, das bleich und knöchern war.

»Ein Fingerknochen?«, fragte ich erstaunt.

»Ja«, nickte er. »Er gehörte einem von zwei Priestern, die gestern Abend den Fehler begingen, einem dieser Hunde über den Weg zu laufen. Haltet ihn einfach, er ist mit einem Zauber belegt, der Euch aussehen lässt wie sein ehemaliger Besitzer.«

Auch Aleyte hatte sich verwandelt, vor mir stand einer dieser dunklen Priester in seiner schwarzen Robe. Er hielt sogar einen dieser Stäbe in den Händen, die an ihrer Spitze in einem Totenkopf endeten. Ich hatte den Stab der Dunkelelfen Maestra dabei, und aus irgendwelchen Gründen hatte ich das Gefühl, dass er mir mehr nützen würde als mein Schwert.

»Wie sehe ich aus?«, fragte ich Serafine.

»Wie ein hässlicher kleiner Wicht«, meinte Serafine, während sie mich mit angehobener Augenbraue anschaute. »Vorher hast du mir besser gefallen.«

Ich konnte an mir selbst keinen Unterschied feststellen, aber wie es schien, wirkte der Zauber bereits. »Gut zu wissen«, grinste ich.

Zokora schüttelte den Kopf. »Hört auf, euch schöne Worte zu machen«, meinte sie. »Geht lieber. Allein euer Anblick lässt mich fast schon nach meinem Schwert greifen.«

»Vielleicht solltet Ihr Euch anderweitig beschäftigen«, schlug Aleyte etwas bissig vor und wies mit seinem Stab über den Platz hinweg zu einem Gebäude, das wohl einstmals eine niedrige Kuppel besessen hatte, die jetzt in Teilen eingestürzt war. »Ihr seid doch auf der Suche nach den drei Dieben, die Havalds Schwert gestohlen haben? Dort könnt Ihr sie finden.«

»Und woher wollt Ihr das wissen?«, fragte Varosch misstrauisch.

Aleyte zuckte mit den Schultern. »Sie sind magisch begabt, und die Bestie in mir riecht sie, seitdem wir hier angekommen sind. Macht daraus, was ihr wollt, Havald und ich haben jetzt anderes zu tun.« Damit ging er davon, ohne auch nur einen einzigen weiteren Blick an uns zu verschwenden.

»Ich verstehe nicht, wie ihr sie ertragen könnt«, meinte er unwirsch, als wir uns einen Weg über den mit Trümmern übersäten Platz suchten, der zwischen uns und dem Lager der Priester lag. »Ich dachte, Ihr wäret ihr Anführer, doch beständig müssen sie ihre Meinung kundtun und alles hinterfragen! Da verstehe ich Arkin besser, seine Soldaten wissen, wann sie etwas sagen sollten und wann nicht!«

»Sie sind keine Soldaten, sondern meine Freunde«, teilte ich Aleyte milde mit. »Ihre Meinung ist mir viel wert, und es wäre nicht das erste Mal, dass sie mich vor einem Fehler bewahren. Ich vertraue ihnen.«

»Wenn Ihr meint. Ich sage Euch, sie sind ein Klotz an Eurem Bein«, meinte er ungehalten und seufzte. »Aber da es Euer Bein ist …«

»Ja«, nickte ich und lächelte. »Das ist Eure Meinung. Die Ihr gerne äußern dürft.«

Es dauerte keinen halben Docht, da hatten wir das Tor bereits erreicht. Einer der Soldaten oben auf der Mauer blinzelte auf uns herab.

»Ich muss Omagor noch opfern«, sagte Aleyte kalt. »Wenn du darauf bestehst, nehme ich dich. Oder du öffnest uns dieses götterverdammte Tor!«

»Sogleich!«, rief der Soldat hastig und gab einen Befehl nach unten, sodass das Tor vor uns fast aufsprang, so schnell wie es geöffnet wurde.

»Das ist alles, was es braucht?«, fragte ich überrascht, als wir durch das Tor gingen, nein, vielmehr stolz und erhaben schritten, während die Soldaten, die das Tor bewachten, vor uns auf die Knie gingen.

»Ja«, entgegnete Aleyte gereizt. »Einen Zauber, der uns das Aussehen von Toten annehmen lässt, und die Unverschämtheit, uns als Priester des Omagor auszugeben. Jeder hätte es vermocht!« Er wies mit seinem Stab nach links. »Wir müssen dorthin, in dieses niedrige Gebäude, das wie eine Pyramide mit gekappter Spitze aussieht.«

Ich nickte nur, ganz damit beschäftigt, mir das Lager der Priester zu beschauen. Zur rechten Hand sah ich eine Reihe von militärisch sorgsam ausgerichteten Zelten stehen, die wohl gut und gerne zwei Hundertschaften beherbergten, nördlich davon gab es ein anderes, umzäuntes Lager, das Lager der Sklaven, die dort schutzlos auf dem kalten Boden schliefen. Links hinten standen größere schwarze Zelte, die der Priester. Davor gab es eine Art Ritualkreis, in dessen Mitte sich die Priester aus einem Trümmerstein eine Art Altar errichtet hatten. Auf die Entfernung und in der Dunkelheit brauchte ich eine Weile, um zu verstehen, dass die unförmigen Brocken, die in einem Haufen etwas hinter diesem Altar lagen, Körperteile waren.

Doch was meine Aufmerksamkeit wahrhaftig auf sich zog, war ein Gebäude aus grauem Stein, das mit seinen abgeschrägten Seiten einem Trapez glich. Das Tor, das einst den Eingang verschlossen hatte, war verbogen und verschmolzen, gerade weit genug geöffnet, dass man den Widerschein von magischen Lichtern und Fackeln dahinter erahnen konnte.

Aleyte hatte meinen Blick verfolgt. »Dort führt eine

Rampe tiefer nach unten«, teilte er mir mit. »Es ist dort wie ein Labyrinth, voller unbekannter Gefahren, doch die Priester sind zuversichtlich, dass sich dort das Grab des dunklen Gottes befindet. Sie müssen es auch sein«, fügte er grimmig hinzu. »Der dunkle Herrscher wird heute noch einen von ihnen als seine Puppe nehmen, um sich von den Fortschritten der Grabung berichten zu lassen. Es würde ihn verstimmen, könnten sie ihm nicht Fortschritte aufzeigen.«

Es war keinesfalls so, dass uns niemand Beachtung schenkte, das Gegenteil war der Fall, jeder schien uns anzustarren, nur um hastig wegzusehen, wenn unser Blick auf einen der Soldaten oder der Sklaven fiel.

Ich weiß nicht, weshalb ich überrascht war festzustellen, dass die Priester sich ihre Sklaven aus den Reihen der Kor geholt hatten, dies war naheliegend, wenn man vergaß, dass Arkin die Barbaren unter dem Vorwand eines Waffenstillstandes zu dem Wettkampf geladen hatte. Es gab Hunderte von ihnen, und in meinen Augen bestand kaum mehr eine Ähnlichkeit zwischen ihnen und Ma'tar und seinen stolzen Kämpfern. Diese Menschen hier waren gebrochen, hatten jede Hoffnung verloren. Sie duckten sich oder rannten wie Ratten davon, wenn unser Blick sie auch nur streifte.

Aleyte hatte wohl meine Gedanken erraten. »Jeden Tag werden gut zwei Dutzend von ihnen geopfert«, erklärte er. »Diese ständige Drohung sorgt schnell dafür, dass sie lernen, nicht auffällig zu sein.«

»Sie scheinen jeden Gedanken an Flucht oder Gegenwehr verloren zu haben«, stellte ich betrübt fest, und Aleyte schnaubte.

»Wohin sollen sie fliehen? Außerhalb dieser Mauern wartet nur der Tod auf sie. Man hat ihnen gesagt, dass man sie gehen lässt, sobald das Grab gefunden ist, und je schneller dies geschieht, desto mehr von ihnen werden dann noch leben. Diese Sklaven graben um ihr Leben.«

»Werden sie es erhalten?«, fragte ich, obwohl ich mir die Antwort denken konnte.

»Natürlich nicht«, sagte Aleyte angewidert. »Wenn die Priester das Grab geöffnet haben, werden sie sie alle zu Ehren des Gottkaisers opfern. Und nun …« Er blieb vor dem Eingang des niedrigen Gebäudes stehen. Vielleicht hatte es hier einst auch einmal eine dieser gläsernen Türen gegeben, doch jetzt versperrte uns nur eine grob gezimmerte Holztür den Weg. »Ihr müsst alleine weiter«, teilte er mir mit.

»Warum?«

»Ihr werdet es verstehen, sobald Ihr es seht.« Er schnaubte verärgert. »Abgesehen davon muss ich gehen. Arkin ist soeben aufgewacht und verlangt nach seinem Tee. Als ob ich sein Leibsklave wäre!« Er sah mich eindringlich an. »Es liegt nun alles an Euch«, sagte er eindringlich. »Achtet darauf, dass Ihr diese Gelegenheit nicht vertut!«

Wenn Asela plötzlich verschwand, gab es immer einen dumpfen Knall und einen Luftstoß, bei Aleyte war es anders, er schimmerte nur kurz auf und war verschwunden. Und ließ mich allein in diesem Lager der Priester zurück.

Ich schaute mich verstohlen um, ein jeder starrte zu mir hinüber, auch wenn es niemanden zu wundern schien, dass sich einer von uns soeben in Luft aufgelöst hatte. Also tat ich einen tiefen Atemzug, zog die Tür auf und ging hinein.

Im Lager der Priester

17 Die Priester des toten Gottes gruben nun schon seit Wochen an diesem Ort, und es war anzunehmen, dass sie schon einiges an Artefakten in den Trümmern gefunden hatten. Was ich mir darunter vorgestellt hatte, wusste ich selbst nicht so genau, jedenfalls nicht das, was ich hier vorfand, als ich den Fingerknochen einsteckte und eine Fackel aus meinem Ranzen anzündete, um mich umzusehen.

Das Gebäude bestand aus einem einzigen großen Raum, vielleicht zehnmal fünfzehn Schritt in Breite und Tiefe, und war mit Regalen vollgestellt, auf denen allerlei lag, das ich nur als Gerümpel bezeichnen konnte.

Hier und da erkannte ich Dinge wieder: Das musste einst ein Panzerhandschuh aus diesem seltsamen Glas gewesen sein, dort stand etwas, das einer leichten Kutsche ähnelte, und das hier war unzweifelhaft ein Eimer, auch wenn ich nicht verstand, warum man einen Eimer mit Kristallen und goldenen Mustern hätte verzieren sollen.

Die meisten der Gegenstände bestanden aus diesem grünen Glas und waren mit Kristallen, Edelsteinen und oftmals in das Glas selbst eingelassenen, goldenen Fäden verziert, die sich in verwirrenden Mustern um kleinere Kristalle rankten, dutzendfach parallel verliefen, um sich zu kreuzen, an einigen Kristallen zu vereinen und an anderen wieder auseinanderzulaufen. Man konnte erkennen, dass es einen Sinn ergeben musste, zu sorgfältig und regelmäßig verliefen diese goldenen Bahnen, nur welcher Sinn dies sein sollte, entzog sich mir vollständig.

Ich fand zwei Dinge, die vielleicht Waffen waren, ihr

Schaft war ähnlich dem von Varoschs Armbrust geformt, nur dass sie anstelle eines Kreuzbogens lange schwarze Röhren trugen. Dort in der Ecke lag ein Kopf wie der von dem leblosen Riesen, den wir in den Tunnel vor uns hatten stehen sehen. Doch erst als ich den Sarkophag sah, verstand ich, was Aleyte von mir wünschte.

Hierhin hatten die Priester alles geschleppt, was ihnen wichtig war, unter anderem auch einen Sarkophag aus weißem Alabaster, dessen Grabfigur eine schlafende junge Sera von exquisiter Schönheit darstellte. Elfische Schriftzeichen liefen in Runenbändern um den Sarg herum, obwohl ich die eher schlecht als recht lesen konnte, erkannte ich nur wenige der Runen wieder. Obwohl die Arbeit ohne Zweifel elfisch war, war die junge Sera keine Elfe, und ich ahnte schon, was ich hier gefunden hatte. An einer Stelle traten die Runen hervor und pulsierten langsam in einem schwachen, goldenen Schein. Mühsam vermochte ich die Runen zu entziffern. Eyliyene. Elin.

Der Verschlinger hatte mich zu dem geführt, das ihn an Arkin fesselte. In diesem Sarkophag musste sich der Schädelstein befinden, der die Seele von Aleytes menschlicher Liebe noch immer an sich band.

Ich sah zu der geschlossenen Tür hin, niemand stürmte herein, um mich aufzuhalten, also stemmte ich mich gegen den Sargdeckel und schob ihn zur Seite, allerdings knirschte es derart laut, dass ich erschreckt innehielt, bevor ich mich töricht schalt und den Deckel mit einem Ruck vollends zur Seite schob. Ich hob die Fackel an, um den Sarg besser einzusehen, entdeckte aber zunächst nur Reste von goldenem Brokat, der einst wohl feines Leinen geziert hatte, und braunen Staub, bevor ich einen Kopf aus durchscheinendem Kristall erkannte, der die Züge der jungen Sera auf dem Deckel trug, nur dass sie nicht friedlich schlief, sondern in einem Ausdruck des Schreckens, ewiger Qual und des Entsetzens festgefroren waren.

Schweigend besah ich mir den Kopf dieser gequälten Sera, die vor so langer Zeit über diese Welt geschritten war, dass selbst von ihren Knochen nur noch Staub verblieben war. Also war die Legende von Aleyte doch wahr, und sie hatte all diese endlos lange Zeit in diesem Stein gelitten.

Ehrfürchtig griff ich in den Sarkophag und hob den überraschend schweren Kristallkopf heraus.

»Es tut mir leid, dass du so hast leiden müssen«, teilte ich ihr mit belegter Stimme mit und hob den Kopf an, um ihn auf dem Deckel des Sarkophags zu zerschlagen. »Doch bei den Göttern, das findet jetzt ein Ende!«

Gerade als ich den Schädelstein zerschlagen wollte, wurde er mir aus den Händen gerissen und schoss nach oben, wo er, unerreichbar für mich, unter der Decke verharrte.

»Das ist dreist«, stellte eine kühle Stimme vom Eingang her fest, wo nun einer dieser Priester stand und mich mit kalten, dunklen Augen musterte. Er war nur wenig größer als Zokora, doch es hätte seiner schwarzen Robe mit den goldenen Fäden darin nicht bedurft, um mir zu bedeuten, dass er gefährlich war; es stand in jedem grausamen Zug seines Gesichts geschrieben.

»Ich bin Kortanus«, stellte er sich vor. Er sprach die kaiserliche Handelssprache fast geschliffen sauber, ohne diesen rauen Dialekt, den ich von den Soldaten des Nekromantenkaisers kannte. »Und wer seid Ihr?« Sein Blick schwenkte über meine Rüstung, mein Schwert und dann hin zu dem Stab der Dunkelelfen Maestra, der neben mir an der Wand lehnte. »Schwert und Stab? Eine dieser kaiserlichen Eulen, die uns so viel Ärger bereitet haben?« Offenbar hörte er sich gerne selbst reden und zog es vor, sich auch seine Antworten selbst zu geben. »Ich hörte, ihr Eulen wäret klug. Aber wohl nicht klug genug, um an einem Ort, zu dem nur wir Zutritt haben, keine Fackel anzuzünden, und so jedem zu verraten, dass dort jemand eingedrungen ist.« Er tat eine Geste hin zu seinen Augen und lächelte schmal. »Anders als ihr erbärmlichen Menschen können wir im Dunkeln sehen.«

Bislang hatte ich kein Wort gesagt, es war wohl auch nicht vonnöten. Er tat eine Geste und eine unsichtbare Kraft drückte mich zur Seite hin, näher an meinem Stab heran, während er den Kristallkopf zu sich heranschweben ließ.

»Ich habe mich schon immer gefragt, was Arkin in diesem Sarkophag so Besonderes verwahrt«, meinte Kortanus, besah sich den Kopf von allen Seiten und ließ ihn dann in den Sarkophag zurückschweben, dessen Deckel sich wieder schloss. Deutlich leiser, als ich ihn geöffnet hatte. »Der Mann hat einen seltsamen Geschmack.«

Er richtete sich zu seiner vollen Größe auf und lächelte schmal. »Ich wollte immer schon wissen, wie gut ihr Eulen wirklich seid«, sagte er und tat eine Geste hin zu meinem Stab. »Nur zu, versucht es. Lasst uns schauen, wie sich Eure Magie gegen die Macht des dunklen Gottes schlägt!«

Nun, es war wohl offensichtlich, was er wollte. Auf der anderen Seite war ich ertappt, bestimmt war er nicht alleine gekommen und vor der Tür warteten ein halbes Dutzend seiner wahnsinnigen Brüder. Ergab ich mich, führte dies nur zu Ketten an meinem Hals und dem Schicksal eines Sklaven. Einen Versuch, dachte ich, war es wert, also griff ich nach dem Stab und warf ihn, das schwere Ende vorweg, nach diesem dunklen Priester, der so selbstgefällig schwätzen konnte.

Er war vorbereitet, noch bevor ich den Stab ergriff, ließ seine Geste eine schimmernde Kugel um ihn herum entstehen.

Was auch immer die schimmernde Kugel bewirken sollte, offenbar war sie nicht dazu gedacht, ein Wurfgeschoss aufzuhalten, der Stab durchbrach sie und verfehlte den dunklen Priester nur um Haaresbreite, der es vermocht hatte, sich im letzten Moment zur Seite abzuwenden … genau in die Flugbahn des schweren Panzerhandschuhs hinein, den ich gleich darauf geworfen hatte. Es gab ein zufriedenstellendes Geräusch, als seine Nase brach und er mit einem überraschten Gesichtsausdruck nach hinten fiel.

Ich tat drei lange Schritte, griff ihn bei seinen langen Haaren, zog ihn herauf zu mir, um ihm dann, als er anfing, sich wieder zu bewegen und Blut spuckend etwas sagen wollte, den dürren Hals umzudrehen.

So weit, so gut, dachte ich und ließ den Leichnam fallen, um vorsichtig durch die Ritzen der Tür zu spähen. Außer den Sklaven war niemand zu sehen.

»Das war ein Fehler«, röchelte eine Stimme hinter mir, wo der tote Priester soeben vom Boden aufstand und sich mit beiden Händen und einem deutlichen Knacken den Kopf wieder an die rechte Stelle rückte.

Wenn er still geblieben wäre, hätte er mich vielleicht überraschen können, ich hatte in der Tat für den Moment vergessen, dass die Diener des toten Gottes nicht so leicht zu töten waren.

Oder ich hatte ihn unterschätzt, da er so viel schwätzte. Was er ja schon wieder tat, sodass er mir die Zeit gab, die ich brauchte, um mich zur Seite zu werfen, als ein Strahl aus schwarzem Rauch auf mich zuschoss. Der Strahl verfehlte mich, dafür war nun auch ich, wie zuvor er, in die falsche Richtung ausgewichen, hinein in ein goldenes Netz, das sich so fest um mich wickelte, dass es mir vorkam, als wolle es mir jeden Knochen einzeln brechen.

»Das war einfach«, stellte er zufrieden fest, während er sich mit zwei Fingern seine gebrochene Nase zurechtrückte. Mit einer Geste zog er das Netz und mich an sich. »Genug der Spielchen«, meinte er grimmig, öffnete seinen Mund, und ein Strahl von Dunkelheit und Schwärze, gepaart mit einem violetten Unterton, schoss mir entgegen und zerrte an etwas tief in mir.

Nur dass es sich nicht so leicht zerren ließ.

»Was ...«, begann er, doch jetzt hatte ich mich von meiner Überraschung und dem Schrecken erholt und hielt das fester, was wohl meine Seele war, um mir zudem vorzustellen, dass meine Hand in diesen violetten Schimmer griff, ihn fest packte und langsam in meiner Hand zerdrückte. Und dann kräftig daran zog.

Seine Augen weiteten sich, er schrie vor Angst und Schrecken auf, schließlich wurde sein Blick leer, als das, was ich in meiner vorgestellten Hand zerrieb, zerfaserte und wie Rauch verschwand, genau wie auch das goldene Netz, sodass ich mit ihm zusammen auf den Boden stürzte.

Nun, dachte ich, als ich aufstand und mir den Staub von meiner Rüstung klopfte, dies war ein neuer Trick, Ordun wäre stolz auf mich gewesen. Die Erfahrung mit der Dämonin in der Kanalisation von Illian hatte mir deutlich gezeigt, dass ich meine Seele nicht mit Nekromantie beflecken wollte. So ging es also auch. Ich sah hinab auf den hohen Priester des toten Gottes, der nun sinnlos stammelnd vor mir auf dem Boden lag.

»Ihr habt recht«, teilte ich ihm mit. »Das war einfach.«

Und vielleicht auch schlimmer, denn wenn ich mich nicht sehr täuschte, hatte ich eben die Blasphemie begangen, eine Seele zu zerstören.

Da sie für Omagor bestimmt gewesen war, mochten unsere Götter es mir vielleicht verzeihen, doch alleine bei dem Gedanken lief mir ein kalter Schauer über den Rücken. Einfach mochte es gewesen sein, aber es war mit Sicherheit nicht etwas, das ich wiederholen wollte.

Immer wieder hörte man davon, dass die Verlockung der dunklen Gabe zu groß wäre, um ihr zu widerstehen. So langsam verstand ich auch, was damit gemeint war, langsam, aber unerbittlich verwandelte mich Orduns Gabe, oder eher Fluch, in das, was ich auf dieser Weltscheibe am meisten verabscheute.

Viel Zeit, um darüber zu sinnieren, blieb mir nicht. Der Schrei des Priesters klang mir noch immer in den Ohren, offenbar hatten auch andere ihn gehört, von draußen hörte ich aufgeregte Stimmen und raue Befehle und das Geräusch von gut einem Dutzend genagelter Stiefel, die in meine Richtung rannten.

Ich warf einen bedauernden Blick auf diesen weißen Sarkophag, hätte dieser verfluchte Priester nicht einen Lidschlag später kommen können, griff meinen Stab und rannte hinaus, gerade rechtzeitig, um mich in die dunklen Schatten drücken zu können, während einer der heraneilenden Soldaten mit seiner Fackel in das Gebäude stürmte.

»Es ist der Hohepriester!«, rief er entsetzt. »Aber sonst ist niemand hier!«

»Das sehe ich, du Dummkopf!«, rief einer der Priester, die hereingeeilt waren, und wies anklagend auf mich. »Er versteckt sich dort hinter den Kisten!«

Alle Priester des dunklen Gottes, die wir bis jetzt zu Gesicht bekommen hatten, waren dunkle Elfen gewesen, die, wie mich Kortanus ja eben erinnert hatte, im Dunkeln sehen konnten. Ich hatte es nur wieder vergessen.

Da er die Hand zu einer Geste hob, die ein leuchtendes goldenes Band auf mich zuschnellen ließ, und ich nicht wieder in einem solchen Netz enden wollte, gab ich den Hasen und rannte, so schnell meine Beine mich trugen, zu einer der niedrigen Hütten, die es hier zuhauf gab. Dunkelheit oder nicht, durch Holz und Stein sahen sie auch nicht hindurch.

In meiner Tasche fand ich den Fingerknochen mit Aleytes Zauber, und als ich, mit gemessenem Schritt und arrogant gehobenem Kinn, anschließend weiterschritt, sah ich mich fünf Soldaten gegenüber, die mir zuerst mit blanken Schwertern den Weg versperrten, um dann entsetzt vor mir zurückzuweichen, als sie einen Priester des toten Gottes vor sich stehen sahen.

»Wo ist er hin, Euer Würden?«, fragte mich der Leutnant und hielt seine Fackel höher, um in die Dunkelheit hinter der Hütte zu spähen.

Wortlos wies ich hinauf zur Mauer, was den Leutnant fluchen ließ. »Er ist über die Mauer!«, rief er. »Bewegung da oben! Wie kann es sein, dass Ihr blinden Kyrmal nichts gesehen habt?«

Was auch immer ein Kyrmal war.

»Es ist dunkel«, rief einer der Soldaten erbost in die Tiefe. »Wir werden bestimmt nicht hier oben mit Fackeln umherspazieren, damit man uns in Ruhe von der Mauer schießen kann!«

»Ja, wenn die Ungeheuer denn mit Bögen schießen würden«, knurrte der Leutnant aufgebracht, ohne mir weiter Beachtung zu schenken, als ich gelassen und erhaben weiterschritt. »Los, Bewegung, sucht ihn, wenn er uns entkommt, kostet das unsere Köpfe, er hat Kortanus umgebracht!«

»Nein, hat er nicht!«, rief erzürnt ein Priester aus der Artefaktekammer. »Schlimmer noch, dieser verfluchte Seelenreiter hat ihm die Seele aus dem Leib gezogen!«

Da hieß mich ein Fuchs den Hühnerdieb, und wäre es nicht so ernst gewesen, hätte ich beinahe noch laut gelacht.

Trotz der Aufregung und der Alarmrufe kam ich ungestört bis fast zum Tor, gerade rechtzeitig, um zu sehen, wie Soldaten einen schweren Balken vorlegten. Doch links von dem Tor ging eine grob gezimmerte Treppe hinauf zur Mauer, durch das Tor kam ich jetzt wohl nicht, also stieg ich diese Stufen hoch, nur um mich oben einem dieser dunklen Priester gegenüberzusehen.

»Lortak!«, rief er erstaunt. »Wie kann das sein, du bist doch tot?«

Folgerichtig stellte er fest, dass ich nicht Lortak sein konnte, und hob seinen mit einem Totenkopf bewehrten Stab, um mit einem gleißenden Bolzen in seinem linken Auge zurückzutaumeln, die Mauer herabzufallen und vor den Füßen einer Gruppe von Soldaten zu landen.

Ich kannte nur einen, der so schießen konnte, einen anderen Weg hinaus gab es nicht für mich, also rutschte ich auf der Außenseite die schräge Mauer hinunter, nur dass ich auf halber Strecke dann das Gleichgewicht verlor und den Rest des Weges Bein über Kopf die Mauer herunterpurzelte, um hart aufzuschlagen und, mühevoll nach Atem ringend, Zokora über mir stehen zu sehen, die mich wortlos auf die Beine zerrte, während in der

Entfernung erneut der dumpfe Schlag von Varoschs Armbrust zu vernehmen war.

Ein Soldat kam hinter mir die Mauer herabgerollt und landete vor meinen Füßen, doch mit einem Bolzen im Auge stellte auch er keine Gefahr mehr dar.

Wir rannten, auch wenn sich mein Bein anfühlte, als würde jemand mit einem glühenden Eisen darin herumstochern, es blieb uns auch nichts anderes übrig, denn hinter uns öffnete sich bereits das Tor, eine Gruppe von Soldaten, angeführt von einem erzürnten Priester, der sich noch im Laufen einen Bolzen aus seinem Auge zog, stürmte uns hinterher.

In dem Moment sprang ein dunkler Schatten mitten in die Gruppe der Soldaten hinein, die sogleich von riesigen Pranken umhergeschleudert wurden, als wären sie Puppen. Die Katze biss den Priester halb entzwei und spuckte ihn wieder aus, doch dort, wo er aufkam, zuckte er noch, während sich bereits tiefere Dunkelheit um ihn hüllte.

Bevor er von dunklen Mächten wieder neu belebt werden konnte, sprang Zokora in vier weiten Sätzen zu ihm hin und schlug ihm mit Furchtbann den Kopf ab, duckte sich unter den tanzenden Pranken der Panzerkatze hindurch und eilte zu mir zurück. Die Katze fing den letzten der Soldaten mit einer fast nachlässigen Bewegung ein, nur einen erstickten Schrei konnte er noch von sich geben, als die unterarmlangen Krallen seine Lederrüstung durchbohrten.

Biest und Dunkelelfe standen einander gegenüber, fast schien es mir, als ob die Katze Zokora angrinsen würde, dann nahm sie den Soldaten ins Maul, als wäre er eine Maus, und trottete davon.

Zokora sah zu dem Lager zurück, wo sich nun Soldaten mühten, das Tor noch schneller wieder zu schließen, als sie es eben aufgerissen hatten, und danach zu mir hoch. »Wir sollten weitergehen«, meinte sie gelassen, als befänden wir uns auf einem Spaziergang. »Auch wenn ich nicht glaube, dass sie uns folgen werden.« Sie schüttelte ungläubig den Kopf, als sie den Stab in meinen Händen sah. »Du hast ihn immer noch?«

»Weißt du«, keuchte ich, als ich versuchte, mit ihr Schritt zu halten, während mein Bein wie Feuer brannte, »er hat sich doch als nützlich für mich erwiesen!«

Wo ein Hammer ist …

18 »Es war schon etwas spitzfindig«, stellte Varosch fest, während Zokora mir einen Schnitt in der Wange versorgte, von dem ich gar nicht wusste, wie ich ihn mir zugezogen hatte. Wir befanden uns in einem halb verschütteten Keller an der Ostseite des Platzes, fast zweihundert Schritt von dem Ort entfernt, zu dem uns Aleyte geführt hatte. Hier konnte man auch eine Laterne anzünden, ohne fürchten zu müssen, sogleich entdeckt zu werden. Ich saß auf den Stufen einer zugeschütteten Treppe und versuchte stillzuhalten, was nicht einfach war, wenn einem jemand mit einer glänzenden Nadel so nahe vor dem Auge hantierte.

»Arkin hat ihm verboten, jemanden zu dem Schädelstein zu führen, also führt er dich zu den Artefakten?« Er schüttelte den Kopf. »Irgendwie kann ich ihm noch immer nicht vertrauen. Er mag zwar nicht gelogen haben, aber wir wissen alle, dass man auch mit der Wahrheit lügen kann.«

»Halte die Laterne anders«, wies Zokora ihn an. »Sie blendet mich, die Wunde ist dem Auge zu nahe, ich will sehen, was ich tue.«

»Was ist mit den dunklen Elfen?«, fragte ich sie, während sie den Faden ein letztes Mal durchzog und dann abschnitt. Ich atmete erleichtert aus, so geschickt Zokora auch war, war es doch schmerzhaft genug gewesen. »Waren sie dort, wo er sagte?«

»Vielleicht«, meinte Zokora und trat zurück, um sich die genähte Wunde kritisch anzusehen. »Ich kam nicht dazu, einen Blick auf ihr Versteck zu werfen, bevor jemand das Lager der Priester in Aufregung versetzte.«

»Dein Nadelwerk wird immer besser«, lobte die alte Enke anschließend. »Die Narbe wird kaum zu sehen sein.«

»Er gibt mir auch reichlich Gelegenheit zum Üben«, erwiderte Zokora nachlässig und packte ihre Mappe mit all den scharfen Instrumenten sorgsam weg. Sie musterte mich prüfend. »Was macht dein Bein?«

Ich sah hinab und schlug leicht gegen den Beinpanzer. »Es zieht und schmerzt, wenn ich es belaste, aber es geht.«

»Hhm … warum hinkst du dann?« Sie wartete meine Antwort nicht ab, sondern machte sich ohne Umschweife daran, mir die Schnallen an meinem Beinpanzer zu lösen. »Besser als ich dachte«, meinte sie dann. »Du brauchst einen neuen Verband, aber auch wenn die Wunde nässt, scheint die Naht zu halten.« Sie sah mit einem ernsthaften Blick hoch zu mir. »Du hast in den letzten Tagen mehr Glück als Verstand gehabt.«

Die alte Enke schnaubte. »Das scheint mir bei ihm oft

der Fall zu sein. Sag mir, Lanzengeneral von Askir, liegt das an deinem überreichlichen Glück oder am mangelnden Verstand?«

Serafine zog scharf die Luft ein, selbst Zokora schaute fast schon überrascht.

»Ich …«, begann ich beleidigt, doch sie schüttelte den Kopf.

»Du bist diesem Verschlinger gefolgt, ohne einen Gedanken an deine Freunde zu verschwenden. Hast ihm mehr vertraut als ihnen. Sag mir, was war die Folge? Er hat dich in einem Lager voller Seelenreiter zurückgelassen, und wäre Zokora nicht gewesen, wärest du nun tot oder gefangen.« Sie funkelte mich zornig an. »In meinen Augen spricht dies mehr für mangelnden Verstand!«

»Aleyte sagte …«, begann ich, aber wieder unterbrach sie mich.

»Ich habe dich zuerst nur über Erzählungen kennengelernt«, sagte sie kühl. »Erzählungen von einem Mann, der überlebensgroß dargestellt wurde …« Sie blinzelte hoch zu mir. »Groß bist du ja, soweit stimmt das. Was sie nicht erwähnt haben, ist, dass du dein Fähnchen nach jedem Wind hängst. Erst tust du Elsines Werk hier in der Ostlande und schlachtest Barbaren ab, um den Tarn zu erringen, und jetzt lässt du dich von dem Verschlinger in ein Hornissennest führen, nur weil er es sagt!«

Mein Zorn war bereits wieder verflogen. Sie hatte recht, auch wenn es mir nicht gefiel.

»Ich kann nur sagen, dass es mir zum jeweiligen Zeitpunkt als die rechte Wahl erschien.«

»Das mag sein«, nickte sie. »Aber ist es nicht die Aufgabe eines Anführers zu führen? Doch seitdem du von den Toten auferstanden bist, folgst du lediglich dem Willen anderer.« Sie tat eine anklagende Geste in Richtung des Lagers. »Wohin das führt, hast du ja gesehen!«

»Und dennoch wäre es mir beinahe gelungen, den Verschlinger von seinem Fluch zu befreien.«

»Fast bedeutet: Es gelang dir nicht«, stellte sie erbost fest.

»Er hat viel durchgemacht und er …«, versuchte mich Serafine zu verteidigen, aber die Hexe schüttelte entschieden den Kopf.

»Das bezweifle ich nicht. Doch entweder wächst Havald darüber hinaus, oder er zieht sich zurück und überlässt das Kämpfen und vor allem die Entscheidungen solchen, die nicht an sich selbst zweifeln!«

»Ich …«, begann ich.

»Willst du widersprechen?«, fragte sie hart. »Du bist doch derjenige, der sich jede Nacht, von dunkelsten Träumen geplagt, in seinem Lager wälzt. Etwas belastet dich, lässt dich an dir zweifeln. Finde heraus, was es ist, denn solange du an dir selbst zweifelst, wirst du gegenüber den Einflüsterungen anderer offen sein und ihrem Willen folgen und nicht deinem eigenen!«

»Enke«, sagte Varosch ruhig. »Ich weiß nicht, ob dies der rechte Zeitpunkt ist, ihn so anzugehen.«

»Nicht?«, fragte sie, ohne den Blick von mir zu wenden. »Dort drüben graben die Priester des Verfluchten Gottes nach dem Grab ihres Gottes. Wir wissen alle, dass sie ihr Ziel nicht erreichen dürfen.« Sie schaute jetzt zu Varosch hin. »Nur weiß ich nicht, wie wir es verhindern sollen. Du etwa?«

Der schüttelte nur leicht den Kopf. Enkes Blick schwenkte zu Serafine, die zu Boden sah, und auch zu Zokora, die ihrem Blick unbewegt standhielt. »Du?«

»Nein«, sagte Zokora. »Doch er weiß es«, fügte sie hinzu und schaute nun mich an.

»Meinst du?«, meinte die alte Enke skeptisch. Sie seufzte und raffte ihre Röcke, um sich auf einen der Trümmerbrocken zu setzen. »Vielleicht. Mag sein. Nur ist er sich dessen nicht sicher. Ich glaube, dass das genau das Problem ist. Er ist sich seiner nicht mehr sicher!« Sie musterte mich eindringlich. »Etwas ist mit dir geschehen, Roderik von Thurgau.«

»Er starb«, erinnerte Serafine sie, aber diesmal schüttelten die alte Enke und ich gleichzeitig unsere Köpfe.

»Sie hat recht«, sagte ich zögernd und griff nach meinem Beinpanzer, um ihn mir wieder umzuschnallen. »Ich habe Zweifel.« Ich schaute hilfesuchend zu Varosch hin. »Seit dem Kampf gegen die Dämonin.«

»Also doch«, stellte Serafine leise fest. »Es ist etwas passiert. Was ist in Wahrheit dort geschehen?«

»Havald hat festgestellt, dass er über Gaben verfügt, die er nicht nutzen will«, sagte Zokora ruhig. »Unter anderem auch die der Nekromantie. Zusammen mit den Gaben und Talenten, dem Wissen und den Erfahrungen aller derer, die er jemals mit Seelenreißer erschlagen hat. Er fürchtet, sich zu verlieren, wenn er zulässt, dass diese Fähigkeiten, Erinnerungen und Talente zu den seinen werden.« Zum ersten Mal, seitdem ich sie kannte, sah ich so etwas wie Mitleid in ihren Augen. »Das ist es, vor dem du dich fürchtest.«

Sie wusste davon? Ich sah Varosch fragend an, aber er schüttelte fast unmerklich den Kopf, er hatte mich nicht verraten. Auf der anderen Seite, warum sollte es mich wundern, dass Zokora es wusste, ihr entging wenig und sie hatte damals schon Verdacht geschöpft.

»Ist das wahr?«, hauchte Serafine.

Ich nickte zögernd. »Zokora hat recht. Nur ist es schlimmer.«

»Wie kann es noch schlimmer sein?«, fragte Serafine bestürzt.

»Ich habe Angst, ich könnte wie der Verschlinger sein«, gab ich ihr Antwort. »Er und ich sind uns zu ähnlich, auch er hat über die Jahre Seelen gesammelt und sie sich einverleibt. Er glaubt, er wäre noch Aleyte, das ist das Schlimmste daran, er sieht nicht, dass er zu dem Ungeheuer geworden ist, dass er es als gegeben ansieht, dass andere sterben müssen, um den Hunger des Ungeheuers zu stillen.« Ich holte tief Luft. »Wir bekämpfen die Seelenreiter, doch in Wahrheit sind sie nicht schlimmer als ich auch, auch sie rauben ihren Opfern die Fähigkeiten und Talente. Es ... es ist ... es wäre so einfach«, versuchte ich ihnen zu erklären. »Ich müsste nur ... zulassen und schon ...« Ich schüttelte verzweifelt den Kopf. »Ich will nicht so sein wie sie, ich will nicht danach hungern, was mir Seelenreißer gibt!«

»Es war Soltars Wille, dass du das Schwert erhältst«, erinnerte mich Zokora mit harter Stimme. »Er und die anderen Götter haben dich als ihren Streiter gegen Omagor ausgewählt und dir diese Waffe gegeben. Um dich für den Kampf mit diesem Nekromanten vorzubereiten, der nach etwas strebt, das ihm nicht gebührt. Sie wollten, dass dies geschieht, Havald. Sie haben es dir gegeben. Meinst du nicht, es wird Zeit, es zu benutzen?«

»Vergesse eines nicht«, sagte Varosch eindringlich. »Du bist kein Seelenreiter, du hast die Seelen deiner Feinde zu den Göttern geschickt, sie haben dir nur zurückgelassen, was sie nicht mehr brauchen.« Er lächelte etwas schief. »Sehe es so, andernfalls wäre es verloren gewesen, so mag es dir vielleicht noch nützlich sein.«

Ich sah die beiden misstrauisch an.

»Ihr habt euch beide schon reichlich Gedanken darüber gemacht, nicht wahr?«, fragte ich vorwurfsvoll.

»Unabhängig voneinander«, lächelte Varosch. »Aber ja.« Er sah liebevoll zu Zokora hin. »In vielen Dingen denken wir überraschend gleich.«

Serafine kam nah an mich heran. »Havald. Wenn es das ist, was dich quält, kann ich dich beruhigen. Du wirst dich nicht verlieren. Niemals.« Sie strich mir zärtlich über die Wange. »Selbst nach deinem Tod blieb genug von dir, dass ich mich erneut in dich verlieben konnte.«

»Elsine sagt, ich wäre nicht gestorben, das kalte Wasser des Ask und das Gift hätten mich derart gelähmt, dass mein Herz so langsam schlug, dass ich nicht verblutet bin, als dieser verrückte Priester mich erstach und mir die Kehle durchschnitt. Diese Maerbellinae … sie kam, bevor die Wirkung des Gifts nachließ, und konnte mich auf diese Weise noch gerade rechtzeitig heilen. Es brauchte nur, bis ich mich davon erholte.«

Dass ich dabei auch meine Seele verloren hatte, verschwieg ich ihr, es war genug an Offenbarungen für heute.

»Ehrlich gesagt«, lächelte sie, »beruhigt mich das. Ich finde es befremdlich, wenn Tote wiederauferstehen … es gehört sich einfach nicht.« Ich blinzelte überrascht. Dass sie so reagierte, hatte ich nicht erwartet. »Allerdings meinte ich das nicht«, fuhr sie dann ernster fort. »Ich sprach von Jerbil. Ich erkenne ihn in dir wieder, obwohl ihr so verschieden seid. Was ich wiedererkenne, ist wohl das, was die Seele ausmacht.« Sie legte mir eine Hand auf die Brust. »Genau deshalb kannst du dich nicht verlieren. Anders als diese Seelenreiter trägst du nur eine Seele in dir … und die gehört ursächlich dir. Und was auch immer geschieht, das wird sich nicht ändern. Deshalb werde ich dich auch immer lieben können.« Sie stellte sich auf die Zehenspitzen und gab mir einen Kuss. »Dich«, sagte sie leise. »Egal welchen Namen du auch trägst oder welches Leben du auch lebst, ich werde dich lieben.«

»Danke«, erwiderte ich rau und hatte Mühe, dieses eine Wort herauszubekommen, so sehr schnürte es mir den Hals zu.

»Ich bin noch nicht fertig«, lächelte sie und holte tief Luft. »Sag mir, verstehe ich das richtig …«, sie warf einen schnellen Blick zu Zokora und Varosch hin, »… dass du weißt, was Seelenreißer dir gegeben hat?«

Ich nickte langsam.

»Ich denke schon«, sagte ich langsam. »Es fühlt sich so an … als ob ich nur danach greifen müsste. Es ist … es ist, als ob ich in einer großen Bibliothek stehe«, versuchte ich ihr zu erklären. »Mit all diesen Büchern … ich brauche sie nur herauszunehmen, um zu lernen, was in ihnen steht, und manchmal …« Ich schluckte. »Manchmal habe ich das Gefühl, als kämen sie mir unaufhaltsam näher, als ob ich keine Wahl hätte, als ob sie darauf bestehen, gelesen zu werden.«

»Doch du hast Angst davor«, stellte Zokora fest. »Selbst in deinen Träumen kämpfst du dagegen an.«

»Ist das ein Wunder?«, fragte ich sie aufgebracht. »Ich will diese Leben nicht leben, ich will nicht erfahren, wer sie waren, wer sie liebte, wen sie liebten, was sie zu dem Ort führte, an dem sie mir begegneten und von mir erschlagen wurden!«

»Götter!«, hauchte Serafine. »Kein Wunder, dass dich die Nachtpferde reiten!«

»Ja«, sagte die alte Enke und schaute mich nachdenklich an. »Davor würde sogar ich mich fürchten. Sag, Havald, glaubst du, dass dich die Götter ausgewählt haben, der Engel des Todes zu sein?«

Widerstrebend nickte ich. »Ja. Auch wenn ich es nicht wahrhaben will, zu vieles spricht dafür.«

»Dann glaubst du auch, dass dies das Schicksal ist, das sie für dich bestimmt haben?«

Ich lachte bitter. »Ich glaube, dass ich mich diesem Schicksal nicht fügen will!«

»Doch du glaubst, dass du in diesen … Büchern einen Weg finden kannst, wie wir die Priester davon abhalten können, das Grab zu öffnen?«

»Es braucht mein Schwert dazu. Solange sie es nicht haben, bleibt das Grab verschlossen.«

»Ja«, knurrte sie. »Es wurde ja auch noch nie eine Tür aufgebrochen, zu der der Schlüssel fehlte. Meinst du wahrhaftig, die Priester lassen sich davon aufhalten?«

Wohl eher nicht. Sie hätte es nicht fragen brauchen, das wussten wir hier alle.

Jetzt sah sie mich fast schon mitleidig an. »Wie lange wirst du brauchen, bis du dir eingestehst, dass es etwas ist, das du tun musst? Dass du die Bücher dieser Leben lesen musst, damit du zu dem wirst, zu dem die Götter dich bestimmt haben? Dir muss bewusst sein, dass du so, wie du jetzt bist, Kolaron Malorbian kaum entgegentreten kannst. Du würdest nicht einen Lidschlag lang gegen ihn bestehen.«

»Der Prophezeiung nach werde ich auf Seelenreißer enden«, erinnerte ich sie bitter. »Das würde ich nicht als gegen ihn bestehen bezeichnen.«

»Aber auch nur, weil du noch nicht herausgefunden hast, wie die Worte sich auslegen lassen«, sagte Zokora ruhig.

»Nur, weil du es ständig wiederholst, wird es nicht wahrer«, gab ich zurück, und sie schüttelte den Kopf.

»Ich irre mich nicht, Havald«, meinte sie bestimmt. »Aber das ist für später. Noch stehst du ihm nicht gegenüber. Doch jetzt und hier müssen wir die Priester daran hindern, ihrem verfluchten Nekromantenkaiser Zugang zu diesem Grab zu gewähren. Du weißt, was du tun musst, Havald. Du musst annehmen, was die Götter dir gaben, also höre auf, dich dagegen zu wehren!«

Ich schaute erst sie und dann die anderen verzweifelt an. »Ihr wisst nicht, was das bedeutet«, teilte ich ihnen mit. »Viele von denen, die ich erschlug, waren nur einfache Soldaten, die schlicht das Pech hatten, mir gegenüberzustehen … ich könnte es ertragen, ihr Leben nachzuleben, aber was ist mit den Seelenreitern? Den Priestern dieses verfluchten Gottes? Was sie in ihrem Leben taten, all die Grausamkeiten, die Blutsopfer, all das … ich will ihr Leben nicht erfahren, es nicht leben müssen! Ich will sie nicht verstehen, ich will nicht wissen, wie es dazu kam, dass sie solche Ungeheuer wurden, dass sie zu solchen Taten fähig waren! Das könnt ihr nicht von mir verlangen, selbst die Götter dürfen dies nicht von mir fordern, es ist zu viel!«

»Du hast recht, Havald«, sagte Zokora leise. »Es gibt nur einen, der dies von dir verlangen darf. Und das bist du.« Sie legte den Kopf schräg und sah mich fragend an. »Wie lange kämpfst du schon diesen Kampf, Havald?«

»Seitdem ich im Tempel des Soltar erwachte«, antwortete ich ihr und setzte mich auf einen der Trümmer, um den Kopf schwer in die Hände zu stützen. »Ich wusste nicht, wer ich bin, meine eigene Erinnerung hatte ich verloren, nur gab es diese anderen Erinnerungen, die mich bedrängten. Zwischen einem Blinzeln und dem nächsten konnte es geschehen, dass ich glaubte, jemand anderer zu sein, bis die nächste Erinnerung kam und ich erneut jemand anderes war. Und die ganze Zeit ... die ganze Zeit erzählte man mir, ich wäre der Engel des Todes ... ein Lanzengeneral des Reichs ... und ich wusste, dass dies nicht stimmen konnte ... bis ich mich an das nächste Leben erinnerte und dann das nächste ...« Ich hob den Kopf und sah sie verzweifelt an. »Vor allem davor hat mich Elsine gerettet«, sagte ich rau. »Verwundert es da, dass ich dachte, ihr einen Gefallen schuldig zu sein? Zumal dieser dem Kaiserreich nur nützen konnte?« Ich lachte bitter. »Wisst Ihr, wer es war, der sich mir aufzwängte, das Tor aufstieß? Dieser verdammte Ordun, der erste Seelenreiter, den ich jemals traf. Er sitzt in meinem Geist wie eine Klette, selbst jetzt höre ich ihn lachen! Soll ich ihn und all die anderen, die wahnsinnigen, die fanatischen Anhänger des dunklen Gottes, all die Mörder und Verbrecher, die ich in meinem Leben erschlagen habe, soll ich sie in meinen Geist lassen, ihr Leben leben, sagt mir, wie soll ich das ertragen? Und was ist mit jenen ...« Ich schluckte. »Was ist mit jenen, deren Leben ich nahm, die schuldlos waren? Oder nicht schuldiger als ich, die nur unter der falschen Flagge kämpften? Den Ehemännern und Vätern, die ihre Frauen und Söhne nie wiedersehen werden? Was ist mit der Schuld, die ich auf mich lud und nur vergessen will?«

»Die Schuld ist die deine«, sagte Zokora fast schon flüsternd. »Ob du sie vergessen willst oder nicht. So ist es bei jedem von uns, wir alle tragen unsere Schuld. Doch dies geht am Punkt vorbei, Havald«, fügte sie sanft hinzu. »Ich gab dir bereits recht, niemand kann dies von dir verlangen. Niemand. Niemand ... nur du selbst.«

Ich sah zu Serafine hin, die vor mir stand und mühsam

lächelte, während ihr die Tränen die Wangen hinabrannen. »Was auch immer du entscheidest«, kam es so leise von ihr, dass ich sie kaum hören konnte. »Ich stehe hinter dir.«

Ich sah sie lange an, schaute dann zu Varosch hin, der verhalten nickte, und Zokora, deren Blick mir wie üblich sagte, dass ich meine eigenen Entscheidungen treffen sollte, und letztlich zur alten Enke, die grimmig dreinschaute. Von irgendwoher hatte sie wieder ihr verdammtes Strickzeug ausgepackt, aber im Moment schien es vergessen, fast wäre es mir lieber, sie würde eifrig mit den Nadeln klappern, so gäbe es wenigstens mehr zu hören als nur meine verzweifelten Gedanken.

Mein Blick kehrte zu Serafine zurück.

»Wirst du es tun?«, fragte sie flüsternd während sich ihre Hände so fest ineinanderkrallten, dass ihre Knöchel weiß hervortraten.

Mir kam es vor, als wäre es einer dieser Momente, in denen die gesamte Weltscheibe stillstand.

»Ja«, sagte ich rau. Diesmal glaubte ich fast, den Ruck zu spüren, als sich die Scheibe wieder drehte.

Es war leicht. Um so vieles leichter, als ich gedacht hatte. So sehr hatte ich mich gequält, dagegen gesträubt, dass es mich fast enttäuschte, dass nichts von dem, was ich befürchtet hatte, eintrat.

Der Kampf, vor dem ich mich so sehr gefürchtet hatte, war schon lange ausgefochten. Jedes Mal, wenn Seelenreißer eine Seele zu den Göttern schickte und mir die ungelebten Jahre meiner Opfer übertrug, hatte er mir mehr gegeben, als ich hatte einsehen wollen. Jedes Mal hatte ich dagegen angekämpft, es nicht sehen, es nicht wissen wollen, mich dagegen verwahrt, all das zurückgeschoben, beiseitegeräumt und vor mir selbst versteckt.

Jetzt musste ich nichts weiter tun, als mir einzugestehen, dass es schon immer so gewesen war, dass all diese Schatten, Erinnerungen und Talente nur geduldig darauf gewartet hatten, dass ich sie anerkannte, akzeptierte, dass ich der war, der ich nie sein wollte und schon immer war. Verflucht von den Göttern, ein Schicksal anzunehmen, das niemand tragen sollte.

In der eisigen Kammer unter dem Gasthof zum Hammerkopf war ich mit den Göttern einen Handel eingegangen. Sie hatten ihren Teil erfüllt … dies war jetzt der Preis, den ich zu zahlen hatte.

Eine seltsame Ruhe kam über mich, als ich mich den Schatten öffnete, die ich in mir trug.

Es war nicht so, als ob sie mich übernehmen würden, die Geister meiner Vergangenheit. Vielmehr war es, als ob sie geduldig warten würden, bis ich sie fragte, was sie mich lehren konnten. Vor allem aber war es nicht notwendig, lange zu lernen, ihren Geschichten zu lauschen, ihr Leben zu leben. All die Gesichter, die ich hatte vergessen wollen, ihre Geschichten, ihr Leben, ihre Talente und Fähigkeiten, ich hatte sie nicht vergessen. Was sie mich lehren konnten, hatten sie mir schon beigebracht, auch wenn ich es vorher nie hatte wahrhaben wollen.

Vielleicht war es nur meine Einbildung, mein Wahn, aber oft kam es mir vor, als würden sie lächeln, hätten mir verziehen, dass ich sie aus ihrem Leben gerissen hatte. Vielleicht wollte ich es einfach auch nur glauben. Also tat ich es und hoffte, dass es so war. Das, dachte ich, als ich tief einatmete und meine Augen öffnete und meine Gefährten vor mir stehen sah, war nicht so schwer gewesen.

Was jetzt kam, war umso vieles schwerer. Dabei war das Lager der Priester noch das kleinste Problem, es wurde mir gelöst, noch während ich hier gestanden und mit den Göttern gehadert hatte. *»Ich habe mich immer gefragt, warum die Göttin mich hat leben lassen«*, sagte Ordun in meinen Gedanken, und ich hörte ihn dabei noch lachen. *»Jetzt habe ich es verstanden … es ist, damit nichts von dem, was ich gestohlen habe, verloren geht. Dein Problem ist, dass es in Wahrheit doch ein Nagel ist und tatsächlich einen Hammer braucht.« Und damit und mit einer ironischen Verbeugung trat sein Schatten zurück ins Dunkle. »Was mich angeht …«, hörte ich ihn noch flüstern, »kann ich nicht bereuen …«*

»Hat jemand ein Honigküchlein?«, hörte ich mich fragen, und als sie mich alle erstaunt anschauten, konnte ich nur verlegen mit den Schultern zucken, während in der Ferne ein Lachen zu hören war. »Ein Gedanke … nichts weiter…«

»Havald?«, fragte Serafine besorgt. »Ist alles gut mit dir?«

Ich nickte langsam.

»Wahrhaftig?«, fragte sie ängstlich.

Ich zog sie an mich heran. »Wahrhaftig«, sagte ich und gab ihr einen Kuss, den sie mit verzweifelter Leidenschaft erwiderte.

O Götter, dachte ich verzweifelt, warum muss ich auch sie aufgeben? Reicht es denn nicht, dass ich Leandra gehen lassen musste? Ich zog Serafine fester an mich und vergrub mein Gesicht in ihren Haaren, musste ich jetzt wahrhaftig auch noch sie verlieren? Doch es führte kein Weg daran vorbei, dies war das Schicksal, das die Götter mir zugedacht hatten, wollte ich nicht, dass sie mein Schicksal teilten, musste ich mich von ihnen lösen. Von Serafine und ihrer Liebe, von Zokora und Varosch, die mir mit ihrer Weisheit so oft den Weg gewiesen hatten, selbst von der alten Enke, deren Augen zu viel sahen.

»Ich weiß, dass man nicht stören sollte«, hörte ich Zokora sagen und öffnete die Augen, um sie vor mir stehen zu sehen, Hände in die Hüfte gestützt, beinahe, als ob sie sogleich ungeduldig mit dem Fuß wippen würde, nur dass sie so etwas ja nie tun würde. Götter, wie würde sie sie vermissen. »Aber weißt du nun, wie wir gegen diese Priester vorgehen können?«

Ich riss mich zusammen. Mein Schicksal, dachte ich. Nicht das ihre. Ich holte tief Luft und nickte.

»Und?«, fragte sie. »Willst du es uns nicht erklären?«

»Ihr kennt alle die Geschichte mit dem Hammer«, begann ich, doch Zokora schüttelte den Kopf.

»Sie ist einfach«, sagte die alte Enke. »Wenn man einen guten Hammer hat, denkt man, dass man jedes Problem mit diesem Hammer lösen kann. Nur ist dann nicht alles ein Nagel.«

Zokora hob die Augenbraue hoch. »Natürlich nicht.«

»Eben«, meinte Varosch.

Sie sah fragend zu ihm hin. Der lachte. »Ich erkläre es dir in Ruhe«, meinte er. »Später.«

»Aber ich will es jetzt wissen«, ging Serafine dazwischen und wandte sich an mich. »Was meinst du damit?«

Ich seufzte. »Es braucht einen Hammer. Wollen wir verhindern, dass dieses Grab geöffnet wird, führt kein Weg daran vorbei, dass auch Unschuldige sterben werden.« Ich schluckte. »Das ist der Preis. Das ist auch der Preis in diesem Krieg. Deswegen war ich so unwillig zu entscheiden, denn jede meiner Entscheidungen wird Unschuldigen das Leben kosten. Und vielleicht auch mehr.«

»Damit hast du schon immer gehadert«, meinte Varosch bedauernd. »Hilft es dir, wenn ich dir sage, dass uns dieser Krieg aufgezwungen wurde? Dass nun das Beste, das du tun kannst, nur noch darin besteht, abzuwiegen, wo und wie die Verluste am geringsten gehalten werden können?«

»Nein«, erwiderte ich rau. »Das hat noch nie geholfen.«

Etwas zog an meiner Aufmerksamkeit, und ich sah mich verstohlen um. »Ich weiß nicht, ob uns Aleyte in die Irre führen wollte. Doch ich bezweifle, ob diese Dunkelelfen dort sind, wo er behauptet, denn im Moment bewegt sich Seelenreißer gerade langsam auf uns zu.«

Azaras

19 Vielleicht ist es einfacher, Geduld zu haben, wenn man über eine Lebensspanne verfügt, die in Jahrhunderten gemessen wird, das mochte die Erklärung sein, warum sie sich so viel Zeit ließen, doch mir fiel es schwer, ruhig zu liegen. Draußen war bereits die Sonne aufgegangen, vielleicht lag es daran, auch Zokora kämpfte lieber in der Nacht.

Es dauerte Ewigkeiten, bis ich den ersten der Dunkelelfen sah, nur dass ich ihn weniger sah als vielmehr erahnte. Hier, in dem Versteck, das Zokora für uns gefunden hatte, war es noch immer dunkel, das Lagerfeuer, an dem Varosch in sich zusammengesunken saß, war bis auf die Glut herabgebrannt und ließ selbst die Schatten nur ungewiss erscheinen.

Lange verharrte der Krieger dort, dann bewegte sich

etwas links von ihm, drängte sich an den Resten der Kellerwand entlang bis zu einer Stelle, von der aus man unser Lager einsehen konnte.

Wir hatten eine lange Nacht gehabt, es war verständlich, dass wir schliefen, auch Varosch schien nur zu dösen, mehr seinen eigenen Gedanken nachzuhängen, als aufmerksam seine Wache zu halten.

Dennoch geschah lange nichts, so lange, dass ich schon befürchtete, mir die Bewegung in den Schatten eingebildet zu haben, doch dann fühlte ich Zokoras Hand auf meinem Arm, ihre Augen schimmerten gerade genug, dass ich sehen konnte, wie sie den Kopf schüttelte.

Da selbst ein leises Flüstern uns hätte verraten können, nickte ich nur und wartete weiter.

Doch dann ging es sehr schnell. Ich hörte ein leises »Pfft«, und das Sirren von Bogensehnen, der Blasrohrpfeil traf Varosch am Hals, er zuckte zusammen und griff danach, um gleich darauf seitlich wegzukippen, während die schwarzen Pfeile in unsere Körper einschlugen, die, in Decken eingewickelt, nahe dem Feuer lagen.

Während wir uns im Todeskampf aufbäumten, sah ich zum ersten Mal einen der Angreifer richtig, er sprang aus dem Schatten hervor, rannte zu unseren Lagern und wollte uns mit Seelenreißer den Todesstoß versetzen.

Um dann langsam in sich zusammenzufallen. Noch bevor er auf den Boden aufschlug, schoss Zokora schon den zweiten Pfeil aus ihrem Blasrohr ab und fast noch im gleichen Lidschlag ihren dritten.

Sie nickte zufrieden, steckte ihr Blasrohr wieder ein und stand auf, während die alte Enke mit einer Geste ein magisches Licht erschuf, das unser Versteck hell ausleuchtete, und in einer weiteren Geste das Feuer wieder aufflammen ließ.

Was eben noch so überzeugend Varosch gewesen war, entpuppte sich nun als eine zusammengeschnürte Decke.

»Manchmal«, nickte die alte Enke sichtlich zufrieden, »sind Illusionen doch zu etwas nutze.«

»Havald«, sagte Zokora lächelnd, die an den Elfen herangetreten war, der meine Bettrolle erstochen hatte. »Wolltest du nicht Seelenreißer wieder an dich nehmen?«

Es war nur wenige Tage her, doch für mich fühlte es sich an, als wäre eine Ewigkeit vergangen, seitdem ich ihn das letzte Mal in den Händen gehalten hatte. Erleichtert zog ich das kaiserliche Schwert aus der Scheide und tauschte es endlich wieder gegen Seelenreißer aus, um mir dann neugierig anzuschauen, wer Zokoras heimtückischem Blasrohr diesmal zum Opfer gefallen war.

Ihr Gift lähmte nur den Körper, nicht die Sinne, ich wusste, dass der Elf mich sehen konnte, als ich mich über ihn beugte.

»Das ist mein Schwert«, teilte ich ihm mit. »Es war ein Fehler, es zu stehlen.«

Es überraschte mich nicht, dass er mir keine Antwort gab.

»Bah«, meinte Zokora abfällig. »Du solltest dich schämen, dass es ihm gelang. Das sind nur Kinder, sie wären besser aufgehoben, in ihren Höhlen Spinnen zu melken, als sich wie Krieger aufzuspielen!«

Der Blick, den der dunkle Elf ihr zuwarf, war voller Empörung. Doch von Blicken hatte sich Zokora noch nie berühren lassen, er prallte an ihr ab.

»Ich habe Hunger«, stellte sie fest und sah Serafine an. »Was gibt es zu essen?«

»Warum schaust du mich an?«, begehrte Serafine auf.

Zokora blinzelte überrascht. »Weil du nicht willst, dass jemand anderes kocht.«

Die alte Enke lachte leise. »Da hat sie dich«, grinste sie.

»Und was ist mit Euch?«, fragte Serafine ungehalten.

Enke weitete ihre Augen. »Du willst, dass eine Hexe für euch kocht?«

Serafine gab es auf. »Hase«, knurrte sie. »Es gibt Hase. Was denn sonst.«

Während wir darauf warteten, dass Zokoras Gift in seiner Wirkung nachließ, sah ich mir unsere Gefangenen genauer an. Es waren unzweifelhaft dunkle Elfen, und doch konnte ich Unterschiede zu Zokoras Stamm erkennen. Wenn es etwas gab, das unsere Freundin außer ihrer schwarzen Haut auszeichnete, dann war es die Feinheit ihrer Gesichtszüge, ihre unvergleichbare Eleganz, ihre nahezu majestätische Art, die Zokora so unverkennbar machte.

Auch die Gesichter unserer Gefangenen waren feiner gezeichnet als die eines Menschen, mein Gesicht musste fast grobschlächtig dagegen wirken, doch im Vergleich zu Zokora oder auch Varosch, dessen Körper einem anderen Stamm der Dunkelelfen angehören musste, schienen sie mir … wilder. Unfertiger.

Das Gleiche konnte man von ihrer Kleidung und ihren Lederrüstungen behaupten, weitaus besser gearbeitet, als man es von Menschenwerk kannte, aber weit von dem entfernt, was ich sonst als Elfenarbeit kannte.

Nur die von Hass glühenden Augen entsprachen dem, was ich erwartet hatte.

Noch bevor das Gift in seiner Wirkung nachließ, hatte sich Zokora unseren Gefangenen als Zokora von Ysenloh vorgestellt, als Priesterin der Solante und Königin ihres

Volks und sich auf eine Tradition der Verhandlung berufen, die, wie sie mir vorher erklärt hatte, darauf hoffen lassen konnte, dass wir unsere Gefangenen nicht erschlagen mussten.

Demzufolge waren die Gefangenen nur leicht gefesselt, selbst ich hätte mich dieser Fesseln in wenigen Lidschlägen entledigen können.

Meinem Gefühl zufolge musste es schon nach Mittag gewesen sein, als sich der Erste der Gefangenen regte. Er richtete sich auf, streifte sich langsam die Fesseln ab und bedachte Zokora mit einem mörderischen Blick. Um dann in ihrer Sprache etwas zu sagen, das sich nicht sonderlich freundlich anhörte.

»Nicht jeder spricht unsere Sprache«, maßregelte Zokora ihn gelassen, auch wenn dies für mich nicht mehr galt, und spielte mit Furchtbanns Griff, der blank gezogen quer über ihren Beinen lag. So, wie sie dort hockte, konnte sie schneller aufspringen und zuschlagen, als man blinzeln konnte, ich nahm an, dies war auch dem dunklen Elf bewusst. »Wenn du mich beleidigen willst, dann tue es so, dass dich jeder versteht.«

»Mein Name ist Azaras«, sagte der Elf in einem rauen Akzent, der mir in den Ohren schmerzte, und sah zu uns anderen hin. »Ich nannte sie und diesen hier«, sein glühender Blick spießte Varosch auf, der ungerührt seine Fingerspitzen über das polierte Holz seiner Armbrust gleiten ließ, die gespannt und wie zufällig auf unsere Gefangenen ausgerichtet war, »Verräter und sie eine Lügnerin. Jeder weiß, dass das Geschlecht Ysenloh noch während der Götterkriege von den Verfluchten bis ins letzte Glied ausgerottet wurde!«

Zokora sagte nichts dazu, dafür griff sie unter ihren Umhang und nahm einen Beutel heraus, während sich die beiden anderen Elfen ebenfalls langsam wieder zu regen begannen. »Ihr habt die Wahl«, sagte sie ruhig. »Ihr könnt einen ehrenhaften, aber zugleich dummen und nutzlosen Tod im Kampf suchen oder uns anhören.« Sie warf Azaras den Beutel zu. »Die Namensrunen deines Bruders und deiner Schwestern.«

Er leerte den Beutel in seine offene Hand, um ungläubig die Kartusche von Jarana okt Talisan anzustarren.

»Wenn du die Tochter Talisans erschlagen hast, wird dich nichts retten können«, zischte Azaras und spannte sich. Auch die beiden anderen Gefangenen sahen aus, als wollten sie sich wieder aller Vernunft auf Zokora stürzen. »Sie hat ihre Mörder selbst gerichtet«, sagte Zokora ruhig. »Wir fanden sie in Eis gefangen und haben sie in Ehren bestattet. Da sie deinem Stamm angehört, solltest du ihren Ehrenstein zu ihrem Volk zurückbringen. Talisan war einst mit Askir verbündet, so wie mein Volk es jetzt auch ist. Dies …«, sagte sie und wies auf mich, »… ist Lanzengeneral Roderik von Thurgau, Befehlshaber der zweiten Legion des Kaiserreichs Askir. Ihr habt einen Verbündeten angegriffen.«

Azaras schnaubte verächtlich. »Das ist schon wieder eine deiner dummen Lügen.« Wutentbrannt starrte er mich an. »Dieses Schwert steht dir nicht zu!«

»O doch«, sagte Zokora leise. »Denn er ist der Hüter der Schatten.«

Das war der Name, den die Elfen Seelenreißer gegeben hatten. Das wusste auch Zokora. Scheinbar wusste sie sogar mehr, als ich dachte, denn der Elf schaute mich nun staunend an.

»Du lügst«, wiederholte er, doch diesmal ohne Überzeugung.

»Das nächste Mal, wenn du mich eine Lügnerin

nennst, schneide ich dir deine Zunge heraus«, sagte Zokora freundlich. Sie lächelte schmal. »Havald«, bat sie mich, »ziehe Seelenreißer blank, halte ihn hoch und lasse ihn leuchten.« Es schien mir fast, als wäre mein Schwert begierig darauf, so einfach ließ es sich zum Leuchten bringen, nur dass es diesmal nicht ein fahles Schimmern war, sondern ein Strahlen, das fast so hell war wie Enkes magisches Licht.

Als sein Leuchten verebbte und ich Seelenreißer wieder in die Scheide schob, lagen drei dunkle Elfen bäuchlings vor mir auf dem Boden. Doch was mir noch mehr zu denken gab, war die Genugtuung, die ich für einen Lidschlag lang in Zokoras Antlitz erkennen konnte.

»Du hast mir nicht alles gesagt«, meinte ich etwas später vorwurfsvoll zu Zokora, während unsere ehemaligen Gefangenen unsere mageren Vorräte in sich hineinschaufelten, als hätten sie seit Tagen nichts gegessen. Was wahrscheinlich der Fall war.

Sie lächelte leicht. »Da ›alles‹ ein sehr weit umfasster Begriff ist, wirst du damit recht haben. Du hast manche Fragen nicht gestellt, Havald«, fuhr sie ernster fort. »Und für manche Antworten war nicht die rechte Zeit, zudem war ich mir lange selbst nicht sicher.«

»Dann erkläre mir, weshalb ich der Hüter der Schatten bin und nicht Seelenreißer. Wieso sie vor mir in den Staub gefallen sind.«

»Seelenreißer hat die Schatten gehütet, jetzt tust du es«, sagte sie ruhig. »Du hättest es vorher nicht hören oder glauben wollen. Havald«, fuhr sie leiser fort. »Seelenreißer und du … ihr seid in mancher Hinsicht nicht mehr voneinander zu trennen. Dieses Schwert war schon für dich bestimmt, als es geschmiedet wurde.«

»Ich dachte, die dunklen Elfen hätten es für Omagor geschmiedet?«

»Das dachten sie auch«, lächelte Zokora. »Wir sprechen ein anderes Mal darüber, Havald, diese drei werden uns nicht davonlaufen.« Sie wies in die Richtung, in der das Lager der Priester lag.

»Gab es nicht etwas, das du tun wolltest?«

»Bevor du das tust«, unterbrach uns Serafine, »solltest du wissen, dass Azaras, Velkon und Distir hier sind, um ihre Schwester zu retten, die den Priestern Omagors als Übersetzerin für die Inschriften dient.« Sie holte tief Luft. »Azaras und die anderen wollen dich begleiten.«

Ich schüttelte den Kopf. »Das kommt nicht infrage.«

»Wir sind kein Stamm im eigentlichen Sinn«, erklärte Azaras, als er an meiner Seite über den mit Trümmern übersäten Platz schritt. »Wir sind die Nachfahren der Nachtfalken, die Solante nicht verraten haben. Talisan glaubte nie daran, dass die Kaiserin gestorben wäre, und er führte uns bis hin nach Thalak, wo wir sie in magischen Ketten gebunden vorfanden, blind, verkrüppelt und entstellt … und es stand außerhalb unserer Macht, sie zu retten.«

»Wie lange sind du und deine Gefährten schon unterwegs?«, fragte ich ihn.

»Monate«, antwortete er und zuckte mit den Schultern. »Man verliert das Zeitgefühl.«

»Wir konnten Kaiserin Elsine befreien«, teilte ich ihm mit. »Hättet ihr uns angesprochen und nicht überfallen, hättet ihr sie kennenlernen können. Sie ist diejenige, die Delgere helfen will, die Kor in eine geeinte Zukunft zu führen.«

»Das hätte Talisan erfreut«, meinte Azaras ohne sichtliche Regung. »Er hat es stets bedauert, dass wir nichts für sie tun konnten. Doch so hart es für ihn auch gewesen sein mochte, sich das einzugestehen, fand er eine andere, wichtigere Aufgabe für uns. Die, den Feind zu unterwandern, seine Geheimnisse zu erfahren, alles für den Tag vorzubereiten, an dem Askannon seine Legionen nach Thalak führen wird, um seine Kaiserin zu retten.« Er wies zu dem Lager hin, wo die Soldaten auf dem Tor uns bereits entdeckt hatten. »Deshalb ist unsere Schwester Vianka so wichtig für uns. Ihr gelang es, sich als Ratskonkubine in den engeren Kreis der Berater des Kaisers einzuschleichen. Nur wurde es ihr zum Verhängnis, dass sie die alten Schriften lesen konnte. Die Priester wissen nicht, wer sie in Wahrheit ist, für sie ist sie nur eine Sklavin, die ihnen die Schriften übersetzt. Wenn wir sie verlieren, verlieren wir alles, was Vianka in den letzten zwanzig Jahren über unseren Feind herausgefunden hat. Finden die Priester heraus, wer sie in Wahrheit ist …« Er tat eine hilflose Geste. »Dann gefährdet es alles, für das Talisan und wir in den letzten Jahrhunderten so gelitten haben.« Er lächelte schief. »Abgesehen davon ist sie meine Geburtsschwester, und ich will sie nicht verlieren.« Er sah zum Tor hin, wo die Soldaten ihre Bögen spannten oder Kreuzbögen zum Schuss ansetzten. »Willst du nicht etwas unternehmen? Sie werden gleich auf uns schießen.«

»Ich unternehme bereits etwas«, sagte ich und griff meinen Stab fester. »Sag, Azaras, wie alt bist du?«

Er lächelte etwas verlegen. »Hundertundzwölf. Nach Vianka bin ich der Älteste von uns. Für uns ist das ein stattliches Alter, wir haben die Angewohnheit, jung zu sterben … viele gibt es von uns nicht mehr.«

Das mochte erklären, warum er und seine beiden Gefährten so gar nicht dem Bild entsprachen, das ich mir von dunklen Elfen gemacht hatte. Wobei ich zugeben musste, dass es hauptsächlich von Zokora geprägt worden war, deren fast übernatürliche Ruhe ich genauso bewunderte, wie ich sie manchmal dafür auch hassen konnte. Im Vergleich zu ihr war Azaras ein Hitzkopf; wo sie nüchtern überlegte, neigte er dazu voranzustürmen. Es wunderte mich kaum, dass es keine halbe Kerzenlänge gebraucht hatte, bis diese drei den Boden verehrten, auf dem Zokora ging. Was nur zeigte, dass Zokora selbst für eine dunkle Elfe außergewöhnlich war.

So mussten sich die Götter fühlen

20 Eine Wolke von Pfeilen flog in unsere Richtung, und Azaras verspannte sich, auch wenn er tapfer weiterging. »Sie werden uns verfehlen«, teilte ich ihm beruhigend mit. So war es auch, der Pfeil, der uns am nächsten kam, lag immer noch drei Schritt zu kurz.

Ein kleiner Trick, ein Talent, das ich nun mein Eigen nannte. Es hätte mich erschrecken sollen, wie leicht es mir fiel, den tödlichen Pfeilhagel abzuwehren, doch so war es nicht, vielmehr fühlte ich eine grimmige Genugtuung.

So mussten sich die Götter fühlen, dachte ich, als wir unbeirrt weitergingen, auch wenn es Azaras sichtlich schwerfiel, sich von dem Pfeilhagel unbeeindruckt zu zeigen. Die Götter oder Elsine und die alten Eulen. Oder der Verschlinger.

Vielleicht war es doch wahr, dass Macht einem den

Charakter verdarb, denn ich musste zugeben, dass ich eine gewisse Genugtuung verspürte, als sich Unruhe unter den Soldaten auf dem Tor breitmachte; zu lange waren wir gezwungen gewesen, nur auf das zu reagieren, was Kolaron Malorbian uns entgegengeworfen hatte. Aber hier und jetzt war ich es, der entschied, was nun geschehen würde!

Ich verstand nun auch, weshalb Seelenreiter so nach den Seelen ihrer Opfer gierten, es war verführerisch, mit Leichtigkeit Dinge tun zu können, die andere niemals für möglich erachtet hätten.

Das Schlimmste war, dass ich mir nicht sicher sein konnte, ob ich selbst imstande gewesen wäre, der Versuchung der Nekromantie zu widerstehen, ein Gedanke, den ich schnellstmöglich wieder verbannte, bevor er mich zu sehr von meinem Vorhaben ablenken konnte.

Die Festung der Titanen lag weit von jedem Strang des Weltenstroms entfernt, für einen Maestro gab es nicht viel, auf das er zugreifen konnte, doch es war genug für mich. Eine Welle von Magie raste auf das Tor des priesterlichen Lagers zu, ließ es in seinen Angeln erzittern und fegte zugleich ein halbes Dutzend Soldaten von dem roh zusammengezimmerten Wehrgang hinunter. Die nächste Druckwelle ließ es bersten.

Ich hörte die Hornsignale des Alarms, raue Stimmen, die Befehle schrien, aber meine nächste Geste fegte fast ein Dutzend gegnerische Soldaten von den Beinen und ließ sie haltlos über den Boden rollen, als wären es nur Puppen.

Wieder fiel eine Wolke von Pfeilen auf uns herab, wieder verfehlte sie uns, und diesmal bediente ich mich eines Tricks, eines Zaubers, den der Nekromantenkaiser mir selbst auf dem Kronrat vorgeführt hatte, und schickte dem Windstoß eine Welle von Angst, Panik und Verzweiflung hinterher.

Einer der Priester trat mit wutverzerrtem Gesicht aus seinem Zelt heraus und hob die Hände an, um mir einen Strahl von schwarzem Rauch entgegenzuschicken, doch Seelenreißer hatte genügend dieser dunklen Priester erschlagen, sodass mir der Zauber bekannt war … und alleine dadurch schon viel von seinem Schrecken verlor. Ein Gedanke, eine Geste, ein Zupfen an einem Faden der Magie reichte aus, um dem Priester seinen eigenen Zauber entgegenzuschicken, sodass er gezwungen war, ihn fallen zu lassen, was mir Zeit gab, ihn in dieses goldene Netz einzuhüllen und zu mir heranzuziehen, wo Seelenreißer bereits auf ihn wartete.

Noch während seine Seele schreiend zu seinem unheiligen Gott gezogen wurde, nahm ich von ihm das Wissen, das ich brauchte.

Ein einziges Talent, dachte ich beeindruckt, nur ein Talent, das verhinderte, dass ein Angriff aus der Ferne einen treffen konnte … Götter, was machte es für einen Unterschied!

»Dort«, rief Azaras und deutete auf eine Sklavin, die sich gerade hinter einer umgestürzten Tonne in Sicherheit bringen wollte. Wieder sandte ich das goldene Netz aus, doch diesmal achtete ich darauf, dass es sich nicht zu fest zuzog und aus Versehen ihre Knochen brach. Während sie noch zu uns hinüberschwebte, warf ich mit einer anderen Geste gut zwei Dutzend Soldaten zu Boden und ließ sie an der Panik teilhaben, die ich im Lager so freizügig verteilte.

»Solante sei Dank, du lebst!«, rief Azaras, als er der verwirrten Dunkelelfe auf die Beine half. »Du musst mit mir kommen, greife meine Hand!«

Sie sah uns nur mit großen Augen an, während um uns herum Pfeile einschlugen und einer der Priester einen Blitz nach mir warf, den ich einfing und in eine silbrige Kugel verwandelte, die ich über meiner Schulter schweben ließ. Die Magie darin kam mir gerade recht, ich konnte sie gebrauchen.

Als Vianka noch immer nur sprachlos starrte, packte Azaras sie, und ich suchte nach der Hexe Enke, die in unserem Lager gebannt auf die Oberfläche ihres Tees schaute, um zu verfolgen, was gerade hier geschah.

Bereit?, fragte ich sie, sie nickte, und ich griff nach der silbrigen Schnur, die sich nun zwischen Enke und mir spannte, zog die Fäden auf und warf mit einer entschlossenen Geste die beiden dunklen Elfen durch den Spalt, der sich vor uns auftat und so schnell wieder schloss, als wäre er nie gewesen.

Ich sah noch, wie die beiden Elfen hart neben Enke auf dem Boden aufschlugen, dann wandte ich mich dringenderen Dingen zu, etwa den drei Priestern, die gerade am Tor zu der Rampe aufgetaucht waren, die in die Tiefe und vielleicht zum Grab des dunklen Gottes führte.

Einer dieser Priester hielt einem unglücklichen Sklaven seinen Dolch an die Kehle, sah meinen Blick auf ihm ruhen und zog mit einem gehässigen Lächeln dem Sklaven den Dolch durch die Kehle. Blut spritzte und schien noch in der Luft zu verschwinden; in meiner Sicht der Magie sah ich, wie der Priester es auffing und wie Garn aus einem Bündel Wolle seinen Zauber daraus spann; Blutmagie, ohne Zweifel die verdorbenste und zugleich mächtigste Art, einen Zauber zu wirken.

Ich dankte den Göttern dafür, dass ich nicht wissen musste, wie derjenige, dessen Wissen ich nun nutzte, dazu gekommen war. Es reichte, dass ich den Zauber verstand, der sich mir wie ein vielschichtiger Knoten darstellte, den der Priester gerade für sich spann.

Ich hatte zuvor gedacht, es ginge nur um das Blut, das diese Art von Magie so verpönt machte, doch es war mehr, weit mehr, denn nun konnte ich sehen, dass es die Seele des Opfers war, die diesem Zauber seine Kraft gab. Für Ekel und Abscheu war allerdings keine Zeit, der Priester hatte seinen Zauber fast schon zu Ende gewoben. Doch Magie war ein empfindliches Ding, der kleinste Fehler konnte alles zunichtemachen, ein Fehler oder jemand wie ich, der an einem Faden zupfte, noch während man einen anderen spann …

Der Faden riss … und der Zauber entlud sich dort, wo die drei Priester standen, riss sie in Stücke und hüllte den Eingang zur Rampe in einen blutigen Nebel.

Das also hatte er mir zugedacht, stellte ich grimmig fest, als ich unbeirrt einen Fuß vor den anderen setzte.

Aus den Augenwinkeln und auch in der Sicht der Magie, über die ich nun verfügte, sah ich Zokora und Varosch links von mir über die Mauer klettern. Ein Soldat hatte sich dort hinter ein paar Kisten versteckt, denselben Kisten, die mir gestern Nacht Deckung geboten hatten, doch als er aufschreckte und herumwirbelte, stand Zokora bereits da, zog ihm ihren Dolch durch die Kehle und ließ ihn überraschend sanft zu Boden gleiten. Varosch hatte die Tür der Artefaktekammer bereits erreicht, jemand hatte seit letzter Nacht die Tür dort mit neuen Brettern verstärkt und eines dieser schweren, unhandlichen Vorhängeschlösser angebracht, ein Schlag mit dem Schaft seiner Armbrust ließ es aufspringen, und einen Lidschlag später waren beide bereits in der Kammer verschwunden. Ich hoffte nur, dass sie den Schädel dort noch vorfinden würden.

Ich ging weiter und sah, wie sich die Sklaven in ihrem Lager duckten oder flach auf den Boden legten, viel Deckung gab es dort nicht zu finden, wenigstens konnte ich erleichtert aufatmen; keiner der Soldaten war auf die Idee gekommen, die Sklaven als Geiseln zu verwenden.

Der Grund fand sich in dem Wissen des Priesters, den ich eben erschlagen hatte, keiner der schwarzen Soldaten hätte auf Geiseln Rücksicht genommen, Gleiches vermuteten sie von uns, deshalb hatten sie es erst gar nicht versucht.

Doch während ich langsam auf den Eingang zu der Tunnelrampe zuging, zogen sich auch die schwarzen Soldaten vor mir zurück, kein Pfeil flog mehr in meine Richtung, auch die überlebenden Priester waren nirgendwo zu sehen. Für einen langen Moment kehrte auf diesem Schlachtfeld Stille ein, nur von einem fernen »Kraha!« unterbrochen. Ich blickte auf und sah dort oben Konrad seine Kreise ziehen.

Langsam ging ich weiter und erreichte den Eingang zur Rampe. Dort fand ich mich einer Gruppe Soldaten gegenüber, doch diese dachten nicht daran, mir Widerstand zu bieten, vielmehr gingen sie vor mir auf die Knie, senkten ihre Köpfe und legten ihre Waffen vor sich auf den staubigen Boden.

Ich sah die Rampe hinter ihnen hinab, die etwa siebzig Schritt weit steil in die Tiefen der Festung der Titanen führte, nur Dunkelheit erwartete mich dort unten. Dann wies ich auf den Sergeanten, der die kleine Truppe anführte. »Sag mir, warum du die Waffen niederlegst«, befahl ich ihm.

»Ser«, antwortete er, ohne vom Boden aufzusehen. »Wir haben Befehl dazu erhalten. Es ist nicht mehr unser Kampf, der, den Ihr sucht, erwartet Euch am Fuß der

Rampe! Ser!« So, wie er zitterte, erwartete er wohl einen tödlichen Streich von mir, doch auch wenn ich mir vorgenommen hatte, nicht durch falsche Rücksicht unser Vorhaben zu gefährden, war es mir dennoch zuwider, jemanden zu erschlagen, der sich ergeben hatte, also sandte ich nur ein magisches Licht vor mir die Rampe hinab ... um zuzusehen, wie die Dunkelheit am Fuß der Rampe es aufsaugte und verlöschen ließ. Ein Trick, den ich von Zokora bereits kannte.

»Geht«, wies ich die Soldaten an und deutete zum Eingang hin, was sie sich nicht zweimal sagen ließen, rasch griffen sie ihre Waffen und rannten hinaus.

Was geschieht?, hörte ich die alte Enke fragen. *Konrad sagt, alle haben sich von dir zurückgezogen und scheinen nur noch abzuwarten.*

Ich weiß es nicht, gab ich ihr Antwort, während ich Seelenreißer und meinen Stab fester griff, erneut ein magisches Licht beschwor und langsam die Rampe hinunterging. *Doch ich denke, wir werden es bald herausfinden.*

Fass, Hündchen, fass!

21 Während ich langsam in die Tiefe hinabstieg, bewunderte ich die glitzernden und schimmernden Strukturen in dem grünen Glas, aus dem Wände, Decke und Boden der Tunnelrampe gefertigt waren. In unseren Legenden waren die Titanen stets als ungeschlacht und dumm dargestellt worden, mächtig zwar, doch den Göttern, die sie herausgefordert hatten, letztlich unterlegen.

Was sie hier allerdings hinterlassen hatten, stand an Kunstfertigkeit selbst den Elfen kaum nach, und mir schien, als ob dort, wo ich meine Füße aufsetzte, ein Schimmern durch die goldenen Strukturen und Stränge huschte und die Kristalle, die so tief in dieses grüne Glas eingebettet waren, hier und da glimmen lassen würde.

Die Dunkelheit, die sich nun vor mir auftat, war in der Art, wie auch Zokora sie heraufbeschwören konnte, jetzt, da ich verstand, wie sie es tat, war es ein Leichtes, sie aufzulösen. Ich hob den Stab, doch es war nicht nötig, etwas zu tun, sie verschwand von selbst und offenbarte mir einen von gläsernen Säulen getragenen kreisrunden Raum, an dessen Wänden in goldenen Reliefs das Leben der Titanen dargestellt wurde. Mir gegenüber, auf der anderen Seite, befand sich ein Tor, bestimmt zehn Schritt breit und zwei Mannslängen hoch, das in der Mitte, wo die beiden Torhälften in einer hauchfeinen Linie aufeinandertrafen, ein goldenes Siegel trug, das mir überraschend bekannt vorkam.

Ein solches Siegel befand sich in der Thronratskammer hinter dem Thron des Kaisers, das letzte Mal, als ich es gesehen hatte, war gerade der Dieb Wiesel daran verzweifelt.

Was nur bedeuten konnte, dass der ewige Kaiser diesen Ort bereits vor langer Zeit gefunden haben musste. Götter, fluchte ich in Gedanken, wie viele Geheimnisse, die wir erst mühsam lüften mussten, hütete dieser verdammte Mann, der mich mit seinem verfluchten Ring in dieses Spiel gezwungen hatte?

Doch auch wenn die Liste der Fragen, die ich an ihn hatte, mit jedem Atemzug nur länger wurde, war jetzt nicht die Zeit, über ihn zu grübeln, mochte er seine Geheimnisse ruhig weiter hüten, jetzt stand mir ein anderer gegenüber, der mich ansah und dabei traurig den Kopf schüttelte.

»Wisst Ihr, wie unerträglich es war, Arkin den Tee einzuschenken und zusehen zu müssen, wie Ihr die einzige Gelegenheit verschwendet habt, die sich mir in all den Jahrtausenden geboten hat?«

»Ihr solltet mir vertrauen, Aleyte«, gab ich ruhig zurück. »Der Fluch wird Euch nicht mehr lange binden.«

»Es ist zu spät, Havald«, sagte er und schien es wahrhaftig zu bedauern. »Ich weiß nicht, was genau Ihr dem Hohepriester angetan habt, doch es rief jemand anderen auf den Plan, jemand, der begierig darauf ist, Euch wiederzusehen.«

Er sah zur Seite hin, wo nun die Luft schimmerte und ein Jüngling von unvergleichlicher Schönheit und grausamen Augen aus dem Nichts hervortrat. Zugleich erfasste mich diese Art von schrecklicher Lähmung, die ich das erste Mal durch Ordun erfahren hatte und die mich seitdem in meinen Albträumen verfolgte. Dass ich nun verstand, wie er es tat, änderte nichts daran, hilflos musste ich zusehen, wie mich unser schlimmster Feind nun spöttisch begrüßte.

»Havald, der Wanderer. Oder auch Lanzengeneral von Thurgau, Streiter des Kaiserreichs, Engel des Todes und ein immerwährender Dorn in meiner Seite«, sagte er mit einem schmalen Lächeln. »Es ist eine Weile her, dass wir uns gesehen haben … ich hoffe, Ihr habt Euch gut von Eurem Tod erholt?«

Gab ich mir Mühe, konnte ich mit meiner neuen Sicht der Magie unter seiner Maske die schlaffen Gesichtszüge des Hohepriesters erkennen, dessen Kleider er noch immer trug. Natürlich, dachte ich grimmig. Was war einfacher für den Herrn der Puppen, als sich einen Priester zu nehmen, dessen Seele ich vernichtet hatte. Es war uns schon immer bekannt gewesen, dass die Priester und der Nekromantenkaiser über eine Verbindung zueinander verfügen mussten, wahrscheinlich hatte er das Schicksal seines Priesters bemerkt.

Dann hatte er sich den Körper als Puppe übergezogen und am Ort des Geschehens ausgerechnet das vorgefunden, was weder Arkin noch wir in seinen Händen hatten sehen wollen: den kristallenen Schädelstein, den er nun hochhob, um ihn bewundernd zu betrachten.

»Bemüht Euch nicht, Ser Roderik«, meinte er mit seiner weichen Stimme. »Arkin hat mir bereits alles erzählt, was sich zugetragen hat. Er schenkte mir, was ich mir bereits nahm, doch auch das hätte sein Leben nicht retten können … nur bewies er mir, dass es unklug von mir wäre, auf seinen scharfen Verstand zu verzichten.« Er lächelte und zeigte blendend weiße Zähne. »Er ist wahrhaftig ein gerissener Fuchs, all dies«, er tat eine Geste, die die Festung der Titanen einschloss, »ist allein sein Werk, er ist es, der Euch hierherführte, und es wäre in der Tat töricht, ihn nicht gewähren zu lassen. Nur mit einem kleinen Unterschied …«, fügte er grimmig hinzu, »der darin besteht, dass ich diesen Schädel nun halte und der Verschlinger nun mein Diener ist.« Er nickte zu Aleyte hin.

»Nur zu«, bat er den Verschlinger heiter. »Erzählt Eurem … *Freund* von Arkins Plan.«

»Er ist einfach«, sagte Aleyte tonlos. »Ich werde Euch verschlingen und in Eure Haut schlüpfen. Ihr werdet der Sieger sein, der Held, der den Verschlinger besiegte, doch in Wahrheit gebe ich nur Eure Rolle, während Arkin mir die Anweisungen gibt, die dazu führen werden, dass Ihr die Schlacht und den Krieg verliert.« Er schüttelte bedauernd den Kopf. »Ihr seht, Ihr habt die einzige Möglichkeit vertan, Euch selbst zu retten. Hättet Ihr nur einen Moment früher …«

»Er hat nicht«, unterbrach ihn Kolaron kalt. »Wenn ich etwas lernte, dann das, dass es vergebens ist, verlorenen Gelegenheiten nachzutrauern.« Er deutete eine leichte Verbeugung an. »Habt Ihr noch letzte Worte, Lanzengeneral? Ich würde es zu gerne wissen.« Er tat eine großmütige Geste. »Was habt Ihr noch zu sagen?«

Zumindest meinen Kopf konnte ich nun wieder bewegen.

»Nur, dass Ihr zu viel redet.«

Aleyte schnaubte, um hastig zur Seite wegzusehen. Einen Moment lang versteinerten die Züge des Nekromantenkaisers, dann schüttelte er erheitert den Kopf. »Ich genieße nur den Augenblick. Ich sage Euch auch gerne, warum: Sowohl Asela als auch Elsine sind mir durch Eure Hand entkommen, doch Ihr werdet sie mir wieder zuführen. Denn noch vertrauen sie Euch, aber solange sie leben und leiden, werden sie Euren Namen verfluchen, Lanzengeneral.« Er lachte zufrieden. »Nehmt diesen Gedanken mit in den Tod … Ich hoffe, er wird Eure Seele leiden lassen, solange Ihr in dem Verschlinger gefangen seid. Was, wie ich hörte, lange dauern kann!« Er wandte sich an den Verschlinger. »Nur zu, Hündchen«, lachte er. »Fass!«

»Er ist hilflos«, knurrte Aleyte.

»Ja«, nickte dieser falsche Jüngling. »Habt Ihr etwa auf einen gerechten Kampf gehofft? Darauf, dass es ihm doch irgendwie gelingen kann, sich mir entgegenzustellen? Dann muss ich Euch enttäuschen … ich habe meine Lektion gelernt. Ich halte ihn, und Ihr fresst ihn auf, so und nicht anders wird es geschehen, und das, mein Hündchen«, sagte er und hob den Schädelstein an, »ist ein Befehl.« Er grinste zu mir hinüber. »Euer Schwert werde ich mir nachher nehmen, es ist nett von Euch, dass Ihr mir die Suche danach erspartet.« Er griff den kristallenen Schädel fester, und selbst ich hörte die gequälte Seele darin schreien. Kolaron lachte wie vom Wahn besessen. »Fass, Hündchen, fass!«

Vor meinen Augen zerfaserte Aleyte wie Staub im Wind, doch in meiner Sicht der Magie offenbarte sich mir in diesem Augenblick zum ersten Mal das wahre Wesen des Verschlingers, ein violetter Strudel von Magie, eine gierige Leere, die es einzig darauf hintrieb, sich zu füllen, wo es nichts zu füllen gab. So schrecklich sie auch anzusehen war, dachte ich in diesem letzten einen Moment, band sie in sich auch eine unbegreifliche majestätische und erhabene Schönheit: die von lebender Magie, etwas, wie ich nun plötzlich verstand, das von der Schöpfung übrig geblieben war, ein Funken ohne Form und Verstand, der nur eines kannte: den Wunsch zu brennen und zu verzehren.

Die Bestie kam über mich wie eine funkelnde Woge, umfasste und vereinnahmte mich in diesem Gespinst von Tausenden von Seelen und zog mich in diesen brodelnden Strudel hinab, bevor ich mehr tun konnte, als überrascht aufzuschreien.

Es war, als ob tausend Hände gleichzeitig nach mir greifen würden, meine arme Seele zwischen ihnen schon zu zerfetzen drohte, doch jetzt kämpfte ich dagegen an, hielt, was mir war, fest und tat dann das, was Ordun mich gelehrt hatte: Wie ich einst diesen Dämon gefressen hatte, fing ich nun an, den Verschlinger zu verschlingen.

In dem Moment, als stünde er wahrhaftig dort, sah ich

mich Aleyte gegenüber und nickte grimmig, um in einem Meer aus Sternen zu vergehen, als die Bestie sich mir erneut entgegenwarf, mich mit dem zu überwältigen drohte, von dem sie im Überfluss besaß. Wie ein Strom, ein Sturm an leuchtenden Funken warf die Bestie mir ihre Kräfte entgegen, suchte mich damit zu erdrücken, zu ersticken, doch in diesem unwirklichen Kampf war ich nicht allein. In der wahren Welt baumelte Seelenreißer schlaff und nutzlos in meiner Hand, aber hier, in diesem unwirklichen Kampf, stand er mir zur Seite. Er wusste, wie man die Seelen trennte, wie man sie fing und gehen ließ, wie man sortierte, abwägte und entschied, dafür hatten die dunklen Elfen ihn einst geschmiedet: dass er Seelen von ihrem Leben trennte und dem Träger des Schwerts das zuführte, was sie nicht mehr brauchte.

Denn in einem hatte Aleyte nicht gelogen: Die Bestie hatte jedes ihrer Opfer sorgsam in sich aufbewahrt, jede Seele gehütet, die sie je gefressen hatte. In diesem Kampf, der nun schon endlos währte, hatte Zeit keine Bedeutung mehr für uns, dennoch schien es mir Ewigkeiten zu dauern, bis sie verstand, dass sie mich nicht erdrückte, sondern mich nur stärkte. Sie hielt inne, schien nicht zu begreifen, was ihr gerade geschah, auch war ihr der Gedanke an Flucht wohl fremd, so erstarrte sie nur wie ein Tier, eine Bestie, die etwas nicht verstand.

Ganz anders erging es mir, in diesem einen endlos langen Moment verstand ich zum ersten Mal die Rolle, die die Götter mir in Wahrheit zugedacht hatten. Für diesen einen, endlos langen Moment zögerten wir beide, er, weil er nicht verstand, ich, weil ich es endlich tat. Doch dann griff ich umso fester zu, entzog ihr die letzten ihrer Seelen und sah vor mir die wahre Bestie, das Wesen, das nicht hierher gehörte, die Schöpfung, die es an einen Ort verschlagen hatte, den sie nicht verstand und für den sie nicht bestimmt war.

Ehrfürchtig schaute ich auf das, was nun in meiner Hand flatterte wie ein zerbrechlicher Schmetterling und hob den Funken an, hinauf zu Soltars Tuch, das weitaus mehr war, als ich je zuvor verstanden hatte, und ließ das Wesen dorthin fliegen, wo es hingehörte, wo es richtig war, das Licht zu suchen, zu sammeln, zu horten und zu hüten, um es schließlich dorthin zu bringen, wo in der Dunkelheit noch die Schöpfung ihrer Entstehung harrte. Genauso ehrfürchtig und voller Demut wandte ich mich nun dem Mann zu, der, in Dunkelheit und Sterne gehüllt, in diesem Augenblick neben mir stand und dem Flug dieses Funkens zuschaute.

Wie lange?, fragte ich ungläubig. *Wie lange währt dieser Kampf schon, wie lange habt Ihr diesen Moment vorhergesehen?*

Es ist kein Kampf, gab er mir mit einem Lächeln Antwort. *Es ist Schöpfung*. Er sah dem Funken nach, bis er in der Dunkelheit verschwand, der er in ferner Zeit das Licht geben würde. *Du verstehst es also, verstehst, was getan werden muss?*

Ja, nickte ich. *Nur wäre mir lieber, ich müsste es nicht vergessen.*

Ich sah ihn lächeln. *Es wird dir wieder einfallen.*

»Ist es getan?«, fragte der Nekromantenkaiser, als ich mich mühsam aufrichtete, um ihn vor mir stehen zu sehen. Er musterte mich neugierig. »Es war wohl schwerer als gedacht?«

Offenbar wusste er nicht, wie mühelos der Verschlinger sonst seine Kämpfe gewonnen hatte. Also hatte ich nur diesen einen Lidschlag lang, um zu überlegen, was jetzt geschehen sollte. Stürzte ich mich auf ihn, war es das Beste, auf das ich hoffen konnte, dass er die Puppe verließ, er selbst saß ja feige in seiner Festung. Auf der anderen Seite kannte ich nun seine und auch Arkins Pläne und besaß zudem noch Aleytes Wissen. Es gab nur eine Möglichkeit, all dies zu unserem Vorteil zu wenden.

»Ja«, sagte ich also erschöpft. »Er wehrte sich überraschend heftig, doch es ist getan. Er ist nicht mehr.« In gewissem Sinne, fürchtete ich, entsprach dies auch der Wahrheit.

Er musterte mich mit gefurchten Brauen. »Müsste jetzt nicht eine ausgetrocknete Hülle dort liegen?«

»Nehme ich nur seine Form an, ist es nicht mehr als eine Illusion«, erklärte ich ihm. »Seine Freunde würden die Täuschung bald bemerken.«

»Hhm …« Er musterte mich prüfend. »Wer sagt mir, dass dieser verfluchte Lanzengeneral nicht doch gewonnen hat?«

Ich hob meine rechte Hand und ließ sie zu einer schwarz gepanzerten Klaue werden, von deren Zacken eine grüne Flüssigkeit tropfte, die sich brodelnd und zischend in das Glas zu meinen Füßen ätzte.

»Soviel ich weiß, konnte er das nicht«, teilte ich ihm grimmig mit. »Er hätte auch nicht gewusst, zu welcher Kreatur diese Klaue einst gehörte.«

»Ich auch nicht«, sagte er nachlässig. »Warum sollte ich es auch wissen wollen? Also gut, dieser Kerl hat mich lange genug verärgert. Gebe mir sein Schwert.« Die Art, wie er mich dabei musterte, sagte mir, dass er damit rechnete, dass ich ihm Seelenreißer verweigern würde. Vielleicht sah er es auch als eine letzte Prüfung. »Noch eines«, fügte er hinzu. »Arkin mag deine Unverschämtheit erheiternd finden, doch du wirst mich mit Herr ansprechen und mir nicht mehr in die Augen sehen, als wärest du jemand von Belang! Für mich bist du nicht mehr als ein Hündchen, das ich nach Belieben trete oder dem ich gelegentlich einen Knochen zuwerfe, hast du das verstanden, Hündchen?«

Schon Nataliya und Asela hatten berichtet, dass er es so sah. Er war wahrhaftig vom Wahn befallen, dieser Kaiser aller Nekromanten. Dennoch widerstand ich der Versuchung, ihm mit einem »Wuff« zu antworten, nur mit Mühe.

»Ja, Herr«, sagte ich und reichte ihm das Schwert.

Aleytes Opfer

22 Der Nekromantenkaiser wog das Schwert in seiner Hand, musterte mich und nickte. »Na also«, sagte er und ging zu der versiegelten Tür, um das Siegel dort genauer zu mustern. »Wo haben wir es denn«, murmelte er wie zu sich selbst, während er mit einer Hand die feinen Gravuren des Siegels abtastete. »Ah ja«, nickte er zufrieden. »Hier!«

Er setzte Seelenreißer an und stieß die Klinge langsam in das Siegel, offenbar gegen erheblichen Widerstand, denn es fiel ihm sichtlich schwer.

Dann legte er eine Hand auf Seelenreißers Griff und stand aufrecht da, als ob er auf etwas warten würde.

Als nichts geschah, fluchte er und erinnerte sich wohl zugleich daran, dass ich noch dort stand. »Was glotzt du so?«, fuhr er mich verärgert an. »Meinst du wahrhaftig, es wäre leicht, ein Grab zu öffnen, das die Götter selbst versiegelt haben? Verflucht. Irgendetwas habe ich übersehen!« Er musterte Schwert und Siegel mit einem grübelnden Gesichtsausdruck. »Vielleicht, weil ich eine Puppe reite«, überlegte er und seufzte. »Ich werde wohl wiederkommen müssen. Hier«, sagte er und zog Seelenreißer aus dem Siegel, um ihn mir achtlos vor die Füße zu werfen. »Nimm es, und achte darauf, dass es nicht verloren geht, bis ich es von dir fordere!«

Es fiel mir schwer, meine Erleichterung zu verbergen, es half mir, dass er mein Gesicht nicht sehen konnte, als ich mich bückte, um mein Schwert wieder an mich zu nehmen. Ich hatte darauf gehofft, nur hatte ich mir nicht sicher sein können. Was Seelenreißer anging, hoffte ich darauf, ihm das Schwert bei unserem nächsten Treffen mit der Spitze voran geben zu können.

»Was jetzt, Herr?«, fragte ich unterwürfig.

»Wir folgen Arkins Plan«, sagte er und lächelte kalt. »Was auch immer sich hinter dieser Tür befindet, kann warten. Es wird kaum so nützlich für mich sein wie Arkins kleines Geschenk.« Er hob den kristallenen Schädel an und lächelte schmal. »Diese alten Götter sind so ganz nach meinem Geschmack, sie wussten, wie man jemanden bestraft! Arkin wird den Schädel zurückerhalten, und du wirst tun, was er dir befiehlt. Richte ihm aus, dass ich ihm für den Moment seine Unverschämtheiten vergebe, immerhin brachte er mir den Lanzengeneral. Jetzt gehe hoch zu deinen neuen Freunden und lasse dich als Held feiern … und vergesse nicht, den Zugang zu dieser Kammer zu versiegeln. Arkin sagt, du wüsstest, wie.«

Bevor ich noch etwas sagen konnte, brach der Hohepriester wie eine Puppe, der man die Fäden durchgeschnitten hatte, vor mir zusammen. Für einen Moment fiel der

Schädelstein, ich hoffte schon, er würde auf dem Boden zerschellen, doch bevor er aufschlug, verschwand er mit einem leisen dumpfen Knall.

»Verflucht«, flüsterte ich und seufzte, schob Seelenreißer in seine Scheide zurück, um dann ein letztes Mal zu der versiegelten Tür hinzusehen. Für den Moment war ich nur froh darum, dass sie Kolaron widerstanden hatte.

Ich ging zum Fuß der Rampe zurück, dorthin, wo sie sich zum Vorraum des Grabs öffnete, hielt meine Hand gegen die Wand und sah zu, wie das Glas über die Öffnung wuchs.

Arkin hatte recht, ich wusste, was hier zu tun war. Nur anders, als er dachte. Ich musterte die Pulverschnüre und die Fässer mit dem Xiang-Rauchpulver und schüttelte den Kopf. Auch Arkin hatte nicht verstanden, dass die Geschichte des Verschlingers nicht mit Aleyte begonnen hatte. Die Elfen hatten die anderen Bestien mit Mühe erlegen können, nur diese hier nicht, was mich nicht wunderte, denn sie war die Älteste von ihnen, die die anderen geschaffen hatte. Seit Anbeginn der Zeiten streifte sie über diese Welt, immer auf der Suche nach dem, was Licht und Leben gab, der Magie und dem Funken der Schöpfung, der in jedem von uns zu finden war. Sie war hier gewesen, bevor die Alten kamen, noch bevor die Götter die Titanen schufen, so war es kein Wunder, dass sie auch unter ihnen ihre Beute suchte. Und auch sie hatte sie in sich bewahrt, Seelen, Wissen und Erinnerungen aus einem anderen Zeitalter.

Ein Ungeheuer hatten wir die Verschlingerbestie genannt, das Schrecklichste von allen, selbst für die Götter unbezwingbar, aber auch nur, weil es sie hierher verschlagen hatte, wo die Schöpfung bereits ihren Anfang genommen hatte. Dennoch hatte sie nur gesammelt, gehortet, beschützt und aufbewahrt, nichts anderes getan, als es ihre Bestimmung von ihr verlangte. Ich wusste nicht einmal, ob sie ein Wesen war oder etwas anderes, etwas Ursächlicheres, vielleicht war sie tatsächlich nicht mehr als ein Werkzeug der Schöpfung. Was immer sie auch war, ich wünschte ihr, dass sie, nun, da sie sich am richtigen Ort befand, ihrer Bestimmung folgen konnte.

Doch dank ihr wusste ich jetzt, was hinter dieser Tür verborgen lag.

Die Götter hatten sich einen würdigen Ort ausgesucht, um ihren Bruder zu begraben, hinter dieser Tür aus Glas hatten die Titanen versucht, all das, was ihnen wertvoll war, all ihr Wissen und die Errungenschaften ihrer Kultur für spätere Generationen zu bewahren. Es war kein Fluch, der hinter diesen Türen wartete, vielmehr war es das Geschenk einer sterbenden Kultur an die, die nach ihnen kommen würden. Vielleicht, nur vielleicht, irgendwann, waren wir bereit, ihr Erbe anzutreten und gingen dann hoffentlich sorgsam damit um.

Hoffnung, dachte ich, als ich die steile Rampe wieder nach oben ging, wo das Licht auf mich wartete, war das größte Geschenk. Die Hoffnung darauf, dass das Ende nicht das Ende sein würde.

Etwas, für das man wahrlich bis zum Letzten kämpfen sollte.

Als ich blinzelnd in das Tageslicht trat, warteten bereits Zokora und die anderen auf mich. Ich musste mich dort unten länger aufgehalten haben, als ich dachte, sie hatten hier im Lager bereits für Ordnung gesorgt.

»Ihr wart fleißig«, stellte ich fest, als ich zu den schwarzen Soldaten hinsah, die in kleineren und größeren Grüppchen verteilt in einer Ecke des Lagers standen oder saßen, ich sah keine Fesseln, doch ihre Waffen lagen weiter hinten auf einem überraschend großen Haufen. Offenbar waren sie gefügig genug, dass sich Serafine traute, sich unter sie zu mischen und ihnen Wasser zu geben. Was vielleicht auch an einer übergroßen Katze lag, die sich unweit von ihr faul die Sonne auf die Panzerplatten scheinen ließ.

Zokora nickte. »Es war einfach genug«, meinte sie. »Der Hohepriester erteilte ihnen den Befehl, sich ruhig zu verhalten, bis er wiederkommen würde. Sie sagten, er ging dann die Rampe hinunter ... ich nehme an, du bist auf ihn gestoßen?«

Ich dachte an den seelenlosen Körper, der dort unten lag, und unterdrückte ein Schaudern.

»Ja«, sagte ich nur. »Er wird nicht wiederkommen.«

Sie musterte mich prüfend. »Was ist dort unten geschehen?«

»Es war eine Falle«, begann ich, doch bevor ich weitersprechen konnte, kam Serafine herangerannt und warf sich mir in die Arme. »Havald!«, rief sie unter Tränen. »Ist alles gut gegangen? Ist das Grab immer noch verschlossen?«

»Ja. Nur der Zugang zu ihm noch nicht«, antwortete ich ihr. »Ich dachte, das überlasse ich euch. Dort unten in der Ecke, siehst du die Schnüre? Es sind Pulverschnüre, die zu Fässern führen, die mit Xiang-Rauchpulver gefüllt sind. Die Priester selbst haben sie dort angebracht.«

»Wie freundlich von ihnen«, meinte Varosch mit einem breiten Grinsen.

»Was ist mit den anderen Priestern?«, fragte ich.

»Ich habe noch zwei gefunden, sie versuchten, sich zu verstecken«, sagte Zokora und wies mit ihrer Hand auf zwei verkohlte Leichen hin, die vor dem Altarstein lagen, der nun in drei große Teile zerborsten war. »Der Einzige, der fehlt, ist der Hohepriester. Hast du nicht gesagt, du hättest ihm die Seele entzogen? Wie kann es dann sein, dass er noch Befehle gab?«

»Das musst du den Nekromantenkaiser fragen«, meinte ich. »Ich sagte ja, es war eine Falle, Kolaron Malorbian ritt diesen Priester als seine Puppe und wartete dort unten zusammen mit Aleyte auf mich.«

»Kolaron war hier?«, fragte Serafine entsetzt. »Aber …«

»Nur als eine Puppe«, beruhigte ich sie.

»Und das Grab?«, fragte Varosch ungeduldig. »Hat er es nicht öffnen wollen?«

Ich lächelte grimmig. »Er versuchte sich daran, doch das Tor blieb verschlossen.«

»Wie konntest du zulassen, dass er es überhaupt versucht?«, fragte Zokora ungehalten.

»Ich wusste, dass es sich nicht für ihn öffnen würde«, erklärte ich lächelnd. »Er ist nicht an Seelenreißer gebunden.«

»Willst du dir die Würmer einzeln aus der Nase ziehen lassen?«, fragte Serafine empört.

»Ihr könntet mich auch berichten lassen«, schlug ich milde vor.

»Dann fange damit an«, befahl mir Zokora herrschaftlich, und ich widerstand nur mit Mühe dem Impuls, sie dafür in die Arme zu nehmen und zu drücken, dafür lachte ich laut auf.

»Was ist?«, fragte sie misstrauisch, was mich beinahe noch lauter lachen ließ.

»Es ist nur so«, erklärte ich ihnen etwas gefasster. »Dass ich befürchtet habe, keinen von euch jemals wiederzusehen.« Ich sah mich suchend um. »Wo ist Enke? Ich will ihr danken.«

»Kraha?«, rief Konrad über mir und schraubte sich herab, um auf meiner gepanzerten Schulter zu landen und den Kopf schräg zu legen. Für ein Federvieh war er überraschend schwer.

Wie du siehst, bin ich da, hörte ich die alte Enke, die noch immer in unserem Versteck auf uns wartete. *Ich höre es gerne, wenn man mir dankt, doch wofür?*

»Dafür, dass Ihr mich gezwungen habt, das anzunehmen, was die Götter mir durch Seelenreißer gaben. Ohne das …« Ich holte tief Luft. »Ohne das und ohne Seelenreißer wäre es mir nicht gelungen, den Verschlinger zu besiegen.«

»Also«, sagte Zokora und musterte mich prüfend. »Dann sage uns, wie ist es dir gelungen?«

Ich schaute nach Osten, dorthin, wo Arkins schwarze Legionen lagerten. Kolaron hatte davon gesprochen, Arkin den Schädelstein zurückzugeben, für Elin zumindest war der Fluch noch nicht zu Ende.

»Aleyte half mir«, sagte ich und schluckte schwer. »Der erste Angriff … er war überwältigend, und ich konnte mich der Bestie nur mit Mühe erwehren. Es gab diesen Moment, an dem ich sie zurückstoßen konnte, und dann sah ich mich plötzlich Aleyte gegenüber, der mir so real und wahr erschien wie du jetzt in diesem Moment. Ich hatte ihm schon vorher versprochen, dass ich den Schädelstein zerstören würde, doch jetzt verstand er, dass mir das nicht gelingen konnte, solange der Verschlinger selbst durch Aleyte gezwungen war, den Schädelstein vor mir zu schützen. Er … er lenkte die Bestie ab, zeigte mir die schwachen Stellen, verriet mir, wie ich an das Herz der Bestie kam, und opferte sich schließlich selbst, um sie zu schwächen. Ohne ihn …« Ich holte tief Luft. »Er war der Einzige, der die Bestie jemals bezwingen konnte, und heute tat er es das zweite Mal. Für mich, für uns, für eine Welt, in der der dunkle Gott nicht herrschen darf. Doch vor allem tat er es, weil ich ihm versprach, die Seele seiner Geliebten zu erlösen.«

»Ein Versprechen, das du halten wirst«, sagte Serafine bestimmt. Es war keine Frage, also nickte ich nur.

»Wie hat Kolaron es aufgenommen, dass du siegreich warst?«, fragte jetzt Zokora.

»Gar nicht«, antwortete ich ihr. »Er weiß es nicht. Er glaubt noch immer, dass ich der Verschlinger bin. Es geht alles auf Arkin zurück«, erklärte ich ihnen, während sie mich noch verständnislos anstarrten. »In einem hat Arkin nicht gelogen. Er verachtet diese Priester. Er hat uns dazu verwendet, sich von ihrem Joch zu befreien, er weiß genug von uns, um zu wissen, dass wir keinen dieser Priester hier leben lassen können. Er wusste auch, dass die Bannschwerter nicht gestohlen werden können und sie früher oder später den Weg zu ihrem Besitzer zurückfinden. Wir sind seinem Plan gefolgt wie der Esel der Karotte. Er wusste, dass ich irgendwann mit Seelenreißer vor dem Grab stehen würde. Dann sollte mich der Verschlinger fressen und hätte danach, von den Priestern und damit den Augen Kolarons befreit, in Ruhe das Grab für Arkin öffnen können. Um dort entweder das zu finden, was Arkin selbst mächtig genug werden ließ, um dem Nekromantenkaiser zu trotzen, oder um Kolaron später damit zu beeindrucken, dass er, Arkin, etwas vermocht hatte, was den Priestern nicht gelungen ist, nämlich das Grab für Kolaron zu öffnen.«

»Was ging schief?«, fragte Serafine leise.

»Aleyte. Er kannte den Plan, nur konnte er ihn uns nicht offenbaren. Es war so, wie er sagte: gestern Nacht begann Arkin den Fehler, ihm zu große Freiheiten zu gewähren. Aleyte versuchte, die Gelegenheit zu nutzen. Nur dass es mir nicht gelang, den Schädelstein zu zerschmettern. Als ich dem Priester die Seele entriss, machte er Kolaron auf das Geschehen aufmerksam und er kam, um ihn sich als seine Puppe zu nehmen und zu schauen, was hier geschehen war. Er fand den Schädelstein, suchte Arkin auf und entriss ihm seine sämtlichen Geheimnisse. So, wie ich ihn verstand, ließ er den Kriegsfürsten nur deshalb leben, weil ihm der letzte Teil von Arkins Plan so gut gefiel.«

»Welcher Teil?«, fragte Varosch angespannt.

»Der Teil, in dem der Verschlinger, in meiner Haut und mich als Maske tragend, nach Arkins Willen unseren Truppen Befehle erteilt, die dazu führen werden, dass wir den Krieg verlieren. Doch noch besser gefiel es Kolaron, dass Elsine und Asela mir vertrauen, er fand es passend, wenn der Verschlinger, in meiner Maske, die Eule und die Kaiserin wieder an ihn verrät.«

»Havald«, brachte Zokora gepresst heraus. »Wenn es so ist, wie du sagst, wie sollen wir jetzt noch sicher sein können, dass du noch Havald bist?«

»Das ist das Problem«, sagte ich, während ich sehr wohl wahrnahm, wie ihre Hand ganz langsam in Richtung ihres Schwertes glitt. »Selbst ich bin mir nicht mehr sicher, wer ich bin.«

»Wie kannst du dir dessen nicht sicher sein?«, fragte Varosch erstaunt.

»Als mich der Verschlinger angriff, überraschte er mich damit, und es gelang ihm, etwas von mir zu nehmen, bevor ich mich gegen ihn erwehren konnte.« Ich holte tief Luft. »Ich dachte, ich hätte es zurückgewinnen können, doch jetzt bin ich nicht mehr sicher, ob das, was ich zurückgewann, auch zu mir gehört.« Ich hielt meine rechte Hand hoch und ließ die Klaue wachsen, mit der ich vorhin noch den Nekromantenkaiser hatte überzeugen können. »Ich weiß mit absoluter Sicherheit, dass ich hierzu zuvor nicht imstande war.«

»Havald«, kam es leise von Varosch. »Du machst mir Angst.«

»Ja«, nickte ich. »Ich mir auch.«

»Du solltest mir mehr vertrauen, Havald«, meinte Serafine mit einem leisen Lächeln. »Ich sagte doch, ich erkenne dich in jedem Leben.« Sie stellte sich auf die Zehenspitzen und gab mir einen Kuss, den ich auch nach tausend Leben nicht vergessen würde.

»Damit …«, sagte sie endlos später schwer atmend und mit einem Leuchten in den Augen, »wäre das geklärt.«

Niemand wagte es, ihr zu widersprechen, auch ich nicht, was nicht nur daran lag, dass auch ich nach Luft rang. Wahrscheinlich lag es daran, dass wir es in diesem Moment auch alle glauben wollten.

So viel Macht und Wissen

23 »Irgendwie«, meinte Varosch etwas später, als wir auf dem Weg zurück zu Enke und den dunklen Elfen waren, »ist diese Sache mit der Klaue doch unheimlich. Sag, kannst du dich noch weiter verwandeln? Vielleicht sogar zur Gänze in das Untier, das zu dieser Klaue gehört?«

»Varosch«, sagte ich entschieden. »Es gibt Dinge, die ich gar nicht wissen will.«

Er sah mich an, schüttelte dann den Kopf und lachte verlegen. »Wenn ich es mir recht überlege, hast du damit recht.«

Wir alle waren erleichtert, dass so schnell wohl niemand mehr an das Grab gelangen würde und wir uns auf den Heimweg machen konnten. Vor allem aber Varosch, der geradezu aufgekratzt wirkte. Was vielleicht daran liegen mochte, dass er es gewesen war, der die Pulverschnur entzündet hatte.

Wir waren vorsorglich einige Dutzend Schritt von dem Eingang der Rampe zurückgewichen, doch niemand von uns hatte sich vorstellen können, was vier Dutzend Fässer Rauchpulver anrichten konnten.

Als wir uns spuckend, keuchend und hustend danach vom Boden aufgesammelt hatten, während noch Steine, Dreck und Erde auf uns herabprasselten, konnten wir nur staunend auf einen Krater schauen, der bestimmt dreißig Schritt im Durchmesser maß und fast zwei Mannlängen tief war. Was von der Rampe übrig war, war nun von Schutt, Geröll und Trümmerbrocken so begraben, dass es wieder eine Armee von Sklaven brauchen würde, um sie freizulegen.

Während der Rest von uns zunächst schaute, ob wir auch wahrhaftig noch alles besaßen, womit uns die Götter bei der Geburt ausgestattet hatten, war Varosch bereits wie ein Irrsinniger herumgetanzt und hatte laut gelacht.

»Götter!«, hatte er gerufen, auch wenn wir ihn durch das Klingeln in unseren Ohren kaum verstanden. »Was war das für ein Bums!«

Vielleicht war dies auch der Grund, weshalb die alte Enke Zokora zur Seite zerrte, kaum dass wir in unserem Versteck angekommen waren.

»Du liebst ihn?«, hatte sie unsere dunkle Freundin gefragt.

»So wie ich es verstehe, kann man das sagen«, antwortete Zokora vorsichtig.

»Den Menschen, der er vorher war, richtig?«

»Ja. Was der Grund ist, weshalb ich ihn liebe. Glaube ich«, hatte Zokora ein wenig unsicher noch hinzugefügt.

»Und er wird an deiner Seite über deinen Stamm herrschen?«

Wieder nickte Zokora, die genauso wenig wie ich verstand, worauf die Hexe abzielte.

»Götter«, seufzte die Enke nun. »Ich hoffe, du weißt, was du da tust. Auf jeden Fall solltest du ihn nie wieder mit diesem dämonischen Pulver spielen lassen.«

»Glaube mir«, sagte Zokora mit einem schnellen Blick zu Varosch hin, der gerade Azaras begeistert beschrieb, was für einen Knall es gegeben hatte. »Das wird nicht geschehen.«

Allerdings war der Dunkelelf nicht erfreut darüber, zu erfahren, wie wir mit den schwarzen Legionären und den Sklaven verfahren waren.

»Ihr habt sie gehen lassen?«, rief er empört. »Wie konntet ihr das tun? Jeder Einzelne von ihnen gehört erschlagen, alleine schon für das, was sie Vianka angetan haben!« Für einen Moment rechnete ich fest damit, dass er aufspringen würde, um auf der Stelle das nachzuholen, was wir versäumt hatten.

»Dafür, dass er keine Rücksicht hat nehmen wollen«, erklärte Zokora mit einem verhaltenen Lächeln, »hat Havald erstaunlich wenige von ihnen zu ihrem verfluchten Gott befördert, es haben fast alle überlebt. Sag mir, was sollen wir mit zweihundert schwarzen Soldaten und fast doppelt so vielen Sklaven tun?«

»Sie erschlagen. Die Soldaten, nicht die Sklaven«, fügte der Elf hastig hinzu.

»Und dann? Wer bringt die Sklaven von hier weg?«, fragte Varosch ihn. »Dort lassen können wir sie ja wohl nicht.« Er wies auf mich. »Havald hat ihnen einen gehörigen Schrecken eingejagt. Wir haben jedem Fünften von ihnen eine Waffe gelassen und ihnen den Auftrag gegeben, die Festung der Titanen zu verlassen und die überlebenden Sklaven zum Lager der Kor zu bringen. Was sie danach tun, ist ihre Sache.«

»Wahrscheinlich werden sie die Sklaven alle erschlagen«, meinte Vianka. »Ihr wisst nicht, wie es war, sie haben sich an uns vergangen, wie es ihnen gefiel!« Sie wickelte fröstelnd ihre Decke enger um sich. Vorher hatte ich kaum Zeit gehabt, sie mir genauer anzuschauen, jetzt konnte ich kaum glauben, wie jung sie schien. Nach Zokoras Meinung noch ein Kind, das man nicht ohne Aufsicht mit den Spinnen spielen lassen durfte.

»Oh«, sagte Varosch grimmig. »Ich denke schon, dass sie sich an die Anweisungen halten werden. Havald hier hat ihnen versprochen, jeden Einzelnen von ihnen aufzusuchen, wenn sie sich nicht an seine Weisung halten.«

Wir hielten uns nicht lange auf, binnen zweier Dochte brachen wir auf, um unsere Pferde zu holen und dann unseren Weg durch die Tunnel zu suchen. Kurz bevor wir den verborgenen Eingang erreichten, hielten wir kurz inne, um Serafine Zeit zu geben, sich von der Panzerkatze zu verabschieden.

Als ich dort stand und ihr zusah, wie sie das Ungeheuer zum Schnurren brachte, schaute ich über den verwüsteten Platz hinweg, und für einen kurzen Augenblick sah ich ihn, wie er einst gewesen war, glänzend, leuchtend, voller Hoffnung auf eine strahlende Zukunft. Noch immer verstand ich nicht, wie es nun mit mir und all diesen fremden Erinnerungen war, die der Verschlinger mir gegeben hatte, doch jetzt musste ich lächeln, als ich ein kleines Mädchen vor mir sah, das mit ihrem Haustier spielte, einer Katze mit sechs Beinen und glänzenden Panzerplatten, die das Mädchen mit bunten Mustern angemalt hatte.

»Was ist?«, fragte mich Serafine, als sie ihr Pferd zu dem Dickicht führte, das den Eingang zu den Tunneln verbarg. »Du schaust so seltsam.«

»Nichts«, sagte ich leise, während ich mich fragte, wie lange es wohl her sein mochte, dass dieses Mädchen mit ihrer Katze gespielt hatte. Wie lange, wie viele Leben waren Leandra, Serafine und ich jetzt schon verbunden? Das war es, was Omagor uns nehmen wollte, und in meinen Augen war jedes Opfer angemessen, um ihn daran zu hindern. Wieder lagerten wir an diesem wundersamen Ort, diesem Garten in der Dunkelheit. Unseren neuen Freunden missfiel es dort, es war zu hell für sie und zwang sie dazu, erneut ihren Augenschutz zu tragen, aber mir war dieser Ort willkommen und erlaubte mir eine kurze Zeit der Besinnung.

Serafine fand mich an diesem Teich sitzend, wo ich einer dieser großen Bienen zusah, wie sie fleißig ihre Arbeit tat. Eine Erinnerung daran, wie ich jetzt verstand, dass es doch kein Paradies war, das uns hier so freundlich aufnahm. Denn hielten wir uns zu lange hier auf, würde das, was die Bienen hatte wachsen lassen, uns töten. In etwa eine Kerzenlänge, so hoffte ich, würde uns allerdings nicht schaden.

»Wie geht es dir, Havald?«, fragte sie leise, als sie sich neben mich setzte. »Seitdem du den Verschlinger bezwungen hast, kommt es mir vor, als ob du dich von uns zurückgezogen hast.«

»Ich brauche Zeit«, antwortete ich ihr und pflückte einen der Grashalme, um mit ihm zu spielen. »Ich muss mich erst noch wiederfinden.«

»Wie meinst du das?«, fragte sie vorsichtig. »Sind es wieder diese … Bücher, die dich bedrängen?«

Ich schüttelte leicht den Kopf.

»Nein. Nicht mehr, ich habe gelernt, damit umzugehen. Ich … ich nehme mir nur das, was ich für den Moment brauche, und nur das, was unbedingt nötig ist. So verhindere ich, dass es mich überwältigt.«

»Was beschäftigt dich dann?«

»Was es alles für mich bedeutet«, sagte ich zögernd. »Schau … Ich war immer schon größer und stärker als die meisten. In mancher Hinsicht ein Vorteil … in anderer Hinsicht …« Ich lächelte schwach. »Du weißt, was ich meine, du trägst genügend blaue Flecken, die entstanden, als ich nicht achtsam mit dir umging.«

»Ich bin nicht zerbrechlich, Havald«, lachte sie. »Ich habe mich auch nie darüber beschwert.«

Ich nickte. »Du hast mir einst erzählt, dass der Kaiser, obwohl eher zierlich denn kräftig gebaut, mit einer Hand einen Stein zerdrücken konnte.«

Sie nickte und sah mich fragend an.

»Ich weiß jetzt, wie er es tat«, seufzte ich. »Ob ich es so wollte oder nicht, ich besitze jetzt mehr Macht und Wissen, als ein Mensch besitzen sollte. Wie der Kaiser auch, muss ich mich nun fragen, was ich damit tue.« Ich zog sie an mich heran, und sie legte ihren Kopf auf meine Schulter, während wir gemeinsam einem Wasserläufer zusahen, der über die Oberfläche rannte, um im Schilf auf der anderen Seite zu verschwinden. »Ich fühle mich, als ob ich betrogen hätte. Ich habe es mir nicht verdient. Schau Asela an oder Desina, wie hart sie dafür arbeiten mussten, die zu sein, die sie sind. All die Jahre der Studien, Versuche und Fehlschläge … sie blieben mir erspart. Hier …« Ich streckte die Hand aus und ließ darüber eine kleine Kugel aus Wasser entstehen, die in allen Farben des Regenbogens glitzerte. »Desina verzweifelte einst daran, wie sie Wasser schaffen konnte … für mich braucht es jetzt nicht mehr als einen Gedanken.« Ich ließ das Wasser zwischen meinen Fingern verlaufen und in den See tropfen, wo es für einen Moment noch leuchtete. »Die Erfahrungen, das Wissen, die Talente von Tausenden von Leben … sie sind jetzt mein, wenn ich es nur will. All das, was ich vorher nicht verstand, verstehe ich jetzt, Dutzende, nein Hunderte von Schriftgelehrten, die ihr ganzes Leben dafür opferten, die Welt, wie sie ist, zu verstehen und zu erklären, sie haben mir die Früchte ihrer Arbeit hinterlassen.«

»Weißt du wahrlich alles?«, fragte sie mich fast schon ehrfürchtig, und ich lachte.

»Alles? Nein!« Ich schüttelte den Kopf. »Nur vieles. Es wäre auch schade, wenn es keine Wunder mehr für mich gäbe … und es gibt sie, die Wunder, Finna. Je mehr ich weiß, umso mehr verstehe ich, dass es noch mehr gibt, hinter jeder Erklärung wartet ein neues Rätsel, eine neue wundersame Herausforderung, eine neue Suche nach dem nächsten Wunder, das sich nicht erklären lässt. Es ist noch genügend in der Welt, das mich staunen lassen kann … nur sehe ich die Welt nun anders.« Ich schaute zu ihr hin, musterte sie sorgfältig, jede Wimper, jede Falte, jede Sommersprosse, den Schwung ihrer Lippen, den Blick ihrer Augen, und machte mir ein Bild von ihr, das ich in meinem Herzen aufbewahren würde bis zu meinem Ende. »Doch es verändert mich«, gestand ich ihr leise. »Erstaunlicherweise nicht in dem, wer ich bin, diese Furcht hat sich als haltlos erwiesen. Aber in meinen Möglichkeiten. Finna …«, sagte ich rau. »Ich habe Angst vor dem, was ich tun werde.«

»Du meinst, vor dem, was du tun könntest?«, fragte sie.

»Nein«, gab ich ihr leise Antwort. »Vor dem, was ich tun werde. Was ich tun muss.« Ich sah hoch zu den Lichtern über mir, dann weiter hoch zu Soltars Tuch. »Ich glaube, selbst die Götter fürchten sich davor.«

»Was kann ich tun?«, fragte sie leise.

»Sei du nur du«, bat ich sie. »Sei für mich der Anker, der mich in so vielen Leben gehalten hat.«

Sie lachte leise. »Es sind nur zwei, Havald.«

Ich sagte nichts dazu, ich wusste, dass sie irrte. Sie behauptete, dass sie mich wiedererkennen würde, egal in welchem Leben, und ich glaubte ihr. Denn das Gleiche galt für mich, denn ich wusste jetzt, wer das Mädchen gewesen war das lachend ihre Katze bemalte. Ich sah zu Zokora und Varosch hinüber und begegnete dem Blick der alten Enke, von der ich mehr und mehr vermutete, dass sie weit mehr war als nur die Hexe aus dem Blubbermoor. Wie oft waren wir uns schon begegnet, wie oft hatte das Schicksal oder der Wille der Götter uns schon zusammengeführt, wie oft hatten wir diesen gleichen Kampf schon bestritten?

Irgendwann musste es ein Ende finden. Oder einen neuen Anfang.

»Kommt ihr?«, rief Varosch, und ich nickte. »Sogleich.« Denn so eilig konnten wir es nicht haben, dass nicht noch Zeit war, in Serafines Lippen zu versinken.

Als wir den riesenhaften Wächter erreichten, der still und dunkel in dem Tunnel stand, blieb ich zurück, gab an, zu schauen, ob sich ein Stein in Zeus' Hufen verfangen hatte, und wandte mich dann dem schweigsamen Gesellen zu. Einst hatte etwas ihm ein Loch in seinen Panzer gebrannt, zugleich es aber auch so verschmolzen, dass es ihn gegen die Zeit versiegelt hatte. Ich fand, was ich suchte, ein winziger Kristall, der nur etwas gedreht werden musste und einer kleinen Anregung bedurfte.

Als ich weiterritt, glühte und funkelte es unter dem grünen Glas, es würde dauern, doch irgendwann würde der Wächter wieder erwachen und erneut seiner Bestimmung folgen. Nichts von dieser Welt war dann noch imstande, diesen Tunnel zu passieren.

Als ich wieder mit den anderen aufschloss, sah ich, wie die alte Enke mich nachdenklich musterte und an mir vorbei zurück in den dunklen Tunnel schaute, als ob sie den Wächter sehen konnte, der langsam wieder zum Leben erwachte. Doch sie sagte nichts.

Kein Frieden für die Ostmark

24 Als wir die Festung der Titanen endlich verließen, atmete nicht nur ich erleichtert auf. Nur etwas mehr als drei Tage waren vergangen, seitdem wir dorthin aufgebrochen waren, eine Zeit, die mir endlos lange vorgekommen war.

Als wir in Richtung des Lagers ritten, zeigte sich, dass sich auch dort etwas getan hatte, immer wieder begegneten wir den Stämmen der Kor, die diesen Ort verließen. Man nickte uns zu, bestaunte uns oder beachtete uns nicht, doch einer der Krieger, ein Bär von einem Mann mit grauen Haaren, sah uns und trieb sein Pferd voran, um uns entgegenzukommen.

»Bei den Geistern«, lachte er, als er sein Pferd vor uns zügelte und mich begrüßte. »Ich hatte gehofft, dich noch zu sehen, bevor wir uns im weiten Land verlieren!«

Ich lächelte höflich, und er lachte umso lauter. »Du weißt nicht, wer ich bin?«, fragte er.

»Nein, Ser«, antwortete ich höflich. »Ich glaube nicht, dass wir uns je begegneten.«

»Ich bin Ortag«, stellte er sich mit einem breiten Grinsen vor. »Dein letzter Gegner. Du bist furchterregend, Freund, aber du bist ein Mann von Ehre... ich werde von diesem Kampf, der nie geschah, noch meinen Enkeln erzählen!«

Ich wusste nicht recht, was ich darauf sagen sollte, also lächelte ich wieder nur höflich.

Er verstand und nickte leicht. »Ich will dir nur sagen, dass ich dir danke. Für das, was du für uns getan hast. Zum ersten Mal sind wir als Volk vereint, haben ein gemeinsames Ziel und Hoffnung. Ich selbst habe gegen die Blutreiter gekämpft und fünf von ihnen erschlagen und hätte nie gedacht, dass ich den Hass auf Askir fahren lassen kann, doch jetzt weiß ich, dass ihr auch nur betrogen wurdet. Friede, Lanzengeneral ... und Blut, Tod und Verderben der Ostmark!«

Bevor ich noch etwas sagen konnte, ließ er sein Pferd steigen, riss es herum und galoppierte zu der Reihe seiner Stammesbrüder zurück.

»Uh-oh«, sagte Varosch leise, als wir Ortag nachsahen. »Das hört sich nicht nach Frieden an.«

Als wir ins Lager ritten, sah ich Bannersergeantin Mahea und ihren Bruder am Feuer stehen und miteinander streiten. »Geht schon vor«, bat ich die anderen und drückte Varosch Zeus' Zügel in die Hand. »Ich komme gleich nach.«

»Lanzengeneral«, begrüßte Mahea mich erleichtert, als ich mich zu ihr und Ma'tar gesellte. »Ihr seid zurück!« Ihr Blick fiel auf meine linke Hand. »Ich sehe, Ihr habt Euer Schwert zurück?«

»Ja«, nickte ich nur und musterte Ma'tar, der unglücklich dreinsah.

»Der Götter Segen mit dir, Havald«, sagte er zurückhaltend. »Hast du erreicht, was du wolltest?«

»Das Grab ist verschlossen«, sagte ich und musterte die beiden, die offensichtlich darauf warteten, dass ich sie weiter streiten ließ. »Warum streitet ihr?«

»Das geht nur sie und mich etwas an«, sagte Ma'tar ruhig.

»Was so nicht ganz stimmt«, widersprach Mahea erhitzt. »Er will nicht einsehen, dass es der falsche Weg ist!«

»Streitet ihr darüber, dass die Kor gegen die Ostmark ziehen werden?«, fragte ich. »Ich traf Ortag auf dem Weg hierher, er sprach davon.«

»Ja«, nickte Mahea und bedachte ihren Bruder mit einem harten Blick. »Er ist zu stur einzusehen, dass dies der falsche Weg ist!«

»Ziehe ihn nicht mit hinein«, bat Ma'tar. »Es geht ihn nichts an!«

»Genau das zeigt, dass du zu kurz denkst!«, beschwerte sich die Bannersergeantin. »Auch wenn die Ostmark sich vom Kaiserreich losgesagt hat, wird dieser Weg früher oder später dazu führen, dass ihr kaiserlichen Truppen gegenübersteht!«

»Wie du sagst, die Ostmark hat sich losgesagt«, erinnerte Ma'tar sie stur. »Es geht Askir nichts mehr an.«

»Was alleine Marschall Hergrimm zuzuschreiben ist. Ihm und denen, die an dem Leid und Elend hier verdienten«, widersprach Mahea vehement. »Sie sind nicht die Ostmark, sie stehen nicht für die ehrlichen Menschen, nicht für die, die nur ihr Leben leben wollen. Siehst du nicht, wohin das führt 'Tar? Die Menschen der Ostmark fürchten uns, sie halten uns für Barbaren, mörderische Ungeheuer, die keine Gnade kennen, sie ohne Grund überfallen, die plündern und morden ... die Menschen der Ostmark wissen nicht, wie alles gekommen ist. Und ganz genauso ist es bei uns, frage mal einen deiner Stammesbrüder, sie denken alle, jeder einzelne Bürger der Ostmark wäre schuld an unserem Leid, als hätte jeder von ihnen die Waffen gegen uns erhoben. Wenn ihr das tut ... wird es niemals Frieden geben!« Sie holte tief Luft. »Delgere hat euch versprochen, dass Hergrimm gerichtet wird, und ich stimme zu, er hat es verdient. Doch was ist dann? Es wird einen Nachfolger geben, was ist, wenn er das Kaiserreich um Hilfe bittet?« Sie sah mich flehend an. »Erklärt es ihm, Lanzengeneral!«

»Sie hat recht, Ma'tar«, sagte ich ruhig. »Die Ostmark braucht Askir und die anderen Reiche, ohne den Handel mit den anderen Reichen wird es der Ostmark schlecht ergehen. Hergrimm war zu stolz, zu stur, um es einzusehen.«

Unter anderem auch, weil ich ihn dazu getrieben hatte. Die Ostmark aufzugeben, um die Kernlande des Kaiserreichs zu schützen, war ein Teil meines Plans gewesen, auf den ich nicht stolz sein konnte. Wir hatten uns fünf Legionen gegenübergesehen, einer Übermacht, die wir nicht aufhalten konnten, zumindest hatten wir, hatte ich, das gedacht. Dass Arkins Legionen so geschwächt waren, hatte ich zu dem Zeitpunkt noch nicht gewusst. Jetzt, da sie auf absehbare Zeit keine Gefahr mehr darstellten, hatten sich die Kräfteverhältnisse verschoben. Jetzt war es denkbar, dass die Truppen der Ostmark imstande waren, dem Feind zu trotzen. Erhielten sie die Unterstützung Askirs, war es mehr als nur wahrscheinlich.

»Die Lage hat sich verändert, Ma'tar. Wenn die Ostmark, ob nun unter Marshall Hergrimm oder jemand anderem, das Kaiserreich um Hilfe bittet, wird Desina Forderungen stellen. Darunter mit Sicherheit auch, dass die Verantwortlichen für die Verfolgung eures Volks zur Rechenschaft gezogen werden. Erfüllt man diese Forderung, wird Desina einer neuen Allianz zustimmen. Es wäre dumm von ihr, nicht nur dumm, sondern auch ungerecht, wenn sie es nicht tun würde. Geschieht das, dann ist es möglich, dass ihr kaiserlichen Truppen gegenüberstehen werdet.«

»Das glaube ich nicht«, sagte Ma'tar stur. »Elsine sagt, dass sich Askir neutral verhalten wird.«

»Nur ist es nicht ihre Entscheidung«, erinnerte ich ihn. »Desina ist Kaiserin von Askir, sie entscheidet.«

»Doch sie hört auf dich«, meinte Ma'tar erschrocken.

»Ja. Aber ich würde ihr dazu raten, die Allianz mit der Ostmark einzugehen, sofern sie die Forderungen der Kaiserin erfüllen, was ich für wahrscheinlich halte. Die Ostmark steht mit dem Rücken zur Wand. Doch wenn die Kor wahrhaftig gegen die Ostmark ziehen, wird diese Wahrscheinlichkeit zur Sicherheit. Sie werden sich lieber Askir unterwerfen als euch. Und dann, Ma'tar, kann geschehen, was Mahea fürchtet, dass du und sie, dass ihr euch irgendwann in einer Schlacht gegenüberstehen werdet.«

»Du würdest uns verraten?«, fragte er tonlos.

»Ma'tar«, sagte ich ruhig. »Ich versprach Elsine, ihr zu helfen, den Tarn zu finden und die Kor zu vereinigen, damit hier endlich Frieden herrscht. Um zu verhindern, dass die Kor sich dem Nekromantenkaiser anschließen. Mein Ziel war es, zu verhindern, dass die Kor gegen die Ostmark ziehen, dafür habe ich gekämpft. Du weißt, dass es meine Absicht ist, dir und deinen Stammesbrüdern alle Hilfe zukommen zu lassen, die es braucht, damit ihr sesshaft werden könnt und ihr in Frieden eine Zukunft findet. Was man euch antat, ist ein Verbrechen, Ma'tar, für das die Verantwortlichen gerichtet werden müssen. Doch wie Mahea sagt, nicht jeder in der Ostmark ist schuldig daran. Ma'tar«, sagte ich eindringlich. »Du weißt, dass Frieden der bessere Weg ist. Du hattest selbst vor, deinen Stamm nach Aldane zu führen, damit ihr dort in Ruhe leben könnt!«

»Ja«, entgegnete er bitter. »Bis du mich überredet hast, hierherzukommen, damit du um den Tarn kämpfen kannst. Du hast Delgere dazu verholfen, dass sie uns nun gebietet. Dass es jetzt so kommt, liegt mit an dir.«

»Nur habe ich einen Krieg zwischen den Kor und der Ostmark verhindern wollen.«

»Vielleicht«, nickte er grimmig. »Nur kommst du damit um Jahrhunderte zu spät.«

»Ma'tar«, drang Mahea in ihn. »Du musst wissen, dass es falsch ist, was ihr vorhabt. Du hast Einfluss, spreche dich dagegen aus!«

»Es ist bereits entschieden«, sagte Ma'tar. »Delgere hat die letzten Tage damit verbracht, sich mit den anderen Stammesführern zu besprechen. Es ist der Wille der Kor, und auch ich will Gerechtigkeit für das, was man uns antat. Ich habe Delgere geschworen, ihr zu folgen, ich werde nicht eidbrüchig werden.«

»Es ist der falsche Weg«, sagte ich ruhig.

»Mag sein«, gab Ma'tar grimmig zurück. »Doch ich habe Delgere meine Treue geschworen. Wende dich an sie.«

»Wo ist sie?«, fragte ich und sah mich suchend um, vielleicht war sie in der Nähe.

»Ich sagte es schon, sie spricht mit den Stammesführern.«

»Dann werde ich mit Elsine sprechen.«

Ma'tar nickte. »Versuche das. Aber ich kann dir sagen, dass du sie nicht umstimmen wirst. Sie hat sich dazu entschieden, weil es der Wille der Kor ist. Die Ostmark muss bluten für das, was man uns angetan hat.«

»Götter!«, entfuhr es mir. »Das ist nicht das, was ich wollte! Ich wollte einen Frieden schaffen!«

»Darin«, meinte Ma'tar grimmig, »hast du dann wohl versagt.«

»Was habt Ihr vor, Sera?«, fragte ich Elsine zur Begrüßung, als ich verärgert ihr Zelt betrat. Bis auf den weißen Wolf, der in der Ecke lag, war sie alleine. Die Kaiserin, in eine blütenweiße Robe gekleidet und ganz und gar majestätisch wirkend, sah überrascht von der Karte auf, die sie auf ihrem Tisch studierte.

»Wie meint Ihr das, Ser Roderik? Der Segen der Götter mit Euch«, fügte sie dann hinzu. »Ich bin froh, Euch wohlbehalten wiederzusehen.«

»Der Götter Segen«, knurrte ich, an die Höflichkeiten erinnert. Um sie zugleich wieder zu vergessen. »Eben begegnete ich Ortag, der davon sprach, die Ostmark in Blut und Verderben zu stürzen! Und Ma'tar sagte mir, dass Ihr wild entschlossen wäret, die Kor gegen die Ostmark zu führen!«

»Was genau geschieht, werden wir sehen«, sagte sie kühl. »Es wird an Hergrimm liegen. Wir fordern von ihm nur einen kleinen Teil der Ostmark als Ersatz für das, was wir uns hätten aufbauen können, hätte man uns nicht die Möglichkeit dazu genommen. Nur den Landstrich westlich des Braiya, drei Städte, drei Dutzend Dörfer und … natürlich, die Feste Braunfels. Ein Fünftel der Ostmark, als Wiedergutmachung, ist ein geringer Preis.«

»Marschall Hergrimm wird sich darauf nicht einlassen«, meinte ich grimmig. »Er würde sein Gesicht verlieren!«

»Ich fürchte, er wird mehr als das verlieren«, sagte Elsine kalt. »Wir fordern zudem noch seinen Kopf. Wir haben bereits Boten ausgeschickt, es liegt nun in der Hand der Bürger der Ostmark. Entweder geben sie uns, was wir wollen, oder wir holen es uns mit Blut und Schwert. Sie wissen, dass sie uns Unrecht getan haben.«

»Uns, sagt Ihr«, sagte ich, während ich versuchte mich zu beruhigen. »Habt nun Ihr Euch den Kor angeschlossen oder sie sich Euch?«

»Macht es einen Unterschied?«, fragte sie. »Ihr wusstet von Anfang an, dass wir Hergrimms Kopf fordern.«

»Er ist ein Verräter«, sagte ich rau. »Von mir aus könnt Ihr ihn haben, doch mein Ziel war es immer, einen Krieg zu vermeiden! Ich habe für Euch um den Tarn gekämpft, damit genau das nicht geschieht!«

»Der Tarn«, seufzte sie. »Er hätte die Kor einen sollen, aber er allein ist nicht genug. Zu groß ist der Hass, den die Kor auf die Ostmark hegen. Sie wollen Delgere und mir folgen, doch das ist der Preis, den sie dafür fordern.«

»Das könnt Ihr nicht zulassen!«, begehrte ich auf.

Sie sah mich strafend an. »Kann ich nicht, Ser Lanzengeneral? Ist es nicht verständlich, dass sie ihre Rache wollen, nach alledem, was ihnen angetan wurde?« Sie lächelte schmal. »Ein gemeinsamer Feind eignet sich gut dazu, ein Volk zu einen … und selbst Ihr, Lanzengeneral, müsst zugeben, dass es nur recht ist, wenn die Kor dafür entschädigt werden, was sie in den letzten Jahrhunderten von den Blutreitern erlitten haben. Beschwert Euch nicht, Lanzengeneral. Es ist uns gelungen, den Hass von Askir weg dorthin zu lenken, wo er hingehört … auf Hergrimms Kopf.«

»Dennoch …«, begann ich, doch sie schüttelte den Kopf. »Lasst dies ruhen, Lanzengeneral. Delgere wünscht einen Krieg genauso wenig wie Ihr. Sie ist dort draußen und spricht mit den Stammesführern, ringt ihnen das Zugeständnis ab, dass, werden unsere Forderungen erfüllt, es dann auch ein Ende haben soll. Ein Fünftel der Ostmark, Lanzengeneral, als Preis für einen Frieden. Ist er Euch wirklich noch zu hoch?«

Ich schüttelte den Kopf. »Das nicht. Ich fürchte nur, dass man sich darauf nicht einlassen will.«

Sie hob eine Augenbraue an. »Solltet Ihr dann nicht besser dafür sorgen, dass die Ostmark ihren Teil erfüllt? Lassen wir das, Ser Lanzengeneral. Sagt mir lieber, ob Ihr erfolgreich wart. Konntet Ihr verhindern, dass die Priester das Grab öffnen?«

»Ja«, nickte ich. »Selbst wenn sie es erneut versuchen, würde es Jahre dauern, bis sie auch nur in seine Nähe kommen, der Zugang ist verschüttet.«

Nur dass das Kolaron nicht aufhalten würde, er besaß andere Möglichkeiten. So wie ich jetzt auch. Um ein Tor zu öffnen, brauchte man nur eine genaue Kenntnis des Ortes, an dem es entstehen soll. Und die nötige Magie dazu, über die der Nekromantenkaiser unzweifelhaft verfügte. Das war der Grund, weshalb die Priester die Rampe bereits mit diesen Pulverfässern vorbereitet hatten und er es so gelassen aufgenommen hatte, dass ihm der Zugang zum Grab noch immer verwehrt war. Jetzt, da er einmal dort gewesen war, konnte Kolaron nach Belieben dorthin zurückkehren, für jeden anderen war die verschüttete Rampe ein unüberwindliches Hindernis. Seit dem Zeitalter der Titanen hatten nur zwei Personen diesen Ort betreten und lebten noch, der Nekromantenkaiser in seiner Puppe und ich.

Und mich glaubte er mit dem Fluch des Verschlingers unter seiner Gewalt.

Ich beugte mich vor und musterte die Karte, sie zeigte die Ostmark, und Elsine hatte den Bereich bereits markiert, den sie für die Kor beanspruchen wollte.

Tatsächlich fand ich auch, dass den Kor das Recht auf Wiedergutmachung zustand, nur …

»Sera«, sagte ich leise. »Vielleicht wurde dieses Land tatsächlich den Kor gestohlen, vielleicht hätten sie es besiedelt, hätte man sie nicht vertrieben. Vielleicht. Denn es ist nicht sicher, dass sie ihr Nomadendasein aufgegeben hätten.«

»Doch«, antwortete sie voller Überzeugung. »Es ist immer so. Sie hätten sich angesiedelt, den Nutzen der Zivilisation erkannt, Handel und Tausch betrieben, und früher oder später wären sie sesshaft geworden. Wahrscheinlich wären sie sogar friedlich in der Bevölkerung der Ostmark aufgegangen, auch das ist schon häufig genug geschehen. Es ist gerecht. Und wir werden niemanden vertreiben, der nicht gehen will, wir wollen diesen Frieden genauso sehr, wie Ihr ihn wollt, Ser Roderik.«

»Ja«, nickte ich. »Das mag sein. Doch die Bewohner der Ostmark betrachten dies als ihr Land, mit Blut und Schwert erworben, ganz so, wie Ihr es sagt. Sie werden es nicht freiwillig hergeben, Ihr werdet sie zwingen müssen.«

»Ja«, entgegnete Elsine ruhig. »Das ist mir bewusst. Wenn sie auf unsere Forderungen nicht eingehen, werde ich einen weiteren Boten schicken, der ihnen rät, eine Stadt, die ich noch aussuchen werde, zu verlassen. Ich werde ihnen zehn Tage dazu geben und sie anschließend vernichten. Dies ist dann die letzte Warnung, geben sie nicht nach, haben sie es sich selbst zuzuschreiben.«

»Sera«, sagte ich eindringlich. »Selbst wenn sie versuchen, die Stadt zu räumen, es werden immer welche bleiben, die einer solchen Aufforderung nicht Folge leisten! Es ist schwer, Haus und Hof zu verlassen!«

»Auch das ist mir bewusst. Doch spätestens dann werden sie verstehen, dass sie nicht gegen mich bestehen können. Ich bin der Letzte der großen Drachen, Ser Roderik. Sie werden es einsehen, und auch wenn es Opfer geben wird, so werden gleichwohl weniger sterben, als wenn ich die Kor in die Schlacht führen würde. Die Kor brauchen etwas, das ihnen gehört, ihnen zusteht, an das sie festhalten und glauben können. Dieses Land«, sagte sie rau und tippte mit einem wohl gepflegten Finger auf die markierte Stelle, »und mich. Glaubt mir, wenn sie sehen, wie Drachenfeuer brennt, werden sie uns Hergrimm geben.«

»Aber …«, begann ich.

Doch Elsine schüttelte den Kopf. »Lanzengeneral«, meinte sie sanft. »Es liegt nicht mehr in Eurer Macht. Ihr habt erreicht, was Ihr wolltet. Arkins Legionen ist der Zahn gezogen, und die Kor werden sich nicht gegen Askir wenden. Ihr könnt Euch um die Legionen im Norden und die in Rangor kümmern, doch dieses Land hier gehört den Kor und mir. Es ist Delgeres Erbe, und Ihr seid hier fortan nur Gast, zwar gern gesehen, da Ihr all dies erst ermöglicht habt, aber dennoch nur ein Gast. Dies ist das Königreich der Kor, Delgere ist die Königin, und ich wache über sie und ihr Volk. Akzeptiert dies, Lanzengeneral.«

»Wenn Ihr an Eurem Plan festhaltet, dann kann es geschehen, dass die Ostmark Askir um Hilfe bittet und eine neue Allianz anstrebt.«

»Ja«, sagte sie ruhig. »Es ist sogar zu hoffen. Wenn Askir unsere Forderungen unterstützt, wird es umso schneller Frieden geben.«

»Oder es gibt einen Krieg zwischen Askir und den Kor. Und Euch.«

»Was ein Fehler wäre«, entgegnete sie ruhig. »Was der Ostmark widerfahren wird, ist bei Weitem nicht genug, um all das alte Unrecht zu tilgen, doch so oder so hat das Schicksal der Ostmark nichts mehr mit Euch zu tun. Wenn Ihr das versteht, könnt Ihr es auch fahren lassen, Ihr werdet an anderer Stelle dringender gebraucht.«

Ich sah Elsine fragend an.

Sie seufzte und trat an einen Reiseschreibtisch heran, wo sie eine Lade öffnete und mir einen dünnen Stapel Nachrichten übergab.

»Lest selbst«, sagte sie. »Die letzte Nachricht ist von heute Morgen. Der Krieg hat jetzt Aldane endgültig erreicht. Die Flotte aus Thalak, vor der wir schon vor Wochen gewarnt wurden, hat Aldane erreicht. Es gab eine Seeschlacht, doch trotz erheblicher Verluste gelang es dem Feind, knapp drei Legionen anzulanden. Fünf haben sie verloren, aber diese drei Legionen sind mehr als genug, um Aldane wirksam zu bedrohen.« Sie beugte sich vor und zog das unterste Blatt von dem Stapel, den ich hielt. »Das dürfte Euch besonders berühren«, sagte sie leise. »Irgendwie ist es einer Feindeslanze gelungen, die Donnerberge zu umgehen. Sie haben gestern Morgen Coldenstatt angegriffen. Die Stadt ist nicht befestigt, wie Ihr wisst, und es gab erhebliche Verluste, bevor kaiserliche Truppen sie zurückschlagen konnten.«

Götter, dachte ich entsetzt. Coldenstatt. Wenn es einen Ort gab, den ich als meine Heimat fühlte, dann war es diese Stadt, die ich schon kannte, als dort nicht mehr als ein Gasthof und ein Brunnen stand. Esire, Ragnars Eheweib, seine Kinder …

»Götter!«, entfuhr es mir. »Weiß man … ist …«

»Königin Leandra hat Euch eine Nachricht geschickt«, ließ Elsine mich mit sanfter Stimme wissen. »Sie wartet in Eurem Zelt auf Euch.«

»Ich werde sie sogleich lesen«, sagte ich und schob das Leinen des Eingangs zur Seite. »Doch zuvor will ich Euch jemanden vorstellen.« Ich trat nach draußen, wo die vier dunklen Elfen warteten, und gab ihnen ein Zeichen.

Mit einem Ausdruck von fast kindlichem Staunen in den dunklen Gesichtern drängten sich nun Azaras, Vianka und ihre Brüder an mir vorbei, um vor Elsine auf die Knie zu fallen.

»Ser Roderik«, fragte Elsine staunend. »Wer sind diese Elfen?«

»Die Nachfahren der Nachtfalken, die Askir und Euch treu geblieben sind und unter Talisans Führung bis nach Thalak, ins Herz des Feindes, marschierten, um Euch zu retten«, teilte ich ihr mit und nickte Azaras aufmunternd zu. »Den Rest sollen sie Euch selbst erzählen.«

Die Ballade von der Wiesenfrau

25 »Wie schlimm ist es?«, fragte Varosch, als er eilig unser Zelt betrat. »Ich habe es eben erst erfahren ... ich habe Freunde, die sich nach Coldenstatt gerettet haben!«

»Schlimm«, gestand ich und sah auf die Nachricht herab, die ich noch immer in der Hand hielt. Es gab mir einen leisen Stich, Leandras Handschrift zu sehen. In der letzten Zeit hatte ich kaum an sie gedacht. Und doch war ich ihr mehr als ein Versprechen schuldig und auch meine Ehre. Ich wusste, dass ich Serafine liebte, doch das änderte nichts daran, dass auch Leandra ein Teil meines Herzens gehörte. Zudem, mittlerweile war ich mir recht sicher, dass auch Leandra und ich uns schon länger als nur dieses Leben kannten. Das Spiel der Götter und der Seelen ... manchmal war es schlicht vertrackt.

»Es gab fast vierhundert Tote und über tausend Verletzte, zum größten Teil Flüchtlinge. Wir haben über hundertfünfzig Legionäre der vierten Legion verloren, die meisten von ihnen waren nur grüne Rekruten, aber es gelang ihnen, den Angriff letztlich abzuwehren und den Feind in die Flucht zu schlagen.«

»Was ist mit Ragnars Weib und seinen Kindern?«, fragte Varosch besorgt.

Ich schluckte, es tat mir weh, es laut auszusprechen. »Leandra weiß von ihnen, sie ließ nach ihnen fragen. Hrelde, die zweitjüngste von Ragnars Töchtern, sie wurde niedergeritten und, wie Leandra schreibt, weiß man noch nicht, ob die Götter sie zu sich rufen werden.

Sollte sie es überleben, kann man noch nicht sagen, ob es selbst mit einer Tempelheilung möglich sein wird, ihr Bein zu retten.«

Aleyte kam mir in den Sinn. Ich sah auf meine linke Hand herab, die vor wenigen Tagen auch zerschmettert gewesen war.

»Kann ich sehen?«, fragte Varosch und streckte die Hand aus.

»Der letzte Teil der Nachricht ist für mich allein bestimmt«, teilte ich ihm rau mit, als ich ihm die Schriftrolle reichte.

»Ich werde sie nicht lesen«, versprach er mir und seufzte, als er zu den Namen kam, deren Schicksal Leandra bereits bekannt gewesen war, als sie diese Nachricht schrieb.

»Müller Aton«, sagte er dann rau. »Wir sind zusammen in Lassahndaar aufgewachsen, und als mein Vater mich einmal blutig schlug, kümmerte er sich um mich, er war ein guter Kerl. Er ist der Einzige, dessen Namen ich erkenne, den Göttern sei Dank dafür.«

Er reichte mir die Schriftrolle zurück.

»Es gibt noch mehr an Nachrichten«, ließ ich ihn wissen und wies auf den kleinen Stapel, den Elsine mir gegeben hatte und der nun auf unserem Tisch lag. Während er diese las, las ich noch einmal den letzten Absatz.

»Hast du das hier gelesen?«, fragte Varosch betroffen und hielt eine Nachricht hoch.

»Ja«, erwiderte ich gepresst. »Prinz Tamin bittet um die Entsendung der zweiten Legion, um Aldane zu entsetzen.«

»Und dennoch, wir brauchen sie hier, um Arkins Pläne zu durchkreuzen«, meinte er und seufzte. »Gerade wenn wir denken, wir hätten ein Unheil abgewendet, droht uns schon das nächste. Was ist das?«, fragte er ungläubig.

»Eine Einladung von Kriegsfürst Arkin an mich«, teilte ich ihm mit, während ich Leandras Nachricht sorgfältig wieder zusammenrollte und in meiner Reisekiste verstaute. »Er hält sich wohl für besonders geschickt. So will er vermeiden, dass es auffällt, wenn sich ein Lanzengeneral verborgen mit ihm trifft, um seine Befehle von ihm zu erfahren.«

»Du wirst hingehen?«, fragte er. »Alleine, wie er es hier schreibt?«

»Ja«, entgegnete ich grimmig. »Ich werde es mir wohl kaum entgehen lassen. Wo ist Serafine?«

»Sie spricht mit Mahea, lässt sich berichten, was hier in unserer Abwesenheit geschah. Zokora ist bei ihr, und Enke ist bei Elsine und der Hüterin. Mit der irgendetwas ist, in den letzten Tagen ist sie wohl ein Wolf geblieben.«

Ich erinnerte mich daran, dass sie in Elsines Zelt gelegen hatte. Ich unterdrückte einen Seufzer, es gab genügend für mich zu tun.

Elsine hatte mehr oder weniger zugegeben, dass sie die Kor gegen die Ostmark führte, weil sie keine andere Möglichkeit mehr sah, die Kor zu vereinen. Der Tarn hätte ihr und Delgere die Möglichkeit dazu bieten sollen, doch so war er nur eine weitere Enttäuschung.

Ohne große Hoffnung durchsuchte ich Aleytes Erinnerungen, ob er etwas über den Tarn wusste, das mir jetzt nützlich wäre, aber auch er konnte mir nicht weiterhelfen. Er war nicht dabei gewesen.

Beinahe hätte ich es aufgegeben, dann fiel mir etwas auf.

»Entschuldigt«, sagte ich zu den anderen, als ich aufstand und Seelenreißer griff. »Ich muss noch einmal zu Elsine hin.«

»Wollt Ihr mich wieder schelten?«, fragte Elsine müde, als ich zum zweiten Mal innerhalb einer Kerzenlänge ihr Zelt betrat.

»Nein«, sagte ich und sah neugierig zu den vier dunklen Elfen hin, die sich neben der weißen Wölfin auf den Boden gesetzt hatten und dort ihr Mahl zu sich nahmen. Sie hatten sich auf dem Rückweg bereits durch unsere Vorräte gegraben, offenbar war es ihnen noch nicht genug.

Sie lächelte. »Wenn ich das richtig verstanden habe, sind sie jetzt meine neue Leibwache. Azaras hat mir bereits mitgeteilt, was sie an Ausrüstung brauchen, offenbar habe ich dabei nicht viel mitzureden.«

»Ist es Euch recht?«, fragte ich sie.

Sie sah zu den Elfen hin und lächelte. »Schon ... irgendwie. Auf jeden Fall sind sie lebhafter, als ich es von ihrem Volk gewohnt bin. Und Vianka ... was sie über Kolaron und Thalak in Erfahrung brachte, ist mit Gold nicht aufzuwiegen. Kamt Ihr, um zu sehen, wie es ihnen geht?«

»Ja. Auch«, sagte ich und nickte Azaras zu, der mir ein strahlendes Lächeln schenkte. Nach Zokora hätte ich nie gedacht, dass ich jemals auf dunkle Elfen treffen würde, die ihre Gefühle so offen zur Schau stellten. Oder zugaben, welche zu besitzen. Bis auf Vianka, der jedes Lächeln schwerfiel, allerdings hatte sie dazu auch jeden Grund. »Doch ich wollte noch einmal Eure Karte sehen. Könnt Ihr sie auslegen?«

Sie nickte. »Ja, natürlich. Warum?«

»Es geht um den Tarn«, sagte ich. »Mir ist etwas zu ihm eingefallen.«

Sie rollte die Karte wieder aus und beschwerte sie mit einem Dolch und einem Weinglas, um mich dann fragend anzuschauen.

»Ich hatte Gelegenheit, Aleyte, den Verschlinger, zu der Stadt der Seher zu befragen«, teilte ich ihr mit, was nicht weniger als die Wahrheit war, wenigstens der Teil davon, den ich ihr offenbaren wollte. »Zokora sagte bereits, dass der Tarn sich nur in Tir'na'coer zusammensetzen lassen würde. Ich kann Euch sagen, wo Ihr die Stadt der Seher finden könnt. Versprecht mir nur, dass Ihr, wenn Ihr den Tarn dann in den Händen haltet, versuchen werdet, diesen Krieg zu unterbinden.«

Sie nickte leicht. »Versuchen werde ich es, ich sagte bereits, dass auch Delgere sich keinen Krieg wünscht. Aber mehr als das werde ich Euch nicht versprechen.«

Viel war es nicht, doch es musste für den Moment genügen.

»Hier«, sagte ich und legte den Finger auf die Stelle, dorthin, wo sich nach Aleytes Erinnerung die Stadt der Seher befinden musste, die in seiner Erinnerung noch erhabener und noch mehr voller Wunder war als die Festung der Titanen. »Hier befindet sich die Abendröte, die Stadt der Seher. Dort, sagte Aleyte, befindet sich die Hoffnung für eine neue Zeit.«

Hinter mir gab es Laute des Erstaunens von den dunklen Elfen, als die weiße Wölfin zu der Hüterin wurde, die nun, ungeachtet der Tatsache, dass sie kein Fell mehr trug, nackt und bloß an den Tisch herantrat.

»Er hat recht«, rief sie. »Ich erinnere mich wieder, dorthin wollte ich, die Stadt der Seher!«

»Die Greifenreiter der Elfen haben die alten Siedlungen für uns auf der Karte markiert«, sagte Elsine zweifelnd. »Aber dort haben sie keine Ruinen gefunden.«

»Und doch befindet sie sich dort«, rief Aleahaenne ganz aufgelöst. »Ich weiß es! Dorthin müssen wir, deshalb sind wir hergekommen.«

»Wir kamen, um die Kor zu einen«, erinnerte Elsine sie.

»Ja«, nickte die Hüterin. »Doch dort findet Ihr den Grund!«

»Versprecht mir nur noch eins«, bat ich Elsine. Sie sah fragend zu mir hoch. »Sucht Asela auf, bevor Ihr Euch dorthin begebt, sie hat noch etwas zu dem Tarn beizutragen.«

»Das bezweifle ich«, meinte Elsine erhaben. »Es wird wenig geben, was sie mich noch lehren kann.«

»In diesem Fall, Sera«, sagte ich mit einem leichten Lächeln, »irrt Ihr Euch.«

Sie nickte abgelenkt, als die Hüterin auf der Karte mit dem Finger die Strecke entlangfuhr, die man von hier aus nehmen musste, und hörte mir schon nicht mehr zu.

Nun, dachte ich, ich hatte meinen Teil getan. Niemand fiel weiter auf, dass ich eine Verbeugung andeutete und mich leise aus dem Zelt entfernte. Bis auf Enke, die ich dabei beinahe umgerannt hätte.

»Das hast du gut getan«, lächelte sie.

»Ihr und ich sollten uns einmal unterhalten, Hexe«, teilte ich ihr mit.

»Haben wir das nicht schon?«, sagte sie, und ihr Lächeln wurde breiter. »Ist es denn vonnöten? Mir scheint, du weißt wieder, was du tust.«

»Wartet«, bat ich sie, als sie das Zelt betreten wollte.

Sie sah mich fragend an.

»Ihr kennt nicht zufällig eine große schwarze Frau, die auf den Namen Mama Maerbellinae hört?«

Sie lachte glockenhell. »Mit diesem Namen würde ich

wohl nicht vergessen, ob ich sie kenne oder nicht«, meinte sie und duckte sich in das Zelt herein.

Ich sah ihr nach, seufzte und ging zu unserem Zelt zurück. Ich hatte es fast erreicht, als mir doch auffiel, dass sie meine Frage nicht beantwortet hatte. Ich stand da und überlegte, ob ich es auf sich beruhen lassen sollte, da kam Zokora aus unserem Zelt und baute sich vor mir zu ihrer vollen Größe auf.

»Du hast die Hexe eben nach Solante gefragt«, meinte sie und durchbohrte mich mit ihrem Blick. »Weißt du etwas, das ich nicht weiß?«

»Nein«, sagte ich. »Nur hast du mir gerade etwas gesagt, das ich nicht wusste. Mama Maerbellinae ist Solante? Bist du dir sicher? Wenn sie Eure Göttin ist, warum trieb sie sich solange in Askir herum?«

»Der Dieb Wiesel hat sie mir beschrieben«, erklärte Zokora mir. »Abgesehen davon, dass Solante keine Knochen durch die Nase trägt, stimmt seine Beschreibung mit unserer Göttin überein, bis hin zu dem, dass er sagt, sie könne sich in eine große Katze verwandeln.« Sie hob ihr Kinn und sah mich strafend an. »Wenn sie es ist, trieb sie sich nicht herum, sondern hatte ihre Gründe. Sag mir, warum hast du Enke eben nach ihr gefragt?«

»Weißt du«, sagte ich leise und zog sie wieder in das Zelt hinein. »Astarte war nicht immer so, wie wir sie heute sehen. Ich verfüge über Erinnerungen an eine Zeit, in der wir Menschen sie uns anders vorstellten. Als eine Frau in mittlerem Alter, als die Mutter, nicht die Göttin der Liebe.«

Zokora musterte mich prüfend. »Dir geht es gut? Du bist nicht plötzlich vom Wahn befallen?«

»Das nicht«, seufzte ich. »Doch ich habe das Gefühl, dass die Götter uns näher sind, als ich bislang glaubte.«

»Was mich nicht wundern würde«, meinte Varosch, der damit bewies, dass seine Ohren denen von Zokora mittlerweile kaum noch nachstanden. »Doch die alte Enke?« Er schüttelte den Kopf. »Ich bin ein Priester Borons, ich sollte Göttlichkeit bemerken, wenn sie vor mir sitzt und strickt.«

»Was noch immer nicht erklärt ...«, begann Zokora.

»Du hast es selbst gesagt«, unterbrach ich sie. »Solante und Astarte sind Aspekte derselben Göttin.«

»Mag sein«, sagte Zokora erhaben. »Aber sage mir, warum sich Solante ausgerechnet als Mensch zeigen sollte? Es ergäbe so gar keinen Sinn.«

»Weil die dunklen Elfen den Menschen so sehr überlegen sind?«, fragte Varosch etwas spitz.

»Richtig«, meinte Zokora ungerührt. »Ich sagte ja, es ergibt keinen Sinn.«

»Ragnars Volk glaubt, dass Astarte eine Tochter des Allvaters ist«, teilte ich ihnen gewichtig mit. »Er gab ihr einen Raben als Begleiter, der über sie wachen sollte, solange sie unter den Menschen wandelt.«

»Kraha«, hörte ich und sah dorthin, wo ein Rabe auf einer Querstange unseres Zeltes saß. »Kraha!« Zuvor hatte ich es nicht für möglich gehalten, dass ein Rabe so lachen konnte, dass er fast noch von seiner Stange fiel.

»So«, meinte die alte Enke später, mit einem Blitzen in den Augen. »Du glaubst, ich bin Astarte?«

»Nun ...«, begann ich, doch sie ließ mich nicht zu Worte kommen.

»Erkläre mir eines, Havald«, lachte die Hexe vergnügt. »Wenn ich Astarte bin, warum habe ich es dann nötig, in euer Zelt zu kommen, um mir Tee oder Kafje zu stehlen?«

»Gute Frage«, grinste Serafine, die das alles wohl sehr erheiternd fand.

»Kraha«, meinte Konrad noch dazu, und ich hielt abwehrend meine Hände hoch.

»Ist ja schon gut«, grummelte ich. »Wenigstens habe ich euch alle damit recht erheitert.«

»Was auch dringend nötig ist«, sagte die alte Enke und wurde sehr schnell wieder ernst. »Während wir uns in der Festung der Titanen bei einem Abenteuer vergnügten, scheint plötzlich die ganze Welt in Brand geraten zu sein, und jeder fragt nach dir. Ich hörte, dass Asela dich in der Felsenfeste sprechen will?«

Ich seufzte. »Das ist richtig. Wir brechen dorthin auf, sobald ich mit Arkin gesprochen habe.«

»Du willst noch immer an seinem Plan festhalten?«, fragte Varosch. »Meinst du nicht, er bemerkt es, dass du nicht der Verschlinger bist? Der Fluch hat keinen Einfluss auf dich, das müsste ihm doch auffallen. Der Verschlinger hörte seine Befehle, selbst wenn er meilenweit entfernt war, vielleicht weiß Arkin es schon längst, alleine deshalb, weil du ihm seinen Tee noch nicht gebracht hast.«

»Möglich«, meinte ich grimmig. »Aber selbst wenn es ihm auffällt, wird es zu spät für ihn sein. Der Fuchs hat uns lange genug an der Nase herumgeführt, jetzt lege ich ihn an die Leine.«

Ich wandte mich der alte Enke zu. »Ich verstehe nun einiges mehr von der Magie als zuvor und auch von Illusionen, dennoch … Ihr beherrscht sie bis zur Meisterschaft. Ich weiß, dass es möglich ist, jemanden magisch unter Beobachtung zu halten … Ihr habt einmal gesagt, dass Ihr es bei uns verhindert. Darf ich Euch fragen, wie Ihr das tut?«

»Indem ich zeige, was ich will, was man von uns sieht«, sagte die Hexe ruhig. »Es ist einfach, wenn man weiß, wie.«

»Wollt Ihr es mir erklären?«, fragte ich sie höflich.

»Das ist das Mindeste, was eine Göttin für Euch tun kann, Ser Roderik«, grinste sie. »Dann kommt her und schaut in dieses Glas …« Sie sah zu Varosch hin, der noch immer lachte. »Erheitere dich nicht zu sehr«, sagte sie mahnend. »So lange ist es noch nicht her, dass mich ein junger Bursche eine Göttin nannte! Er schrieb sogar eine Ballade darüber.«

»Ich erinnere mich nur an die Ballade von der gar schrecklichen Hexe«, grinste Varosch.

»Dann frage mal deine Freundin Sieglinde nach der Ballade von der Wiesenfrau«, lächelte die alte Enke. »Sie sollte sie kennen.« Ihr Lächeln wurde breiter. »Oder besser, frage Janos. Er mag zotige Balladen mehr als sie.«

Ich kannte die Ballade. Sie handelte von ihr? Ungläubig sah ich sie an. Zotig war das falsche Wort dafür, ich hoffte nur, dass meine Ohren nicht zu sehr glühten!

Ein Schicksalsband für eine dunkle Seele

26 »Ihr scheint wohlgemut, Lanzengeneral«, begrüßte mich der Kriegsfürst, als Schwertmajor Usmar mich in Arkins Zelt führte und sich sogleich mit einer steifen Verbeugung zurückzog. »Offenbar verlief Euer Abenteuer in der Festung der Titanen nach Eurem Wunsch.«

»Daran liegt es nicht«, teilte ich ihm mit, als ich mir auf seine Geste hin einen Stuhl heranzog und mich setzte. »Mein Freund Varosch gab eben eine Ballade zum Besten, die uns alle etwas aufgemuntert hat. Was die Festung der Titanen angeht, die Priester werden Euch keinen Ärger mehr bereiten, der Zugang zum Grab ist unter Tonnen von Gestein und Trümmern vergraben, und der Kaiser hat Euch verziehen. Eigentlich müsstet Ihr es sein, der eine gute Laune haben sollte.«

Er nickte langsam. »Eigentlich, ja. Ein seltsames Wort, dieses eigentlich. Denn eigentlich hatte ich jemand anderen erwartet.« Er trat an eine Kiste heran und entnahm dieser den Kristallschädel, den er dann vor mir auf die Ecke seines Reiseschreibtisches stellte. »Sagt Ihr mir, wie es Euch gelang?«

»Wie lange wisst Ihr es schon?«, stellte ich ihm die Gegenfrage.

»Noch bevor Kolaron den Schädel vor meine Füße fallen ließ und mir selbstgefällig in einer Vision mitteilte, was er nun von mir wünscht. Der Fluch …« Er zögerte, suchte nach den richtigen Worten. »Der Fluch schuf eine Verbindung zwischen mir und Aleyte. Ich respektierte ihn, müsst Ihr wissen.«

Wenn ich mir die Erinnerung des Elfen ansah, entsprach dies nicht so ganz dem, was Aleyte von Arkin gedacht hatte.

»Wie ist es Euch gelungen?«, fragte er erneut.

»Die Götter haben mich zum Engel des Todes bestimmt«, teilte ich ihm schulterzuckend mit und leistete Aleyte gedanklich Abbitte, als ich weitersprach. »Ich hatte mein Schwert wiedergefunden, ein Schlag genügte.« Ich beugte mich vor. »Nicht ganz das, was Ihr erhofft hattet?«

»Dass der Kaiser den Schädelstein fand, ist unglücklich gewesen«, meinte er. »Es hat mir einen guten Plan zerstört, aber selbst danach bestand noch Grund zur Hoffnung. Warum habt Ihr nicht zumindest versucht, den Kaiser zu erschlagen?«

»Während er eine Puppe ritt? Das hätte wenig gebracht. So ist es besser«, teilte ich ihm mit. »Usmar!«, rief ich dann laut.

Der Schwertmajor steckte den Kopf herein, und ich hielt den Schädelstein hoch. »Besorgt mir einen Stein in dieser Größe, bringt ihn mir, und vergesst im Anschluss, was ich von Euch wollte.«

»Aye, Ser«, sagte er, salutierte und verschwand.

Arkin sah ihm überrascht nach und schaute mich gleich darauf fragend an. »Wie habt Ihr das gemacht?«

Ich bleckte die Zähne. »Überzeugungskraft.«

»Ich verstehe«, gab er langsam zurück. »Ist dies mein Schicksal? Ist es nun an mir, Eure Befehle zu befolgen?«

»Ihr nehmt es erstaunlich gelassen auf«, meinte ich.

»Ich hatte fast einen Tag lang Zeit, mich darauf vorzubereiten«, meinte er und schenkte sich aus einer Karaffe ein. »Wein?«

Ich nickte. »Warum nicht?«

Er schob ein Glas zu mir hinüber und setzte die Karaffe ab. »Es gibt in jeder Lage einen Vorteil, den man daraus ziehen kann«, sagte er und trank einen Schluck. »Man muss ihn nur suchen. Dabei hilft es, klar zu wissen, was man will.« Er lächelte etwas schief. »Ich will leben … und ich will auch meine Truppen nicht verrecken sehen. Besten Dank übrigens, die erste Nachschubkolonne traf heute Morgen wieder ein.«

»Ich halte mein Wort«, teilte ich ihm mit. »Hättet Ihr Eures gehalten, wäret Ihr nicht in dieser Lage.«

Usmar kam herein, hielt mir einen Stein hin und salutierte. »Euer Stein, Ser, Lanzengeneral, Ser!«, sagte er voller Eifer, um dann zu blinzeln und Arkin fragend anzusehen. »Kriegsfürst?«, fragte er etwas unsicher.

»Es ist nichts«, erwiderte Arkin ruhig. »Ihr dürft wegtreten.«

Usmar salutierte und verließ das Zelt mit schnellen Schritten.

»Was hat es mit dem Stein auf sich?«, fragte Arkin neugierig.

Als Antwort nahm ich den Schädelstein und legte ihn neben den Stein, den mir Usmar eben gebracht hatte, und griff sowohl nach einem Talent als auch nach etwas Magie, von der es hier noch immer nicht allzu viel gab. Es reichte aus, um mit dem Stein den kristallenen Schädel nachzuformen und ihn in einen ebensolchen Kristall zu verwandeln.

»Hier«, sagte ich und reichte Arkin den falschen Stein zurück, während ich den Stein, der die Seele von Aleytes Geliebte noch immer hielt, sorgsam in einen Beutel packte. »Für den Fall, dass der Kaiser sich fragt, wo der Schädelstein geblieben ist.«

Der Kriegsfürst musterte den falschen Schädel und sah dann zu mir auf.

»Ein beeindruckendes Kunststück«, stellte er fest. »Also wollt Ihr mich nicht töten? Sonst wäre das hier ...«, er wies mit einer Geste auf den Stein, »nicht nötig.«

»Es kommt auf Euch an«, teilte ich ihm mit. »Ihr habt die Wahl zwischen drei Möglichkeiten. Die Erste ist, Ihr führt Eure Legionen zur Feste Braunfels, nur werdet Ihr Euch auf dem Weg dorthin verirren und werdet zusehen müssen, wie Eure Soldaten verhungern. Doch keine Angst, Ihr werdet der Letzte sein, der stirbt.«

Er nickte grimmig.

»Die andere Wahl?«

»Ihr ergebt Euch, legt die Waffen nieder, begebt Euch in Gefangenschaft. Sofern einige Eurer Leute bereit sind, in einem Tempel eines unserer Götter dem toten Gott abzuschwören, können sie auf Ehrenwort entlassen werden. Diejenigen von Euch, die nicht abschwören wollen, werden wir wahrscheinlich hinrichten müssen. Wir haben schlechte Erfahrungen damit gemacht, den Fanatikern unter euch Gnade zu erweisen.«

Er nickte wieder.

»Was ist die dritte Wahl?«

»Ihr lauft über«, sagte ich grob. »Ihr wechselt die Fahnen, leistet einen Eid auf Askir und kämpft auf unserer Seite.«

Er schien weder empört noch angewidert von dem Vorschlag, vielmehr sah er nur grübelnd drein. »Es gibt nicht viele unter uns, die so fanatisch sind, dass sie lieber sterben, als einem toten Gott abzuschwören«, meinte er nachdenklich. »Aber es gibt genügend. Sie werden nicht für Askir kämpfen wollen.«

»Das ist nicht mein Problem«, sagte ich brutal. »Ihr habt einen Handel mit uns abgeschlossen, zu dem Ihr uns erpresst habt. Ihr hättet Euch an ihn halten sollen. Was nun folgt, lastet auf Euren Schultern.«

Er nickte und sah lange grübelnd in sein Weinglas. »Was immer Ihr auch von mir haltet«, sagte er anschließend. »Das Schicksal meiner Soldaten liegt mir am Herzen. Doch wir haben nie etwas anderes als das Kriegshandwerk erlernt. Gefangenschaft ist nichts für uns, wir sind gern Herren unseres eigenen Schicksals, selbst wenn wir abschwören, was sollen wir dann tun? Tischler werden?«

»Es ist ein ehrenwerter Beruf. Man erschafft etwas, es ist besser, als zu zerstören. Ihr solltet es versuchen …«

»Wir sind im Zerstören besser.« Er musterte mich fragend. »Dieser Eid, den Ihr verlangt, wer sagt Euch, dass wir ihn nicht brechen werden? Wenn wir tun, was Ihr verlangt, sind wir bereits einmal eidbrüchig geworden.«

»Ich kenne Euch«, sagte ich ruhig. »Ihr werdet zu Recht der Fuchs genannt, und es geht Euch nur um zwei Dinge: dass Ihr lebt und dass Ihr Macht über Euer Schicksal habt. Ich biete Euch beides, Arkin. Zugleich verspreche ich Euch, dass ich Euch beides nehmen werde, wenn Ihr mich betrügt.«

Er seufzte. »Ich weiß nicht, ob unser Kaiser in Wahrheit schon ein Gott ist, aber Ihr werdet nicht gegen Thalak gewinnen können. Ich weiß, dass Ihr die Nachrichten erhalten habt, die ersten von vielen Legionen sind in Aldane angelandet. Ich stehe nicht gerne auf der Verliererseite.«

»Mag sein«, sagte ich. »Doch seht es so. Bis Ihr dann verliert, habt Ihr Lebenszeit gewonnen. Denn die erste Wahl gibt Euch nicht mehr als zwei oder drei Wochen in der Steppe, in denen Ihr erfahren könnt, ob Ihr von der Treue zu Eurem Kaiser und dem toten Gott auch leben könnt. Er jedenfalls schien mir nicht sonderlich um Euer Wohlbefinden besorgt.«

Er nickte langsam. »Sagt mir, konnte er das Grab öffnen?«

»Nein.«

»Wird er es können?«

»Vielleicht. Er wird es auf jeden Fall erneut versuchen. Doch ich glaube nicht daran, dass es ihm gelingt.«

»Wisst Ihr«, sagte er leise. »Ich wollte Aleyte belohnen, als ich ihn vorgestern Nacht gehen ließ. Hätte ich es nicht getan ... wäre mein Plan dann aufgegangen?«

»Wahrscheinlich«, gab ich zu. »Euer Plan glänzte darin, uns zu dem zu verleiten, was wir ohnehin getan hätten. Immer vorausgesetzt, der Verschlinger hätte mich besiegen können.«

»Aleyte war davon überzeugt, dass man vielleicht ihn besiegen könnte, aber nicht die Bestie, sie wäre im wahrsten Sinne unsterblich«, meinte er nachdenklich und sah mich schließlich fragend an. »Er war niemand, der zu Fehleinschätzungen neigte. Wo lag sein Fehler?«

»Nirgends«, entgegnete ich. »Die Bestie ist nicht zu besiegen.«

»Also habt Ihr es Aleyte nachgetan, und die Bestie gehorcht jetzt Euch«, stellte er fest.

Ich sagte nichts dazu. Sollte er glauben, was er wollte. Ich war nur froh darum, dass es dazu nicht gekommen war, es wäre mein letzter verzweifelter Ausweg gewesen.

»Was ist mit dem Kaiser? Kolaron, meine ich?«

»Irgendwann wird er es erfahren. Mit etwas Glück wird er anderes zu tun haben, als sich um Euch zu kümmern. Wenn doch ... Ihr habt es Euch selbst zuzuschreiben«, sagte ich kalt. »Bis dahin folgen wir dem Handel, zu dem Ihr uns erpresst habt. Zieht vorerst mit Euren Legionen nach Rangor, lasst Eure Männer sich erholen. Wenn die Zeit gekommen ist, werde ich Euch mitteilen, was zu tun ist.«

»Der Marsch durch die Steppe dürfte die Gelegenheit sein, die loszuwerden, die nicht bereit sein werden abzuschwören«, dachte er laut nach. »Es könnte gelingen, es sind nicht viel mehr als tausend. Was danach geschieht ...« Er zuckte mit den Schultern und seufzte. »Manchmal ist es so. Man muss einen Teil opfern, um den anderen zu retten. Leicht wird es mir nicht fallen, es sind meine Soldaten ...« Er sah müde zu mir hoch. »Ich hoffe, Ihr wisst, was Ihr da fordert.«

Ich nickte. »Findet eine Möglichkeit, sie dazu zu bewegen, abzuschwören.«

»Sie werden eher sterben. Das ist ja das Problem.«

»Eures. Nicht das meine«, sagte ich kalt.

»Ja«, sagte er und atmete tief durch. »Was soll ich tun? Habt Ihr ein Buch der Götter dabei, auf dem ich abschwören kann?«

»Das wird nicht nötig sein«, meinte ich. »Lasst mich Euch zeigen, was Euch widerfahren wird, versucht Ihr erneut, uns zu hintergehen.« Ich beugte mich vor, um ihn leicht mit der Hand zu berühren. Es reichte, um Zugang zu ihm zu gelangen, seine Seele zu ergreifen und für einen langen Moment in meinen Händen zu halten, dann stopfte ich sie wieder in ihn hinein, stand auf und hielt ihm den Mund zu, während er zuckte und schrie.

Und grübelte darüber, was ich empfand. Ich konnte nur wenig Mitleid in mir finden, vielleicht hatte er die Wahrheit erzählt, als er davon gesprochen hatte, dass er in dieses Leben hineingezwungen war, doch er war der Feind, und ließ ich ihm nur den kleinsten Ausweg, befürchtete ich, dass er sich uns erneut entgegenstellen würde. Was ich hier tat, mochte Tausenden das Leben retten, auf sein Wort alleine konnte und wollte ich mich nicht mehr verlassen. Sein Zucken ließ nach, Zeit für den nächsten Schritt, für die Leine. Ich zog meinen Dolch und schnitt ihm in die Hand, mehr als einen Tropfen brauchte ich nicht, er sah mit weiten Augen zu, wie ich diesen Tropfen spann, einen Faden daraus webte.

»Das«, erklärte ich ihm, »ist ein Schicksalsband. Es verbindet Euch mit einem anderen, solange er lebt, lebt Ihr, stirbt er, ist es Euer Ende. Wird er verletzt, teilt Ihr sein Leid. Doch es geht nur in diese eine Richtung, sterbt Ihr, wird er es nicht einmal bemerken.«

»Götter!«, keuchte er, als ich die Hand von seinem Mund nahm. »Ihr seid schlimmer noch als Kolaron.«

»Wisst Ihr«, sagte ich, als ich den Beutel mit dem kristallenen Schädel nahm und mich zum Gehen wandte, »damit habt Ihr wahrscheinlich recht.«

Hatte ich es richtig getan, die Illusion, die Enke mich lehrte, richtig gewoben, so hatte Kolaron von alledem nur das sehen können, was er hatte sehen sollen, mich, unterwürfig, wie ich meine Befehle von Arkin entgegennahm. Wenn er denn zugesehen hatte. Solange der Nekromantenkaiser Arkin nicht selbst oder in einer seiner Puppen aufsuchte, würde die Täuschung halten. Wenn nicht, sagte ich mir, als ich von Schwertmajor Usmar die Zügel entgegennahm und mich auf Zeus' breiten Rücken schwang, um zu unserem Lager zurückzureiten, war das dann Arkins Problem und nicht das meine.

Nar'asti'Sear

27 »Hast du erreicht, was du wolltest?«, fragte Varosch, als er Zeus' Zügel nahm und mein treues Ross mit einem Winterapfel belohnte.

»Arkin wird uns nicht mehr betrügen«, sagte ich kurz. Noch stand das Zelt, doch Mahea und einige von Ma'tars Stammesbrüder waren bereits dabei, es auszuräumen.

Ich fand Serafine am großen Tisch, wo sie gerade mit ihrem magischen Stift eine Nachricht schrieb.

»An Stofisk?«, fragte ich sie neugierig, als ich mich über sie beugte und ihr einen federleichten Kuss gab.

»Ja«, sagte sie und seufzte, als ich begann, ihr den Nacken zu massieren. »Er soll alles für unsere Ankunft in Askir vorbereiten. Er wird es sowieso tun, aber … autsch!«, beschwerte sie sich. »Was war das?«

»Tut mir leid«, gab ich rasch zurück. »Ein Fingernagel … ich muss ihn mir eingerissen haben.« Ein kleiner Kratzer nur, nicht mehr als ein winziger Tropfen, doch genug, um einen Faden daran zu spinnen. Es gab nicht einen Priester eines unserer Götter, der die Blutmagie nicht unter Interdikt stellte. Was ich soeben tat, hatte mir einen Platz auf einem Scheiterhaufen verdient. Doch solange Arkin lebte, würde alles, was Serafine schadete, seine Wirkung bei ihm entfalten.

»Hier …« Ich stellte den Beutel auf den Tisch, um den kristallenen Schädel herauszuholen und ihr zu zeigen.

Sie musterte ihn voller Abscheu. »Warum hast du ihn noch nicht zerschlagen?«

»Das werde ich jetzt tun«, sagte ich. »Aber nicht hier, es gibt einen geeigneteren Ort dafür. Dieser Fluch wurde von Göttern ausgesprochen, und wer weiß schon, was geschehen wird. Ich bin nur hergekommen, um den Stab zu holen.« Ich lächelte schwach. »Er hat sich als überraschend nützlich erwiesen.«

»Ich mag ihn nicht.«

»Warum?«, fragte ich sie überrascht. »Es liegt keine dunkle Magie auf ihm.«

Sie schüttelte den Kopf. »Das ist es nicht. Wenn ich ihn in deiner Hand sehe, erinnert er mich daran, dass du dich verändert hast.«

»Wir alle ändern uns«, sagte ich und nahm den Stab, der auf meinem Feldbett lag. »Es ist der Sinn des Lebens, nur in der Veränderung finden sich neue Möglichkeiten.«

Auch wenn Arkin ähnlich dachte, hatten wir nicht das Geringste miteinander gemein.

»Wie lange wird es brauchen?«, fragte sie. »Ich hoffe, es wird Zeus nicht zu sehr ermüden, wir haben noch einen langen Ritt vor uns.«

»Zeus kann seinen Hafer genießen«, teilte ich ihr mit und hob den Stab bedeutsam an. »Die Maestra, der dieser Stab gehörte, hat gute Arbeit geleistet, sie und die, die ihn vor ihr trugen. Sie haben ihn so vorbereitet, dass er einige Zauber erleichtert, darunter einen, der das Reisen leichter macht.«

»Du kannst ein Tor damit öffnen?«, fragte sie überrascht.

»Nein, das nicht«, lächelte ich. »Jetzt, da ich mehr davon verstehe, wächst mein Respekt vor Asela nur noch mehr. Der Torzauber selbst ist einfach genug, doch die Durchführung, das Wissen, die Berechnungen, die man durchführen muss ... so weit bin ich noch nicht. Der Zauber, den die Maestra in ihrem Stab verwob, erlaubt einem, einen weiten Schritt zu machen. So man weiß, wohin man will.« Ich küsste sie leicht auf die Stelle, an der ich sie gekratzt hatte, und sah zu, wie der Kratzer verschwand. »Ich bin gleich zurück.«

Aleyte kannte den Ort, den ich suchte, ich holte mir das Bild von ihm, lächelte Serafine zu und tat einen weiten Schritt.

Und erlebte, wie die Erde mich mit der Wucht eines Hammerschlags traf. So viele Knochen, wie es mir in diesem

Lidschlag brach, konnte selbst ich nicht so schnell heilen, ich lag da, das Gesicht halb im Staub, in dürrem Steppengras und Dreck vergraben, blutete in den Dreck hinein und fragte mich, was, bei allen Höllen des Namenlosen, da eben gerade geschehen war.

Es dauerte eine Weile, bis ich wieder etwas sah, noch länger, bis ich mich stöhnend auf den Rücken drehen konnte und in den blauen Himmel schaute. Wo schon ein Vogel kreiste, einer dieser Steppengeier, kein Rabe, wie ich zuerst dachte. Jemand stöhnte. Da sonst niemand hier lag und blutete, musste ich es sein, also hörte ich damit auf.

Götter, ich hatte diesen Ort genau vor mir gesehen, Aleyte hatte ihn nie vergessen, ich wusste, wo er war ... und der weite Schritt hatte mich dort auch hingeführt. Kein Zweifel daran, doch es gab keinen Garten hier, keine Kirschbäume, keine niedrigen, reich verzierten Mauern und auch keinen kleinen See, an dem ein Elf einer jungen Frau aus einem Dienervolk seine Liebe eingestanden hatte.

Mühsam richtete ich mich auf und stierte benommen und ungläubig auf den Stab, der bis zu seiner schwarzen Kugel in der Erde steckte.

Götter, dachte ich seufzend. Ich mochte nun über die Fähigkeiten eines Maestros verfügen, aber das schützte ganz offensichtlich nicht vor Dummheit. Wie lange war es her? Unzählige Jahrtausende? Wenn es diese Gartenmauer noch gab, auf der die beiden gesessen hatten, dann war sie unter Mannslängen von Erde begraben, die beständig wuchs, um die Zeugen der Vergangenheit zu begraben und Raum für Neues zu erschaffen.

Dennoch, es war der richtige Ort, vielleicht wusste sie es zu würdigen.

Ich schob mir meinen Ellenknochen zurecht, der noch nicht richtig saß, wartete, bis er verheilte, und nahm dann den kristallenen Schädel heraus, um ihn vor mir auf den kargen Boden zu setzen.

Ihn mit einem Hammer zu zerschlagen, schien mir nicht angebracht, also tippte ich ihn leicht mit dem Finger und dem Talent eines längst vergessenen Steinmetzes an und ließ ihn in zwei saubere Hälften auseinanderfallen.

Kein Sturm zog herauf, um den Zorn vergessener Götter aufzuzeigen, vielleicht gab es einen Windstoß, vielleicht war sogar der Seufzer, den ich hörte, mehr als Einbildung. Ich wartete, und als nichts weiter geschah, stand ich auf und zog den Stab aus dem Boden.

Nar'asti'Sear. Danke, Herr.

Langsam wandte ich mich um und sah sie dort stehen, Elin, wie Aleyte sie gekannt hatte, in seinen Augen ein kleines braunes Ding mit zu kurzen Gliedern und einem zu breiten Gesicht, doch mit einem Lächeln, das ihm die Welt bedeutet hatte. Fast erschien sie mir wie Fleisch und Blut, so wie sie dort stand, sogar ihr Haar wehte in dem leichten Wind, der hier ging.

Ja, sie war klein, vielleicht auch etwas gedrungen, aber für mich war sie hübsch und wohlgeformt. Ich konnte Aleyte nur zustimmen, sie besaß ein bezauberndes Lächeln. Ich musterte sie, die Mutter aller menschlichen Magie und der Talente, die mit ihrer Liebe zu einem Elfen für die Menschen die Magie gestohlen hatte.

Sie sah sich suchend um. *Ich dachte, er würde kommen …*

»Es tut mir leid.« Ich war betreten. »Es …«

Ich bin hier.

Aleytes Stimme. Doch ich sah ihn nicht, sah nur, wie

sie lächelte, und ja, er hatte recht, dies war ein Lächeln, das die Welt bedeuten konnte.

Dann war ich allein an diesem Ort, der einst eine Stadt der Elfen gewesen war, wo ein junger Elf vor so langer Zeit zu seinem Namenstag eine Sklavin geschenkt bekommen hatte, ein kleines Mädchen aus dem Dienervolk, das in den Augen ihrer Herrschaft kaum etwas wert gewesen war.

»Habe ich schon erwähnt …«, begann Serafine und hielt die Blätter fest, die der Windstoß, mit dem ich ankam, von dem Tisch wirbeln wollte, ohne dass sie dabei aufsah, »… wie sehr ich es hasste, wenn Balthasar, Asela oder auch der Kaiser mitten in einem Gespräch so verschwunden sind?«

»Das eine oder andere Mal«, entgegnete ich vorsichtig. »Was kann ich tun? Ich sagte, dass ich gehen wolle …«

»Dann *gehe*!«, gebot sie mir. »Um eine Ecke. Aus dem Zelt. Alles … aber verschwinde nicht einfach so!« Sie sah auf. »Ich … Götter, was ist dir geschehen, du siehst aus, als wäre eine Herde Rindviecher über dich getrampelt! Ist dies dein Blut? Havald, was ist mit deiner Rüstung?«

»Mir geht es gut«, beruhigte ich sie. »Es war nur ein kleiner Fehler, ich habe Glück gehabt.«

»Dann will ich deine großen Fehler niemals sehen«, meinte sie grimmig. »Götter«, fügte sie kopfschüttelnd hinzu. »Deine schöne Rüstung, wie kann man Stahl nur so zerstören, bist du zwischen zwei Mühlsteine geraten?«

»Ich habe eine Lektion gelernt. Zwei. Die eine sagt, dass zwei Dinge nicht am gleichen Ort sein können, die andere, dass ich mir nur eingebildet habe, dass ich nichts selbst lernen muss.«

Sie schaute zu, während ich mich der Reste meiner Rüstung entledigte. »Stofisk wird dich dafür hassen«, meinte sie. »Weißt du, wie viel Mühe er sich mit dieser Rüstung gab?«

»Er wird es mir sicherlich selbst noch vorhalten.«

Sie schüttelte den Kopf. »Er wird dich nur mit einem vorwurfsvollen Blick bedenken.«

Was umso schlimmer war.

»Deine Kiste ist noch nicht gepackt«, teilte sie mir mit und seufzte. »Es werden sich noch Kleider und bestimmt auch noch Wasser zum Waschen finden lassen ... Götter, Havald, was hast du mich erschreckt!«

»Das wird nicht wieder geschehen«, versprach ich ihr, und sie schüttelte mit einem betrübten Lächeln den Kopf.

»Ich fürchte, das ist ein Versprechen, das du nicht halten kannst.«

Genau das fürchtete ich auch.

Als ich, frisch gewaschen und neu eingekleidet, wieder vor ihre Augen trat, missfiel ihr, was sie sah. »Das sind deine alten Sachen«, stellte sie unzufrieden fest. »Ich dachte, ich hätte sie erst gar nicht eingepackt.«

»Hast du auch nicht«, erklärte ich. »Ich habe mich schon gewundert, warum du sie vergessen hast.«

»Habe ich nicht«, teilte sie mir mit. »So gekleidet siehst du wie ein Söldner aus, nicht wie ein General.«

»Das ist die Absicht«, meinte ich zu ihr und nahm meinen Stab. Ich beugte mich vor und gab ihr einen schnellen Kuss. »Ich bin gleich wieder zurück.« Damit ging ich aus dem Zelt. Und um die nächste Ecke.

»Havald!«, hörte ich sie noch protestieren. »Das war nicht das, was ich meinte.«

In Coldenstatt

28 Überall sonst auf der Weltenscheibe hatte der Sommer bereits angefangen, doch in Coldenstatt sah es der Winterwolf wohl anders und empfing mich mit kalten Winden und nassem Schnee. In den Kupferminen war es warm genug, ansonsten machte die Stadt ihrem Namen alle Ehre.

Diesmal hatte ich mir den Ort besser ausgesucht und war am Fuß des alten Findlings herausgekommen, der nahe der Straße zur Donnerfeste auf einem Hügel stand.

Von hier hatte ich einen guten Blick auf den Ort, der mir in den letzten Jahren eine Heimat gewesen war, und erkannte ihn kaum wieder. Scheinbar über Nacht war er um ein Vielfaches gewachsen. Viele neue Häuser waren nicht hinzugekommen, auch wenn ich an einigen Stellen sah, dass man welche baute, dafür gab es umso mehr Zelte und notdürftige Konstruktionen aus Holz und Leinen und ein Gewühl von Menschen, das ich nicht erwartet hatte.

Vor allem sah ich Männer, die eine große Grube gruben, während Frauen und Kinder von den Liebsten Abschied nahmen, die, still und reglos in mehreren Reihen ausgelegt, darauf warteten, ihren Platz in dieser Grube einzunehmen. Dazwischen sah ich die Priesterinnen der Astarte, die in ihren dünnen Gewändern hätten frieren müssen, Trost spenden, und ich sah zwei junge Männer, fast noch Kinder, in den Roben Soltars, die den Toten Soltars Segen gaben.

Weiter östlich sah ich die verbrannten Überreste von

anderen Zelten, abgebrannte Dächer, von denen hier und da noch immer Rauchfahnen in den grauen Himmel aufstiegen, eine schwarze, schwelende Wunde, die die Truppen Thalaks in diesen Ort geschlagen hatten, der die einzige Zuflucht darstellte, die den Menschen der Südlande noch geblieben war.

Mit Schrecken sah ich, dass auch das Dach der Schmiede angebrannt war, Ragnar und ich hatten es zusammen mit tönernen Ziegeln belegt, damit genau das nicht geschehen würde.

»Mit Feuer spaßt man nicht«, hatte Ragnar erklärt, als er halb nackt und schwitzend auf dem Dachfirst gesessen hatte. »Es ist eine Bestie, die wild umherspringt, um zu fressen, besser, man zeigt ihr gleich, dass es hier nichts zu holen gibt!« Als Schmied wusste er, von was er sprach. »Diese tönernen Ziegel hier«, sagte er und klopfte auf einen, den ich ihm gerade zugereicht hatte, »werden es verscheuchen.« Ich erinnerte mich daran, wie er sich umgesehen hatte, seinen Blick über die anderen, zumeist strohgedeckten Dächer hatte schweifen lassen. »Wenn das Biest je kommt«, hatte er grimmig festgestellt, »wird es nicht an Hunger sterben.«

Langsam ging ich zur Straße hinab, wartete, bis eine Tenet der vierten Bulle an mir vorübergegangen war, und folgte ihnen in den Ort hinein. Ragnar hatte recht behalten, das Biest hatte gewütet. Überall sah ich die Spuren der Zerstörung, das Leid in den Gesichtern der Menschen, oftmals auch die Erleichterung, dass man noch lebte und nicht alles verloren hatte, auch wenn es anderen so ergangen war.

Weit war ich nicht gekommen, als sich von hinten ein Ruf in Windeseile verbreitete. »Sie kommt!«, rief jemand mit Hoffnung in den Augen. »Sie kommt! Macht Platz, die Königin kommt!«

Götter, dachte ich, als ich mich in einen Hauseingang eines Hauses duckte, von dem kaum mehr noch als diese Wand stand, das kam mir ungelegen, ich wollte nicht, dass jemand wusste, dass ich hier war, ein kurzer Besuch hatte es werden sollen, kein Wiedersehen mit einer Sera, die ich selbst in Serafines Armen nie ganz vergessen konnte.

Ich zog die Kapuze meines Umhangs über meinen Kopf, nur ein Mann, dem es kalt zog, niemand, dem man Aufmerksamkeit schenken sollte, doch ich hätte mich nicht sorgen brauchen, unter all denen, die nun die Straße säumten, wäre ich ihr wohl kaum aufgefallen.

Es war erstaunlich, dachte ich, als ich die Gesichter der Menschen sah, die ihre warmen Häuser verließen, um sich dem nassen Schnee auszusetzen, nur um ihre Königin zu sehen. Die meisten von ihnen hatten viel erlitten, in den Kämpfen oder jetzt auch hier, vieles oder alles verloren, doch ich sah nur strahlende Augen und lächelnde Gesichter, Eltern, die ihre Kinder auf die Schulter hoben, damit diese besser sehen konnten, und dann ging ein Brausen durch die Menge, und schließlich, wie eine Woge, die mit ihr die Straße entlangkam, knieten sie alle vor ihr nieder.

Nur ein Kerl in einer Kapuze, der in einem Hauseingang stand und starrte, vergaß, das Knie zu beugen, weil ihr Anblick ihn das Denken wieder einmal vergessen ließ.

Sie ritt auf einer weißen Stute wie die Königinnen der Legenden, angetan in ihrem glänzenden Kettenhemd, auf dem der Greif in den Kettengliedern schimmerte, ihr Haar, obwohl viel zu kurz für ihren Stand, offen und unbedeckt, mit einem Schwert an ihrer Seite und Steinherz am Sattel hängend, und sah sich mit wachen Augen um, auch wenn das Lächeln, das sie ihren Untertanen schenkte, eher traurig war. Ich hätte sie schimpfen mögen, denn sie wurde nur von einem Schwertmajor und einem Priester Soltars begleitet. Was, wenn man ihr einen Hinterhalt hier legen würde?

Erst als sie ihr Pferd zügelte und ein Blick aus violetten Augen mich an die verkohlte Tür hinter mir nagelte, bemerkte ich, was ich vergessen hatte, und ging hastig auf ein Knie herab.

Ein Raunen ging durch die Menge, als sie langsam ihr Pferd zu mir ritt, hastig wich man ihr aus, bis das Schnauben ihrer Stute so nahe war, dass mir der warme Atem gegen die Kapuze blies.

Ohne Zweifel hatte sie mich ertappt.

»Du da«, sagte sie. »Stehe auf.«

Ich stand auf und schlug zögernd die Kapuze zurück, um ihrem Blick zu begegnen. Sie seufzte, schüttelte leicht den Kopf und tat eine Geste zu ihren Untertanen hin. »Ihr auch, erhebt euch, es gibt zu viel zu tun, als dass ihr hier in der Kälte knien solltet. Gerlon, Major Gist«, fügte sie hinzu, ohne ihren Blick von mir abzuwenden. »Geht und fragt diese guten Leute, welche Hilfe sie benötigen. Und ihr hier«, bat sie freundlich die Umstehenden, »gebt mir etwas Platz und Abstand.«

Hastig gab man uns den Raum, dann stützte sie ihre Hände auf dem Sattel ab und sah mit einem wehmütigen Lächeln zu mir hinunter. »Du hast doch wahrhaftig nicht gedacht, ein Umhang und eine Kapuze könnten dich vor mir verbergen? Ich habe dich erkannt, bevor ich dich noch richtig sehen konnte …« Ihr Lächeln wurde etwas breiter. »Es gibt nicht so viele in deiner Größe, musst du wissen.«

»Ich wollte mich nicht vor dir verbergen«, sagte ich unbehaglich. »Eher vor allen anderen, ich sollte nicht hier sein. Ich bin wegen Hrelde da.«

»Ragnars Tochter«, nickte sie und tätschelte den Hals der Stute, als diese unruhig wurde. »Ich auch, deshalb habe ich Gerlon mitgebracht, er soll schauen, ob er bei der Heilung helfen kann.« Sie sah sich um, musterte die abgebrannten Häuser und seufzte. »Ich bin nicht *nur* wegen ihr da ... weißt du, dass dies das erste Mal ist, dass ich Coldenstatt betrete? Die einzige freie Stadt meines Königsreiches ... und ich sehe sie zum ersten Mal.«

Gerlon, der Priester, der mir mein Schwert zurückgebracht hatte. Ich hatte ihn kaum erkannt, er sah älter aus, und sein Haar war an den Schläfen grau geworden. Ich nickte ihm zu, er nickte freundlich zurück, auch wenn ich die Fragen in seinen Augen sah. Und nicht nur in den seinen, jeder hier starrte uns neugierig an.

Das stellte auch Leandra fest.

»Sag, gibt es einen Ort, an dem wir ungestört sind?«

»Nicht in ganz Coldenstatt«, lächelte ich. »Doch der *Bär und das Elfenkind* besitzt zwei Schankräume, einen für die reichen Herren, den anderen für den Rest von uns, ich denke, der alte Selfreid wird sich überzeugen lassen. Aber das ist für später, zuerst will ich nach Hrelde sehen.«

Sie nickte. »Ich rufe Gerlon«, meinte sie und hob den Arm, um den Priester heranzuwinken, der sich gerade in den Schnee kniete, um einem kleinen Mädchen zuzuhören, das ihm wohl etwas Wichtiges zu berichten hatte.

»Das ist nicht nötig«, unterbrach ich sie sanft. »Er kann hier mehr tun.«

Leandra sah mich prüfend an, nickte dann.

»Wo entlang?«

»Hier«, sagte ich und wies den Weg. »Es ist nicht weit.«

Eine Magd öffnete uns die Tür und fiel fast in Ohnmacht, als sie Leandra sah. »Die Königin!«, stöhnte sie und taumelte zurück.

»Dummes Kind!«, hörte ich Esires Stimme. »So bitte sie doch hinein!«

Im nächsten Moment sah ich sie, klein, zierlich und in höchsten Umständen … im nächsten Augenblick schon warf sie mich fast um, als sie mir entgegenflog.

»Havald!«, rief sie und umarmte mich erneut. »Wo ist der andere Ochse?«, rief sie suchend. »Hast du ihn mir zurückgebracht?« Dann sah sie Leandra, die von ihrer Stute abgestiegen war. »Bei Borons Hinterteil«, brach es aus ihr hervor. »Das ist sie wirklich!« Sie musterte Leandra. »Ihr seid die Königin! Sonst trägt doch niemand einen goldenen Reif!«

»Ja«, lächelte Leandra. »Ich bin Leandra di Girancourt.«

»Fered!«, rief Esire quer über den Hof zur Scheune hin, wo ein junger Bursche stand und uns mit weiten Augen anstarrte. »Wach auf und kümmere dich um das Pferd der Königin! Und du, Kind!«, herrschte sie die Magd an, die mit großen Augen zitternd starrte. »Stehe hier nicht so herum, schüre das Feuer in der Stube!« Dann griff sie meinen Mantel und sah mit zusammengekniffenen Augen zu mir hoch. »Havald, wo, bei allen Dämonen, ist Ragnar, was hat er wieder angestellt? Götter …«, hauchte sie, als ich nicht schnell genug den Mund aufbekam, was bei ihr in der Tat auch schwierig war. »Es ist ihm doch nichts geschehen?«

»Er ist verletzt«, sagte ich und hob hastig die Hand,

um den nächsten Wortschwall aufzuhalten. »Aber er wird wieder werden, wir sind wegen Hrelde da.«

»Kommt rein!«, rief sie und zog mich in die gute Stube. »Auch Ihr, und lasst die Kälte draußen!« Sie sah hin zu Leandra, die etwas erheitert wirkte. »Ihr seht durchfroren aus, Alna soll Euch heißen Met bringen, er weckt die Geister, sagt Ragnar immer, und es stimmt! Zumindest macht er warm!« Sie hob die Stimme an. »Kinder!«, rief sie. »Havald ist hier«, um dann zu mir herumzuwirbeln. »Du hast hoffentlich Geschenke mitgebracht, sonst werden sie dir nie vergeben … und Hoheit, setzt Euch doch, steht nicht so herum! Hrelde wird sich freuen, sie ist wach, aber es geht ihr nicht gut, es wird sie aufmuntern, dich zu sehen!« Sie hob drohend ihren Zeigefinger an. »Aber erzähle ihr nichts von irgendwelchen Heldentaten, die Ragnar wieder einmal haben bluten lassen, sie mag ihren Vater lieber hier und lachend als blutend auf irgendeinem Schlachtfeld!« Sie tat einen Schritt und wirbelte wieder zu mir herum. »Das gilt für alle«, wies sie mich an. »Ganz besonders für Helrike, ich will nicht, dass sie noch mehr Flausen in den Kopf bekommt als bereits geschehen, stell dir vor, sie hat sich selbst ein Schwert geschmiedet, das ist alles Ragnars Schuld … o Götter«, stöhnte sie und ließ sich auf einen Stuhl fallen, um ihr Gesicht in ihren Händen zu vergraben, während Tränen ihr die Wangen herunterliefen. »Ich schwöre, ich lasse ihn nie wieder gehen!«

Viel weiter kam sie nicht, denn das Getrampel auf den Stufen wurde lauter, dann ergoss sich eine Woge blonder blauäugiger Weiblichkeit in die Stube, der ich nicht viel weniger hilflos ausgeliefert war als Ragnar selbst. Jedes dieser wundersamen Wesen hatte ich als Säugling im Arm gehalten, ihre Ankunft in der Welt heftig und feucht mit Ragnar gefeiert. Ich war wehrlos gegen sie, sie wussten es, und jede von ihnen nutzte es auch weidlich aus.

Doch diesmal war es anders. Es gab da jemanden, der sie weitaus mehr begeisterte.

»Havald, ist das die Königin?

»Sie ist dünner, als ich dachte«, kam es von Helrike, der Ältesten, die letztes Jahr schon im Armdrücken gegen einen Gesellen aus Lassahndaar gewonnen hatte und nun fast schon meine Größe zu erreichen drohte.

»Sie ist nicht dünn, sie ist drahtig. Schau, sie hat Muskeln.«

»Die sie nicht braucht, sie besitzt Magie!«

»Und weißes Haar.«

»Warum ist es so kurz?«

»Ist es wahr, dass sie einen Greifen hat?«

»Ist er hier? In der Scheune?«

»Vielleicht frisst er Fered, der war gestern gemein zu mir.«

»Roderika!«, rief Esire strafend. »So etwas sagt man nicht!«

»Es ist wahr, er war gemein zu mir!«

»Wo ist Steinherz? Stimmt es, dass er wie Havalds Schwert auch leuchten kann?«

»Hast du mir etwas mitgebracht?«, erkundigte sich die Jüngste, die auf Leandras Schoß kletterte, bevor die Königin der Südlande auch nur wusste, wie ihr geschah.

»Hrelde«, rief ich verzweifelt über den Trubel zu Esire hin. »Bringe uns zu Hrelde!«

»Ich bin Leandra«, sagte meine Königin zu Hrelde, als sie sich neben das Bett kniete. »Es ist schön, dich zu sehen.«

»Du bist schön«, stellte Hrelde fest und sah mich mit weiten Augen an. »Kommt sie, weil ich sterben muss?«

»Niemand muss hier sterben!«, ermahnte Esire sie hastig und eilte an das Bett ihrer Tochter. »Sie kommt, weil dein Vater, Havald und sie Freunde sind!«

Ich schob die beiden Seras sanft zur Seite, um auch Platz an Hreldes Bett zu haben. Ihr Anblick erschreckte mich, so bleich und blass, wie sie da lag, und der fiebrige Glanz ihrer blauen Augen.

»Ich war dumm«, gestand sie uns mühsam. »Mutter hat gerufen, aber ich wollte noch den Hund hereinholen, da kamen auch schon die Pferde.«

»Das macht nichts«, brachte Esire mühsam hervor. »Nur tue es nicht noch einmal.«

»Havald«, sagte Leandra leise, die genau wie Esire und ich wusste, dass Hrelde fast schon in Soltars Halle stand. »Ich hole Gerlon, wir brauchen ihn!«

»Warte«, bat ich sie. Vorsichtig hob ich die Decke an, sah das Bein, die blutigen Verbände und versuchte, das Entsetzen nicht zu zeigen, als uns der Geruch von Fieber und Eiter entgegenschlug.

Ich konnte die Knochen sehen, die Splitter, das zerrissene Fleisch, fühlen, wie sich das Wundgift bereits in ihrem jungen Körper seine Wege suchte.

Ich lächelte Hrelde beruhigend zu. »Du kannst doch ein Geheimnis wahren?«

»Besser als Vater«, sagte sie stolz. »Ich trinke nicht. Ich bin zu jung dafür«, fügte sie gewichtig hinzu.

Ich lachte wider Willen auf und sah dann zu Esire und Leandra hin. »Niemand soll davon erfahren«, bat ich beide. Esire, die die Hände in ihr Kleid gekrallt hatte, nickte nur, aber natürlich musste Leandra nachfragen.

»Wovon?«

»Davon«, antwortete ich und legte meine Hände sanft auf Hreldes zerschmettertes Bein. Aleyte hatte nicht gelogen, er war ein guter Chirurg gewesen, nach mehr hatte er auch nie gestrebt. Ich wusste, was ich tat, und doch verstand ich es nicht zur Gänze, also überließ ich es ihm, seinem Wissen, seiner Erfahrung und seinen geschickten Händen und seiner Magie, die hier, wo der Weltenstrom nur einige Meilen entfernt unter dem Hammerkopf sich kreuzte, überreichlich vorhanden war.

Ein Bein war für mich ein Bein gewesen, ich wusste, dass es darin Knochen gab und Muskeln, Adern, aus denen man bluten konnte, aber Aleytes Augen sahen dort ein ganzes wundersames Universum, in dem alles einen Sinn und Zweck, einen Platz und eine Aufgabe besaß. Eine Welt, die er nun wieder so ordnete, wie es richtig war. Bei mir hinterließ es ein Gefühl des Staunens und des Wunderns und eine tiefe Befriedigung, wie ich sie zuvor nur kannte, wenn ich meine Möbel baute. Auf einmal fühlte ich überraschend doch noch Mitleid mit Arkin, es war ein armes Leben, wenn man nur Zerstörung kannte.

Langsam nahm ich meine Hände von den blutigen Verbänden und setzte mich zurück auf meine Fersen, jetzt verstand ich besser, wie es Menschen wie Bruder Jon oder Gerlon möglich war, ihr Leben in den Dienst der Götter zu stellen, oder wie Orikes jahrzehntelang zu lernen und zu studieren, um ein Medikus zu werden.

Aleyte und der Verschlinger, zum Schluss waren sie beide eins gewesen, hatte er sich damit abgefunden, dass er ein Ungeheuer war. Doch zuvor, in einer jungen Welt, war er kein Ungeheuer gewesen, sondern jemand, der Freude daraus gezogen hatte, anderen zu helfen. Ich hoffte, dass er meinen leisen Dank vernahm.

»Was …«, flüsterte Leandra ergriffen, als ich meinen Dolch zog und vorsichtig die blutigen Verbände auftrennte, um ein schlankes, gerades, gesundes Bein freizulegen, das sich nun auch Hrelde staunend besah. »Was … was hast du getan?«

»Etwas, das gut und richtig ist«, antwortete ich ihr heiser und sah zu Esire hin. »Es darf niemand wissen«, bat ich sie. »Niemand außer Ragnar.«

»Warum nicht?«, flüsterte Esire und stellte damit die Frage, die auch Leandra auf den Lippen brannte.

»Es ist zu früh.«

Wie ich erfuhr, war der alte Selfreid vor zwei Monden friedlich zu Soltar gegangen, doch Gelfreid, sein Sohn, hätte Leandra auch sein letztes Hemd gegeben, hätte sie nur danach gefragt. Allerdings nicht ohne eine Entlohnung, was ganz im Sinne seines Vaters war, dessen Vater wiederum in die Tür zu seinem Gasthof die Wörter »Selbst die Götter sind willkommen, solange sie die Zeche zahlen« mit einem heißen Eisen eingebrannt hatte. Seitdem ein Scherzbold ihm ein Glas mit Zecken hingestellt hatte, war der Buchstabe nachgezeichnet worden, allerdings war das dann zu spät gewesen, und jetzt war Coldenstatt im ganzen Reich der einzige Ort, wo man die Zecke zahlte.

Selbst Leandra schmunzelte, als sie den Spruch las.

»Ich habe Gelfreids Großvater angeboten, eine neue Tür für ihn zu zimmern«, teilte ich ihr lächelnd mit, als uns der Wirt in den privaten Schankraum führte. »Aber dafür ist er zu knauserig gewesen.«

»Mit gutem Grund«, sagte Gelfreid grinsend. »Es war eine gute Tür, wie man auch heute noch sieht, sie schließt noch immer und hat sich kaum verzogen.« Er schaute unterwürfig zu Leandra hin. »Wir haben nur noch ein Schwein, doch wenn Ihr wünscht, kann ich ein Ferkel schlachten, sonst haben wir nur noch etwas Wurst und Gemüse übrig, wir sind an allem etwas knapp.«

»Was tischt Er seinen anderen Gästen auf?«, fragte Leandra, während sie ihre Handschuhe auszog und ihr Schwert aushängte.

»Kartoffeltopf«, sagte der Wirt beschämt. »Von Kartoffeln haben wir genug.«

»So soll es das sein, guter Mann«, teilte sie ihm mit und sah zu, wie er sich verbeugte und rückwärts davoneilte, um die Tür hinter sich zuzuziehen. Dann seufzte sie und lehnte sich schwer gegen die Stuhllehne an, ohne sich jedoch zu setzen.

»So«, meinte sie. »Das war … unerwartet.«

»Es ist auch schwer zu verstehen«, sagte ich betreten. »Es ist einiges geschehen.«

»Das denke ich mir.« Sie lächelte. »Doch ich meinte Ragnars Weib und seine Kinder. Sind sie immer so?«

»Ja«, lachte ich. »Sie sind, wie sie sein sollen, wie Ragnar sie sich wünscht, unerschrocken, neugierig und nicht einzuschüchtern. Er sagt immer, er wäre selbst schuld daran, doch er sagt es mit einem stolzen Ton.«

»Esire und er sind zu beneiden«, meinte sie leise. Dem konnte ich nur zustimmen. Sie ließ den Stuhl los und ging unruhig auf und ab, um dann stehen zu bleiben und mich mit ihrem Blick einzufangen. »Havald«, sagte sie schließlich rau. »Wir müssen miteinander reden.«

»Ich werde bald wiederkommen«, versprach ich ihr. »Ich muss nur zurück, ich habe es Helis versprochen, sie wartet schon auf mich.«

»Helis«, murmelte sie und sah für einen Moment niedergeschlagen aus, bevor sie wieder ihre Schultern straffte.

»Dann solltest du gehen«, erwiderte sie. »Es hat noch Zeit, ich wollte sowieso noch nicht …«

»Was ist?«, fragte ich sie sanft. Irgendwie hatte ich nicht das Gefühl, dass es ihr um meine neuen Fähigkeiten ging, diesen zerbrechlichen Blick hatte ich bei meiner tapferen Königin noch nie zuvor gesehen.

»Es ist nichts, was man nebenbei besprechen sollte«, meinte sie. »Es war nur so überraschend, dich zu sehen, und Esire und ihre Kinder …« Sie lächelte tapfer. »Wir können reden, wenn du zurückkommst. Gehe du zu Helis zurück und richte ihr meine Grüße aus, ich wünsche euch beiden den Segen der Götter.«

Jetzt war ich beunruhigt, und vielleicht auch, weil ich vor so kurzer Zeit Aleytes Talente in Anspruch genommen hatte, schaute ich nun nach ihr, nur dass ich zuerst nicht verstand, was ich da sah. In der Sicht der Magie strahlte Leandra wie ein leuchtender Stern, nicht viel anders als Elsine und weitaus stärker als Aleahaenne oder Enke. Doch etwas war bei ihr anders, es gab ein Schimmern, das … es sah aus wie bei Esire, die …

»Götter«, flüsterte ich, als mir die Knie schwach wurden und ich mich hastig in einen Stuhl fallen ließ. »Du bist mit Kind!«

»Havald«, seufzte sie. »Du kannst einfach nicht tun, was man dir sagt, nicht wahr? Ich wollte warten, es ist noch reichlich Zeit.«

»Wann?«, fragte ich, während ich mich wunderte, wie ich noch atmen konnte, so sehr schnürte es mir den Hals ab. Meine Hände zitterten, stellte ich überrascht fest. Nein, nicht nur meine Hände, ich zitterte am ganzen Körper wie Espenlaub.

»Du bist bleich geworden«, stellte sie besorgt fest. »Ist es so schlimm für dich? Ich …« Sie stockte und sah mich entsetzt an. »Ich dachte nicht, dass du es nicht willst«, flüsterte sie gebrochen, während ihre Augen feucht wurden.

Ich schüttelte nur hilflos den Kopf.

»Das ist es nicht«, brachte ich mühsam heraus. »Nur … unerwartet, wie du sagst. Wann?«

Sie lächelte etwas mühsam. »Die letzte Nacht, als deine Königin dich zu ihr befahl … du wolltest die Krone nicht mit mir teilen, und ich wollte dich nicht zwingen, aber es gibt eine Pflicht, die eine Königin besitzt … die eines Erben.«

»Ich verstehe«, sagte ich rau.

»Nein«, widersprach sie leise. »Das tust du nicht. Ohne diese Nacht … ich wäre gezwungen gewesen, jemand anderen zu finden, der bei mir liegt, und der Gedanke ist mir unerträglich gewesen. Er ist es noch immer. Wenn du es nicht sein kannst, wird niemand anderes an deine Stelle treten. So …« Sie legte ihre Hand auf ihren flachen Bauch. »So wirst du immer bei mir sein und du, Havald, mehr als ich, hast dieses Königreich geschaffen.« Sie sah mich mit feuchten Augen an. »Es wäre auch Leonoras Wunsch gewesen, du weißt, dass es so ist, wie wichtig es ihr war, da sie selbst keinen Erben bekommen konnte.« Sie straffte tapfer die Schultern. »Es war kein Versehen, Havald, ich wollte es so, betete dafür, aber es braucht dich auch nicht zu belasten, niemand weiß davon, außer vielleicht Gerlon. Es lässt sich leicht einrichten, dass es auch niemand erfährt, so viele tapfere Männer sind in diesem Kampf gestorben, es wird glaubhaft sein, dass der Vater im Kampf gefallen ist, bevor die Götter die Verbindung segnen konnten.« Sie seufzte. »Es war dennoch kurz von mir gedacht, ich war auf Helis eifersüchtig und habe nicht bedacht, dass es auch euch beide berühren würde.« Sie kam zu mir und nahm meine Hand, um mich mit großen Augen anzusehen. »Verzeihst du mir?«, flüsterte sie unter Tränen. »Es ist mein größter Wunsch, und dennoch … sag, dass du mir verzeihst, ich bitte dich!«

Götter. O verflucht … Götter!

»Es gibt nichts zu verzeihen«, brachte ich hervor, nachdem ich es zweimal vergeblich versuchte, auch nur einen Ton herauszuzwingen. »Ich … wusste nur nicht, dass ich noch Kinder zeugen kann!«

»Du musst doch Dutzende, vielleicht Hunderte Kinder haben?«, stellte sie erstaunt fest. »Du bist noch nie ein Kind von Traurigkeit gewesen und …«

»Meine erste Frau schenkte mir drei Kinder«, sagte ich tonlos. »Zwei starben früh, das dritte verlor ich an die Pest. Ich dachte, Lenere … doch das war ein Irrtum, wie ich jetzt weiß. Es gibt sonst keine Kinder, Leandra, ich schob es Seelenreißer zu und meinem blutigen Handwerk … dachte nicht, dass ich es verdiene. Leonora stammte von meiner Schwester ab, und mit ihr, dachte ich, wäre unsere Linie ausgestorben.«

»Du bist nicht erzürnt?«, fragte sie leise.

»Götter nein«, sagte ich und wusste nicht, ob ich lachen oder weinen sollte. Ich fuhr mir unsicher über das Haar, während ich nach Worten suchte. »Als du mich zu dir bestellt hast … du warst nicht … ich meine … ich dachte mir …« Ich hielt inne, um neu anzufangen. »Ich wusste, dass es deine Absicht war«, gestand ich ihr. »Es stimmte mich traurig, zu denken, dass ich dir nicht geben konnte, was du wolltest.«

»Doch«, sagte sie lächelnd. »Du konntest und du hast.« Ihr Lächeln füllte den ganzen Raum, und die Tür ging hinter uns auf.

»Jetzt nicht!«, riefen wir gemeinsam Gelfreid zu, der so zusammenzuckte, dass er den irdenen Topf beinahe fallen ließ.

»Aber der Kartoffeltopf ...«

»Später«, sagte ich leise. »Später.«

Er neigte den Kopf, stellte den Topf auf den nächstbesten Tisch und zog hastig die Tür wieder hinter sich zu.

»Auf der anderen Seite«, lachte Leandra, als mein Magen lautstark grollte, »müssen wir das Essen ja nicht kalt werden lassen.«

»Was wirst du Helis sagen?«, fragte Leandra etwas später ein wenig furchtsam, als ich mit einem Kanten Brot den letzten Rest der Suppe aufwischte.

»Die Wahrheit«, antwortete ich und schluckte. »Alles andere wäre beleidigend für sie. Sie ...« Ich seufzte. »Ich denke, sie wird es besser aufnehmen, als du denkst. Ich weiß, das Jerbil Konai mehr als ein Dutzend Bastarde gezeugt hat und ...«

»Niemand wird unser Kind einen Bastard schimpfen«, unterbrach mich Leandra mit zornig funkelnden Augen. »Auch du nicht. Niemand wird es wagen, nicht solange ich lebe! Ich weiß, wie es ist, so gerufen zu werden!«

»Das meinte ich nicht«, sagte ich hastig. Ich wusste ja, wie sehr sie darunter gelitten hatte, als Bastard bezeichnet zu werden. »Ich wollte nur sagen, dass Serafine ... Helis in Bessarein aufgewachsen ist, wo man es etwas anders sieht oder sah als hier bei uns. Ich habe es so verstanden, dass er sie versorgt hat und sie stolz darauf waren, ihn zum Vater zu haben.«

»Tatsächlich«, entgegnete Leandra nachdenklich, »hat Helis etwas Derartiges angedeutet.«

»Hat sie?«, fragte ich sie überrascht. »Wann?«

»Als wir festgestellt haben, dass es keinen Sinn ergibt, dass wir uns anfeinden, wenn der Mann, den wir beide lieben, tot in einem Tempel liegt«, sagte Leandra und schluckte. »Ich hoffe nur, dass sie es noch immer so sieht.«

Das hoffte ich auch. Ich schob den leeren Teller von mir. »Ich muss gehen«, teilte ich ihr bedauernd mit. »Je länger ich sie warten lasse, umso ärger wird es, es hat jetzt schon länger gedauert als gedacht. Ich ... wir kommen bald zurück. Ich ... ich besitze jetzt andere Möglichkeiten.«

»Offensichtlich«, sagte sie und lachte leise, auch wenn es etwas mühsam klang. »Wir kamen nicht dazu, dass du mir erzählen konntest, wie dies geschah. Auch wenn ich immer schon den Verdacht hatte, dass du noch andere Talente besitzt.«

»Götter«, stöhnte ich. »Du weißt nicht mal den kleinsten Teil davon!«

»Dann komme bald wieder, um es mir zu erklären«, lächelte sie, als ich aufstand und meinen Stab ergriff.

»So bald wie möglich«, versprach ich und tat den weiten Schritt zu Serafine zurück, das Letzte, was ich dort sah, war Gelfreid, der mit offenem Mund in der Tür stand und starrte.

Nicht nebenbei

29 Wo das Zelt gestanden hatte, war jetzt ein leerer Platz. Dafür sah ich Serafine auf einer Kiste sitzen, die Arme über der Brust verschränkt, ihr Pferd und Zeus standen gesattelt neben ihr und schnaubten, als sie mich so plötzlich vor ihnen stehen sahen. Damit waren sie nicht die Einzigen, Serafine schnaubte auch. »Wir müssen uns noch einig werden, was das Wort ›gleich‹ für dich bedeutet! Hier«, fügte sie entnervt hinzu und reichte mir Zeus' Zügel. »Die anderen warten dort vorne schon auf dich.« Sie bedachte mich mit einem misstrauischen Blick. »Was ist? Erheitert es dich so sehr, wenn ich mit dir schimpfe?«

Ich zog mich in Zeus' Sattel und schüttelte lächelnd den Kopf. »Ich vergesse immer, dass du auch eine Prinzessin bist«, teilte ich ihr mit. »Und nicht nur eine Obristin, die ihren Vorgesetzten mahnt.«

»Es liegt nicht daran«, schmunzelte sie. »Du brauchst jemanden, der dir die Meinung sagt. Wenn ich nur nicken würde, würdest du mich nicht mehr schätzen.« Sie lachte leise. »Ich gebe zu, es ist ein schmaler Grat, zu viel davon und du wirst still.«

Wurde ich das? Wenn dies zutraf, dann war es mir bislang noch nicht aufgefallen.

»Es tut mir leid«, sagte ich. »Ich war in Coldenstatt, Hrelde ...«

Sie nickte »Der das Bein zerschmettert wurde, ich weiß. Das war gut von dir, sich um sie zu kümmern aber ... Götter! Coldenstatt? Das ist um die halbe Welt! Selbst Asela ist vorsichtig, wenn sie ein Tor über solch eine Entfernung öffnet!« Sie musterte mich sorgfältig. »Wenigstens scheinst du diesmal nicht in Mühlräder gefallen zu sein. Wie geht es dem Kind?«

»Besser jetzt«, antwortete ich. »Aleyte … du erinnerst dich, er hat mir meine Hand gerichtet?«

»Zokora sagt, sie wäre auch so verheilt.«

»Ja. Mag sein. Dennoch, er heilte meine Hand … und hinterließ mir seine Fähigkeiten, sodass ich Hreldes Bein richten konnte«, teilte ich ihr mit. »Es war unbeschreiblich … ich wusste nicht, wie viel Wundersames es in einem Bein zu entdecken gibt, ich laufe nur auf ihnen und habe nicht oft darüber nachgedacht!«

Sie lachte. »Das sieht dir ähnlich! Du hast sie also heilen können? Wie ein Priester?«

»Nein«, sagte ich. »Nicht wie ein Priester, wie ein Chirurg oder Medikus, doch mit Magie und nicht mit scharfen Messern. Aleyte wusste, wie man das macht, und es ist eine Offenbarung gewesen!«

Sie musterte mich länger und nickte lächelnd. »Du hörst dich begeistert an. Ich kann verstehen, wieso. Es ist ein besonderes Geschenk.«

»Em … ja. Das ist es … Finna, ich traf Leandra dort. Sie wollte ebenfalls nach Hrelde sehen. Wegen Ragnar und …«

»Ich verstehe«, sagte sie ruhig. »Es ist schön, dass du sie getroffen hast. Wie geht es ihr?«

»Gut«, antwortete ich. »Ich glaube sogar sehr gut. Sie bekommt ein Kind«, platzte es aus mir heraus. »Von mir!«

Ihre dunklen Augen weiteten sich, dann ritt sie näher an mich heran, um sich zu mir zu beugen und mich zu küssen. »Das ist dafür, weil du so glücklich bist und ich dich liebe«, erklärte sie, als ich verständnislos dreinschaute. »Und das …«

Ich kannte sie, ahnte es, nein, wusste es. Doch tat ich nichts dagegen, und ihre Ohrfeige riss mich fast aus dem Sattel.

»… ist dafür, dass du es mir zwischen zwei Sätzen auf einem Pferderücken sagst«, fügte sie grimmig hinzu und wedelte mit ihrer Hand. »Götter«, fluchte sie, »hast du ein hartes Kinn!«

Das ich jetzt rieb, um zu prüfen, ob es nicht gebrochen war. »Ich wollte nicht …«, begann ich, schüttelte den Kopf, damit sich die Welt wieder richtig zusammenfügte, spuckte Blut aus und begann von vorne. »Ich wollte nicht damit warten«, beschwerte ich mich und achtete darauf, dass Zeus genügend Abstand von ihr hielt. »Ich fand es besser, es dir so schnell wie möglich zu erzählen, ich will nicht, dass du denkst, ich würde es dir verheimlichen wollen!«

»Das hätte ich schon nicht gedacht«, teilte sie mir erhaben mit, um mich dann von der Seite anzuschauen. »Du bist froh darüber?«

»J… ja …«, sagte ich vorsichtig. Und hielt Abstand.

»Sie auch?«

»Sie ist glücklich, also denke ich, ja. Sie sagt, sie wollte es. Einen Erben«

»Dann ist es doch gut«, meinte sie.

Ich wartete.

»Willst du nichts weiter dazu sagen?«, fragte ich, als sie immer noch nichts sagte.

»Warum?«, fragte sie scheinbar ernsthaft erstaunt. »Wenn ihr beide froh darüber seid, kann man euch nur Glück wünschen. Nach allem, was Leandra als Kind hat durchmachen müssen, wird sie eine gute Mutter sein.« Ein Lächeln spielte über ihre Lippen. »Abgesehen davon, dass das Kind, wie du sagst, ein Königreich erben wird. In ein paar Hundert Jahren.« Sie lachte leise, als sie meinen Gesichtsausdruck sah. »Hast du das vergessen? Sie braucht keinen Erben, jedenfalls nicht in den nächsten zwei- oder dreihundert Jahren. Wenn wir Illian nicht zuvor doch noch an Thalak verlieren.«

»Was nicht geschehen wird«, sagte ich grimmig. Mir war es gar nicht recht, ausgerechnet jetzt daran erinnert zu werden, dass wir uns in einem Krieg befanden. Ich sah zu Serafine hinüber. »Du bist nicht wütend?«

Sie schüttelte leicht den Kopf.

»Ich bin es nicht«, sagte sie dann leise. »Ich beneide sie, aber mit unserem Leben zurzeit ...« Sie sah mich mit ihren dunklen Augen an. »Ich habe dich gefragt, ob es sein muss, dass du ... dass wir das tun, ob du nicht lieber irgendwo Apfelbäume pflanzen willst. Ich wäre mit dir gekommen, du weißt es. Doch du hast dich für das hier entschieden.« Sie tat eine Geste, die alles um uns herum einschloss. »Allmählich verstehe ich auch, dass du nicht anders entscheiden konntest. In diese Welt, in unser Leben, wie es zurzeit ist, können wir keine Kinder bringen, dazu fehlt mir der Mut. Später ...« Sie schluckte. »Später wird es hoffentlich anders sein. Als Helis bin ich noch jung, wir haben Zeit.«

»Was ist mit Leandra?«, fragte ich zögerlich. »Ich meine ...«

Sie schüttelte den Kopf. »Ich habe mich zwischen euch beide gedrängt, Havald. Ich habe nicht das Recht dazu, ihr oder dir einen Vorwurf zu machen.«

»Warum dann ...«, begann ich und rieb mein Kinn.

»Ich sagte es bereits«, teilte sie mir erhaben mit. »Nicht nebenbei und auf einem Pferderücken. Es gehört sich nicht.«

Ich hätte in den Erinnerungen der Seras, die der Verschlinger in sich aufgenommen hatte, nach Einsicht suchen können, doch irgendwie traute ich mich nicht, zumal ich jetzt schon fühlte, dass sie nur in einem einig miteinander waren: Nicht auf einem Pferderücken und nicht nebenbei.

Als wir die anderen erreichten, sah ich sie alle grinsen, selbst oder ganz besonders auch die alte Enke. Sogar Zokora schien erheitert. Nur Mahea hielt sich zurück und sah eher beschämt zur Seite. Seit dem Streit mit ihrem Bruder war sie in sich gekehrt und schweigsam geworden, jeder konnte sehen, wie schwer es sie belastete.

»Ein guter Schlag«, lobte Zokora und unterbrach damit meine Gedanken. »Man kann noch immer jeden Finger einzeln sehen!«

»Götter«, seufzte ich. »Habt ihr uns belauscht?«

»Konrad«, sagte die alte Enke lachend. »Ich schickte ihn zurück, um zu sehen, ob Havald zurückgekommen ist. Und Havald …«

»Ja?«

»Es gibt keinen rechten Zeitpunkt. Du hast Glück gehabt mit ihr, ich hätte dich erschlagen. Oder in einen Lurch verwandelt.«

»Das ist nicht möglich«, widersprach ich, um sie misstrauisch anzuschauen, als ihr Lächeln breiter wurde. »Oder doch?«

Mit Magie, hörte ich Aleyte sagen, *ist vieles möglich. Nicht immer einfach oder schnell … aber möglich.*

Ich unterdrückte einen Seufzer. Nicht wegen der Drohung mit dem Lurch, obwohl ich Lurche gar nicht mochte. Ich konnte nur hoffen, dass diese Selbstgespräche bald ein Ende fanden. Schließlich waren nur noch ihre Erinnerungen vorhanden und sie selbst schon zu den Göttern gegangen.

Nur aus Interesse, meldete sich Schwertkorporal Hanik zu Wort. *Wie sicher seid Ihr Euch dessen?*

Wegtreten!, befahl ich ihm.

Ser, aye, Ser!, sagte er und lachte.

Von Wölfen und Schäfern

30 »Schau nicht so mürrisch«, grinste Varosch. »Wir foppen euch nur ein wenig.«

Ich nickte seufzend, das war mir durchaus bewusst. Doch wenn er schon mal neben mir ritt …

»Varosch«, fragte ich ihn leise. »Du wolltest Priester werden.«

»Dessen war ich mir nicht sicher«, sagte er. »Deshalb ging ich ja auf Wanderjahre. Wieso fragst du?«

»Als Priester versucht man zu helfen, richtig?«

Er musterte mich misstrauisch. »Schon … Worum geht es dir?«

»Wie geht man damit um, dass man nicht allen helfen kann?«, fragte ich ihn. »Es gab noch viele andere dort in Coldenstatt, die auch Heilung hätten gebrauchen können, nicht nur Hrelde, nur fehlte mir die Zeit.«

»Man kann es nicht«, sagte Varosch ernst. »Wahrscheinlich ist es auch den Göttern nicht möglich, allen zu helfen. Zudem … wenn du jeden heilst, wirst du bald zu nichts anderem mehr kommen, weil sonst bald ein jeder kommt, der sich auch nur das Knie anstößt.« Er sah mich eindringlich an. »Der Gang der Welt ist, dass man sich verletzt, heilt … oder daran stirbt. Dass es einige wenige gibt, denen die Götter das Geschenk der Heilung gaben, ändert nichts daran. Es bürdet denen, die so gesegnet sind, eine große Verantwortung auf. Wer soll geheilt werden, wen lässt man sterben? Viele zerbrechen an dieser Last. Deshalb folge ich dem Willen Borons, es erleichtert mir dir Bürde. Du hast es nicht so leicht.«

»Wieso das?«, fragte ich ihn.

Er lächelte fast schon schmerzhaft. »Folge ich Seinem Weg und er führt zu Schmerz und Leid, ist es Borons Wille, nicht der meine. Du hingegen …«, er zögerte ein wenig, »du magst Soltars Engel sein, doch du setzt deinen Willen oft genug über den der Götter. Was dann daraus folgt, lastet allein auf deinen Schultern. Ich bete, dass du die Last auch tragen kannst.«

Einen langen Moment lang ritten wir schweigend nebeneinanderher. Heute hatte ich ein Kind geheilt, einen Mann der Freiheit seines Willens beraubt und Blutmagie gewirkt. Das eine mochten die Götter noch wohlgefällig sehen, auch wenn es im Allgemeinen galt, dass Heilung ein Vorrecht der Priesterschaft war. Für das andere mussten mich die Götter verdammen.

»Ich tue das, was nötig ist«, sagte ich rau.

»Ich weiß«, nickte Varosch und schien mir auf einmal traurig zu sein. »Es hilft nur nicht. Denn Arkin wird das Gleiche von sich behaupten. Du solltest dich fragen, ob das, was dir als notwendig erscheint, auch richtig ist. Gab es wahrhaftig keinen anderen Weg? Muss man nicht auch manche Dinge geschehen lassen?«

»Wie Hrelde?«, fragte ich verärgert. »Hätte ich sie sterben lassen sollen? Sie ist doch nur ein kleines unschuldiges Mädchen.«

»Ich weiß nicht, ob sie hätte sterben sollen«, antwortete er ernst. »Wenn, dann hast du den Lauf der Welt verändert, ob zum Guten oder Schlechten.« Er zuckte hilflos mit den Schultern. »Das werden wir wohl nie erfahren. Du erinnerst dich an den Eulenschüler Erinstor?«

Ich nickte. Er war der Anfang von allem, er war es, der dem Nekromanten Rogamon die Flucht aus seinem Gefängnis ermöglicht hatte. »Warum?«

»Er fand Gefallen an Asela«, sagte Varosch leise. »Er hätte versuchen können, ihr Herz für ihn zu gewinnen, wer weiß, vielleicht wäre es ihm sogar gelungen. Doch er besaß das Talent, sie zur Liebe zu zwingen, und nutzte es, obwohl es nicht nötig gewesen wäre. Selbst wenn sie ihn zurückgewiesen hätte, auch für ihn hätte sich eine andere gefunden. All das«, sagte er und tat eine hilflose Geste. »All das Leid, der Krieg, der Streit der Götter, sogar unser eigenes Schicksal folgte nur daraus, dass ein Einziger glaubte, es wäre sein Recht, das Talent, das er besaß, auch zu seinem Vorteil zu benutzen. Das ist das Problem, Havald. Nicht alles, was man kann, sollte man auch tun.«

»Wie weiß man das?«, fragte ich betroffen.

»Das nennt man Weisheit«, antwortete Varosch mit einem schiefen Lächeln. »Aber, wie Zokora gerne sagt, besitzt man davon nie genug.«

Bevor ich darauf etwas entgegnen konnte, ritt Enke zu uns heran. »Konrad sagte mir eben, dass sich Arkins Legionen in Bewegung gesetzt haben, sie sind überhastet aufgebrochen, haben sogar Teile ihres Lagers nicht mehr abgebaut.«

»Wenn mir der Hunger im Magen brennen würde, hätte ich es auch eilig, dorthin zu kommen, wo es Essen gibt«, stellte Varosch fest und schaute nachdenklich drein. »Sein Weg führt an der Feste Braunfels vorbei, meinst du, dass er wieder versuchen wird, uns zu hintergehen, vielleicht sogar überlegt, sie doch zu nehmen?«

»Nein«, sagte ich grimmig. »Diesmal nicht.« Und fragte mich, ob Varosch nicht recht hatte, ob es nicht einen anderen Weg gegeben hätte, sicherzustellen, dass Arkin uns nicht wieder hinterging. Dann erinnerte ich mich an Arkins schwarze Seele. Ein Wolf folgte seiner Natur und riss die Schafe. Dafür erschlägt der Schäfer dann den Wolf.

Auch das war der Lauf der Welt. Arkin war ein Wolf, den man erschlagen musste. Oder zumindest an die Leine legen.

Die eiserne Hand

31 Ohne, wie auf dem Hinweg, auf wandernde Nomaden warten zu müssen, kamen wir auf dem Rückweg zur Felsenfeste gut voran, so gut, dass wir uns entschieden, auch nach Einbruch der Nacht weiterzureiten. Etwa zur ersten Glocke sahen wir das Felsplateau vor uns liegen, auf dem die erste Legion ihr Lager errichtet hatte.

»Müsste man nicht den Schein von Lagerfeuern sehen können?«, fragte Serafine, während sie sich in den Steigbügeln aufstellte, um sich umzusehen. »Nichts weist darauf hin, dass sich hier eine Legion verbirgt.«

»Das war der Plan, Kindchen«, beruhigte sie die alte Enke. »Keine Angst, es ist nichts geschehen, sie sind nur vorsichtig.«

Wir ritten ostwärts, um zu der Rampe zu gelangen, die

hoch zu dem Plateau führte, doch kaum eine halbe Kerzenlänge später hob Zokora die Hand und zügelte ihr Pferd. Es war eine wolkenlose Nacht und auch wenn nur ein Mond als Sichel am Himmel stand, war es genug für uns, um das Schlachtfeld sehen zu können, das sich vor uns erstreckte.

Ich sah zwei der großen Wagen, mit denen die Legionen Arkins ihren Nachschub erhielten, die verbrannt und verkohlt waren, bei einem von ihnen war noch ein totes Rindvieh eingespannt. Die anderen Wagen hatte man wohl hinauf zur Felsenfeste gebracht.

Vor meinen Augen konnte ich alles sehen. Die schwarzen Legionäre waren in einer Reihe marschiert, als der Angriff stattfand, er musste sie vollständig überrascht haben. Ich sah, wo und wie sie sich gesammelt hatten, sah die geplünderten und nackten Leichen dort liegen, sah, wo sie gefallen waren, konnte erkennen, wo und wie die Linien gebrochen waren, folgte dann dem kurzen Marsch der Überlebenden hin zu diesem anderen Ort, an dem sie in Reih und Glied gestorben waren.

Selbst Zeus schien mir widerwillig, als ich ihn näher an diesen Ort herantrieb. Von den hundert Legionären, die den Wagenzug hatten schützen sollen, waren nur knapp dreißig im Kampf gefallen, bevor man sie überwältigt hatte.

Die Überlebenden hatte man nackt ausgezogen, ihnen die Hände auf den Rücken gebunden, in Reih und Glied knien lassen ... und schließlich war man hinter ihnen entlanggegangen, um ihnen allen nacheinander die Kehlen durchzuschneiden, manche der Toten saßen noch immer so da, gefesselt, auf Knien, in sich zusammengesunken, während der trockene Wind der Steppe sie langsam verzehrte.

»Sie hat nicht einen leben lassen«, stellte ich mit rauer Stimme fest. »Warum? Sie waren schon besiegt …«

»Du kanntest den Ruf, den Miran besitzt, bevor du ihr den Befehl über die zweite Legion gegeben hast«, sagte Serafine tonlos. »Du hast sie ausgewählt, weil sie Ergebnisse bringt. Ihr Auftrag war es, die Versorgungswagen aufzuhalten, genau das hat sie getan.« Sie seufzte. »Ich kann sie verstehen, was hätte sie mit den Gefangenen tun sollen?«

»Nach Askir in Gefangenschaft schicken, durch das Tor.«

Sie schüttelte den Kopf. »Die Gefahr eingehen, dass einer der Soldaten für Kolaron eine Puppe ist? Du weißt, die meisten wissen es nicht, dass der Kaiser durch ihre Augen sehen kann. So jemanden nach Askir zu bringen, wäre ein Fehler.«

»Es gibt andere Orte und durch das Tor …«

Sie schüttelte bedauernd den Kopf. »Du weißt, so einfach ist es nicht. Die meisten dieser Soldaten haben ihr Leben lang nur den Hass auf Askir gelernt, wir sind ihr schlimmster Albtraum, sie würden sich nicht einfach fügen und blieben eine Gefahr.«

Ich ließ meinen Blick über die stillen Gestalten schweifen, im fahlen Licht des Mondes waren sie ein Anblick, der einen in den Schlaf verfolgen konnte.

»Ihr schlimmster Albtraum«, sagte Enke nachdenklich und fügte dann hinzu, was ich gerade selbst auch dachte. »Damit haben sie wohl recht behalten.«

»Miran versteht das Kriegshandwerk«, erklärte Zokora ruhig. »Auch die Regel der eisernen Hand. Der Feind muss mich fürchten, sodass meine Soldaten mich lieben. Eine alte Regel, Havald.«

Ja. Ich kannte sie.

Varosch schaute bedeutsam zu mir hin. Was war seine Frage noch gewesen? War alles, was nötig erscheint, auch richtig?

Ich wusste es nicht, aber zumindest Miran schien daran nicht zu zweifeln.

Wir ritten weiter, doch ich sah des Öfteren zurück, bis die stillen Schicksalszeugen nicht mehr mit bloßem Auge zu erkennen waren.

Irgendwann würden Sand und Erde sie und alle Spuren ihres Schicksals unter sich begraben, bis niemand mehr ahnen konnte, was sich hier einst zugetragen hatte. Es gab das eine oder andere Schlachtfeld, auf dem ich selbst gekämpft hatte, auf dem es ganz genau so war. Und dennoch waren es meist stille Orte, die man meiden wollte.

Die Felsenfeste

32 »Götter!«, entfuhr es Varosch. »Was ist denn hier geschehen?«

Dasselbe fragte ich mich auch. Wir hatten die Rampe hinauf zur Felsenfeste erreicht, nur dass sie aussah, als hätte Asela niemals ihre Magie gewirkt. Von herabgefallenen Trümmern und tiefen Spalten überzogen schien es kaum vorstellbar, dass schwere Handelswagen diese Rampe jemals hatten bewältigen können. Tatsächlich war es sogar zweifelhaft, ob es uns gelingen konnte.

Zokora, die weiter auf die Rampe zugeritten war, zügelte ihr Pferd und sah ihn fragend an. »Was meinst du?«

»Die Rampe.«

»Was ist mit ihr?«

Varosch fluchte, Serafines Augen weiteten sich, ich unterdrückte einen Seufzer, und die alte Enke fing zu lachen an. »Es geschieht mir nicht oft, dass ich ein Opfer von Illusionen werde«, schmunzelte sie. »Diese Eule … ich muss zugeben, sie versteht sich auf die Magie.«

»Wovon sprecht ihr?«, fragte Mahea unverständig.

Serafine schaute fragend zu Zokora hin. »Die Rampe ist unverändert?«

Zokora nickte und wies mit ihrer Hand auf zwei Felsbrocken. »Bis auf das Wachhaus dort, in dem sich eure Soldaten gerade über euch erheitern.«

Kaum dass sie es sagte, war es, als ob jemand einen Schleier weggezogen hätte, und wir konnten die Rampe und die lachenden Soldaten sehen.

»Wie ist das möglich?«, fragte Mahea ungläubig.

»Die Eule Asela muss eine Illusion über die Rampe gelegt haben«, erklärte Serafine knapp und trieb ihr Pferd voran. »Sie ist offensichtlich gut darin.«

Ja. Ohne Zweifel. Ich hätte gedacht, dass ich mit meinen neu gewonnenen Talenten die Illusion früher hätte erkennen müssen, doch dem war wohl nicht so.

Selbst wenn man über Wissen verfügt, muss man noch lernen, es auch richtig einzusetzen. Ich kannte diese Stimme nicht, sie gehörte zu einem überheblichen Gelehrten, der schon vor Jahrtausenden vergangen war.

Lasst mich in Ruhe, gebot ich ihnen allen grimmig. Lieber lernte ich selbst und beging meine eigenen Fehler, als ständig in meine Gedanken hineingeredet zu bekommen.

Serafine und ich erwiderten den Salut der Wachen, doch als sie mich überrascht ansahen, wurde ich daran erinnert, dass ich keine Uniform trug, offenbar hatten sie mich nicht erkannt. Was dann auch Serafines vorwurfsvollen Blick erklärte. Ich war zu müde, um etwas dazu zu sagen, also ritt ich wortlos die Rampe hinauf.

Ein Schwertleutnant erwartete uns am oberen Ende der Rampe, um unsere Pferde entgegenzunehmen. Er warf einen Blick auf uns und nickte, während ich mich überrascht umsah. Solange war es noch nicht her, dass wir von hier aus zu Arkins Wettkampf um den Tarn aufgebrochen waren, doch es hätten auch Wochen oder Monate sein können, ich erkannte das Lager nicht mehr wieder.

»Die Eule hat uns mitgeteilt, dass ihr auf dem Weg hierher seid«, teilte er uns mit. »Die Lanzenobristin hat eure Quartiere vorbereiten lassen. Sie lässt euch ausrichten, dass eine Besprechung für die dritte Glocke angesetzt ist. Sie steht euch zur Verfügung, Lanzengeneral, aber wenn es nichts Dringendes zu besprechen gibt, schlägt sie vor, dass ihr euch zuerst von eurer Reise erholen solltet.«

»Danke«, sagte ich und sah mich suchend um.

»Die Offiziersquartiere wurden verlegt«, teilte uns der Leutnant höflich mit. »Wenn Ihr erlaubt, führe ich euch zu euren Quartieren.«

Wo sich diese befanden, war leicht zu erraten, als wir die Konturen einer kaiserlichen Wehrstation aus der Dunkelheit auftauchen sahen. Nicht eine Fackel oder Laterne war zu sehen. »Es brennt kein Licht«, stellte Mahea fest. »Hoffentlich ist noch jemand auf.«

»Wir sind vorsichtig mit Feuer und Licht«, erklärte der Leutnant. »Man würde es meilenweit sehen können.«

»Kriegsfürst Arkin weiß, dass wir hier lagern«, teilte ich dem Leutnant mit.

Der nickte nur. »Die Lanzenobristin meint, dass das

kein Grund ist, es dem Feind noch leichter zu machen. Je weniger er weiß, umso besser ist es.«

Dem konnte man nur schwer widersprechen.

»Wie, bei allen Göttern, ist es möglich, dass eine Wehrstation hier steht?«, fragte Varosch staunend, als uns die Wachen das Tor zum Innenhof aufzogen.

»Alles, was es dazu braucht, wird vorgefertigt und nummeriert auf Wagen verfrachtet. Man muss es nur zusammensetzen«, erklärte Serafine.

Der Leutnant nickte stolz. »Die Steine sind so sauber geschnitten, dass es keinen Mörtel braucht. Es hat nur vier Tage gedauert, dann stand die Wehrstation.« Er warf einen schnellen Blick zu mir hinüber. »Wir liegen hier strategisch günstig, und die Kaiserin befand, dass es sinnvoll wäre, diesen Ort nicht aufzugeben, wenn wir abrücken. Diese Mauern sollen das Tor schützen.« Er erlaubte sich ein leichtes Lächeln. »Die Lanzenobristin hat Anweisung erteilt, die Küche für euch warm zu halten, wenn euch nach einer Mahlzeit ist.«

Allein der Gedanke an etwas anderes als einen dürren Steppenhasen ließ mir das Wasser im Mund aufkommen.

»Eine richtige Küche?«, strahlte Serafine. »Die Zivilisation hat uns wieder!«

»Ja«, lächelte der Leutnant. »Auch die Mannschaften sind dankbar dafür, dass es nun eine feste Küche gibt, es hebt die Moral.«

»Bier«, sagte Bannersergeantin Mahea mit einem träumerischen Gesichtsausdruck. »Sagt, dass wir auch Bier haben!«

»Wir haben Bier«, nickte der Leutnant erheitert.

»Dann sind wir gerettet«, lachte Mahea.

»Nicht ganz«, bedauerte der Leutnant. »Ab Mitternacht gibt es keinen Ausschank mehr.«

»Macht eine Ausnahme«, befahl Serafine und zwinkerte Mahea zu.

»Ein festes Bett, Wände, die nicht im Wind wehen, und eine Tür, die man verschließen kann«, stellte Serafine glücklich fest, als sie ihren Packen am Fußende des Bettes fallen ließ und sich auf das Bett warf. »Wie habe ich das vermisst!« Im nächsten Moment sprang sie wieder auf und öffnete die zweite Tür. »Götter, Havald! Es gibt hier auch ein Bad!«

Irgendwo unter dem Dach gab es jemanden, der uns verfluchte, weil er das warme Wasser pumpen musste. Er hatte trotzdem meinen Dank.

Es kam mir vor, als hätte ich seit Jahren kein anständiges Frühstück zu mir genommen. Eier, Schinken, frische Brötchen ...

»Wenn Arkin uns jetzt sehen könnte, würde er sterben vor Neid«, meinte Varosch, der, obwohl nur halb so schwer wie ich, seinen Teller noch mehr überlud als ich. »Er geht mir nicht aus dem Kopf. Seine Legionen stellen immer noch eine Gefahr dar. Er hat den Verschlinger auf dich gehetzt, wieso hältst du dich an die Vereinbarung, die er uns aufgezwungen hat?«

Ich wies mit meiner Tasse auf die anderen Soldaten, die die Messe füllten. Es herrschte ein ordentlicher Trubel hier, mehr als zweihundert Mann passten hier nicht hinein, jeder von ihnen hatte nur ein Viertel einer Kerze Zeit, und man sah ihnen die Eile an, sie stopften in sich hinein, als gäbe es kein Morgen mehr. Ich war nur froh, dass uns niemand zur Eile trieb, bis zur Besprechung war noch mehr als eine Kerze Zeit.

»Arkins Legionäre unterscheiden sich nicht sehr von

unseren«, erklärte ich. »Sie haben einen Eid geschworen und folgen ihrem Befehlshaber in die Schlacht. Kolaron mag sich nichts dabei denken, zwei Legionen verhungern zu lassen, ich kann nicht so handeln.«

»Sie werden es dir nicht danken«, meinte Zokora, ohne von dem Buch aufzusehen, das ihre Aufmerksamkeit gefangen hielt.

»Sie hat recht«, meinte Serafine. »Ich bezweifle, ob Arkin es an die große Glocke hängt, dass seine Soldaten uns ihr Leben verdanken. Rangor stellt sowieso schon eine Bedrohung dar. Von dort aus bedrohen sie die Ostmark und sogar direkt Aldane. Du betreibst ein gefährliches Spiel, Havald. Mittlerweile ist es bestätigt, es sind drei volle Legionen in Aldane angelandet, schließt sich Arkin ihnen an, können wir kaum hoffen, sie noch aufzuhalten.«

Vertrauen

33 »Das wird nicht nötig sein«, sagte ich voller Überzeugung und sah auf, als ich eine schlanke Gestalt in einer dunklen blauen Robe auf uns zukommen sah.

»Habt ihr noch Platz für mich?«, fragte Asela höflich, während Serafine bereits zur Seite rückte.

»Nur zu«, nickte ich, und sie dankte es uns mit einem Lächeln. Sie sah besser aus als beim letzten Mal, die Falten nicht mehr ganz so tief, vielleicht hatte sie auch etwas zugenommen. Was nicht verwunderte, dachte ich, als ich beeindruckt den Inhalt ihres Tellers musterte. Sie erinnerte mich darin an Leandra, die einen halben Ochsen essen konnte, ohne dass man es ihr ansah.

»Ich bin erfreut, dass ihr alle wohlbehalten zurückgekehrt seid«, meinte sie und hielt ihre Tasse hoch, damit ein Rekrut ihr einschenken konnte. »Danke«, meinte sie dann zu dem jungen Mann, der kaum älter als fünfzehn sein mochte, nun auch rote Ohren bekam und hastig floh.

Sie sah ihm erheitert nach. »Kaum zu glauben«, schmunzelte sie, »dass ich auch einmal so schüchtern war.«

»Du hast sie damals schon um den Finger gewickelt«, lachte Serafine.

Asela schüttelte den Kopf. »Nicht als Balthasar«, meinte sie leise und lächelte ein wenig wehmütig. »Es ist eine Erleichterung, dass ich es sagen kann«, fügte sie hinzu, als Zokora kurz aufsah. »Es ist nicht immer einfach, mit mehr als einer Erinnerung zu leben.« Ihre blauen Augen schwenkten zu mir herum. »Wie ergeht es Euch dabei?«

»Bei mir ist es anders«, sagte ich und schob meinen Teller weg von mir, mir war der Appetit vergangen. »Ich versuche, sie getrennt von mir zu halten.«

»Gelingt es Euch?«, fragte sie.

Nicht immer, hörte ich Aleytes Stimme sagen.

»Ich denke schon«, erwiderte ich und versuchte, zuversichtlich dabei zu klingen. Serafine sah auf und schien etwas sagen zu wollen, doch dann entschied sie sich wohl dagegen. Ich sah sie fragend an.

Sie seufzte. »Mitten in der Nacht hast du dich aufgesetzt und mich gefragt, wo wir uns befinden.«

»Ich erinnere mich nicht daran«, sagte ich. »Auf der anderen Seite ist es kein Wunder, so wie wir herumkommen. Es ist das erste Mal seit Langem, dass ich in einem anständigen Bett aufgewacht bin.«

»Du hast mich in einem Dialekt gefragt, den ich kaum verstanden habe«, fügte sie hinzu, während sie meinen Blick mit ihren dunklen Augen hielt. »Und mich für deine Bettsklavin gehalten.«

»Das«, meinte Varosch mit einem Grinsen, »hätte ich gern sehen wollen. Wie ging es weiter?«

Sie bedachte ihn mit einem harten Blick. »Gar nicht«, gab sie zurück. »Mitten im Satz schlief er wieder ein. Aber es hat mich erschreckt.«

Deshalb also war sie heute Morgen so schweigsam gewesen.

»Ich kann es kaum mehr voneinander trennen«, sagte Asela ruhig. »Ich müsste mich bemühen, um herauszufinden, wo Asela aufhört und Balthasar beginnt.« Sie zuckte die schlanken Schultern. »Vielleicht wehre ich mich nicht genug dagegen, ich liebte sie, und es erscheint mir nur gerecht, da ich es war, der ihr die Seele nahm. Doch in Eurem Fall könnt Ihr diesen Weg nicht gehen. Ihr dürft die Kontrolle nicht verlieren.«

»Das wird nicht geschehen«, entgegnete ich ruhig.

»Vielleicht nicht, wenn Ihr wach seid«, stimmte Asela zu. »Aber was ist, wenn Ihr schlaft?«

»Es wird sich nicht wiederholen«, sagte ich steif. »Seid Ihr deshalb hergekommen, um mich zu warnen?«

»Ser Roderik«, erwiderte sie. »Ihr wisst, dass ich einen Zauber auf die Steine des Tarn gelegt habe, um zu sehen, was der Verschlinger und Arkin tun?«

»Das …«, Serafine durchbohrte mich mit einem harten Blick, »… wusste ich nicht.«

»Es war ein Geheimnis, das er nicht teilen durfte«, sagte Asela ruhig. »Doch darum geht es nicht. Der Zauber übertrug sich auf jeden, der den Tarn berührte. Also auch auf Elsine, Delgere und … auf Euch, Ser Roderik.«

Ich nickte langsam und fragte mich, warum ich das nicht bedacht hatte. Serafine nahm es nicht so gelassen.

»Du hast uns beobachtet?«, fragte sie empört. »Die ganze Zeit? Auch wenn wir …«

»Nicht die ganze Zeit, Finna«, sagte Asela mit einem feinen Lächeln. »Ich wusste, wann ich wegzusehen hatte. Vor allem jedoch galt mein Augenmerk Arkin. Bei ihm sah ich nicht weg«, fügte sie mit einem bedeutsamen Blick zu mir hinzu.

»Worauf wollt Ihr hinaus?«, fragte ich sie.

»Ich will Euch warnen, Ser Roderik. Ihr habt Euch auf einen gefährlichen Weg begeben.«

»Das habe ich ihm auch gesagt«, meinte Serafine. »Er meint zwar, dass Arkin uns nicht wieder hintergehen wird, dennoch halte ich den Kriegsfürst noch immer für eine Gefahr.«

»Arkin ist für niemanden mehr eine Gefahr«, sagte Asela ruhig, ohne den Blick von mir zu wenden. »Kurz nachdem Ser Roderik ihn verlassen hat, rief er diesen Schwertmajor Usmar zu sich. Er erzählte ihm von der Vereinbarung, die er mit Euch getroffen hat, Ser Roderik, beförderte den Mann zum Schwertobristen, übertrug ihm das Kommando über die Legionen und stürzte sich in sein Schwert.« Ihre Augen hielten mich fest, als sie weitersprach. »Man nannte Arkin den Fuchs, weil es sein Wesen war, in jeder Lage noch einen Vorteil für sich zu finden. Es machte ihn zu dem, der er war. Als Ihr ihm das genommen habt, Ser Lanzengeneral, konnte er es nicht ertragen. Schwertmajor Usmar führt jetzt die Legionen, und er schwor Arkin, dass er sich für ihn an Euch rächen will.«

Ich schüttelte den Kopf. Asela musste sich irren, Arkin war nicht jemand, der sich in sein Schwert stürzen würde. Doch bevor ich widersprechen konnte, fixierte mich Serafine mit ihrem Blick. »Was soll das heißen?«, fragte sie beunruhigt »Was hast du Arkin angetan? Ich dachte, er hätte sich gefügt?«

»Hat er«, antwortete Asela für mich und holte tief Luft. »Nachdem Ser Roderik ihm die Seele entrissen hat und ihm die Möglichkeit nahm, sich gegen uns zu stellen, hatte er auch keine andere Wahl. Bis auf die, zu der er sich entschied.« Ihr Blick hielt mich noch immer fest. »Ich verstehe genau, was in Euch vorging, Lanzengeneral«, sprach sie mit rauer Stimme weiter. »Er war eine verachtenswerte Kreatur, er gehörte zur Rechenschaft gezogen, und Ihr dachtet, dazu die Möglichkeit zu besitzen. Doch ihm die Seele zu reiten, war der falsche Weg. Es gibt einen Grund, weshalb die Götter es geächtet haben.«

»Götter«, hauchte Serafine und sah mich entsetzt an. »Ist das wahr?« Ich brauchte die Antwort nicht zu geben, sie sah sie in meinen Augen.

»Ich hielt es für nötig«, gab ich kühl zurück und sah, wie Varosch traurig den Kopf schüttelte. »Wir hätten ihm nie vertrauen können.«

»Vielleicht irrt Ihr da, Lanzengeneral«, sagte Asela grimmig, während Serafine mich auf eine Art musterte, wie ich es bei ihr noch nie gesehen hatte. Oder jemals wieder sehen wollte. »Ich denke, Ihr hattet ihn bereits davon überzeugt, dass dies der beste Weg für ihn gewesen wäre. Usmar hat den Tarn nie berührt, also weiß ich nicht, was seine Pläne jetzt sind. Doch die Geschwindigkeit, mit der er die vierzehnte und fünfzehnte Legion nun marschieren lässt, lässt vermuten, dass er sich nicht an die Vereinbarung zwischen Arkin und Euch gebunden fühlt. Ich denke, er hat es auf die Feste Braunfels abgesehen.«

»Die Hälfte von ihnen wird sterben, bevor sie sie erreichen«, sagte ich gepresst.

»Wahrscheinlich wird es mehr als die Hälfte sein«, meinte Asela kühl. »Doch das lässt Usmar noch genügend Männer, um die Feste Braunfels zu nehmen, und jeder von ihnen, der die Feste lebend erreicht, wird verzweifelt kämpfen, da er weiß, dass es um sein Leben geht.« Sie holte tief Luft. »Ich habe Euch immer unterstützt, Lanzengeneral. Ich glaube kaum, dass es jemanden gibt, der Euch besser verstehen kann als ich, ich weiß um die Versuchungen der dunklen Gabe. Doch Lanzengeneral Roderik von Thurgau hätte niemals so gehandelt.«

»Es war ein Fehler«, gestand ich. »Einer, der sich nicht wiederholen wird.«

Sie nickte langsam. »Vielleicht. Das Problem, Ser Roderik, ist, dass ich nicht mehr weiß, wer Ihr seid.«

Serafine schüttelte den Kopf. »Er ist er selbst. Er hat den Verschlinger besiegt, er ist nicht ...«

»Ja«, sagte Asela rau. »Er ist nicht der Verschlinger, das weiß ich auch. Ich sah den Kampf und weiß, wer ihn gewann. Doch Roderik weiß selbst nicht, was und wer er ist. Glaube mir, Finna, ich kann sehen, wie sehr er sich verändert hat. Er verändert sich noch immer... wenn ich ihn ansehe, sehe ich, wie es geschieht, wie er sich neu zusammenfügt. Ist es nicht so, Lanzengeneral?«

Es erschien mir sinnlos, es abzustreiten.

»Ihr habt recht«, sagte ich deshalb. »Doch ich weiß, wer ich bin. Ihr sorgt Euch vergebens, Asela, ich habe meine Lektion gelernt.«

»Wisst Ihr denn auch, *was* Ihr seid?«, fragte sie sanft.

Sie wies zu Serafine hin, die still und bleich vor ihrem Frühstück saß. »Ihr liebt sie. Dennoch habt Ihr sie wiederholt gefährdet. Was ist, wenn Ihr wieder vergesst, wer Ihr seid? So, wie ich es verstehe, gibt es Hunderte von Seelen in Euch, die jeden von uns als Feind ansehen würden.«

»Keine Seelen«, widersprach ich und schluckte. »Nur Erinnerungen. Ihre Seelen sind zu den Göttern gegangen.«

»Gut«, meinte Asela ruhig. »Aber es wäre sinnvoll, wenn Ihr priesterlichen Rat und Beistand suchen würdet, um sicherzugehen, dass es auch so ist. Bruder Jon hat sich bereit erklärt, Euch durch diese schwere Zeit zu helfen. Er ist ein weiser Mann, er wird helfen können, damit Ihr Euch nicht verliert.«

»Die Gefahr besteht nicht«, widersprach ich grimmig.

»Das hoffen wir alle«, sagte Asela eindringlich. »Doch bis Bruder Jon uns berichten kann, dass unsere Sorgen unbegründet sind, könnt Ihr Euch als beurlaubt ansehen.« Ihr Lächeln sah mir etwas gezwungen aus, als sie weitersprach. »Ihr habt Euch einen Urlaub mehr als verdient.«

»Ich …«, begann ich, doch sie hob die Hand, um mich zu unterbrechen.

»Sagt mir, was würdet Ihr an meiner Stelle tun?«

Ich schnaubte laut. »Ich würde mich wahrscheinlich selbst in Ketten legen!«

»Ja«, entgegnete sie ruhig. »Was mir zeigt, dass Ihr noch nicht versteht, was mit Euch geschieht. Ketten würden Euch nicht halten. Sprecht mit Bruder Jon«, sagte sie sanft. »Er wird Euch helfen können. Soltar hat mich gerettet, Ihr seid schon immer Sein Diener gewesen. Er wird sicherlich auch Euch erhören.«

Ich seufzte. Ein Gespräch mit Bruder Jon würde mich nicht umbringen, tatsächlich mochte ich den Priester. Wenn ich nur vergessen könnte, dass er dabei gewesen war, als Elsine mir diesen verfluchten Dolch in die Brust gestoßen hatte. Irgendwann musste ich das alles hinter mir lassen, das war mir bewusst. Doch es gab jetzt noch ein dringlicheres Problem. »Was ist mit Arkins Legionen?«, fragte ich. »Wir müssen …«

»Miran wird das Nötige veranlassen«, sagte sie ruhig. »Unsere Truppen sind ausgeruht, es wird ihnen leichtfallen, die schwarzen Legionen abzufangen. Miran zeigt sich zuversichtlich und versprach, sie bis auf den letzten Mann zu vernichten.«

»Das war nicht meine Absicht«, widersprach ich hastig. »Ich hatte anderes mit ihnen vor. Ich muss …«

Asela neigte ihren Kopf. »Ihr müsst nichts, Ser Roderik. Ich bedauere es, es Euch so direkt sagen zu müssen: Wir haben Miran zur Stabsobristin befördert, sie hat jetzt den Befehl über die zweite Legion, sie trifft die Entscheidungen. Was Ihr tun müsst, ist, den Tempel aufzusuchen, damit wir wissen, ob wir Euch noch vertrauen können.«

Sie griff über den Tisch und nahm meine Hand. »Ihr wisst, Roderik«, sagte sie dann ernsthaft, »dass wir Euch vertrauen *wollen*. Ihr werdet aber verstehen, warum wir es nicht können. Ihr habt Euch der Nekromantie schuldig gemacht, Roderik, wie ich einst auch, und wie bei mir gilt auch bei Euch, es braucht die Vergebung und den Rat der Götter, damit wir Euch erneut vertrauen können. Geht zu Bruder Jon«, wiederholte sie eindringlich. »Er wird Euch helfen können. Askir braucht Euch, wir können nicht auch noch Euch an den dunklen Gott verlieren!«

Götter, dachte ich niedergeschlagen. Ich konnte sie

verstehen, doch es war nicht so, wie sie dachte, ich hatte mich nicht verloren. Ich hatte Arkin die Seele geritten, ich wusste auch, dass ich damit gegen den Willen der Götter verstieß, und ja, es war ein Fehler gewesen. Ich hatte daraus gelernt. Aber zu hören, dass Miran nun die zweite Legion gegen Arkins Truppen in die Schlacht führen würde, bereitete mir fast körperliches Unbehagen, auch wenn ich den Grund nicht nennen konnte, es war nur … falsch. Ich zwang mich dazu zu nicken.

»Gut«, versprach ich Asela. »Ich werde Bruder Jon aufsuchen. Aber lasst mich vorher noch mit Miran sprechen. Sie braucht die Legion nicht in den Kampf zu führen, ich werde mich um Usmar kümmern.«

»Das werdet Ihr nicht«, sagte Asela bestimmt. »Es tut mir leid. Sprecht mit Bruder Jon.« Sie hielt mich mit ihrem Blick gefangen, bis ich seufzend nickte.

»Ich möchte zwei Dinge dazu sagen«, meinte jetzt Zokora und legte ihr Buch zur Seite.

»Ach ja?«, fragte Asela und zog eine Augenbraue hoch. Wie ich gerade feststellte, stand sie darin Zokora in nichts nach.

»Das nächste Mal warte bitte bis nach dem Frühstück, bevor du uns die Laune derart verdirbst.«

Asela wartete einen Augenblick. »Ich will nicht hoffen, dass es noch einmal nötig ist. Was war das Zweite?«, fragte sie.

Zokora schaute ihr direkt in die Augen. »Das Zweite ist, dass ihr einen Fehler begeht, Havald jetzt zu beurlauben. Eure Kaiserin weiß davon?«

Asela nickte leicht. »Es widerstrebte ihr, aber ja, auch sie hielt es für das Beste, wenn Bruder Jon mit Ser Roderik spricht.«

Zokora tat eine nachlässige Geste. »Das ist nicht der

Fehler. Der Fehler ist, Havald das Kommando zu entziehen. Er ist der Einzige, der tun kann, was getan werden muss.«

»Und was wäre das?«, fragte Asela etwas unwirsch.

»Das weiß ich nicht«, antwortete Zokora und schaute zu mir hin. »Das musst du schon ihn selbst fragen.«

Ich musterte sie erstaunt. »Wieso der Sinneswandel?«, fragte ich sie. »Du hast auch an mir gezweifelt.«

»Manchmal«, sagte sie ungerührt. »Meistens, wenn du das tust, was andere dir sagen.«

»Du sagst mir doch ständig, was ich tun soll«, beschwerte ich mich.

Sie lächelte. »Tue ich das?«, meinte sie dann. »Oder bewege ich dich dazu nachzudenken? Wenn du dir sicher bist, was du tun willst, werde ich dir folgen.« Sie schaute zu Asela hin. »Das solltest du auch tun. Er sagt, er wird sich um Usmar kümmern. Er gibt den Fehler zu, lasse ihn den Fehler dann auch beheben.«

»Tut mir leid«, sagte Asela unglücklich. »Das kann ich nicht.« Sie sah zu mir hinüber. »Wir können ihm nicht mehr vertrauen.«

»Ja«, nickte Zokora. »Genau das ist der Fehler.« Sie beugte sich etwas vor und legte überraschend ihre Hand auf Serafines Arm. »Vergiss das nicht, Helis. Vertraue ihm.«

Serafine sah zu mir hin, und ich sah, wie ihre Augen feucht wurden. »Ich weiß nur nicht«, flüsterte sie, »ob ich das noch kann.«

Die Legion der Toten

34 Nachdem mir Asela so deutlich gemacht hatte, dass man mir nicht mehr vertrauen konnte, bis Bruder Jon bestätigte, dass ich kein Nekromant und Seelenreiter war, sahen wir keinen Grund, den Abschied noch länger hinauszuzögern. Also gingen Serafine und ich zu unserem Quartier, um unsere Sachen zu packen, viel war es ja nicht. Was den Rest von unseren Sachen anging, für die es fast fünf Packpferde gebraucht hatte, wusste ich nicht, wo sie sich befanden, wahrscheinlich hatte man sie irgendwo eingelagert, bis wir danach verlangten. Mehr Sorgen machte ich mir um Serafine. Mit Grund, wie sich zeigte, denn kaum hatten wir unser Quartier erreicht, schloss Serafine die Tür und lehnte sich dagegen, um mich mit feuchten Augen vorwurfsvoll anzusehen.

»Havald«, sagte sie aufgebracht. »Wie konntest du deine Seele so gefährden? Du weißt doch selbst, wohin das führt! Wie konntest du das tun!«

»Arkin hat uns bereits schon einmal hintergangen. Finna, er hat mir den Verschlinger an den Hals gehetzt! Der Mann hat beständig nur nach mehr Macht gestrebt. Er kannte kein Gewissen, er hätte selbst seine Mutter geopfert, hätte er darin einen Vorteil finden können! Hätte ich ihn einfach nur erschlagen, hätte sich niemand von euch beschwert!«

»Das ist es ja«, rief sie verzweifelt. »Hättest du ihn erschlagen, wäre seine Seele zumindest unangetastet geblieben!«

»Du hättest ihn sehen sollen, wie ich es tat«, sagte ich rau. »Er hat sich noch ganz anderer Verbrechen schuldig gemacht, ich will dir davon gar nicht mehr erzählen! Es war die einzige Möglichkeit sicherzustellen, dass er uns nicht wieder hinterging!«

»Und doch hat er einen Weg gefunden«, stellte sie fest und sah mich mit feuchten Augen an. »Verspreche mir, dass du so etwas nie wieder tust!«

»Was nicht wieder tue?«

»Nekromantie oder Blutmagie anwenden!«

Beinahe hätte ich es versprochen, aber ... »Serafine«, sagte ich sanft. »Das kann ich nicht. Ich weiß nicht, ob es nicht doch irgendwann notwendig wird! Du musst mir einfach vertrauen!« Jetzt, da sie Blutmagie erwähnte, fiel mir das Schicksalsband ein, das ich zwischen ihr und Arkin gewoben hatte. In der Sicht der Magie schaute ich danach und fand es unverändert vor. Was auch immer Asela glaubte, gesehen zu haben, sie hatte sich getäuscht, Arkin war wohl doch noch am Leben. Hier war der Beweis dafür, ein Beweis, den ich wohl besser jetzt nicht anführen sollte, Serafine hätte es mir nie verziehen.

»Ich dachte, ich kann alles ertragen«, flüsterte sie jetzt gebrochen, während ihre Augen überliefen. »Du bist der edelste Mensch, den ich kenne, Havald, doch ich kann es nicht ertragen, wenn du zum Seelenreiter wirst. Wir kämpfen gegen sie«, rief sie verzweifelt. »Wir erschlagen sie, wo wir nur können, und du willst mir nicht versprechen, nie mehr eine Seele zu reiten?«

»Weil ich es nicht kann«, antwortete ich leise. »Vielleicht ist es irgendwann notwendig. Finna, ich habe schon immer getan, was ich tun musste, und nicht alles war gut getan. Ich war nie so edel, wie du glaubst!«

»Das«, brachte sie mühsam hervor, »beginne ich jetzt auch zu verstehen.«

»Finna«, sagte ich eindringlich. »Ich kann dir versprechen, dass ich nicht leichtfertig damit umgehen werde, aber …«

»Halt«, bat sie mich und hob die Hand an. »Sprich nicht weiter. Ich will es nicht hören.« Sie schluckte mühsam. »Ich habe schon zu viel gehört. Es hätte mir eine Warnung sein müssen, dass Zokora und Varosch wussten, dass du dich an der Seele dieser Dämonin vergangen hast und du es mir verschweigen wolltest!«

»Finna!«, rief ich aufgebracht. »Sie ließ mir keine andere Wahl! Sie war dabei, mir meine Seele zu reiten! Sie war eine Dämonin!«

»Wir wissen beide«, begann sie, während sie sichtbar um ihre Fassung kämpfte, »dass es keine Dämonen gibt. Es ist nichts als Aberglaube.«

»Kolaron hat sie erschaffen, aber du hast sie doch selbst erlebt, einen großen Unterschied konnte ich da nicht erkennen!«, rief ich aufgebracht. »Wäre es dir lieber gewesen, sie hätte mich geritten?«

»Nein«, sagte sie rau. »Aber ich habe nur dein Wort, dass es auch so war.«

»Du glaubst mir nicht?«, fragte ich entsetzt.

Sie wischte sich verärgert die Tränen aus den Augen. »Ich weiß nicht mehr, was ich glauben soll, Havald«, erwiderte sie dann stur. »Ich weiß nur, dass du mir dieses Versprechen jetzt nicht geben willst!« Sie zog die Tür auf.

»Wohin willst du gehen?«

»Nach Askir.«

»Und deine Sachen?« Ich wies auf ihren Packen.

»Sie werden nicht verloren gehen.« Sie kämpfte sich ein Lächeln ab. »Havald, ich werde beim Tempel Soltars auf dich warten. Asela hat sicher recht, Bruder Jon wird dir helfen können.«

Ich schüttelte den Kopf. »Ich spreche gern mit ihm, aber Asela irrt sich. Ich brauche keine Hilfe.«

»O doch«, sagte sie und schniefte. »Ich liebe dich, jetzt gerade kann ich deinen Anblick allerdings nicht ertragen!«

Damit ließ sie mich in unserem Zimmer stehen.

Ich stand noch immer da, versuchte zu verstehen, was eben gerade geschehen war, als es an der Tür klopfte. Da Serafine die Tür nicht richtig geschlossen hatte, schwang sie auf, und ich sah mich einem Leutnant gegenüber, dessen goldener Harnisch mir verriet, dass er der Kaisergarde angehörte. Hinter ihm sah ich drei andere der Garde stehen.

»Lanzengeneral«, sagte er und salutierte. »Lanzenleutnant Eugin, wir sind die Ehrengarde, die Euch zum Tempel Soltars begleiten wird.«

Ehrengarde. Ja, sicher. So weit war es also schon.

Ich erwiderte den Salut. »Danke, Leutnant. Gebt mir noch einen Moment, ich bin gleich so weit.«

Mit einer Handbewegung warf ich die Tür vor seiner Nase zu. Ich hatte einmal gesehen, wie Leandra eine Tür mit Magie versiegelte, jetzt fiel es mir nicht schwer herauszufinden, wie sie es getan hatte. Es verschaffte mir nur die Zeit, die es brauchte, bis sie Asela herangeholt hatten, denn ich zweifelte nicht daran, dass die Eule wusste, wie man einen solchen Zauber brach. Doch viel Zeit würde ich auch nicht brauchen.

Ich musterte meinen Packen und überlegte mir, was ich davon benötigen würde, als ich einen Windstoß spürte. Gar so viel Zeit hatte es mir wohl nicht gebracht. Langsam drehte ich mich um, dort stand Asela und sah mich traurig an.

»Ich hoffte so sehr, dass es dazu nicht kommen würde«, meinte sie. »Doch Ihr werdet zum Tempel gehen, ob Ihr wollt oder nicht, es ist nur zu Eurem Besten!«

»Ich werde Bruder Jon aufsuchen«, sagte ich mit einem Seufzer. »Das habe ich bereits versprochen! Ich muss nur vorher etwas erledigen.«

»Und was?«, fragte sie. »Wollt Ihr Usmar aufsuchen, freundliche Worte mit ihm wechseln und ihn so überzeugen?«

»In etwa das«, erwiderte ich. »Es wird nicht lange dauern.«

»Das kann ich nicht zulassen«, sagte sie entschlossen.

Ich blinzelte. »Warum nicht?«, fragte ich sie erstaunt. »Wenn ich keinen Erfolg habe, könnt Ihr ja noch immer Miran auf ihn hetzen.«

»Und was ist«, fragte sie grimmig, »wenn Ihr Euch mit ihm verbündet?«

Ich sah sie ungläubig an. »Das glaubt Ihr von mir?«

Sie schüttelte den Kopf. »Roderik«, sagte sie ruhig. »Ich kann wahrnehmen, was mit Euch geschieht, ich sehe, wie sich die Magien mit Euch verweben … und in all meinen Jahren habe ich so etwas noch nie gesehen. Ich weiß nicht mehr, was ich bei Euch glauben kann … deshalb, ich bitte Euch ein letztes Mal, geht zu Bruder Jon! Zwingt mich nicht, etwas zu tun, das wir beide bereuen werden!«

Während sie noch sprach, sah ich, wie sie die Magie an sich zog.

»Ihr meint das wahrhaftig ernst«, stellte ich ungläubig fest.

Sie nickte grimmig.

»Dann haltet Miran davon ab, Arkins Legionen anzugreifen. Versprecht Ihr mir das?«

»Roderik«, sagte sie und klang jetzt fast schon verzweifelt. »Ich kann Euch nicht eher vertrauen, bis Ihr mit Bruder Jon gesprochen habt, versteht Ihr das denn nicht? Arkins Legionen sind unterwegs zur Feste Braunfels, und wir können nicht zulassen, dass er die Feste nimmt!«

»Sie werden selbst bei einem Gewaltmarsch Tage brauchen«, versuchte ich sie zu überzeugen. »Auf einen Tag kommt es nicht an. Sagt Miran, sie soll warten, bis ich von Askir zurückgekommen bin!«

»Sie hat den Befehl zum Abmarsch schon gegeben. Ich werde sie nicht bloßstellen, indem ich sie ihn widerrufen lasse.« Sie griff unter ihre Robe und holte eine dieser Halsfessel heraus, die wir an Bord der *Blutdorn* gefunden hatten. Leandra hatte einst eine solche Halsmanschette tragen müssen, sie verhinderte, dass ein Nekromant oder Maestro seine Fähigkeiten einsetzen konnte. »Legt dies an«, bat sie mich. »Ich werde Euch dann persönlich zum Tempel Soltars begleiten. Ihr werdet sehen, es wird sich alles schnell zum Besten fügen!«

»Götter«, knurrte ich. »Seht Ihr denn nicht, dass Ihr unvernünftig seid?«

»Ich sehe nur, dass Ihr Euch weigert, Euch zum Tempel zu begeben!«, rief sie aufgebracht. »Was soll ich denn da denken? Ich verdanke Euch, dass ich meiner Tochter nahe sein kann, meint Ihr denn, ich will das hier? Legt endlich diese verfluchten Fesseln an, damit wir es hinter uns bringen! Ich spreche im Namen der Kaiserin, Ser Roderik, wollt Ihr Euch wahrhaftig gegen sie stellen?«

»Asela«, versuchte ich es ein letztes Mal. »Ich kenne Arkin. Ich hielt, wie Ihr mir ja vorwerft, seine Seele in der Hand. Es ist ein Trick. Er wäre der Letzte, der sich in sein Schwert stürzt!«

»Ich sah es«, sagte sie ruhig und straffte ihre Schultern. »Ich sah zu, wie er starb. Es war kein Trick. Und Ihr, Lanzengeneral, kämpft mit dem Wahn. Haltet einfach nur still«, bat sie mich, als sie die Magie zu einem Zauber wob. »Ich will Euch nicht schaden.«

Vielleicht hätte ich es zulassen sollen. Doch …

Als Kinder, hörte ich Aleytes Stimme sagen, *haben wir dieses Spiel gespielt, jeder von uns versuchte den anderen zu halten und zugleich den Zauber des anderen aufzulösen. Es ging nur darum, wer dabei schneller war.*

Ich sah es in seiner Erinnerung, sogar der Zauber, den Asela gerade wob, obwohl ungleich stärker, besaß noch Ähnlichkeit mit dem Zauber, mit dem Aleyte als Kind spielte. Einen Moment lang überlegte ich, ob ich es so tun konnte wie bei den Priestern bei dem Grab, doch Asela war zu geschickt dazu, ihr Zauber besaß keine offenen Enden, war zu dicht gewoben, selbst Aleyte hatte selten etwas Vergleichbares gesehen.

Dabei ist es nur ein einfacher Haltezauber, stellte er beeindruckt fest. *Sie ist wahrhaft eine Künstlerin. Sie gibt sich Mühe, damit sie dir nicht schadet, das macht sie langsam, du kannst es schneller.*

Es war nur ein Zauber, wie ihn Elfenkinder einst zum Üben lernten, zu schwach, um Asela lange aufzuhalten. Doch lange musste es auch nicht sein.

Ihre Augen weiteten sich, als der Zauber sie ergriff, und noch bevor er richtig fertig war, vermochte sie ihn fast schon wieder aufzulösen, aber da hatte ich meinen Stab bereits in der Hand.

»Ich komme wieder«, versprach ich ihr und tat den weiten Schritt irgendwohin in die weite Steppe.

Vergesse nicht, dass sie dich finden kann, erinnerte mich Aleyte.

Danke, knurrte ich, suchte und fand den Zauber, den

sie an den Tarn gebunden hatte, um die zu beobachten, die ihn berührten, löste ihn sogleich auf und tat den nächsten fernen Schritt, gerade noch rechtzeitig, denn noch als ich den Schritt tat, kam sie schon in einem Windstoß an.

Der nächste Schritt führte mich weit weg, selbst Asela würde etwas brauchen, um mich hier zu finden. Ich hatte es da etwas einfacher, ob er wollte oder nicht, Arkin musste den kürzesten Weg nehmen. Ich zog Wasser aus der Luft und sammelte es in meiner Handfläche, führte einen Zauber aus, der mich das sehen ließ, was ich suchte, und folgte vom Fuß der Festung der Titanen aus der Spur, die seine Legionen hinterließ. Wo zwanzigtausend Mann marschierten, war sie wahrhaftig nicht zu übersehen.

Der nächste weite Schritt führte mich in ihre Nähe, jetzt brauchte ich nur noch ein Pferd. Ich zog mein Sehrohr heraus, um Arkins Soldaten besser in Augenschein nehmen zu können, und ...

Ihr Zauber traf mich wie ein Hammerschlag, wirbelte mich herum, riss mir die Hände auf den Rücken, dann stand sie auch schon hinter mir, und ich fühlte das kalte Metall des Kragens an meinem Hals. »Ich habe Euch gewarnt, Ser Roderik«, teilte sie mir schwer atmend mit. »Ich wollte das nicht tun!«

Sie sammelte die Magien um sich. Hier, so fern des Weltenstroms, musste es auch für sie eine Anstrengung sein, ein Tor zu öffnen. Vielleicht sogar eine Gefahr. Dennoch schien sie wild entschlossen.

»Haltet ein«, bat ich sie eindringlich. »Wartet! Bitte, schaut!«

Sie schüttelte grimmig den Kopf.

»Götter!«, rief ich erzürnt und wies mit meinem Blick auf mein Sehrohr, das zwischen uns auf dem kargen Steppenboden lag. »Ihr werdet doch wohl noch einen Docht lang warten können! Nehmt das verfluchte Sehrohr und schaut es Euch selbst an!«

Einen Moment zögerte sie, dann ließ sie den Zauber fahren und ließ mit einer Geste mein Sehrohr in ihre Hand springen.

»Geht in Deckung«, bat ich sie, während ich mich selbst hinter einen dürren Strauch duckte. »Sie brauchen nur zu uns hinüberzusehen!«

Sie duckte sich neben mich. »Was soll ich mir ansehen?«, fragte sie grimmig.

Ich wollte es ihr zeigen, doch sie hielt meine Hände noch immer mit ihrem verfluchten Haltezauber fest.

»Gebt mir meine Hände frei«, knurrte ich. »Götter, Asela, wir sind auf der gleichen Seite!«

»Beschreibt mir einfach, wohin ich sehen muss«, meinte sie stur.

Ich seufzte. »Viele seiner Soldaten sind zu schwach, um mit den anderen mitzuhalten. Sie bilden hier die Nachhut, marschieren so schnell sie können. Es ist nur Zufall, dass ich es eben sah ... sucht Euch einen aus, der bereits am Ende seiner Kräfte ist, und wartet.«

»Worauf?«, fragte sie kühl, doch sie tat, um was ich sie gebeten hatte.

»Dass er zusammenbricht.«

»Schon geschehen«, meinte sie. »So ausgemergelt, wie sie ist, wundert es mich, dass sie überhaupt so weit noch kam. Was jetzt?«

»Wartet einfach«, sagte ich.

»Götter!«, entfuhr es ihr. »Jetzt steht sie wieder auf!« Sie setzte das Glas ab und sah zu mir herüber. »Also gut,

Ser Roderik, es sind zähe Soldaten, beeindruckend in ihrer Willenskraft. Wolltet Ihr mir das zeigen? Es war uns schon bekannt.«

»Seht Ihr nicht den Faden?«, fragte ich sie.

»Welcher Faden?«

»Der, der von ihr nach vorne führt, zur Spitze der Kolonne, wo sich Arkin wahrscheinlich befindet.«

»Ich sehe keinen Faden«, meinte sie ungehalten. »Und Arkin ist tot.«

»Das ist die Soldatin auch«, gab ich grimmig zurück.

»Götter!«, entfuhr es ihr. »Meint Ihr das ernst?«

Ich nickte. »Versucht den Soldaten wiederzufinden, der ihr eben auf die Beine half.«

Sie setzte das Sehrohr an und nickte. »Ich habe ihn gefunden.«

»Schaut, ob Ihr sein Gesicht erkennen könnt.«

Sie wartete und fluchte dann.

»Es ist ein Dunkelelf!« Sie setzte das Glas ab. »Einer der Priester des toten Gottes?«

»Wenn Arkin in einem die Wahrheit sprach«, teilte ich ihr mit, »dann in seinem Hass auf diese Priester. Und doch haben wir eben einen von ihnen gefunden, der bei den Soldaten mitmarschiert und sich unter ihnen versteckt. Ich glaube, wir wissen, wer dort vorne an der Spitze der Kolonne reitet.«

»Ja«, nickte sie grimmig. »Es muss der Nekromantenkaiser sein. In einer seiner verfluchten Puppen.«

»Genau das denke ich auch. Er muss zurückgekommen sein. Mit neuen Priestern.«

»Tote zu beherrschen …« Sie schüttelte den Kopf. »Es muss eines der dunkelsten Rituale sein, die es gibt.«

»Ja«, sagte ich grimmig. »Ihr wollt nicht wissen, was dazu nötig ist.«

Sie warf mir einen schnellen Blick zu. »Ihr wisst es?«

Ich nickte. »Ja. Jetzt. Doch vorher wusste ich nicht, dass es so etwas überhaupt gibt.« Ich fing Aselas Blick ein. »Erklärt Ihr mir jetzt, wie Miran meine Legion siegreich gegen einen Feind führen will, der sich weigern wird zu sterben?«

Sie schüttelte langsam den Kopf.

»Ihr konntet das nicht vorher wissen, Lanzengeneral.«

»Ihr habt recht«, gestand ich ihr. »Ich konnte nicht wissen, dass in dieser Legion sogar die Toten noch marschieren. Doch ich wusste, dass etwas nicht stimmt. Arkin hätte sich niemals in sein Schwert gestürzt. Nicht ohne Zwang. Wenn er es denn tat. Ich weiß jetzt auch, was Mirans Fehler ist«, fuhr ich grimmig fort. »Sie bereitet sich auf alles vor, das sie bereits kennt.«

»Was soll da der Fehler sein?«, fragte Asela, während sie das Sehrohr wieder ansetzte, als wir in der Ferne eine andere schwarze Figur straucheln sahen.

»Sie bedenkt nicht, was sie nicht kennt.«

»Ihr denkt, Ihr besitzt dazu die Gabe?«

Ich sah sie verwundert an. »Ihr müsst doch wissen, was ich meine. Ihr besitzt diese Gabe auch. Die meisten von uns besitzen sie. Miran nicht. Deswegen ist sie so sorgfältig in allem.«

Asela drehte das Sehrohr in ihren Händen und nickte dann nachdenklich. »Mag sein, dass Ihr recht habt. Was jetzt?«

Ich stellte fest, dass ich meine Hände wieder bewegen konnte, und tippte gegen das Band an meinem Hals. »Wie wäre es damit?«

Die Macht der Schatten

35 Es war eine Erleichterung, die Welt um mich herum wieder fühlen zu können, solange ich dieses Band aus Gold und Obsidian hatte tragen müssen, war sie farblos, dumpf und leer für mich gewesen. Ich wog das Halsband in meiner Hand, lange genug, um zu erfahren, dass es nicht gänzlich unmöglich war, sich dagegen zu wehren, und gab es ihr zurück.

»Der Weltenstrom ist fern von hier«, sagte ich und musterte Asela grübelnd. »Wie ist es um Eure Magie bestellt?«

»Es gibt genug für mich«, meinte sie. »Das ist der Vorteil einer Ausbildung, wie ich sie erhalten habe, ich weiß, wie ich mit wenig viel erreichen kann. Was habt Ihr vor?«

»Der Nekromantenkaiser hat Angst vor mir«, teilte ich ihr mit. »Es grenzt fast schon an Aberglauben.«

Sie lachte bissig. »Als ob ich das nicht wüsste. Doch Ihr teilt Euch diese Ehre mit Askannon und der Tochter des Drachen, wer auch immer sie ist.«

Ich sah scharf zu ihr herüber. »Ihr wisst es nicht?«

»Sagen wir, ich habe meine Vermutungen«, lächelte sie.

»Belassen wir es dabei«, schlug ich vor, und sie nickte. »Also, Ihr wollt auf seinem Aberglauben spielen?«

»Genau das. Wie ich eben feststellen durfte, seid Ihr mir in der Magie überlegen, Ihr beherrscht sie wahrhaftig meisterlich. Ihr habt recht, es ist eine Frage des Wissens und nicht der Macht. Ihr besitzt beides.«

»Ihr doch jetzt auch?«, meinte sie erstaunt.

»Ich verfüge über das Wissen und die Erfahrung und die Talente anderer«, erklärte ich ihr. »Es macht es mir leicht, es für mich zu erlernen, aber noch sind es nicht *meine* Fähigkeiten.« Ich seufzte. »Bis ich Euch gleichkomme, wird es noch Jahre dauern, wenn es mir denn überhaupt möglich ist. Ich bin Kolaron ähnlicher als Euch, was mir an magischen Fähigkeiten fehlt, gleiche ich durch die Talente aus, die ich erhalten habe. Talente sind einfach, man muss sie nicht verstehen.«

»Ich weiß«, sagte sie mit belegter Stimme. »Ich war selbst ein Nekromant. Die Götter mögen mir verzeihen, aber ich vermisse das, was ich anderen raubte, ein Gedanke wird die Tat, was könnte verführerischer sein? Doch Ihr müsst sie aufgeben, Ser Roderik, Ihr könnt diese Seelen nicht auf ewig knechten, sonst unterscheidet Euch nichts mehr von ihm!« Sie wies anklagend nach vorne, wo wir die Spitze der Kolonne und den Nekromantenkaiser vermuteten.

»Ich trage nur eine Seele in mir, die meine«, sagte ich ruhig. »Das ist es, was ich Euch zu erklären versuchte. Seelenreißer trennte die Seelen von ihren Talenten ab und schickte sie zu ihren Göttern … und behielt die Talente und das Wissen für mich zurück. Ich bin nur noch nicht ganz damit fertig, all das zu ordnen, was ich erhalten habe.«

Ihr habt noch nicht einmal damit angefangen, meinte Hanik lachend.

Ich weiß. Aber das muss ich ihr nicht sagen.

So ganz schien sie mir nicht überzeugt, doch sie nickte. »Was für Talente?«, fragte sie.

Ich lächelte grimmig. »Ihr erinnert Euch daran, dass der Verschlinger selbst durch Seelenreißer nicht zu verwunden war? Ihr habt vermutet, dass es ein Zauber wäre, doch es ist ein Talent. Ich kann es auf uns beide legen, dafür sorgen, dass Pfeile und Bolzen uns verfehlen werden, und auch Magie ablenken. Letzteres mit Seelenreiter«, grinste ich und berührte mein Schwert mit meiner Hand. »Zudem kann ich Euch geben, was Ihr braucht. Zieht, was Ihr an Magie benötigt, aus mir heraus. Das ist das, was Leandra so oft unbeabsichtigt tat.«

»Wird es Euch nicht schaden?«, fragte sie.

Ich schüttelte den Kopf. »Nein. Nicht mehr. Das ist es, was ich vorschlage. Wir statten ihm einen Besuch ab. Wenn es zum Kampf kommt, überlasse ich Euch die Magie. Um den Rest werde ich mich kümmern.«

»Ihr wollt einfach zu ihm hingehen?«, fragte sie. »Das ist Euer Plan?«

»In etwa.«

»Genial ausgedacht«, grummelte sie. »Wer von uns beiden ist wohl mehr vom Wahn befallen, Ihr, dass Ihr auf diese Idee kommt, oder ich, weil ich mich darauf einlasse?«

Ich lachte. »Ich denke, wir sollten es herausfinden. Und, Asela?«

Sie schaute zu mir hin.

»Ich bin froh, dass Ihr mich nicht mehr anseht wie vorhin«, sagte ich leise. »Es tat weh, dass Ihr mir nicht vertrauen konntet.«

»Es tat weh, es nicht zu können«, gab sie knapp zurück. »Genug davon. Erschrecken wir den Nekromantenkaiser. Doch danach …«

Ich nickte. »Danach gehen wir zu Bruder Jon.«

Ein weiter Schritt brachte uns zu einem flachen Hügel, von dem aus wir die Legionen bereits kommen sahen. Ich erbat mir mein Sehrohr von Asela zurück und richtete es auf die Gruppe, die an der Spitze der Legionen ritt. »Ihr seht die schwarzen Fäden nicht?«, fragte ich sie.

»Nein. Ich weiß nicht einmal, was genau Ihr damit meint.«

»Für mich erscheint es wie ein Spinnennetz«, erklärte ich ihr, während ich nach dem suchte, bei dem diese Fäden zusammenliefen.

Ich sah Usmar bei den Reitern, neben ihm Arkin, der mit seinen orangeroten Haaren kaum zu übersehen war, doch ich sah keine dieser Fäden.

»Arkin lebt«, teilte ich ihr mit. »Er muss Euch irgendwie getäuscht haben. Ich …«

Es ging so schnell, dass ich kaum Zeit hatte zu verstehen, was geschah, die einzige Vorwarnung, die ich erhielt, waren die Dutzenden schwarzen Fäden, die plötzlich in unsere Richtung schnellten. Ich ließ das Sehrohr fallen und warf mich vor Asela, nur mit Mühe gelang es mir, den lodernden Ball aus fauchender Magie zur Seite abzulenken.

Ich spürte, wie die Hitze mir die Augenbrauen versengte, als sich der lodernde Ball links von uns in den Steppenboden grub, um dort in einem weiten Streifen die dürren Gräser zu entflammen. Erneut loderte Feuer auf und verbarg fast den schlanken Jüngling, der mit einem harten Lächeln im Gesicht langsam auf uns zukam. Diesmal war es Asela, die eine Geste tat, die das Feuer vor uns teilte, während sie hastig in ihren Beutel griff und glitzernden Staub in die Luft warf, gerade noch rechtzeitig, als die Welt um uns in einem Orkan aus Erde, Dreck und Steinen verschwand.

»Götter«, keuchte Asela. »Das ist Kolaron! Er traut sich doch sonst nicht aus seinem Versteck heraus!«

Es sei denn, er erfährt, dass man ihm einen Kriegsfürsten abtrünnig machen wollte, dachte ich grimmig, aber um dies auszusprechen, fehlte mir der Atem.

Die magische Kugel der Eule, die uns schützend umgab, erklang wie eine große Glocke, als Schlag um Schlag sie erschütterte, ich spürte, wie sie mit ihren Magien nach mir griff, und gab ihr, was sie brauchte.

Schon der erste Ansturm hatte uns zu Boden geworfen, das Heulen der Winde, das Fauchen der Flammen, der Boden, der unter unseren Füßen auseinanderbrach, immer wieder die Hammerschläge, die Aselas Kugel trafen ... all das machte es unmöglich, einen klaren Gedanken zu fassen, wir konnten nichts anderes tun, als uns aneinanderzuklammern und zu warten, bis der Ansturm ein Ende fand.

»Götter«, rief Asela mit geweiteten Augen, während sie mehr und mehr von mir nahm, um ihre Kugel aufrechtzuerhalten. »Er ist es selbst, er ist nicht als Puppe da!«

Das, dachte ich grimmig, während ich entsetzt sah, wie ihre Kugel für einen Moment die Form verlor, sich einbeulte und uns dann zurückwarf, hatte ich mir schon selbst gedacht.

»Asela!«, rief ich, obwohl sie mich bei all dem Getöse kaum würde hören können. »Ihr müsst hier weg!« Dort, wo Aselas Kugel die Erde berührte, begann diese bereits rot zu glühen, und obwohl ich ihr gab, was ich ihr geben konnte, bemerkte ich, wie die Eule schwächer und schwächer wurde.

»Wenn ... ich ...«, keuchte sie mit grimmiger Entschlossenheit, »... gehe ... seid Ihr ... schutzlos! Götter, woher ... nimmt er nur die ... Kraft!? Er war ... nie ... so stark!«

Er nimmt sie von den Toten, hörte ich Aleytes Stimme.

Sie war ruhig und gelassen, als wäre es nur ein Problem beim Shah für ihn. *Sie öffnen ihm einen Weg, sich Kraft aus der Dunkelheit zu ziehen, offenbar ist er weiter darin vorgeschritten, sich göttlicher Kräfte zu bedienen, als Ihr dachtet.*

Danke, meinte ich grimmig, während die Hammerschläge Aselas Kugel erschütterten und uns den Atem aus den Lungen trieb. *Sagt Ihr mir auch, wie mir das hilft?*

Ich hatte das Gefühl, als ob er durch meine Augen sah und diese Fäden musterte. *Vielleicht könnt Ihr diese Fäden von ihm trennen?*

Ich griff nach diesen Fäden, zu meiner Überraschung fühlte ich, dass ich sie auch berühren konnte, nur dass ich es kaum ertragen konnte. Das also, dachte ich voller Abscheu und Entsetzen, das also ist es, was er für uns will!

Zuvor hatte ich keine Vorstellung davon gehabt, was die Dunkelheit sein sollte, das Dunkle, dessen Gott Omagor gewesen war. War nicht Dunkelheit nur ein Abhandensein von Licht?

Es war schlimmer. Weitaus schlimmer. Es war ein … Hunger. Es fraß mit eisigen Fingern an meiner Seele, versuchte, alles in sich zu ziehen, das zu füllen, was es ausmachte, in sich zu ziehen, wo das Nichts war, ein Strudel, ein Loch im Gefüge der Welten, wie diese Fäden, die der Nekromantenkaiser von seinen toten Soldaten zu sich spannte, Risse im Gefüge waren.

Was diese Risse in sich hineinzogen, war das Leben um uns herum, auch das Leben der Soldaten, die dort in Reih und Glied marschierten … diese Risse sogen alles aus der Welt heraus, doch bevor es dazu kam, dass sie das Unfüllbare füllten, zog der Nekromantenkaiser es zu sich heran, fraß sich voll von dem, was bereits die ersten

Reihen seiner Soldaten straucheln ließ, um es dann uns voller Hass entgegenzuwerfen.

Ich fühlte auch ihn, den Nekromantenkaiser, und fühlte die Leere in ihm, den Hunger, die Gier, den Hass, mit dem er nach uns griff, nur war er noch schlimmer als die Dunkelheit, die durch diese Fäden nach unserer Welt griff. Sie tat es, weil es in ihrer Natur lag, sich an dem zu füllen, was war. Er tat es, weil er sich daran ergötzte.

Schon fiel der erste seiner Soldaten, brach ein Pferd schreiend zusammen, gerieten die Reihen der Legionen ins Stocken, als einer nach dem anderen zusammenbrach ... um sogleich wieder mit hölzernen Bewegungen aufzustehen. Sehen konnte ich es nicht, der Schatten der Dunkelheit, den Kolaron nun um uns wob, war zu dicht, doch ich fühlte, wie Arkin schrie, als er verstand, dass dies das Ende war, wie Usmar, treu bis zuletzt, ihn stützen wollte, als erst sein Pferd und schließlich auch Usmar zusammenbrach.

In der Dauer eines Lidschlags hatte sich die Anzahl dieser schwarzen Fäden bereits verdoppelt, im nächsten Lidschlag wieder, dann erneut, während sich Kälte und Dunkelheit von Kolaron aus über die Steppe ausbreitete, um wie eine Woge über uns und die marschierenden Legionen hereinzubrechen.

Ich sah, fühlte und nahm wahr, wie das Gras um uns verdorrte, wie die Vögel vom Himmel fielen, wie Steppenhasen, von Angst und Panik getrieben, im Sprung noch starben, um tot und ausgetrocknet weiterzutaumeln, bevor sie zusammenbrachen.

Der Mahlstrom, der um Asela und mich tobte, wuchs in Dunkelheit und Schwärze, dort, wo die Fäden Aselas Kugel streiften, fing sie an zu rauchen, Rauch, der mit kalten Fingern nach uns griff.

Asela schrie, vielleicht aber war es auch meine Stimme oder die der Welt, als die Erde zu unseren Füßen aufglühte, und selbst diese lodernde Glut in einem Feuerwerk aus Licht und Dunkelheit verschwand, bis jenseits von Aselas Kugel nur die Dunkelheit noch stand.

Keiner von uns vermochte noch zu denken, auch Asela tat nichts anderes, als sich an mich zu klammern, ihr ganzes Sein darauf gerichtet, diese Kugel aufrechtzuerhalten, das abzuwehren, was nicht abzuwehren war.

Ich wusste, was ich tun musste, ich musste dieses schwarze Geflecht an mich reißen, den Nekromantenkaiser davon trennen, musste, wenn ich beherzter danach griff, diese Dunkelheit in mich lassen, wo sie alles, was ich war und sein konnte, berühren und verderben würde. Lieber tausend Mal einen schrecklichen Tod erleben, als auch nur einen dieser Fäden zu berühren, ich konnte es nicht, wollte es nicht, hätte es nicht gekonnt, wäre nicht Asela gewesen, deren Seele in diesem letzten Moment so offen und schutzlos vor mir lag.

Ich wusste, wie sehr Balthasar bereute, zu was der Nekromantenkaiser ihn gezwungen hatte, spürte die tiefe Trauer über das, was er Asela hatte antun müssen, spürte, fühlte und verstand die Entschlossenheit in ihr, Desina vor diesem Ungeheuer zu beschützen, das jetzt gerade lächelnd seine eigene Legion fraß. Sie wankte nicht, grimmig hielt sie dagegen an, hielt mit purem Willen und Entschlossenheit diese Kugel aufrecht, die uns am Leben hielt. Was sie trieb, war die Liebe zu Desina. Einmal bereits hatte Balthasar sie aufgeben müssen, einmal, aber niemals wieder.

Mehr als ein Lidschlag war nicht vergangen, seitdem ich nach diesen schwarzen Fäden gegriffen hatte, um dann doch zurückzuschrecken, aber so groß auch Aselas

Kräfte waren, gegen die Dunkelheit, in dieser, ihrer reinsten und schrecklichsten Form, konnte auch sie nicht lange bestehen.

Tat ich nicht, was ich tun musste, würde sie mit mir vergehen, tat ich es, gab es für sie noch Hoffnung. Für sie, für Desina, für Leandra, Serafine, Janos, Sieglinde, für all die, die mich auf meinem Weg hierher begleitet hatten, all die, die ich liebte und die auf mich zählten.

Nach dem Willen Kolarons wartete dieses Nichts auf uns ... jetzt erst verstand ich die Größe des Geschenks der Götter, das unsere Seelen vor diesem Nichts bewahrte.

Ich griff nach diesen Fäden und der Kälte, dem Fehlen von Licht und Leben, von Sinn und Schöpfung, und zog es in mich hinein, lockte es mit dem, was sich in mir gesammelt hatte, verführte es, ließ es gierig auf mich werden, und dann, als es mit schwarzen Fingern nach mir griff, noch während es mich fraß, griff ich selbst danach.

Entlang der Fäden loderten Funken von Magie und Leben, jeder der Fäden eine Seele, die nie den Weg zu unseren Göttern finden würde. Ich band diese Fäden an mich, riss sie von dem fort, der sich an dem Grauen ergötzte, mit dem er uns überzog, webte diese Fäden um mich, trennte Dunkelheit und Leben voneinander und schuf für Asela einen Schild aus diesen goldenen Funken, während ich verzweifelt etwas suchte, etwas, jemand, an den ich einen Weg, ein Tor verankern konnte, und fand die Rettung mit dem Schrei eines Raben. Ich sah, wie Aselas Mund sich zu einem lautlosen Schrei auftat, als sie in das Tor stürzte, das sich so schnell wieder schloss, dass eine Ecke ihrer metallgewebten Robe abgeschnitten wurde und in dem Mahlstrom der Magien, die mich umgaben, hell aufflammte und verglühte.

In mir fraß die Dunkelheit all das, was ich war und sein wollte, zerrte an mir wie ein Sturm an einem fallenden Blatt, sodass ich kaum mehr wusste, wo unten oder oben war. Erschüttert, aufgerieben und zerrissen fand ich mich auf meinen Knien wieder. Trotzig stieß ich Seelenreißer vor mir in den Boden und fand so Halt in diesem Sturm. Es gab neben meinem gleißend hell leuchtenden Schwert nur eines, das mir geblieben war: der Wille, jenen, der dieses Unheil über die Welt gebracht hatte, zu vernichten.

Gebrochen über mein Schwert gebeugt, die Hände um den Griff verkrampft, der mir als Einziges noch Wärme gab, griff ich nach den dunklen Schatten, formte sie nach meinem Willen um und warf sie diesem Ungeheuer zu, das hinter der Maske eines schönen Jünglings tausend Mal schlimmer als der Verschlinger war.

Jetzt war ich es, der die Fäden wob und die Magien formte, jetzt war es mein Wille, der den Nekromantenkaiser mit Hammerschlägen trieb, und jetzt war er es, der wortlos schrie, als die Dunkelheit nun an ihm fraß, bevor er, mit letzter Kraft, ein Tor aufriss und floh.

Mit ihm vergingen diese schwarzen Fäden, fiel das Nichts in sich zusammen, wich die Dunkelheit dem Licht und ließ mich zurück, auf kahler, eisiger Erde, umringt von einem Meer aus Staub.

Ich fand mich auf meinen Knien vor, den Kopf gesenkt, Seelenreißer tief in den Boden getrieben, die Stirn an seinen Knauf gepresst, gierig nach der Wärme, die er aus dem Boden zog, während um mich herum der Raureif, der im weiten Umkreis das Land bedeckte, langsam kahler Erde wich.

Doch die Hände, die so verzweifelt Seelenreißer hielten, waren nicht die meinen, sie glichen schwarzen Schatten und besaßen kaum noch Substanz. Ein Schattenriss, mehr war von mir nicht mehr geblieben.

Als ich verstand, was ich verloren hatte, brach ich weinend zusammen, gab mich der Verzweiflung hin und zürnte den Göttern, die dies zugelassen hatten.

Das also tut Ihr mit den Talenten, die Euch gegeben sind?, hörte ich Orduns verächtliche Stimme. *Während Ihr hier weint und greint und Euch an Selbstmitleid ergötzt, bricht Kolaron bereits die Tür zum Grabe auf. Götter,* schnaubte er angewidert, *schaut Euch doch an, Ihr wollt die Hoffnung der Götter sein?*

Ich bin nichts!, rief ich verzweifelt und hielt anklagend meine Schattenhände hoch, damit dieser verfluchte Geist sie durch meine Augen sehen konnte. *Seht, was von mir geblieben ist!*

Mehr als andere jemals erhalten haben!, meinte er verächtlich. *Was seid Ihr doch für ein armseliges Geschöpf!*

Was soll ich denn tun?, weinte ich. *Es ist nichts mehr von mir da!*

Holt es Euch zurück, hörte ich die weiche Stimme einer Sera, die ich auf den Stufen ihres Tempels hatte sterben sehen. *Erschafft Euch neu, wenn es denn sein muss, Ihr wisst, was Ihr verloren habt.*

Es ist nicht mehr da!

Und?, hörte ich Hanik fragen. *Dann nehmt von uns, was Ihr verloren habt. Nehmt von ihr den Glauben, von Ordun die Macht, von Aleyte die Beharrlichkeit, nehmt von uns, was Ihr verloren habt, denn dafür sind wir da. Ihr werdet finden, was Ihr sucht, so sehr unterscheiden wir uns nicht voneinander, im Grunde sind wir alle gleich.*

Ihr seid kaum mehr zu ertragen, knurrte Ordun. *So fangt endlich damit an!*

Götter, fluchte ich. *Wann werde ich Euch endlich los?*

Ich hörte ihn lachen. *Erst wenn Ihr mich nicht mehr braucht.*

Grimmig griff ich nach der Hoffnung, dass es einen Ausweg gab, nahm mir dort etwas und hier, suchte mir zusammen, was ich brauchte, schuf und formte mich erneut.

Hier, hörte ich Hanik sagen. *Hier ist etwas, das Ihr noch brauchen könnt.*

Von ihm nahm ich seine Zuversicht. Sie kam mit einem Durst nach Bier und zotigen Geschichten, doch damit, dachte ich erheitert, konnte ich wahrscheinlich leben.

Wie lange ich so kniete, wusste ich hinterher nicht mehr, irgendwann, immer noch ungläubig und staunend darüber, dass es mich noch oder wieder gab, richtete ich mich mühsam auf. Meine Gelenke knirschten, und meine Muskeln fühlten sich brüchig an, doch ich stand und tat dann einen ersten, einen zweiten und dann einen dritten und schließlich noch weitere Schritte. Meine Gedanken waren leer, als ich auf das zumarschierte, was von Arkins Legionen übrig war.

Ich fand Kriegsfürst Arkin, halb unter seinem Pferd begraben, auf dem Rücken liegend vor, seine leeren Augen sahen in die Ferne, ein namenloses Entsetzen war in sein Gesicht gegraben. Ein Windstoß trieb braunen Staub und Asche über seinen Kopf und ließ seine roten Haare wehen, die noch immer von Raureif überzogen waren.

Ich sah auf von ihm, über seine Soldaten hinweg, manche knieten, die meisten lagen dort, wo sie gefallen waren. So weit ich blicken konnte, fand ich nicht einen Funken Leben mehr.

Dort, in der Ferne, hinter diesen toten Reihen, sah ich die Festung der Titanen in die Höhe ragen, dorthin war Kolaron geflohen, nur einen weiten Schritt entfernt. Von dem Stab der Maestra war nicht viel mehr als Asche, verkohltes Holz und eine geborstene Kugel geblieben, er hatte mir gute Dienste geleistet, doch ich brauchte ihn nicht mehr.

Gut so, lachte Hanik. *Jetzt geht hin zu diesem verfluchten Nekromantenkaiser und tretet ihm so richtig in den Arsch!*

Mein Gedanke, sagte ich … und tat den weiten Schritt.

Der Mantel eines toten Gottes

36 Er stand vor der Tür zum Grab, ich spürte die Magie, mit der er den Zugang erzwingen sollte, sie ließ diesen Raum aus grünem Glas unter meinen Füßen beben. So vertieft war er in sein Werk, dass er mich einen Hauch zu spät erfasste.

Mit weiten Augen fuhr er herum, hielt seinen Arm zum Schutz empor und warf sich nach hinten, schrie, als Seelenreißer ihm die Hand vom Arm abtrennte und fahl leuchtend durch die Wange fuhr. Schwarzes Blut lief aus dieser Wunde, Blut, das selbst Seelenreißer scheute und nicht haben wollte.

Doch wieder hatte ich ihn unterschätzt, dieses Ungeheuer kannte keine Grenzen seiner Macht, denn noch als er nach hinten fiel, traf mich sein Wille wie ein Hammerschlag und schleuderte mich davon wie eine Puppe. Hart schlug ich gegen das grüne Glas der Tür, mit seinem Stumpf und seinem Blut formte er bereits den nächsten Zauber, bevor ich mehr tun konnte, als laut zu schreien, als meine Knochen brachen, einer dieser Hammerschläge, die Asela und ich so hatten fürchten lernen müssen.

Doch als der Hammerschlag mich traf, trieb er mich durch die grüne Tür in meinem Rücken hindurch!

Schwer atmend lag ich in dieser Kammer, während ich, gedämpft und fern, einen Wutschrei hörte, und richtete die Knochen, die er mir gebrochen hatte. Wieder traf ein wütender Schlag die Tür, und wieder hielt sie ihm stand.

Mühsam stand ich auf und sah mich staunend in dieser Kammer um. Wände, Boden, Decke, all das bestand aus diesem grün schimmernden Glas, doch wo außerhalb dieser Kammer nur hier und da ein goldener Funke in den Tiefen zu erkennen war, leuchtete und wogte hier ein ganzes Meer an goldenen Kristallen. Dicht an dicht staken hier funkelnde Kristalle, fünfeckig und kaum länger und dicker als mein kleiner Finger, in den Wänden und sprachen mit Tausenden von Stimmen.

Ehrfürchtig streckte ich eine Hand und berührte einen dieser wundersamen Lichtkristalle, um, in einem Lidschlag, von einem Leben zu erfahren. Sie war den Titanen in ihrer letzten Stunde ein Licht gewesen, eine Anführerin, die ihnen Kraft gegeben hatte, würdig genug, um das, was sie gewesen war, in diesem Kristall für die Nachwelt festzuhalten.

Es mussten Tausende, Zehntausende dieser Kristalle sein, die in diesen flüsternden Wänden steckten. Von dem, was sie gewesen waren, hatten hier die Titanen das für uns zurückgelassen, was ihnen am wichtigsten gewesen war. Voller Staunen und Demut streckte ich den Finger aus, um den nächsten Kristall zu berühren … und zögerte, ließ meine Hand sinken.

Vielleicht war dieser Schatz für uns bestimmt, doch noch waren wir nicht so weit, wir würden ihre Fehler nur erneut begehen. Weisheit brauchte seine Zeit, noch waren wir nicht dafür bereit.

Langsam wandte ich mich dem anderen zu, der hier auf einer Bahre lag, einer Bahre aus grünem Glas, Gold, Obsidian und Silber, mit einem breiten Rand aus funkelnden Kristallen, die vor meinen Augen Runen formten, die in einem sanften Leuchten sogleich wieder vergingen.

Er war größer noch als ich, breiter in den Schultern, ein Mann mit bleicher Haut und schwarzen kurzen Haaren, mit einer Ebenmäßigkeit geformt, die einen Elfen vor Neid hätten weinen lassen. So, wie er dort vor mir lag, gekleidet in eine schwarze Rüstung, die Leder ähnelte, aber nicht war, fand sich in diesem noblen Antlitz kein Zeichen von Grausamkeit oder Wahn. Das breite Kinn sprach von Sturheit und unbeugsamem Willen. Eine kleine Narbe an seiner Wange gab diesem wundersamen Gesicht Charakter, sprach davon, dass es einst mit Leben erfüllt gewesen war. Kleine Lachfältchen an seinen Augen, eine Nase, die nicht ganz gerade war … dies war nicht das Gesicht, das ich erwartet hatte.

Omagor wollte wie der Wahnsinnige dort draußen, der noch immer gegen die Tür anrannte, die Welt mit Dunkelheit überziehen, darin waren sich alle Legenden einig. Ich hatte die Dunkelheit erlebt, erlitten, war von ihr verschlungen worden. Wie konnte ein Gott, ein Wesen, solches wollen und davon unberührt geblieben sein? Der Nekromantenkaiser trug die Maske eines schönen Jünglings, und dennoch sah man seine Grausamkeit. Dieser Mann hier … langsam fiel ich in Ehrfurcht vor der Bahre auf die Knie, dieser Mann hier kam mir wie ein Vater vor, der sich um seine Kinder sorgte.

Und sie frisst, knurrte Hanik in meinen Gedanken. *Vergesst das nicht, keiner will einen solchen Vater haben!*

Ich hörte nicht auf ihn, zu sehr war ich in meinen eigenen Gedanken versunken. Omagor war der Gott der Dunkelheit, der immer wieder das vernichtete, was die anderen Götter schufen. Deshalb hatten sie sich gegen ihn erhoben, damit ihre Schöpfung leben konnte. Der letzte Krieg der Götter ward um die Elfen ausgetragen, der, der jetzt bereits schon tobte, entschied das Schicksal von uns Menschen.

Warum?, fragte ich ihn in Gedanken, während ich meine Augen über ihn wandern ließ. Warum habt Ihr das getan, was ist der Sinn darin, immer nur zu zerstören, was andere so mühsam erschaffen hatten?

Etwas zog meine Blicke an, dort, an der gleichen Stelle wie bei mir, waagrecht über dem Herzen, wo der schwarze Dolch mir die Seele hatte nehmen wollen, klaffte ein Spalt in dieser schwarzen Rüstung, so glatt, so sauber, dass ich sofort wusste, welche Klinge ihn geschlagen hatte.

Langsam, zitternd streckte ich meine linke Hand aus und fuhr langsam über diesen Riss. Die Legenden waren wahr. Hier lag Omagor, der Gott der Dunkelheit, erschlagen von dem Schwert an meiner Seite, ich konnte ihn sehen und berühren, dort war die Wunde, die Soltar ihm geschlagen hatte, es war alles wahr.

Ich stand auf und beugte mich über ihn, er sah aus, als ob er nur schliefe. Vielleicht war es ja auch so, auch mich hatte man für tot gehalten. Ohne zu bedenken, was ich tat, streckte ich die Hand aus, um ihm am Hals den Puls zu fühlen.

Für einen kurzen Moment fühlte ich unter meinen Fingern warme Haut, doch dann gab sie an der Stelle nach, bröckelte, zerfiel zu Staub, ein Zerfall, der von dort, wo ich ihn berührte, auf den Rest seines Körpers übergriff. Licht und Schatten tanzten über ihn, als der Zerfall auch nach seiner Rüstung griff, für einen Moment sah ich seine Gebeine … dann war dort nur noch Staub auf einem schwarzen Umhang, der sich träge zu bewegen schien.

Die Götter hatten ihn hier begraben, um ihn für die Ewigkeit zu erhalten, bis ich, ein tumber Tor, ihr Werk zunichtemachte. Ich hätte weinen können und tat es auch, während jenseits dieser Tür noch immer der Nekromantenkaiser tobte.

Schließlich fasste ich mich und wischte mir die Tränen ab, es war geschehen. Es war nicht meine Absicht gewesen, den Gott in seiner letzten Ruhe zu stören, der Grund, weswegen ich gekommen war, tobte hinter jener Tür.

Ein letztes Mal ließ ich meinen Blick über diesen wundersamen Raum gleiten, außer diesem Umhang war nichts von Omagor geblieben. Vorsichtig streckte ich meine Hand aus und fand, dass, bei etwas Druck, sie in der Tür verschwand, dies war der Weg zurück, diesmal, schwor ich mir, würde ich den verfluchten Seelenreiter nicht mehr unterschätzen.

Doch gerade als ich Seelenreißer fester griff, um durch die Tür zu gehen, sah ich aus den Augenwinkeln diesen Umhang träge wehen. Einst, wie es mir jetzt schien, vor endlos langer Zeit, hatte ich in der Kanalisation von Gasalabad mich eines Umhangs erwehren müssen, der diesem ähnelte, ein unbeseeltes Wesen, das mit einem

Selenreiter einen Handel eingegangen war. Auch er hatte mich mit Dunkelheit umhüllt, an mir gesaugt, mein Leben nehmen wollen.

Und während ich noch dachte, dass niemand mich jemals wieder zwingen konnte, einem dieser verfluchten Mäntel auch nur nahe zu kommen, sah ich, wie ich meine Hand ausstreckte, der Mantel sich wehend von der Bahre erhob, den Staub eines toten Gottes von sich abschüttelte und mir entgegenkam. Wie in einem Traum, machtlos vor Entsetzen, stand ich nur da und ließ zu, dass er mir entgegenkam und sich um mich legte. Ich spürte die Kälte in meinem Nacken, wo er sich mit mir verband … und wie zufrieden er nun war, dass sein Warten ein Ende fand. Er hatte wohl doch nicht vor, mich aufzufressen.

Hieß es nicht immer, Kolaron würde nach dem Mantel eines toten Gottes trachten?, hörte ich Haniks erheiterte Stimme. *Mir scheint, dass Ihr ihn zuerst gefunden habt.*

Das grüne Glas der Tür war mir ein Spiegel, und dort sah ich, zum ersten Mal seit langer Zeit, wieder mich selbst. Vergangen war der Jüngling, der ich nach meiner Auferstehung gewesen war. Ich hatte wieder Falten, Narben, selbst die grauen Haare an der Schläfe waren wieder da. Obwohl sie im Kampf gegen diese dunklen Fäden auch vergangen war, trug ich wieder meine alte Rüstung mit dem Riss an der linken Seite, den ich nur ungeschickt hatte flicken können, da mir die Kettenglieder ausgegangen waren. Die Haare straßenköterblond, die Augen, trotz des grünen Schimmers dieser Tür, von einem hellen Grau, die Nase, die mir zumindest zwei Mal gebrochen war. Eine Rasur war auch vonnöten, dachte ich und sah mich in diesem grünen Spiegel grinsen, als ich mir über die grauen Stoppel fuhr.

Kein Lanzengeneral, kein Held aus den Legenden, kein Engel eines Gottes, nur ein Wanderer, der die Weltenscheibe für sich erforschte. Das und nur das wollte ich sein, und mit seinem letzten Geschenk hatte der Gott der Dunkelheit mir mich zurückgegeben. Nicht schön, vielleicht auch nicht zu hässlich, mit einem Gesicht, das die Spuren eines Lebens trug, so und nicht anders wollte ich sein.

Geformt nach meinem Willen und nicht nach dem, was andere in mir zu sehen glaubten.

Ich zog mir den Umhang zurecht, zupfte kurz an meinem Kragen, fuhr mir sogar eitel noch einmal über dieses sture Haar, das mir Balthasar in jenem Tempel bis auf mein Leben hatte stutzen wollen, und trat schließlich aus der Tür heraus, Kolaron entgegen.

Er stand da und starrte, die Magie in seiner einen Hand geballt, doch nur einen halben Lidschlag lang, dann warf er den Zauber mir entgegen. Ich hob die Hand und fing ihn auf, ließ ihn, einem Taschenspieler gleich, durch meine Finger gleiten und nahm den Zauber in mich auf.

»Eine hübsche Narbe habt Ihr da«, grinste ich und zog mein Schwert. »Sie steht Euch, wollt Ihr noch eine weitere haben?«

So hässlich war ich nie gewesen, dass es einen Grund für das Entsetzen gab, das Kolaron nun zeigte. »Nein!«, rief er und hob abwehrend seine Hand. »Das kann nicht sein! Ihr habt mir den Mantel vor der Nase weggestohlen!«

»Mir steht er besser«, teilte ich ihm zufrieden mit, vielleicht war ich doch eitler, als ich dachte.

Ich tat einen Schritt weiter auf ihn zu.

»Ihr könnt mich nicht besiegen«, rief er, das hübsche

Gesicht vor Hass verzerrt. »Ihr wisst es, die Prophezeiung sagt, dass Ihr mir unterliegen werdet!«

»Vielleicht«, nickte ich gelassen. »Nur nicht dieses eine Mal.«

Ich hob Seelenreißer und schlug zu, doch der Schlag war nur eine Finte, er schrie vor Entsetzen auf, als er bemerkte, dass ich an seiner schwarzen Seele zupfte. In Angst und Schrecken öffnete er ein Tor und floh hindurch, zurück in seine Festung, wo er sich verkriechen konnte. Vielleicht war das, was die Titanen hinterlassen hatten, nicht für uns bestimmt, doch mit Sicherheit auch nicht für ihn. Der Boden grollte unter meinen Füßen, als das Gold in diesen grünen Wänden funkelte und strahlte, während ich etwas in diesem Raum verwob, das mehr war als nur Magie. Ein Tor führte zu einem Ort, den man gut kannte, veränderte sich der Ort, führte auch das Tor nicht mehr dorthin. So wie es jetzt war, würde sogar Kolaron den Weg hierher nicht wiederfinden. Ich sah mich um und nickte zufrieden, für den Moment zumindest war das, was hinter dieser Tür verborgen lag, nun sicher vor seinen gierigen Händen. Vor seiner verbliebenen Hand, verbesserte ich mich mit einem harten Lächeln, als ich die Hand auf dem Boden liegen sah, die er dort zurückgelassen hatte.

Dann wandte ich mich der Tür zum Grab des Gottes zu und musterte das goldene Siegel. Kolaron hatte sich getäuscht, es war nicht die Macht der Götter, die ihn gehindert hatte, das Grab zu betreten. Es war Askannon, der ihm den Weg zu dieser Kammer verwehrt hatte, es war seine Magie, die mich hatte passieren lassen, als Kolaron mich gegen die Tür geworfen hatte und ich so das Siegel berührte. »Wie lange«, sagte ich nachdenklich, als ich meine Finger sanft über das lebende Relief des Siegels gleiten ließ, »habt Ihr dies alles vorbereitet?«

Eine Antwort erhielt ich nicht, nur das Bild von einem gebrochenen Schwert und den Geruch von Hafenwasser. Lange stand ich da und musterte dieses kunstvolle Schloss, das doch so viel mehr war als nur das. Hier also lag der Ursprung seiner Macht, hier hatte Askannon das Wissen gefunden, das ihn, im Zusammenspiel mit seinem magischen Talent, zu dem gemacht hatte, der er war.

Ein letztes Mal sah ich mich in der Kammer um und nickte dann entschlossen. Er hatte mir den Weg zu ihm gezeigt, es war an der Zeit, ihn aufzusuchen, den Mann, der nicht weniger als die Götter der Architekt meines Schicksals war.

»Finde einen Weg«, hatte mir Zokora aufgetragen, »den Worten der Prophezeiung eine neue Bedeutung zu geben.« Noch hatte ich ihn nicht gefunden, noch stand mir diese letzte Schlacht bevor. Sie würde kommen, doch es war ein langer Weg dorthin, es gab noch immer einiges für mich zu tun.

Zum ersten Mal seit Langem spürte ich wieder Zuversicht, fühlte ich, dass es vielleicht doch möglich war.

Seht Ihr, meinte Hanik stolz, *ich wusste, dass Ihr sie gebrauchen könnt.*

Kennard

37 Zwischen einem Wald von Masten hindurch konnte ich eine kaiserliche Galeere sehen, die sich mühsam durch die Hafeneinfahrt quälte. Das Schiff hatte Schlagseite, nur noch ein Mast stand und das Achterkastell trug die Spuren eines Kampfes. Die Flagge Askirs wehte von dem verbliebenen Mast und ich konnte die Rufe der Seeschlangen, der Marinesoldaten des Kaiserreichs, hören, mit denen sie ihre Kameraden begrüßten.

Was auch immer geschehen war, es war ein Sieg gewesen, wenn auch teuer erkauft, denn auf dem Vorschiff lagen in stillen Reihen die Gefallenen aufgebahrt.

Eine Möwe schrie über mir, als ich den Blick abwandte und zu dem Tor hinsah, über dem ein geborstenes Schwert hing, groß genug für die Hand eines Riesen.

So schwer war er nicht zu finden gewesen, schon der erste der Marinesoldaten, die hier am Hafen Streife gingen, hatte meine Frage nach einem geborstenen Schwert lachend beantwortet.

»Ihr müsst Istvans ›gebrochene Klinge‹ meinen, Ser. Besser lässt es sich im Hafen gar nicht speisen. Oder trinken! Richtet dem alten Haudegen einen Gruß vom Korporal Fefre aus, und trinkt einen für mich mit!«

Die Taverna war in der Tat leicht zu finden gewesen, man brauchte nur links am Hafen entlangzugehen, die alte Wehrstation, das Schwert und die vielen Schädel über dem Tor waren schwerlich zu übersehen.

Zwei kräftige Männer mit lederumwickelten Knüppeln musterten mich argwöhnisch, als ich ihnen zunickte und den Hof der alten Wehrstation betrat.

Die offene Tür und das Stimmengewirr zeigten mir den Weg. Als ich den Schankraum betrat und auf der Schwelle innehielt, war mir für einen Moment lang so, als wäre ich wieder im Hammerkopf, dort, wo alles seinen Anfang genommen hatte.

Selbst mit meinen neuen Talenten hätte ich ihn fast nicht wahrgenommen, es brauchte eine Weile, bis ich verstand, dass ich das suchen sollte, was ich in der Sicht der Magie nicht sah. Genauso war es auch mit Serafine, auch sie war in der Sicht der Magie nicht zu erkennen, ein Hinweis und vielleicht ein letzter Beweis dafür, dass dies der Mann war, den ich suchte.

Er saß etwas abseits an einem großen Tisch, der, obwohl der Schankraum gut gefüllt war, nur von ihm und einem anderen besetzt war, einem großen kräftigen Mann mit den Schultern eines Stiers, einer Narbe im Gesicht und wachen Augen, die mich musterten, als ich näher an den Tisch trat.

»Tut mir leid«, meinte der Mann mit einer Stimme, die mühelos den Lärm des Schankraums übertönen konnte. »Dieser Tisch ist für Gäste des Hauses reserviert.«

»Dann bin ich richtig«, sagte ich und schlug die Kapuze meines Umhangs zurück. »Ich werde erwartet.«

»Das glaube ich nicht«, meinte der große Mann und machte Anstalten, aufzustehen. Sein Gegenüber, der mit dem Rücken zu mir über ein Shahspiel gebeugt saß, tat eine kleine Geste, um den großen Mann zurückzuhalten.

»Setz dich wieder hin, Istvan«, bat eine Stimme, die ich lange nicht mehr gehört hatte. »Er ist mein Gast.«

Kennard, der Gelehrte, der uns beim Hammerkopf aufgesucht hatte, kaum dass die Ströme des Weltenflusses wieder ihren Weg zu Askir gefunden hatten.

Der Mann, wohl der Wirt der Taverne, musterte mich prüfend und nickte dann, um mir mit einer Geste anzudeuten, mich zu ihnen an den Tisch zu gesellen.

»Was darf es sein?«, fragte er.

»Ein gutes kühles Bier«, gab ich ihm zur Antwort, hängte Seelenreißer aus und setzte mich. Der Wirt sah von mir zu Kennard, nickte dann und stand auf. »Ein Bier wird sich noch finden lassen«, meinte er. »Achtet nur darauf, dass er die Figuren nicht verrückt, er neigt dazu.«

»Das ist ungerecht«, meinte der Gelehrte mit einem leisen Lächeln, um mich, da ich nun Platz genommen, mit wachen grauen Augen zu mustern.

»Was haltet Ihr von dem Spiel?«, fragte er dann und tat eine Geste zu dem Spielbrett hin.

Als ich hinsah, weitete sich das Feld, und die einzelnen Figuren nahmen Züge an, die mir nur allzu vertraut erschienen. Im weißen Turm erkannte ich Asela, die zusammen mit anderen über eine dürre Steppe ritt, ihr Gesicht verhärmt von ihren kürzlichen Strapazen und doch entschlossen. An ihrer Seite ritten Serafine, Varosch und Zokora, und öffnete man den Blick ein wenig, sah man in der Ferne das tote Land, das Kolaron zurückgelassen hatte. Ich seufzte, denn ich wusste, was sie dort finden würden, ich hätte daran denken sollen.

Mein Blick schweifte weiter über das Feld, sah andere vertraute Gesichter und andere, die ich nicht kannte.

»Mir scheint, Ihr könntet leicht verlieren«, gab ich zur Antwort und nickte dankend, als der Wirt mir ein Bier vorsetzte, um sich dann mit einem letzten prüfenden Blick zu entfernen.

»Ja«, nickte der Gelehrte. »Das ist durchaus möglich. Habt Ihr Euch gefunden, Lanzengeneral?«

Wieder ließ ich meinen Blick über das Spielfeld gleiten und schüttelte dann den Kopf.

»Ihr seht auf der falschen Seite nach«, meinte er und wies auf den schwarzen König. Als ich ihn musterte, sah ich mich an diesem Tisch … und seufzte.

»Der schwarze König?« Ich schüttelte fast schon erheitert den Kopf. »Ich hätte es mir denken können. Wo ist Kolaron?«

Wortlos wies er auf einen schwarzen Bauern.

»Ein Bauer nur«, stellte ich fest und nahm einen Schluck von meinem Bier, es war gut genug, dass ich mir vornahm, den Wirt nachher danach zu fragen. »Mehr ist er nicht?«

»Seht, wo er steht, Ser Roderik«, mahnte mich der Kaiser leise. Es dauerte, bis ich es sah, drei Züge noch, und er bedrohte sowohl den König als auch die Königin.

»Was ist Euer nächster Zug?«, fragte ich ihn, doch er schüttelte den Kopf.

»Ihr täuscht Euch, wenn Ihr denkt, dass dies mein Spiel wäre. Es sind andere, die hier die Züge planen, nur hier und da rücke ich zurecht.« Ein Lächeln spielte um seine Lippen. »Es regt die Spieler maßlos auf.«

Er tat eine kleine Geste, und das Spiel der Götter schwand, um zu einem normalen Brett zu werden, und er musterte mich mit wachen Augen.

»Ihr seht verändert aus.«

»Weil ich es bin. Asela und ich sind auf Kolaron getroffen. Ich habe ihn leichtfertig unterschätzt.«

»Wie das?«

»Wisst Ihr es nicht?«, fragte ich ihn und wies auf das Spiel. »Habt Ihr es nicht gesehen?«

»Nein«, sagte er. »Ich war an anderem Orte … abgelenkt. Sagt mir, was geschehen ist.«

»Er schuf Risse in dieser Welt, die der Dunkelheit den Weg zu uns ebneten. Asela kam gerade so mit dem Leben davon.«

Er nickte langsam. »Asela. Ihr nicht?«

»Nicht ganz«, antwortete ich mit einem schiefen Lächeln. »Ich musste mich neu zusammenbauen, es ergab, was Ihr hier seht.«

»Was Euch mehr entspricht als dieser Jüngling, den ich im Tempel auf einer Bahre liegend sah«, nickte er und musterte mich prüfend. »Habt Ihr mehr zurückbekommen, als Ihr verloren habt?«

»So hat es den Anschein«, lächelte ich. »Mir geht es gut.«

»Ich bin erfreut, dies zu hören«, sagte er. »Was ist mit dem Grab des dunklen Gottes?«

»Geöffnet und geschlossen, Kolaron wird sich nicht mehr darum bemühen.«

Er musterte meinen alten ledernen Umhang. »Habt Ihr dort etwas gefunden, das die Mühe lohnte?«

»Als ob Ihr es nicht wüsstet«, meinte ich und zog einen Ring von meinem Finger. »Ihr wart es doch, der die Tür zu diesem Grab so versiegelt hat.«

»Ich weiß nicht, was Ihr meint«, entgegnete er mit einem feinen Lächeln und betrachtete den Ring. »Was soll ich damit?«

»Ich gebe ihn Euch zurück«, sagte ich und warf ihm den Ring zu, er fing ihn auf und wog ihn in der Hand.

»Was ist, wenn Ihr ihn noch braucht?«

»Ich glaube nicht, dass das geschieht.«

»Hhm«, meinte er. »Warum jetzt? Was ist geschehen?«

»Ich erkannte, dass der Ring mich in die Irre führte. Ich bin kein Lanzengeneral, gebt ihm jemanden, der ihn verdient.«

Er nahm den Ring und hielt ihn hoch, besah ihn sich, dieses Wunderwerk der Magie, das nur er hatte erschaffen können. »Wen schlagt Ihr dafür vor?«

»Serafine.«

»Schwertobristin Helis?«, fragte er erstaunt.

Ich schüttelte den Kopf. »Nein. Serafine. Findet Ihr nicht auch, dass die Zeit gekommen ist? Sie braucht eine Aufgabe, die ihrer würdig ist. Wie Ihr auch. Es passt nicht zu Euch, hier nur zu sitzen und anderen beim Spiel zuzuschauen. Es gibt solche, die Euch brauchen. Serafine, oder auch Asela, sie fast noch mehr als Serafine. Selbst Elsine ... sie suchte Euch verzweifelt, und da sie Euch nicht fand, läuft sie Gefahr, sich zu verirren.«

»Desina ...«, begann er, doch ich schüttelte den Kopf.

»Ihr wart immer für sie da. Was gut und richtig war und ist, aber sie hat ihren Weg gefunden und wird ihn gehen. Es sind die anderen, die Euch am Herzen liegen, um die Ihr Euch nun kümmern solltet.«

»Sie haben Euch.«

Ich schüttelte den Kopf, alleine es zuzugeben, tat schon weh. »Ich habe sie verloren und sie mich. Ich hoffe, dass wir uns wiederfinden, doch der Weg, den ich nun gehen muss, ist ein Weg, auf dem sie mich nicht begleiten kann. Kümmert Euch um sie. Und Elsine und Asela.«

Er schüttelte leicht den Kopf. »Sie kommen ohne mich zurecht.«

»Ja«, gestand ich ihm zu. »Das mag sein. Das versuche auch ich mir einzureden. Doch findet Ihr nicht, dass sie ein Anrecht darauf haben, die Wahrheit zu erfahren? Sie brauchen Euren Rat und Eure Weisheit.«

»Wenn die Zeit gekommen ist«, sagte er ruhig. »Erst dann.«

»Sie ist gekommen«, teilte ich ihm mit. »Kolaron und

ich sind heute Morgen das erste Mal aufeinandergetroffen.« Ich erlaubte mir ein leichtes Lächeln. »Ich glaube, ich habe ihn erschreckt. Er wird jetzt alles daransetzen, Euer Reich zu Fall zu bringen. Sie brauchen Euren Schutz. Wenn Ihr aus dem Schatten tretet, muss er darauf reagieren, macht Euch dies zunutze.«

»Ich bin mir dessen nicht so sicher«, meinte er zweifelnd.

»Dann tut es für Serafine«, bat ich ihn. »Ihr müsst ihr zeigen, wer sie ist. Und Elsine … Götter, wisst Ihr, wie sie leidet?«

»Ich weiß, wie sie litt«, sagte er rau. »Ich ließ sie in seinen Händen, wie soll sie das verzeihen können? Niemand ist dazu imstande.«

Ich nickte langsam. »Wollt Ihr mir sagen, warum Ihr sie in seinen Händen ließet?«, fragte ich ihn sanft.

Er zögerte und seufzte. »Kolaron hielt auch Asela und Balthasar als Geisel; hätte ich versucht, Elsine zu retten, hätten sie sich mir entgegengestellt, und ich hätte eine unmögliche Wahl treffen müssen. Ich konnte es nicht, Ser Havald.«

»Ihr meint, das weiß sie nicht?«

Zum ersten Mal erschien er mir unsicher. »Vielleicht«, kam es dann leise von ihm. »Aber das bedeutet nicht, dass sie mir verzeihen kann. Ich kann Euch nur sagen, wie dankbar ich Ragnar und Euch für ihre Rettung bin.«

Ich nickte. »Wisst Ihr, wie es ihm geht?«

»Er wird zur Gänze genesen«, lächelte er. »Sucht ihn in der Zitadelle auf, fragt nur nach einem blonden Hünen, der lautstark Lieder singt, und Ihr werdet ihn schnell finden.«

»Vielleicht werde ich genau das tun«, lachte ich und

musterte ihn nachdenklich. »Habt Ihr ihm in Eurem Spiel noch eine Rolle zugedacht? Sein Weib ist mit einem Kind gesegnet, sie braucht ihn bei sich und nicht auf einem Schlachtfeld.«

Er schüttelte leicht den Kopf. »Ragnars Werk ist getan«, sagte er rau. »Ein Vater sollte bei seinen Kindern sein.«

»Nehmt Euch Eure Worte selbst zu Herzen«, mahnte ich ihn. »Was Elsine anbelangt, ihr Leid ist der Verlust der Tochter. Das Eure auch. Ihr habt Eure Tochter retten können, warum verbergt Ihr Euch vor ihr?«

»Ich habe sie nicht retten können«, sagte er, während ihm die Augen feucht wurden. »Ich konnte sie nicht daran hindern, ihrer Liebe zu folgen, jetzt liegt sie in diesem eisigen Grund begraben.«

»Ihr irrt Euch«, antwortete ich rau. »Ich weiß nicht, wie Ihr es mit den Göttern ausgehandelt habt, doch Serafine ist Eure Tochter … und wird es immer sein. Für ihre Rettung werde ich Euch immer dankbar sein.«

»Seid es nicht«, gab er rau zurück. »Ich hatte damit nichts zu tun. Es war Jerbil Konai.«

»Ihr gabt ihm Eiswehr.«

Er nickte. »Aus einer Ahnung heraus. Ihr überschätzt meine Macht und meine Fähigkeiten, Ser Havald. Ich wusste nicht, was Jerbil tun würde, wusste nicht, dass Balthasar uns derart verraten konnte. Eiswehr ist das beste aller Schwerter, sie trägt eine warmherzige Seele in sich und ist die Einzige der Klingen, die wacht und schützt und nicht zerstört. Sie schien mir gut zu Jerbil zu passen, deshalb gab ich sie ihm.«

»Wisst Ihr, was dort unten geschah?«, fragte ich ihn.

Überrascht sah er auf. »Nein. Ihr habt es nicht herausgefunden?«

»Nur zum Teil«, seufzte ich. »Ich weiß, dass, als Jerbil um Serafines Leben fürchtete, er den Göttern einen Handel angeboten hat. Er versprach, etwas für sie zu tun, wenn sie dafür Serafine retteten … ich glaube, er wollte auch sein Pferd zurück.«

Kennard blinzelte erstaunt, dann lachte er laut auf. »Das sieht ihm ähnlich. Er liebte dieses Biest fast so sehr wie Serafine.« Er musterte mich mit seinen klugen Augen.

»Wie lange wusstet Ihr schon, wer sie in Wahrheit ist?«

»Gewusst?«, fragte ich bedächtig. »Seit eben erst. Doch vermutet habe ich es schon eine Weile. Elsine war für mich der letzte Hinweis. So sehr wie sie und Serafine sich ähneln, kann es kein Zufall sein. Je mehr ich darüber grübelte, umso mehr Sinn ergab es für mich. Serafine sagt, ihre Mutter starb bei der Niederkunft, doch waren es Kind und Mutter, die dabei gestorben sind? Ihr habt das Kind ausgetauscht, und es sind die Gebeine dieses anderen Kinds, die in jenem Grabmal liegen?«

Er neigte leicht den Kopf. »Ich wollte, dass sie einen Vater hat, der sie liebt und Zeit mit ihr verbringen kann. Sie war, nach Elsines Tod, an den ich ja glaubte, das Einzige, was mir von ihr geblieben war, ich wollte sie sicher wissen. Man schickt keine Attentäter nach jemandem, der bereits gestorben ist.«

»So ähnlich habe ich es mir gedacht. Bei den Göttern, sagt Ihr endlich, wer Ihr seid!«

»Warum habt Ihr es ihr noch nicht selbst gesagt?«

»Weil ich hoffte, sie würde es von Euch selbst erfahren können.«

Er nickte langsam. »Ich werde Euren Ratschlag überdenken, Ser Roderik. Was habt Ihr jetzt vor?«

»Ich werde ein paar Dinge in Ordnung bringen und Kolaron verärgern, wo ich kann. Habt Ihr vielleicht einen Rat für mich?«

»Es gibt einen Ort tief im Süden, vor dem auch Kolaron sich scheut, eine alte Ruinenstadt. Sie liegt keine vierhundert Meilen von Thalak entfernt und erscheint mir als ein guter Ort, um sich auf diesen letzten Kampf vorzubereiten.«

Ich lachte leise. »Wollt Ihr mich nicht vor kleinen bissigen Drachen warnen?«

»Das ist wohl nicht nötig«, lächelte er. Er wog nachdenklich den Ring in seiner Hand. »Ich würde zu gern Eurer Empfehlung folgen, aber sie wird ihn niemals haben wollen, sie hat genug für das Reich gegeben, sie trägt die Uniform doch nur, um Euch nahe sein zu können.«

»Vielleicht sieht sie es anders, wenn sie weiß, wer sie ist«, sagte ich sanft.

Ich trank noch einen letzten Schluck und griff Seelenreißer, um dann aufzustehen.

»Ihr wollt schon gehen?«, fragte er.

Ich nickte. »Ich habe noch einiges zu tun. Ich kam nur her, um Euch den Ring zurückzugeben, er hat mich lange genug gebunden.«

»Kann ich mehr tun, als Euch den Segen der Götter für Euren Weg zu wünschen? Wenn Ihr mich braucht, wird Istvan Euch immer sagen können, wo Ihr mich findet.«

»Ich komme darauf zurück.«

Ich wandte mich schon zum Gehen, da fiel mir noch etwas ein.

»Habt Ihr gewusst, was mit mir geschehen wird?«

Er schüttelte leicht den Kopf.

»Als ich den Hüter der Schatten das erste Mal in meinen Händen hielt, ahnte ich, was er zu tun vermochte. Also sorgte ich dafür, dass das Schwert begraben wurde. An einem abgelegenen Ort, an dem ich es sicher und vergessen glaubte. Dass die Priester es Euch anvertrauen würden, konnte ich nicht wissen. Als ich das Schwert begraben ließ, wart Ihr noch nicht geboren.«

»Wieso fühle ich dann, als ob ich Eure ordnende Hand viel zu oft in meinem Leben spürte?«

Er lächelte. »Weil es so war. Nur glaubt nicht, dass alles einem großen Plan entspringt, den ich allein geschmiedet habe. Ich kann nicht in die Zukunft schauen, ich kann nur auf eine bestimmte Zukunft hoffen. Ich hoffe, dass Ihr mir verzeiht, wenn ich hier und da ein wenig auf Euch eingewirkt habe.«

»Ich werde es mir überlegen«, entgegnete ich lächelnd. »Ihr erfahrt es, wenn es so weit ist.«

»Halt«, sagte er, als ich mich abwandte, und klang traurig dabei. »Wollt Ihr, dass ich Helis ... Serafine etwas von Euch ausrichte?«

Ich zögerte nur kurz. »Nein«, erwiderte ich. »Es ist besser so.«

»Eines noch«, meinte er, um dann zu zögern. Ich sah ihn fragend an.

»Nur heraus damit«, forderte ich ihn auf. »Ich glaube nicht, dass mich noch etwas erschüttern kann.«

»Es gibt einige seltene Talente«, sagte er langsam. »Ihr könnt Euch denken, dass ich Interesse daran habe, sie zu erforschen.«

»Worauf wollt Ihr hinaus?«

»Ihr wisst, wie die Prophezeiung ging, die den Krieg der Götter vorhersagte? Von der unschuldigen Seele, die Ihr erschlagen musstet?«

Ich nickte langsam. Was er ansprach, war eine Last, die schwerer auf meiner Seele ruhte als die meisten anderen.

»Was ist mit ihr?«

»Ich frage mich nur, ob Ihr auch ihre Stimme hören könnt oder ob sie Euch vielleicht doch noch nicht verloren ist.«

So leicht irrt man sich, dachte ich erschüttert, als ich mich in meinen Umhang hüllte und an den beiden Wachen am Tor vorbeiging, ohne dass sie mich wahrnehmen konnten.

Er hat recht, Ser Lanzengeneral, hörte ich Haniks Stimme flüstern. *Ich habe mich umgehört nach ihr, sie ist nicht hier. Was werdet Ihr nun tun?*

Sie holen, Hanik, gab ich ihm Antwort. *Und aufhören, mit mir selbst zu reden.*

Das ist ein guter Plan, hörte ich ihn lachen. *Was das andere angeht, sagt mir, wenn es Euch gelingt.*

»Hier war es?«, fragte Serafine heiser und sah sich erschüttert um, als Asela nickte.

»Genau dort«, sagte sie und wies auf eine Kuhle aus geschmolzenem Gestein, deren Oberfläche glänzte, als hätte man sie sorgfältig poliert.

So weit das Auge reichte, gab es hier kein Leben mehr. Sie sah zurück, woher sie gekommen waren, ihre Spur war deutlich zu erkennen, die dürren Steppengräser waren unter den Hufen ihrer Pferde zu braunem Staub zerfallen, der nun vom Wind davongetragen wurde. »Hier!«, rief Varosch von weiter vorne, wo die in sich zusammengefallenen Soldaten lagen. »Kommt her!«

»Was gibt es?«, fragte die Eule, als sie näher ritt. Varosch wies zu Zokora hin, die zwischen den Leichen kniete.

»Schaut«, meinte die dunkle Elfe. »Selbst Ihr solltet es erkennen können.«

Sprachlos besah sich Serafine die Spur, die von dem Feld der Toten wegführte und sich am Horizont verlief.

»Jemand hat überlebt?«, fragte sie ungläubig.

Asela schüttelte entschieden den Kopf. »Niemand hätte dies überleben können!«

»Und wenn es doch so ist?«, fragte Serafine aufgewühlt. »Was ist, wenn es Havald ist? Vielleicht können wir ihn finden und …«

»Es ist nicht Havald«, sagte Zokora und richtete sich auf. »Es sei denn, er hätte einen Grund gefunden, sich unter die Toten der Legion zu mischen.« Sie sah zu Asela hoch. »Du sagst, du hättest Arkin hier gesehen?«

»So ist es«, sagte die Eule rau. »Ich sah ihn selbst. Und sah ihn fallen.«

Zokora klopfte sich den Staub von ihren Händen ab und sah sich noch einmal suchend um. »Ich kann ihn hier nicht finden.«

Handelnde Personen

Die Gefährten:

Maestra Leandra di Girancourt Halbelfe und schwertgebunden an das Schwert Steinherz, Königin der Südreiche, ehemalige Liebhaberin von Havald, dem Wanderer, Freundin und Reiterin von Steinwolke, dem Königsgreifen.

Serafine Durch ein Wunder des Soltar wiedergeborene Soldatin des Ersten Horns der zweiten Legion. In ihrem letzten Leben Tochter des Gouverneurs von Gasalabad, Freundin von Balthasar, Asela und Feltor, Eheweib von Jerbil Konai, der Säule der Ehre. Befreundet mit den Elfen Taride und Imra.

Varosch Akolyth des Boron, begnadeter Scharfschütze, Liebhaber der Dunkelelfe Zokora. Er opferte sein Leben, um Zokora zu retten.

Nataliya Das dritte Tuch der Nacht, einst Assassine des Nekromantenkaisers Kolaron Malorbian, dann treue Begleiterin Havalds, opferte ihr Leben für ihn.

Sieglinde Tochter von Eberhard, dem Wirt des Hammerkopfs. Eine junge Frau, der man nachsagt, dass sie die Gabe der Fey besitzen soll. Nun schwertgebunden an das Bannschwert Eiswehr und Liebhaberin von Janos.

Janos Räuberhauptmann und Agent der Königin Eleonora und Sieglindes Liebhaber.

Zokora von Ysenloh Eine dunkle Elfe und Priesterin der Solante. Nahm sich Varosch als Liebhaber.

Die fünfte Lanze der zweiten Legion:

Lanzenmajor Kurtis Blix Ein Soldat des Kaiserreiches, kommandiert die fünfte Lanze der zweiten Legion, ohne sonderliches Talent.

Stabssergeantin Sanja Grenski Die Seele der fünften Lanze.

Schwertsergeant Avron Ein Soldat, schützte Sieglinde in der Schlacht von Lassahndaar.

Korporal Loska Von den Federn, Blixens Lanze zugeteilt.

Orvin Ein sturer und abergläubischer Soldat aus Blixens Lanze. Er stammt natürlich aus Aldane.

In der Ostmark:

An'she'a Geheimnisvoller Schutzgeist der Schamanin Delgere, angeblich der Geist einer Elfe aus grauer Vorzeit.

Ansari Kriegsfürstin, befehligt die fünfzehnte und einunddreißigste Feindlegion.

Delgere Eine junge Schamanin, die von Serafine und Havald aus der Gefangenschaft von Hergrimms Blutreitern befreit wurde.

Anders Lanzensergeant, ein bärbeißiger Veteran, der Spaß daran hat, Rekruten aus dem Bett zu treten.

Lannis Bannersergeantin, befehligt die Späher der fünften Legion.

Arkin Kriegsfürst, befehligt die siebzehnte und achtzehnte Feindlegion, hält Aleytes Liebe und Fluch in seiner Hand.

Aleyte Ein Prinz und Seher der Elfen, zum Tode verurteilt und verflucht, da er eine Menschenfrau geliebt hat.

Armus, Tobas, Jenner, Petar, Talas, Bemmert, Firande Schwertrekruten.

Blutreiter Reiterei der Grenzlandregimenter der Ostmark, unter dem Befehl von Marschall Hergrimm stehend.

Ensen Kriegsfürst, befehligt die zweiundzwanzigste und vierzigste Feindlegion.

Usmar Schwertmajor der achtzehnten Feindlegion, Adjutant von Kriegsfürst Arkin.

Frick Stabskorporal, wurde von den Ostland-Barbaren gefangen genommen und bewundert Havald dafür, dass Serafine ihm einen Zahn ausschlug.

Hanik Stabskorporal der Federn, der fünften Legion zugeteilt.

Hulmir Ein Soldat der fünften Legion, der seine Handballiste Mechthild nennt.

Sivret Anführer der Wolfskrieger, Lehensmann von König Angus.

Ivark Wolfskrieger, Lehensmann von König Angus, der Zokora mag.

Leifar Wolfskrieger, Lehensmann von König Angus.

La´mir Schamane der Ostland-Barbaren, Großvater von Ma´tar und Mahea.

Mahea Lanzenkorporal, eine Späherin der fünften Legion.

Nort Wirt des Kaisersteins in der Feste Braunfels, Freund von Eldred.

Shaa Vor der Zeit der Menschen die Priesterinnen der Elfen in der Ostmark.

Simplar Ein Rekrut, der sich zu leicht von Gold verführen lässt.

Sirus Stabsmajor, Kommandeur der Grenzlandregimenter der Ostmark in Braunfels.

Tasra Priesterin der Astarte in Braunfels, versteht sich auf das Behandeln von Krankheiten, insbesondere die der »schalen Jungfer«.

Amostin Stabsmajor, von den Federn, schrieb Abhandlung über »Barbarische Gebräuche, Mythen und Rituale«. Diente vor Jahrhunderten lange in der Ostmark.

Lenar Schwertrekrut, fünfte Legion.

Hanik Lanzensergeant, fünfte Legion.

Lannis Lanzenkorporal, fünfte Legion.

In Letasan:

Anlynn, die Füchsin Späherin der dritten Königlichen Jagdlanze zu Illian, sie trägt den Fluch des Winterwolfs in sich.

Die alte Enke Eine gar hässliche Hexe.

Konrad Ein Rabe.

Byrwylde Ein Lindwurm aus ferner Vergangenheit.

Dorin Eine Spruchweberin (Maestra) der dunklen Elfen, zu Zokoras Stamm gehörig.

Eberhard Wirt des Hammerkopfs in Letasan, Vater von Sieglinde.

Der blutige Marcus Ein Pirat mit einem bewundernswerten Talent zur Selbsterhaltung. Nur die Götter selbst können ihn gefährden.

Aleahaenne (Aleya) Hüterin, eine Elfe mit einer langen Vorgeschichte, Ziehmutter der alten Enke.

In Illian:

Krom Ein fürchterlicher Wachhund.

Elfred König von Illian, einst Ehemann der Sera Lenere, fiel im Wahn eine Treppe herab.

Egvir Sohn von Jarkar Steingrimm.

Tonik Sohn von Jarkar Steingrimm.

Jarkar Steingrimm Minenbauer und kein Freund der dunklen Elfen, Vater von Egvir und Tonik.

Arwen Ehemals König von Illian, Elfreds jüngerer Bruder.

Tarmus Priester des Boron, wurde nach Illian entsendet, um Bruder Faban zu ersetzen, ein zäher und bestimmter Streiter seines Gottes.

Faban Priester des Boron in Illian.

Haderim Graf, Ratsherr in Illian.

Hindrich Graf, Ratsherr in Illian, bis zuletzt einer der wichtigsten Berater von Eleonora.

Render Graf, Kanzler, Ratsherr in Illian, Urenkel von König Arwen von Illian, Erbe von Königin Eleonora.

Bruder Arin Verstorbener Priester Borons in Illian.

Bruder Hanenberg Verstorbener Priester Borons in Illian.

Lisette Gräfin Render, Ehefrau des alten Grafen Render.

Orten Graf, Kanzler von Königin Eleonora, starb an einem Herzkrampf, nachdem er bei Graf Render speiste.

Herwig Meister, Händler und Bankier in Illian, besitzt ein schönes, reich verziertes Haus.

Lenere Herzogin, ehemals Königin von Illian, Eheweib von König Elfred, eine Sera mit vielfältigen Kontakten.

Nemris Verlobte von Graf Render, starb auf einem Scheiterhaufen, da sie mit Dämonen paktierte.

Schwester Sondja Priesterin der Astarte in Illian, eine Frau mit außergewöhnlichen Talenten.

Velkus Ser, Henkersmeister aus Aldane, berühmt für seinen modischen Geschmack und sein Geschick mit scharfen Messern.

Soldaten des Kaiserreichs:

Lanzenobristin Arkadia Baronetta Miran Kommandeurin der dritten Legion, eine Frau mit außergewöhnlichen Fähigkeiten, nur die Diplomatie fällt nicht darunter.

Lanzenobrist Kelter Kommandeur der fünften Legion, wurde einst von Asela verführt und hat noch immer damit zu kämpfen.

Generalsergeantin Rellin Eine Veteranin der Barbarenaufstände in der Ostmark, zuständig für Logistik und Verwaltung der dritten Legion.

Generalsergeantin Amaranis Kasale Zuständig für den Wiederaufbau der zweiten Legion.

Desina *Anae regis Askanna,* ewige Kaiserin Askirs, Maestra und Prima des Turms der Eulen, Tochter von Balthasar und Enkelin des ewigen Herrschers Askannon.

Emlich Schwertsergeant, zweite Legion, Federn, Schreiber im Amtsraum des Lanzengenerals. Bald glücklicher Vater, vielleicht auch deshalb ein wenig vergesslich.

Stabsobrist Orikes Kommandeur der Federn, der Schriftgelehrten der Legionen, rechte Hand von Hochkommandant Keralos, dem Militärgouverneur von Askir, weithin als ein hervorragender Medikus bekannt.

Hochkommandant Keralos Militärgouverneur von Askir, ein sorgfältiger und ruhiger Mann.

Schwertobristin Helis/Serafine Adjutantin von Lanzengeneral von Thurgau.

Lanzengeneral von Thurgau Auch Havald oder der Wanderer genannt, Kommandant der zweiten Legion, ein Mann, der nicht sterben kann.

Asela, Stabsmajor der Eulen Die letzte der Eulen des alten Reichs, eine mächtige Maestra mit vielen Geheimnissen.

Schwertleutnant Stofisk Adjutant des Lanzengenerals von Thurgau, dessen Wort mächtiger als sein Schwert ist.

Stabsleutnant Santer Adjutant von Desina und damit auch den Eulen zugeteilt.

Kaiserreich Thalak:

Kolaron Malorbian Nekromanten- und Gottkaiser von Thalak.

Kriegsfürst Corvulus Nekromant und Kriegsfürst, Lieblingssohn des Kolaron Malorbian.

Fürstin Dereinis Kommandeurin der Truppen des Kaiserreichs Thalak, welche die Kronstadt Illian belagern. Verantwortlich für den Verrat an Königin Eleonora.

Perdus Stabsmajor, einundzwanzigste Legion.

In Askir:

Argus Tistan, Meister Ein Händler in Devotionalien und Vater von Lanzenmajor Blix.

Arnde Tistan Verstorbene Frau von Argus Tistan, Mutter von Arife und Lanzenmajor Blix.

Arife Sklavin mit einem besonderen Bezug zu Lanzenmajor Blix, Tochter von Marcus Esadra.

Arwo Preiskämpfer im Dienst von Meister Tistan.

Elsine Kaiserin von Askir, Ehefrau von Askannon. Wurde während ihrer Entbindung von Soldaten aus Thalak entführt. Ihre Tochter wurde von dem Elfen Talisan entbunden und starb am Tag danach. Die Letzte der großen Drachen, Havalds Freund Ragnar befreite sie aus den Ketten des Nekromantenkaisers.

Hochinquisitor Pertok Oberster Richter Askirs, mit ungewöhnlichen Vollmachten ausgestattet.

Wiesel Der berühmteste Dieb Askirs. Desinas Ziehbruder. Ein Mann mit ungewöhnlichen Talenten und schnellen Fingern.

Baron Stofisk Vater von Leutnant Stofisk, ein einflussreicher Handelsherr, der dem Handelsrat von Askir vorsteht.

Mi Pei Lin Tochter des Drachen, oberste Assassine in der Botschaft des Kaiserreichs Xiang zu Askir und zurückhaltende Freundin Wiesels. Sie wirft gerne mit scharfen Gegenständen nach ihm, so gelangte er auch zu seinem Glücksbringer.

Marla Eine alte Freundin Wiesels, ehemals Ziehschwester von Wiesel und Desina, nun bekennende Priesterin des Namenlosen. Sie mag Ratten. Wiesel nicht.

Isbele Der Name, den Marlas Mutter ihr gegeben hatte.

Der Rabe Attentäter und selbst ernannter Priester des Namenlosen, ermordete Lanzengeneral von Thurgau, um dessen Seele dem dunklen Gott zuzuführen.

Istvan Wirt des Gasthofs Zur gebrochenen Klinge, Ziehvater von Desina, Marla, Regata und Wiesel. Ehemals ein Soldat der Bullen, Freund des Gelehrten Kennard.

Kennard Ein Schriftgelehrter mit überraschenden Interessen und Fähigkeiten.

Marschall Hergrimm Kriegsherr der Armeen der Ostmark.

Die Priesterschaft der Dreieinigkeit in Askir:

Bruder Gerlon Ein Soltarpriester mit Visionen, zudem auch ältester Freund von Kurtis Blix.

Bruder Jon Hohepriester des Soltarglaubens. Ihm untersteht der Haupttempel Soltars in Askir. Ein Mann mit scharfem Geist und einem Hang zum Luxus.

Bruder Mircha Ein mürrischer Priester des Soltar, der als Nachfolger von Bruder Jon bestimmt ist.

Schwester Ainde Hohepriesterin des Tempels der Astarte zu Askir.

Bruder Portus Hohepriester des Tempels des Boron zu Askir.

Bruder Sores Verstorben, einst Hohepriester des Boron in Illian.

Bruder Denus Priester des Tempels zu Boron in Askir.

Andere:

Angus König der Varlande, Freund von Havald.

Arliane Havalds Schwester.

Esire Ragnars Eheweib und Mutter seiner sieben Kinder.

Elin Eine Menschenfrau, die im Zeitalter der Elfen von dem Elfenprinz Aleyte geliebt wurde.

Fahrd Diener des Nekromanten Ordun in Bessarein, ein guter Koch, bevor er von Havald erschlagen wurde.

Ragnar Ein alter Freund Havalds. Träger der legendären Axt Ragnarskrag, die ihrem Träger die Stärke eines Riesen verleihen soll.

Jerbil Konai Legendärer Held von Bessarein, vor siebenhundert Jahren Generalsergeant der berühmten zweiten Legion, Ehemann von Serafine. Auch bekannt als der »Sarge«. Serafine glaubt, dass die Seele von Jerbil Konai in Havald wiedergeboren wurde.

Prinz Tamin von Aldane Ein Mann, der die Frauen liebt und auch den Wein.

Baron Tarkan von Freise Cousin von Prinz Tamin, Liebhaber von Taride, der Bardin.

Steinwolke Ein Königsgreif, Freundin von Leandra.

Vartan Ein Greif, der einst von Balthasar geflogen wurde.

Essera Faihlyd Aus dem Haus des Löwen, Emira von Gasalabad, Kalifa von Bessarein.

Taride Elfe, Bardin, Schwester von Imra, Tochter der Elfenkönigin, Liebhaberin von Baron Tarkan von Freise.

Königin Eleonora von Illian Sie wird als Heilige verehrt, da sie ihr Leben in Borons Flamme geopfert hat, um die Kronstadt vor der Belagerung zu retten. Ehemals Schülerin von Havald, Freundin von Leandra.

Orte:

Die silberne Schlange Eine seit Jahrhunderten florierende Soldatenkneipe am Westtor der Zitadelle von Askir, bevorzugt von Bullen besucht.

Zum Hammerkopf Gasthaus und ehemalige Wehrstation des Kaiserreichs in Letasan, nahe des Donnerpasses gelegen, hier nahm alles seinen Anfang.

Himmelsrücken Gebirgszug in der Ostmark nahe der Festung der Titanen.

Die Donnerfeste Die letzte der großen Festungen des Kaiserreichs, am Donnerpass in den Donnerbergen von Letasan gelegen. Bewacht den Handelsweg nach Coldenstatt.

Hafenwacht in Askir Nördlich des Hafens von Askir gelegen, Garnison der Seeschlangen, die im Hafen von Askir die Ordnung wahren.

Die Zitadelle Sitz des Kaisers zu Askir und mächtigste Festung des Kaiserreichs.

Der Turm der Eulen Ein weißer, fensterloser Turm auf dem Gelände der Zitadelle, in dem das Wissen der Magie der Eulen aufbewahrt wird. Nur den Eulen von Askir zugänglich, ist er ein Ort voller alter Geheimnisse.

Das Blubbermoor, Hexenmoor Ein verfluchtes Moor in Letasan, nahe Lassahndaar, angeblich soll es dort riesige Schlangen, Lindwürmer und Hexen geben.

Der Eisenpass Ort einer Schlacht in den Grenzgebirgen von Aldane. Dort fand die 21. Feindlegion ein blutiges Ende.

Der Braiya Fluss, 70 Meilen vom östlichen Rand des Kaiserreichs entfernt gelegen, Grenzfluss zu den Barbarenländern in der Ostmark.

Feste Braunfels Grenzfeste in der Ostmark, aus braunem Stein errichtet, die fünfte Legion unter Lanzenobrist Kelter ist dort stationiert.

Feste Brandenau Grenzfeste in der Ostmark.

Städte und Ortschaften:

Askir Kaiserstadt.

Aldar Hauptstadt des Königreichs Aldane.

Akenstein, Dormuth Von Barbaren zerstörte Dörfer in der Ostmark.

Farmihn Ein größeres Ruinendorf in der Ostmark, vor Jahrzehnten von den Barbaren zerstört.

Bregen Eine Bergarbeiterstadt unweit von Dunkelschacht.

Die Festung der Titanen Eine riesige Feste in der Ostmark, angeblich von den Titanen erbaut.

Dunkelschacht Eine Bergarbeiterstadt, die von dunklen Elfen zerstört wurde, da Menschen ein Grab geschändet hatten, gilt als verflucht und den Menschen verboten.

Illian, Kronstadt Hauptstadt von Illian, wird von Thalak belagert.

Kolariste Hauptstadt des Feindes.

Die Feuerinseln Einst Seefeste des Kaiserreichs, dann der Piraten, zuletzt Brückenkopf für die Invasionstruppen Thalaks, bis sie von einer gewaltigen Eruption zerstört wurden. Ihr Verlust an die Piraten unterbrach den Seeweg zur Versorgung der Südreiche.

Lassahndaar Eine kleine Stadt in Letasan, auf dem Handelsweg von Melbaas nach Illian gelegen.

Melbaas Eine Hafenstadt, berühmt für ihren Seehandel, von den Truppen Thalaks besetzt.

Janas Größte See- und Handelsstadt Bessareins, bis sie bei der Eruption der Feuerinseln von einer Flutwelle fast vollends zerstört wurde.

Kelar Eine Stadt in Letasan, von Thalaks Truppen geschliffen, einst Geburtsort von Havald, dem Wanderer.

Farin Ein kleines Dorf in Jasfar, Südlande.

Tir'ni'do Flüchtlingsdorf in einem verwunschenen Wald.

Tir'na'coer Das Herz der Dämmerung, Die Abendröte, legendäre Elfenstadt, in der sich vor dem letzten Krieg der Götter die Elfen zur Beratung trafen. Ein mystischer Ort, Heimat der Shaa, der Seher der Elfen.

Länder und Stadtstaaten:

Askir Kaiserstadt, Stadtstaat und Hauptstadt der sieben Reiche und des Kaiserreichs.

Aldane Ein Königreich der sieben Reiche. Bekannt für seine Weine und die Sturheit und den Aberglauben seiner Bewohner.

Bessarein Das größte Land des Kaiserreichs. Es gibt viel Sand dort.

Varland Königreich im Norden von Askir, zu den sieben Reichen gehörig.

Letasan Königreich der Südlande, von Thalak besetzt, Heimat von Havald.

Illian Königreich der Südlande, von Thalak besetzt.

Jasfar Königreich der Südlande, von Thalak besetzt.

Die Götter:

Soltar Gott des Lichts, besiegte einst Omagor, den Gott der Finsternis, seitdem gilt sein Versprechen, dass auf die Nacht der Tag folgen soll und auf jede Verzweiflung eine neue Hoffnung. Herr über den Tod und das Leben.

Boron Der streitbare Gott der Gerechtigkeit.

Astarte Die Göttin der Weisheit und der Liebe.

Solante Astartes dunkle Schwester, von den dunklen Elfen verehrt.

Der Namenlose Der Gott, der für das namenlose Böse steht.

Marendil Die Göttin der Meere, für ihr Temperament bekannt.

Omagor Der tote Gott der Finsternis.

Mama Maerbellinae Unbekannte (und alte) Göttin, die sich seit etwa zwanzig Jahren in Askir aufhält.

Der Winterwolf Der Wolfsgott, ein alter Gott, der einst in den Südlanden von den Barbaren verehrt wurde.

PIPER

Michael Peinkofer

Die Zauberer

Roman. 592 Seiten. Klappenbroschur

Es ist der Vorabend der großen Schlacht, die als der »Zweite Krieg« in die Chroniken von Erdwelt eingehen wird. In einer Festung im Ewigen Eis, der Ordensburg von Shakara, leben die mächtigsten Wesen von Erdwelt, die Zauberer.
Dort treffen drei ungewöhnliche Novizen aufeinander. Die junge Elfin Alannah, der ehrgeizige Elf Aldur und der magisch begabte Mensch Granock sollen lernen, ihre einzigartigen Gaben für das Wohl ihres Landes einzusetzen. Doch in den eisigen Hallen treffen sie nicht nur auf Freundschaft und Liebe, sondern auch auf Verschwörung und Verrat. Schnell sehen sich die jungen Zauberer ihrer größten Aufgabe gegenüber – Erdwelt vor der Vernichtung zu bewahren.
Das fesselnde neue Abenteuer des Bestseller-Autors Michael Peinkofer führt in die Anfänge von Erdwelt, dem magischen Reich, in dem schon die Orks Balbok und Rammar ihre Äxte kreisen ließen.

01/1786/01/R

SEI UNSER
HELD!
PIPER FANTASY
Gleich mitmachen und die magische
Welt der Piper Fantasy erleben! Neugierig?
Dann auf zu www.piper-fantasy.de!
Piper-Fantasy.de
PIPER